Der Schottenpop der Bay City Rollers ging ins Ohr. Aber manchem auch auf die Nerven. Caroline Sullivan outet sich als Fan und schwärmt von verzückten Zeiten.

»Fever Pitch für Mädchen!« *Time Out*

Caroline Sullivan verlebte ihre Jugend in Millburn, New Jersey 1982 zog sie nach London, um über Musik zu schreiben, unde anderem für die »Times«, den »Independent on Sunday«, de »Observer«, »Cosmopolitan« und »Melody Maker«. Seit 199 ist sie Rockkritikerin des »Guardian«.

Unsere Adresse im Internet: www.fischer-tb.de

Caroline Sullivan

Bye Bye Baby

Meine tragische Liebesaffäre mit den Bay City Rollers

Aus dem Englischen von
Clara Drechsler

Fischer Taschenbuch Verlag

Veröffentlicht im Fischer Taschenbuch Verlag,
einem Unternehmen der S. Fischer Verlag GmbH,
Frankfurt am Main, April 2003

Lizenzausgabe mit Genehmigung des Argon Verlags, Berlin
Die englische Originalausgabe erschien 1999 unter dem Titel
»Bye Bye Baby. My Tragic Love Affair with the Bay City Rollers«
im Verlag Bloomsbury, London

Druck und Bindung: Clausen & Bosse, Leck
Printed in Germany
ISBN 3-596-15684-X

Für Paul Mann, Rosemary Davidson und die TTTs

PROLOG

DIE BAY CITY ROLLERS hockten auf dem Boden meines Zimmers. Lasst mich das wiederholen. Die Bay City Rollers, die größten Teenidole ihrer Ära, ja, möglicherweise aller Zeiten, hockten auf dem Boden meines Zimmers, sahen fern und unterhielten sich in kehligem schottischen Gemurmel.

Nicht so schnell, beruhigte ich mein wild klopfendes Herz, während ich verstohlen am Kragen meines beinah ärmellosen T-Shirts kaute (in diesem Sommer der letzte Schrei, besonders mit einem Bild von Betty Boop vorne drauf, wie bei meinem). Ich rede mir gerne ein, man hätte mir nicht angemerkt, wie fassungslos ich war, aber ihre Gegenwart hatte eine derart überwältigende Wirkung auf mich, dass es mich alle Mühe kostete, den Mund nicht offen hängen zu lassen.

Um ehrlich zu sein, waren nur zwei Rollers da, Leslie McKeown, der Sänger, und Woody, der Bassist, in Begleitung ihres Bodyguards, aber die Tatsache, dass überhaupt welche von ihnen da waren, in *meinem* Zimmer in einem Hotel in Downtown Detroit, war das Aufregendste, das mir je widerfahren war. Man könnte sagen, dass fast alles, was ich zwischen dem 30. September 1975, dem Tag ihres ersten Amerikabesuches, und heute, dem Abend des 25. August 1977, unternommen hatte, in Erwartung dieses Augenblicks geschehen war.

Diese zwei Jahre rollten jetzt vor meinem inneren Auge ab, etwa so, wie man es angeblich kurz vor dem Tod erlebt. Das passte, denn näher bin ich einem Tod durch unterdrückte Hysterie nie gewesen.

Einige der Dinge, die mir durch den Kopf schossen: die eiskalten Nachmittage – es schien immer Winter zu sein –, an denen ich vor Hotels herumlungerte, um ihnen für zehn Sekunden dabei zuzusehen, wie sie in ihre wartenden Limousinen spurteten. Stundenlanges Brüten über Zeitschriften, aus denen ich jede noch so winzige Erwähnung ausschnitt und feierlich in eins von fünf überquellenden Sammelalben klebte. Der falsche schottische Akzent, mit dem ich Angestellte irgendwelcher Fluggesellschaften zu überzeugen versuchte, ich sei eine Rollers-Mitarbeiterin und ob sie vielleicht meinem Gedächtnis auf die Sprünge helfen könnten, welchen Flug die Band doch gleich nahm? Die Fehlzeiten bei der Arbeit, um zu jedem Gig, jedem Fernsehauftritt zu gehen. Die Strategiebesprechungen mit ähnlich tragisch veranlagten Freundinnen.

Und plötzlich waren die Männer meiner Träume zum Greifen nah, atmeten dieselbe verqualmte Luft wie meine Freunde Kim, Sue P, Barbarino und ich. Erstaunlicherweise waren sich Leslie und Woody nicht bewusst, was sie in uns auslösten, während sie dahockten, in den Fernseher glotzten, einen Joint rauchten und Unergründliches vor sich hin murmelten. Es war kurz vor Mitternacht am Abend des Tages, an dem sie das vor-vor-vorletzte Konzert ihrer diesjährigen Amerikatour gegeben hatten, und sie waren müde und maulfaul.

Nichtsdestotrotz waren meine Mit-Rollermaniacs und ich so verzückt, dass es uns die Sprache verschlagen hatte. Unter dem Vorwand, eine Zigarette zu suchen, kramte ich in meiner Tasche nach dem Kassettenrecorder, den ich benutzt hatte, um das Konzert am Nachmittag mitzuschneiden, und schaltete ihn ein. Ich wusste, wenn ich dieses einmalige Erlebnis nicht irgendwie festhielt, würde ich mich später umbringen.

In der Zwischenzeit versuchten wir, mit unseren Idolen – die nun so was wie unsere Freunde waren – ein Gespräch anzufangen, während sie rauchten, Budweiser tranken und in gurgelndem Edinburgher Dialekt miteinander redeten. Aber was sagt man zu jemandem, den man so sehr liebt, dass man schon mal einen seiner Zigarettenstummel aus einem Aschenbecher gestohlen und in ein Sammelalbum eingeklebt hat?

Trotzdem versuchten wir es mit ein wenig Smalltalk. »Und, hat euch der Gig heute gefallen?«, fragte ich Leslie, der aufregenderweise nicht seine karierte Rollersuniform, sondern ganz normale Jeans und eine Strickjacke mit Gürtel à la Starsky & Hutch trug.

Er wandte sich langsam zu mir um und sah mich zum ersten Mal in der halben Stunde, seit der sie jetzt da waren, direkt an. Der Blick ging mir direkt in die intimsten Körperteile.

»Es war ganz okay.« Seine dünnen Lippen bewegten sich kaum beim Sprechen. Und mit einer Miene absoluter Endgültigkeit wandte er sich wieder dem Fernseher zu.

So kamen wir nicht weiter. Es war klar, dass sie nicht plaudern wollten und unsere Gesellschaft nur duldeten, weil wir das Bier und das Pot mitgebracht hatten. Meine Freundinnen und ich wechselten konsternierte Blicke, und Sue, ein ziemlich üppig bestücktes Mädchen, verschränkte die Arme unter ihrem Busen, um ihn mehr hervorzuheben, als könnte dieser Anblick die Rollers aus ihrem Schneckenhaus locken. Aber abgesehen von einem kaum merklichen Weiten der Augen blieb eine Reaktion aus.

Als gute Gastgeberin, die eine todgeweihte Party zu retten versucht, bot ich mehr Bier und Zigaretten an, und Barbarino rollte mit einer Geschicklichkeit, die über seine gutbürgerlich-jüdische Herkunft hinwegtäuschte, noch einen Joint. Leslie nuckelte eine Weile daran und gab schließlich den Kommentar ab: »Er ist ein bisschen trocken.« Es war nicht viel, aber wir stürzten uns hungrig auf diese wenigen Worte. Mehr kostbare Nahrung für den Kassettenrecorder, der in meiner Tasche eifrig schnurrte.

Ich wusste, dass Kim und Sue sich kaum beherrschen konnten, Leslie und Woody darum zu bitten, ihren Lieblingsroller, den Gitarristen Eric Faulkner, anzurufen und ebenfalls zu unserer kleinen Soiree einzuladen. Glücklicherweise verkniffen sie es sich, denn so wie es aussah, wären sie beim leisesten Anzeichen fanartigen Verhaltens in ihre eigenen Zimmer verschwunden, um sich nie wieder aus nächster Nähe zu zeigen. Und das wollten wir nicht. O Gott, nein.

Dieser unglaubliche Coup war uns durch den simplen Kunstgriff gelungen, uns mit Big Bobby, dem Bodyguard, anzufreunden. Es war Kim, die das mit dem Anfreunden besorgte. Aber um jeden falschen Eindruck zu vermeiden: Ihre Beziehung war rein platonisch, obwohl ich vermute, dass Bobby es gerne anders gehabt hätte. Sie waren vor einer Woche bei einem anderen Gig ins Gespräch gekommen, und Kim hatte es Bobby angetan, ganz offensichtlich, weil sie älter und sexier als der durchschnittliche BCR-Fan war. Mit einundzwanzig war sie nach Bobby die älteste Person im Raum, und sie war mit dieser zart gebräunten Hübschheit gesegnet, auf die Männer ja immer reinfallen. Glücklicherweise war ihr auch ein nebelhornartiger Queens-Akzent mit in die Wiege gelegt worden, der verhinderte, dass ihr Charme allzu überwältigend wurde.

Na, jedenfalls, beim heutigen Konzert in Youngstown, Ohio, war es ein Klacks, Bobby ausfindig zu machen und in Erfahrung zu bringen, dass sie die Nacht in Detroit verbringen würden, 125 Meilen weiter nordwestlich, an der anderen Seite des Eriesees.

Nach dem Gig rasten wir vier quer durch den Staat von Youngstown nach Cleveland, um den letzten Flug nach Detroit zu erwischen. Sobald wir im Rollers-Hotel angekommen und in zwei angrenzende Zimmer im vierten Stock eingecheckt waren (Kim zog den Kürzeren und musste mit Barbarino, einem Schnarcher und Betatscher, das Zimmer teilen), hatten wir uns mit Bobby in Verbindung gesetzt, der Leslie und Woody hergezaubert hatte.

Da waren wir also – die Rollers und wir. Und wie sich herausstellte, waren sie ein ziemlicher Reinfall. Irgendwann gaben wir es auf, an sie ranzukommen, und sahen nur noch zu, wie sie Bier in sich reinkippten und Barbarinos Gras aufrauchten. Nach etwa einer Stunde schlurften sie in ihre eigenen Zimmer zurück, und sie waren noch keine Sekunde weg, als ich auch schon fast meine Tasche in Fetzen riss, um den Kassettenrecorder rauszuholen. Kim, Sue und Barbarino drängten sich um mich und wagten kaum zu atmen. Ich drückte auf Play. »Doosagreetmufflewump«, sagte Woody. »Haggafnarswufflemump«, antwortete Leslie, höchst amüsiert. Es war der Akzent. Wir verstanden kein einziges Wort. Typisch.

1

DER TAG, AN DEM ich meine Rollers-Sammelalben wegwarf, markierte einen Wendepunkt meines Lebens. Es gab eine Zeit, in der ich lieber nackt den Broadway entlanggelaufen wäre, als von diesen Sammelalben zu lassen. Aber jetzt hatten wir Oktober 1996, und ihre mysteriöse Macht über mich hatte sich so weit verflüchtigt, dass ich diese kunstledernen Verbindungen zur Vergangenheit nicht mehr brauchte. Bevor ich sie in den Müllschlucker im Manhattaner Apartmenthaus meiner Mutter entsorgte, blätterte ich sie jedoch noch einmal durch und warf einen letzten Blick auf den Krimskrams – Zeitungsausschnitte, halb gerauchte Zigaretten und was nicht alles –, den ich zwischen 1975, als ich sie entdeckte, und zirka 1979, als ich zu dem Schluss kam, ich sei jetzt zu alt für solche Sachen, zusammengetragen hatte.

Über das zweite Datum äußere ich mich normalerweise etwas verschwommen, weil niemand, der auch nur einen Hauch Credibility besitzt, zugeben würde, dass er 1979 noch auf die Rollers gestanden hat. Elvis Costello, klar, oder Police oder sogar die Bee Gees, aber wer sich dazu bekennt, die Rollers noch so lange gut gefunden zu haben, kann sich gleich als Soziopath ohne Freunde outen.

Selbst in ihrer großen Zeit von 1974 bis 1976 galten sie bei allen außer vierzehnjährigen Mädchen als haarsträubend uncool. Es lag nicht nur an ihrem schwachbrüstigen Teenie-

Pop, sondern auch an ihrem puritanischen Image, das in der Angewohnheit gipfelte, bei Pressekonferenzen Milch zu trinken. Später sickerte durch, dass ihr Manager sie dazu gezwungen hatte, aber da war der Schaden schon angerichtet.

Nein, Leslie, Eric, Woody, Alan und Derek, die bedauernswerten Milchbubis, waren niemals cool. Selbst das Seventies-Revival, das Bands wie Abba und Hot Chocolate wieder zu Kitsch-Hip-Status verhalf, ging über sie hinweg. Und um dem Schaden noch den Spott hinzuzufügen, machten meine besten Roller-Freundinnen Sue P, Sue J, Emma und Cathy eine Wendung um hundertachtzig Grad und behaupten mittlerweile, sie nie gemocht zu haben. Als ich Emma anrief, um ihr zu erzählen, dass ich ein Buch über die Rollers schrieb, lautete ihre prompte Antwort: »Aber dann änderst du gefälligst meinen Namen.«

Doch einige von uns haben keine Scheu, sich öffentlich zu den Rollers zu bekennen. Nicht, dass ich aus meiner Verehrung je einen Hehl gemacht hätte. Ich habe sie verzweifelt geliebt. Vier Jahre lang lebte ich nur für sie. Dies ist keine hübsche Geschichte.

2

MITTE DER SIEBZIGER ein Teenager in Amerika zu sein bedeutete vieles, unter anderem einen schrecklichen Haarschnitt und einen noch schrecklicheren Musikgeschmack. In New Jersey, das nur durch den Hudson River von Manhattan getrennt war, aber in seliger Unkenntnis der Trends aus der großen Stadt lebte, bedeutete es, dass jeder Tag ein Kampf mit der Frisur war und jeder Abend ein willkommener Anlass, ein Eagles-Album zu hören. Und in Millburn, New Jersey, einer Kleinstadt zwanzig Meilen westlich von New York, der bewusste Teenager zu sein bedeutete noch wesentlich Schlimmeres.

Nicht, dass es sich in Millburn nicht leben ließ. Millburn war kleinstädtisch im besten Sinne des Wortes, sein altmodischer Stadtkern gruppierte sich um einen Bahnhof, ein Kino und Schnippers Schreibwarenladen, in dem Generationen von Schulkindern ihre Schreibhefte und Füller gekauft hatten. Etwas weiter die Millburn Avenue entlang, wenn man die Läden hinter sich gelassen hatte, kam man zur Town Hall, wo eine Gedenktafel an Millburns große Stunde erinnerte – damals im Unabhängigkeitskrieg, als Washingtons Truppen hier einen britischen Vormarsch aufhielten und die Rotröcke so in den Arsch traten, dass sie bis nach New York zurückflogen. »Die Briten wagten sich nie wieder so weit in das Gebiet von New Jersey vor«, endete der Text triumphierend.

Etwa eine weitere halbe Meile die baumbestandene Straße hinunter befand sich die Millburn High School, ein brauner Backsteinklotz aus den Fünfzigern, der inmitten endloser Reihen von Spielfeldern lag. Sie hatte einen Parkplatz für Jugendliche, die mit dem eigenen Wagen zur Schule fuhren. Das taten erstaunlich viele, da ein eigenes Auto die übliche Belohnung für die bestandene Fahrprüfung war. Die Stadt hatte Geld – die Väter waren Anwälte oder Ärzte, oder sie pendelten zu ihren Wall-Street-Jobs nach Manhattan –, was jedoch durch eine Kleinstadtatmosphäre abgemildert wurde, in der man seine Nachbarn kannte und sogar mochte.

Meine Mutter und ich lebten vis-à-vis der High School, wir hatten in einem kleinen Neubau eine Dreizimmerwohnung mit Aussicht auf eine pinienbestandene Rasenfläche. Mein Zimmer, wo ich den Großteil meiner Zeit mit Anfällen pubertärer Verbitterung zubrachte, wurde dominiert von einem pinkfarbenen Flokati und dem, was ich stolz meine ›Anlage‹ nannte: ein Plattenspieler, der so antiquiert war, dass er noch eins von diesen Dingern hatte, mit denen man Platten stapeln konnte, um drei oder vier hintereinander abspielen zu können, ohne dass man aufstehen musste, um sie zu wechseln. Sie verfügte außerdem über ein Abspielgerät für Eight-Track-Kassetten, das beim Transport beschädigt worden war, darum hatte ich es nie benutzen können. Es traf sich gut, dass Eight-Tracks gerade von Musikkassetten verdrängt wurden, die ich mir auf einem separaten Gerät von etwa dreißig mal zwanzig Zentimeter Größe anhörte.

In einer rebellischen Anwandlung hatte ich die Beine von meinem Bett abgeschraubt, das nun direkt auf dem Boden stand. Vervollständigt wurde das Gesamtbild durch meine Poster, die die komplette Wand über dem Bett einnahmen. An prominentester Stelle hing ein riesiges von Bad Company, auf dem man die langhaarigen Häupter der britischen Rocker vor grünem Hintergrund sah, und dazu die Aufschrift: »Does your

Mama know you've been keeping Bad Company?« Meine anderen Helden waren ebenfalls vertreten: ein Bild von Mick Jagger mit engelsgleich gefalteten Händen, ein Aufkleber, auf dem »The Kinks: Ray Davies does it to me!« stand, das Band eines Souvenir-Cowboyhutes, der vom ZZ-Top-Gig 1974 im Madison Square Garden stammte, und ein kleiner Schnappschuss von Roger Daltrey von The Who auf der Bühne. Der war mein eigenes Werk – ich hatte die Idee gehabt, ein Zeitschriftenfoto von Roger Daltrey an die Wand zu pinnen und es dann abzufotografieren, damit es aussah, als hätte ich vor der Bühne gestanden und das Bild selbst geschossen. Ich hatte nur die Spiegelung auf dem Hochglanzpapier der Zeitschrift nicht einkalkuliert, darum war mein Foto von einem weißen Fleck verunziert, der den größten Teil von Daltreys Gesicht überdeckte.

Doch so angenehm das Leben in Millburn auch war, in Sachen Credibility gab es nicht viel her, nicht damals. Credibility ergab sich hauptsächlich daraus, welche Musik man mochte, und unsere Stadt gehörte nicht zum Einzugsgebiet von Newark oder Jersey City, wo die Kids hippe Discomusik hörten. Millburns Wohlhabenheit forderte einen kuriosen Tribut. Jugendliche konnten sich hier so viel Dope leisten, wie sie rauchen konnten, und mit dem Dope kam der Wunsch, nicht etwa hippe Discomusik zu hören, sondern Led Zeppelin, Pink Floyd und, so weh es tut, das zuzugeben, Emerson, Lake & Palmer.

Aber mit dem Hören allein war es nicht getan. Sobald man sich in jemandes holzverkleidetem Partykeller in einen Sitzsack hatte fallen lassen und Robert Plants Stinktierjaulen den Marihuanarauch durchschnitt, begann todsicher irgendjemand, die Musik zu analysieren. Mit Himmelsleitern und Gewusel in irgendwelchen Hecken konnten wir uns stundenlang amüsieren. Was hatte das alles zu *bedeuten*?

Dann nahm sich irgendein anderer das Plattencover vor, sehr beliebt etwa Led Zep's *Houses of the Holy*, das man für überaus bedeutungsschwanger hielt: »Was machen diese Kinder auf den Felsen? Versuchen sie, rauf- oder runterzuklettern? Drückt es die Sinnlosigkeit allen Seins oder Hoffnung aus?« Dann reichte man den Joint weiter und stellte fest, dass man von dem Dope wahren Heißhunger bekommen hatte, den man gierig mit einer Tüte Lay's Kartoffelchips zu stillen versuchte, deren Inhalt dann über das ganze Cover krümelte. Das konnte stundenlang so gehen.

Ich wünschte, ich könnte sagen, ich hätte mit all dem nichts zu tun gehabt, aber ich war genauso darin verstrickt wie alle anderen. Ich besaß das Gesamtwerk von Led Zeppelin, ein paar Deep-Purple-Alben, sogar ein Livealbum von Grand Funk Railroad, einem prototypischen Metalact, der sich so wenig Freunde machte, dass der Name später praktisch aus der Rockgeschichte getilgt wurde.

Und das war es auch schon mit Millburn. Das war es mit amerikanischer Vorstadtkultur. Wenn man zur weißen Mittelklasse gehörte, kiffte man sich jedes Wochenende zu und hörte scheußliche Musik. Das war Gesetz. Besonders die scheußliche Musik. In den Achtzigern gab es einen Film mit dem Titel *Dazed and Confused* (natürlich nach einem Led-Zep-Song benannt, wie jedes Kind der Siebziger weiß), in dem ein Satz fiel, der es auf den Punkt brachte: »In den Siebzigern hatte jeder amerikanische Jugendliche *Frampton Comes Alive!* zu Hause – mit der Scheibe wurde man praktisch geboren.« Wie Recht sie hatten.

Frampton Comes Alive! – und, logisch, ich hatte sie – war die archetypische Suburban-Seventies-Platte. Es war das meistverkaufte Album von 1976, eine Doppel-LP-Orgie endloser Gitarrensoli mit dem dazu passenden Miauen des milchgesichtigen britischen Sängers Peter Frampton. Sie war melodiefrei und hatte eine Spielzeit von etwa drei Tagen, und damit war sie perfekt für diese Zeit der roten Augen. Sogar Millburns gediegenste Partykeller auf der White Oak Ridge Road, wo

Jugendliche sich ganze Sixpacks Budweiser leisten konnten, um den Dopegeschmack runterzuspülen, hallten wider von Framptons blechernem Gewimmer. Wir nickten immer leicht aus dem Takt mit dem Kopf dazu, ehrfurchtsvoll angesichts solcher Brillanz.

Und für den unwahrscheinlichen Fall, dass man weder Frampton- noch Zep-Fan war? Dann gab es reichlich anderen schwergewichtigen Stoff, an dem man sich festbeißen konnte. Yes boten mit ihrem keyboard-dominierten Progressive Rock und der berühmten verschnörkelten Covergestaltung viel Stoff zum Nachdenken. Das Cover von *Tales from Topographic Oceans* beschäftigte uns wochenlang. Dann gab es die erdigeren Deep Purple, deren Ian Gillan mir ein bewunderndes Knurren abnötigte. Und wenn man amerikanische Rockmusik bevorzugte, was bei mir nicht der Fall war, versorgten einen die Eagles mit »Kiffersounds« (ihre eigenen Worte), zu denen man sein Gras rauchen konnte.

Nicht auszudenken – während wir uns bei Yes und Led Zep bekifften (eigentlich waren es nur meine Freunde, die sich bekifften – mir hat es nie was gebracht, und nach ein paar Versuchen gab ich es auf), hörten die unterprivilegierten Kids in Newark, einer gefährlichen großen Stadt zehn Meilen weiter weg, in die wir nie einen Fuß setzten, Marvin Gaye und die O'Jays. Wie wir sie für ihre Unfähigkeit, echte Musik zu würdigen, bedauerten.

Wie man sieht, ließ nichts in meiner musikalischen Vorgeschichte darauf schließen, dass die Bay City Rollers eines Tages mein Leben dominieren sollten. Wie jeder andere pubertierende Teenager, den ich kannte, hörte ich die peinlichste Musik einer peinlichen Ära. Aber sie war normal-peinlich, nicht tragisch-peinlich. Normal-peinlich waren die eben erwähnten Bands; tragisch-peinlich waren die Osmonds, David Cassidy und die anderen Hühnerbrüste, die einem in den Frühsiebzigern als Teenidole verkauft wurden.

Okay, ich liebäugelte kurz mit Cassidy, als ich mir ein paar Partridge-Family-Singles kaufte, aber seine schlaffe Niedlichkeit ließ mich unbefriedigt. Dann schwärmte ich versuchsweise für Bobby Sherman, den zottelhaarigen, schweinchengesichtigen Star der Fernsehserie »Here Comes the Bride«. Er versuchte sich nebenbei auch im Musikgeschäft – ein Vorreiter der ganzen irregeleiteten Schauspielerriege, die es ihm heute nachtut –, und irgendwie gefiel mir der herrische Umgangston in seinem Hit »Little Woman«. »Hey, little woman«, kommandierte er, »you gotta come into my world and leave your world behind.« Ich schätzte Männer, die einem sagten, wo's langging, war jedoch erschüttert, als er irgendwann 1971 auf einer Pressekonferenz gestand, dass er seit zwei Jahren heimlich verheiratet war und demnächst Vater werden würde.

Aber am motivierendsten wirkte auf mich Pete Duel, der attraktive Dunkle aus »Alias Smith and Jones«, der sich am Silvesterabend 1971 eine Kugel in den Kopf jagte. Das Datum bleibt mir unvergesslich, weil ich ihm am Tag zuvor einen Fanbrief geschrieben hatte. Es war ungefähr mein zwölfter Brief an ihn, aber ich hatte nie eine Antwort erhalten. Wahrscheinlich hatte er nie einen der Briefe zu sehen bekommen, die ich an den Fernsehsender in Los Angeles schickte, aber ich ging einfach mal davon aus, dass er mich böswillig ignorierte. Ich war mittlerweile ziemlich eingeschnappt angesichts seiner schlechten Manieren, darum traf es mich, als ich an diesem Abend von seinem Tod erfuhr, weniger hart, als es mich einige Monate zuvor getroffen hätte. Wenn überhaupt, brachte es mich zu der Erkenntnis, dass ich mich lange genug mit Teenidolen aufgehalten hatte.

Aus meiner Teeniebopperphase wuchs ich daher ziemlich früh heraus. Mit vierzehn begeisterte ich mich für ›richtige Musik‹ – nicht bloß Led Zeppelin, sondern die Kinks, Rod Stewart, Fleetwood Mac und sogar, gewagt, gewagt, David Bowie. In dem Sommer, in dem ich vierzehn wurde, ging ich zu meinem ersten Rockkonzert, einer Open-Air-Veranstaltung im Central Park mit den in Ehren ergrauten englischen Bluesveteranen Savoy Brown. Nach harten Verhandlungen mit meiner Mutter durfte ich schließlich allein gehen, allerdings bestand sie darauf, mich anschließend abzuholen, und weder Bitten noch Betteln konnte sie davon abbringen.

Der Gig war ein Wendepunkt. Obwohl Savoy Brown sich als spektakuläre Langweiler mit einer übertriebenen Vorliebe für Bärte und melodieloses Gejamme erwiesen, war ich von der Atmosphäre wie berauscht. Große Gitarren, große Verstärker, große Männer; das sprach mich an. Das Stimmengewirr des Publikums, das schmerzverzerrte Gesicht des Gitarristen, wenn er mit einer besonders schwierigen Passage kämpfte, das Teamwork der Roadies, die seitlich am Bühnenrand kauerten und darauf warteten, eine Gitarrensaite zu wechseln oder ein Kabel zu entwirren – so etwas bekam man in Millburn nicht zu sehen. Ich war ungeheuer beeindruckt.

Am nächsten Tag kaufte ich Eintrittskarten für die nächsten beiden Gigs im Central Park. Ich hatte weder von Quicksilver Messenger Service noch von der James Gang je gehört, und beide erwiesen sich als verschnarchte West-Coast-Rocker, aber als ich dort eintraf, berauschte ich mich an der heißen Augustluft, die über der Bühne zitterte, und dem blauen Cannabisrauch, der in den dämmernden Himmel davontrieb. Ich berauschte mich trotz ihrer Lahmarschigkeit sogar an der James Gang und an Quicksilver Messenger Service, weil sie so langhaarig, cowboybestiefelt und begehrenswert aussahen. Nicht mal Mark Winkels, der begehrteste Junge der Millburn High School, konnte diesen Exoten das Wasser reichen.

Am Ende des Jahres war ich so weit, dass ich mindestens alle vierzehn Tage zu einem Konzert ging und Karten für alles kaufte, was sich interessant anhörte, auch wenn ich nichts über die Band wusste. Ich war flatterhaft, promisk und verleibte mir so viel Musik wie möglich ein. Es war eine fruchtbare Zeit für Rockmusik, die Hippie-Sechziger waren von ganz neuen Genres unsanft beiseite geschoben worden; da gab es Glamrock, Urban Blues (à la *Exile on Main Street*) und den rauen, aber herzlichen Testosteron-Pop von Rod Stewart, den ich umwerfend fand. So umwerfend, dass ich sein Lieblingsgetränk Brandy sofort probieren musste und länger reiherte, als ich es je für möglich gehalten hätte.

Ma verlor schließlich die Lust, mich nach jedem Konzert abzuholen, und ließ mich mit dem Zug um dreiundzwanzig Uhr dreißig alleine nach Millburn zurückfahren, immer noch beseelt von Alice Cooper oder welcher Eintrittskartenabschnitt auch immer gerade in meiner Kaninchenfellhandtasche schlummerte. Wenn ich zu Hause war, nachdem ich unter einer heutzutage unvorstellbar scheinenden Missachtung aller Sicherheitsrisiken die eine Meile vom Bahnhof zu Fuß zurückgelegt hatte, schrieb ich eine ausführliche Konzertkritik in mein Tagebuch. Ein typischer Anfang las sich so: »Ich sah heute Abend Ten Years After in der Academy, und sie waren großartig. Der Gitarrist, Alvin Lee, war so mitreißend«, worauf ich dann weitere, eher noch atemlosere Beschreibungen folgen ließ. Ich hatte einiges davon hier wiedergeben wollen, aber es ist wirklich zu peinlich.

Es waren in der Regel einsame Expeditionen, weil niemand, den ich kannte, bereit war, sein gesamtes Taschengeld zu opfern und die weite Strecke nach Manhattan zu fahren, um selbst zu erleben, wie sich – wer noch gleich? –, o ja, Black Oak Arkansas anhörten. (Nämlich erbärmlich – welche Überraschung!) Mit Leuten sprach ich während der Konzerte auch kaum. Obwohl ich mir Mühe gab, mit Lippenstift in Pink und Revlon-Lidschatten mit dem hübschen Namen Baby Blue, war ich für den Geschmack der meisten Jungs zu groß, zu bebrillt und mit zu viel Arsch gesegnet, und ich kriegte die Zähne nicht auseinander, um selbst ein Gespräch anzufangen.

Manchmal versuchte ich es natürlich. Als ich bei einem Deep-Purple-Konzert im Felt Forum neben einem älteren Jungen saß, fiel mir ein todsicherer Anmachspruch ein: »Wie unterscheidet man eine Gitarre von einem Bass?« Schließlich erklären Jungs nur zu gerne technischen Kram, oder? Aber der Kerl verdrehte bloß die Augen, als wäre ich ein Idiot. »Ein Bass hat vier Saiten und eine Gitarre sechs«, antwortete er gereizt und nahm die Unterhaltung mit seinem Freund auf dem Nebensitz wieder auf.

Tja, wenigstens hatte ich etwas gelernt. Ich hatte nicht gewusst, dass es auf die Zahl der Saiten ankam.

Das alles ließ in mir den vagen Wunsch aufkeimen, irgendwie im Musikgeschäft zu arbeiten, obwohl ich nicht genau wusste, als was. Ich konnte weder singen noch ein Instrument spielen und hatte nicht den leisesten Wunsch, es zu lernen. Die ›Lady‹ eines Rockstars zu sein, wie man es damals nannte, klang verlockend, aber ein Blick auf Bianca Jagger und Angie Bowie genügte, um einzusehen, dass ich da nicht mithalten konnte.

Ich begnügte mich schließlich mit dem nebulösen Ziel, ›für eine Plattenfirma zu arbeiten‹. Aber schon damals wusste ich, dass meine angeborene Faulheit mich davon abhalten würde, diese Idee mit besonderem Elan zu verfolgen. Ich hätte einen der Betriebswirtschafts-Kurse an der Millburn High belegen können, was mich eventuell für einen Einsteigerjob in einer Plattenfirma qualifiziert hätte, aber das hörte sich zu sehr nach Arbeit an. Es war viel leichter, mir auszumalen, ich hätte mein eigenes Büro bei Atlantic Records (dem Heimatlabel von Led Zeppelin), während ich mich in einem Millburner Partykeller herumflätzte und meinen Freunden zuhörte, die *Houses of the Holy* auf ihren Gitarren begleiteten.

Dieses abgeschottete Dasein war vielleicht nicht sehr produktiv, aber eine angenehme Art, fünfzehn zu sein. Die Ölkrise und zwei Präsidenten, Ford und Carter, schafften es, spurlos an mir vorüberzugehen, während ich mich in meinen musikzentrierten Lebensstil vergrub. Ich schnitt Bilder aus den Zeitschriften *Circus* und *Creem* aus und machte daraus eine Collage mit meinen Lieblingsbassisten (vier Saiten gut, sechs Saiten schlecht), zu denen Zeps John Paul Jones, Boz Burrell von Bad Company und Jimmy Lea von Slade gehörten.

Ich abonnierte den *Rolling Stone* und fuhr jede Woche nach New York, um mir einen wahnsinnig überteuerten, einen Monat alten *Melody Maker* zu kaufen. *MM* machte mich mit absonderlichen englischen Genres wie ›Pub Rock‹ bekannt und damit zur wahrscheinlich einzigen Person in Millburn, die nicht nur den Namen jedes Mitglieds von Brinsley Schwarz, sondern auch dessen Geburtstag kannte.

Und ich wurde treue Hörerin von WNEW-FM, New Yorks wichtigstem Rocksender. Er räumte seinen DJs erstaunliche Freiheiten ein, DJ-Star Alison ›The Nightbird‹ Steel durfte zum Beispiel ihre Nachtsendung jedes Mal mit einer Lesung eigener Gedichte beginnen. Es war immer irgendein süßliches Gefasel über das Einssein mit dem Universum, das sie, damit es einem auch so richtig hochkam, in dramatischem Flüsterton rezitierte und stets mit den Worten abschloss: »Come. Fly with me. Alison Steel, the Nightbird.« Dieses Geflüster war Teil der Nightbird-Rolle, und ich war wie elektrisiert, als sie bei einem Jefferson-Starship-Konzert enttarnt wurde. Der Nightbird kam auf die Bühne und krakeelte wie ein Fischweib. Legendär. Das bestärkte mich in meinen zaghaften Music-Biz-Ambitionen.

Aber von meiner Musikbesessenheit abgesehen, hätte ich mich auf einem Klassenfoto von 1976 in keiner Weise von den anderen abgehoben. Außer natürlich dadurch, dass ich größer als die meisten Jungen war und ungebärdige Locken hatte, während damals nur schnurgerade und in der Mitte gescheitelt in Frage kam. In jeder anderen Hinsicht war ich ein Musterbeispiel an Konformität und steckte in den gleichen elefantösen Schlaghosen, Tanktops und Boots wie alle anderen. Das war die Uniform amerikanischer Schüler und Studenten zwischen etwa 1970 und 1990. Man kleidete sich bequem, nicht stilvoll. Wenn man auch noch Stil wollte, machte man irgendwas mit seinen Haaren, einen Farrah-Fawcett-Schnitt zum Beispiel. Traurigerweise kam das für mich nicht in Frage – mit meinem Haar ließ sich nichts anderes anfangen, als es kinnlang zu schneiden und zu hoffen, dass es, wenn ich morgens aufwachte, nicht an einer Seite platt gequetscht war und an der anderen Seite abstand wie ein Busch.

Millburn war nun mal nicht der Ort für modische Extreme, selbst in den glamrockenden Frühsiebzigern nicht. Uns trennten zwar gerade mal zwanzig Meilen von New York City, aber wenn man die Millburn Avenue entlangspazierte, hätte man sehr lange nach einem paillettenbesetzten Catsuit oder einer einzigen Ziggy-Stardust-Frisur Ausschau halten müssen. Tatsächlich besaß ich meines Wissens das einzige Glitter-Shirt in der ganzen Stadt.

Ich hatte es 1973 bei einem Konzert dem Sänger Todd Rundgren geklaut, der damit auf die Bühne gekommen war, ein schwarzes, langärmliges Teil mit einem Motiv in funkelndem Lila. Mitten im Gig – es war ein heißer Augustnachmittag – zog er es aus und hängte es über einen Verstärker. Zu seinem Pech hatte man es einigen Fans, darunter auch mir, gestattet, auf die Bühne zu klettern. Ehe ich mich versah, war ich hingepirscht und hatte das Shirt in meiner Tasche verschwinden lassen, schockiert über mich selbst, aber versessen auf dieses persönliche Souvenir von Rundgren, dessen Single »I Saw the Light« einer meiner Lieblingssongs war. Der Gedanke, wie er sich ärgern würde, wenn er feststellte, dass das Shirt weg war, genügte nicht, mich davon abzuhalten. Ich trug es viele Jahre lang, aber immer mit schlechtem Gewissen.

Rundgrens Shirt war ein Punkt, in dem mein Geschmack

von dem meiner Freunde abwich. Der andere wichtige war mein Interesse an britischer Kultur, besonders der Musik.

Genauer gesagt, begann und endete mein Interesse an britischer Kultur bei Musik. Ich war entsetzt über die außermusikalische Seite dieser Kultur, mit der ich meine ersten Erfahrungen machte, als ich im Frühjahr 1976 einen Brieffreund in London besuchte. Das Fernsehprogramm endete um Mitternacht, und es gab keine Zentralheizung. K*eine Zentralheizung!* Was sollte das sein, 1945?! Deren Fehlen führte einen Zustand herbei, den man ›klamm‹ nannte und dem ich zum erstenmal in dem eiskalten Reihenhaus in Nordlondon begegnete, in dem mein Brieffreund lebte. Die Erfahrung war so schockierend, dass ich während meines gesamten Besuchs über nichts anderes reden konnte, und als mich eines Abends jemand zum Gig einer obskuren Band namens Sex Pistols einlud, entschied ich mich, lieber in einen gut geheizten Pub zu gehen, den ich entdeckt hatte. »Ich hab's lieber warm«, winselte ich. Ja, so war ich – immer am Puls der Zeit.

Aber obwohl ich mir die Sex Pistols entgehen ließ, kannte ich mich mit britischer Popmusik aus, von Gary Glitter bis Traffic. Sie berührte mich auf eine Art, wie es amerikanischer Rock nie tat, war flotter, cooler und sexier. Amerikanischer Rock hatte in den Mittsiebzigern hauptsächlich ein ziemliches Imageproblem. Erinnert euch nur an das Foto von Bruce Springsteen auf dem Backcover seines zweiten Albums *Greetings from Ashbury Park, NJ*. Springsteen stand damals kurz vor seinem endgültigen Durchbruch und war *das* kommende neue Ding – so hip, wie ein amerikanischer Rockmusiker nur sein konnte. Und auf diesem Foto trägt er ein Jeanshemd, in dem er offensichtlich die Nacht zuvor geschlafen hatte, sein lockiges Haar steht in alle vier Himmelsrichtungen ab, und die Anwesenheit eines Barts macht die Sache nicht besser. Der Kerl ist ein Schandfleck. Ganz egal, wie gut seine Musik war – und sie war gut, er kam ja aus Jersey –, ich konnte niemanden respektieren, der so aussah. Britrocker hatten ein Gespür für modische Details, und erst recht für Ironie. Beide Qualitäten waren in der US-Rockszene eher dünn gesät, und es war mir unmöglich, die Attraktivität von Bands zu erkennen, die sie nicht besaßen.

Bei so gravierenden kulturellen Unterschieden ließ sich das meiste an Britrock nur sehr schlecht nach Amerika verpflanzen. Acts wie Marc Bolan oder Roxy Music, die in England Superstars waren, konnten selbst am ›Billigtag‹ nur mit Mühe und Not eine New Yorker Bar füllen. New York war ohnehin so ziemlich der einzige Ort, an dem man sie sehen konnte, wenn man zu den wenigen gehörte, die diesen Wunsch hegten. Kaum ein britischer Künstler wagte sich in die unendlichen Weiten zwischen East Coast und West Coast, wo mehr Kühe als Menschen lebten und ein englischer Akzent als untrügliches Indiz für Homosexualität galt.

Diejenigen, die es doch taten – besonders, wenn sie diese Fehlentscheidung noch damit krönten, in Lurexhosen und mit irren Frisuren aufzutreten –, konnten sich gleich selbst die Schädel eintreten, um den Einheimischen die Arbeit abzunehmen. In Gegenden wie Kansas konnte es jeder Musiker, der nicht wie Springsteen aussah, gleich vergessen. Die meisten taten es auch ganz schnell.

Was die Bay City Rollers anging, hätten sie in Amerika eigentlich kläglich floppen müssen. Nach Redneckstandards waren sie ganz klar schwul, was sonst, mit ihrem unverständlichen Akzent und ihren Hühnerbrüsten (deren schmächtige Maße für alle lesbar auf dem Cover ihres ersten Albums, *Rollin'*, abgedruckt waren). Eigentlich hätten sie schon froh sein müssen, dass man sie nicht geteert und gefedert aus der Stadt jagte. Dass sie stattdessen sensationellen Erfolg hatten – sie landeten gleich beim ersten Anlauf mit »Saturday Night« eine Nummer-eins-Single und verwiesen die amerikanischen Teenidole der Zeit auf die Plätze –, bleibt bis heute eins der kleinen Wunder des Lebens.

3

NATÜRLICH WAREN die Rollers nicht schwul. Von boshaften Journalisten wurden zwar immer wieder solche Gerüchte in Umlauf gebracht; wahrscheinlich dachten sie, eine Band von Typen, deren Brustumfang geringer war als der der meisten Mädchen, müsste so veranlagt sein. Aber die Gerüchte entbehrten jeder Grundlage – die Rollers waren nicht so schwächlich, wie sie aussahen. Sie waren aus handfestem Edinburgher Proletariermaterial geschnitzt, stammten aus kinderreichen Familien und hatten früh die Schule verlassen, um traditionelle Handwerksberufe zu erlernen.

Obwohl das *Offizielle Rollersjahrbuch 1977* enthüllt, dass Derek Longmuir »über die Pfadfindergruppe der Tynecastle Secondary School (wo Geschichte, speziell die des viktorianischen Zeitalters, sein bestes Fach war) zur Musik kam«, ließ kaum etwas darauf schließen, wozu er es einmal bringen sollte. Als er und sein älterer Bruder Alan beschlossen, eine Band zu gründen, taten sie es nur aus Bewunderung für die Beatles, die sie als Teenager verehrt hatten.

Etwa 1969 hoben sie die Saxons aus der Taufe, mit Alan, damals einundzwanzig, am Bass und Derek, achtzehn, am Schlagzeug. Vom Material der Saxons hat nichts überlebt – falls die Longmuirs je einen ihrer Gigs auf Band festhielten, haben sie die Tatsache nie an die große Glocke gehängt. Nach dem zu urteilen, was später kam, können sie nicht sehr gut gewesen sein.

Tagsüber arbeitete Alan als Klempner und Derek als Zimmermann, und so sahen sie auch aus. Sie waren klein und stämmig, Derek mit Denis-Healey-Augenbrauen gesegnet, Alan mit der Sorte Haar, das Tonnen von Haarspray braucht, um Stand zu bekommen. Ihre Geschmäcker waren ebenfalls proletarisch: Dem Cover von *Rollin'* zufolge war Dereks Lieblingsessen »Curry«, Alans »ein gut durchgebratenes Steak«. Im 77er Jahrbuch äußert Derek den sehnlichen Wunsch nach einem Mercedes – »aber er ist kein Snob oder hält sich für etwas Besseres«, beeilt sich der Text zu versichern.

Den beiden stand ›Rock Star‹ nicht gerade auf die Stirn geschrieben, darum umgaben sie sich mit Leuten, die dem Pop-Ideal näher kamen. Die meisten der zahllosen jungen Männer, die die Band durchliefen, ehe die Besetzung endgültig feststand, waren hübsch in der femininen Art, die damals modisch war (man denke an David Cassidy – oder David Cassidy, wie er ausgesehen hätte, wenn er mit Brot und altem Bratfett großgezogen worden wäre). Es darf jedoch bezweifelt werden, dass sie sehr weit gekommen wären, hätten sie nicht Tam Paton getroffen, einen ehemaligen Militärpolizisten und fliegenden Kartoffelhändler aus Prestonpans, einem Marktflecken in der Nähe von Edinburgh.

Er hatte damals eine eigene Combo und spielte in den besten Clubs nördlich der Grenze, hielt sich aber gerne für so was wie einen Unternehmer. Nachdem er die Saxons gehört hatte, machte er Bell Records, die mit David Cassidy gerade Erfolge feierten, auf sie aufmerksam.

Im September 1971 veröffentlichten Bell Records die erste Single der Bay City Rollers, wie sie mittlerweile hießen. »Keep On Dancing« schaffte es auf einen respektablen Platz neun in den Charts, obwohl sie – seien wir ehrlich – ein Haufen Scheiße war. Sie krankte an piepsigen Stimmen und dem blechernsten

Gitarrensound, den man sich vorstellen kann, einfach schrecklich. Sogar der Text war lachhaft. Es ging um jemanden, der in der Disco einem hübschen Mädchen zusieht, das die neuesten Modetänze wie den Jerk oder Locomotion tanzt.

Wären sie aus Philadelphia oder Detroit gewesen, wo Songs über Tänze die Norm waren, hätten sie sich das vielleicht erlauben können. In der amerikanischen Musik gab es haufenweise Songs mit Titeln wie »Do the Funky Chicken«, und »Keep on Dancing« war sogar ursprünglich ein Hit für die US-Band Gentries gewesen – aber das war eben Amerika. Auf Schottisch über den Jerk zu singen ist ein ganz anderes Kapitel. Und um die Absurdität perfekt zu machen, war der Song derart *un*-funky, dass sogar David Cassidy gelacht hätte.

Falls es seltsam anmuten sollte, dass gerade ich ihre Musik kritisiere, muss ich erklären, dass ich nie Illusionen hatte, was ihre musikalischen Fähigkeiten anging. Die vielen Rockkonzerte hatten mich mit einer kritischen Antenne ausgestattet, die sehr empfindlich auf Zweitklassigkeit reagierte, und mir war nur zu bewusst, dass die Rollers unter diese Rubrik fielen. Vielleicht war ›zweitklassig‹ sogar noch zu freundlich, denn ihr Sound war papierdünn und total substanzlos. Kein Wunder, dass sie praktisch keine Fans hatten, die älter als fünfzehn waren. Während der gesamten Zeit meiner Rollermania war ich hin und her gerissen zwischen dem Wissen, dass sie nicht Led Zep waren, und der Tatsache, dass ich sie trotzdem liebte.

Die Rollers standen mit ihrer Dürftigkeit nicht allein da. Dürftigkeit war damals bei fast allen Teenidolen vertraglich vorgeschrieben. Doch aus mehreren Gründen forderten die Rollers den schlimmsten Spott heraus. Der erste war, verständlicherweise, ihre Uniform (wadenlange karierte Hosen, karierte Schals, gestreifte Socken), die sie in der Öffentlichkeit stets tragen mussten. Hinzu kam, dass sie sich noch als wahre Romantiker gebärdeten, während Rivalen wie Gary

Glitter (»Do You Wanna Touch?«) und The Sweet auf echten Sex setzten. Und außerdem konnten sie es qualitativ nicht mit amerikanischen Konkurrenten wie Cassidy, den Jackson Five und den Osmonds aufnehmen, die einfach die besseren Songs hatten.

Die viel belachten Kostüme waren Patons Idee, ein Gimmick, um seine mehr als durchschnittlichen Jungens aus dem Durchschnitt herauszuheben. Mittlerweile war 1974, und die Band in ihrer klassischen Besetzung stand: die Longmuirs, Faulkner (Lieblingsessen: Pfirsich-Flambé), Gitarrist Stuart ›Woody‹ Wood (Steak Pie und Fritten) und Sänger Leslie McKeown (überbackene Scholle). Das Schottenkaro funktionierte auf mehreren Ebenen. Es unterstrich ihre schottischen Wurzeln, die zu kurzen Hosen waren ein Gesprächsthema (und lenkten die Aufmerksamkeit von ihrem mickrigen Körperbau ab), und die gestreiften Socken weckten sportliche Assoziationen. Jeder Roller peppte seine Uniform individuell auf, Woody trug zum Beispiel ein großes W auf seinem T-Shirt, Eric verzierte sein Sakko mit Buttons, und Alan entschied sich für eine karierte Weste, mit der er wie ein fönfrisierter Buchhalter aussah. Ein anderes Markenzeichen waren die geöffneten oberen Hosenknöpfe, ein raffinierter kleiner Trick, um die Mädchen heiß zu machen. Und er funktionierte. Jedenfalls bei mir.

Die Uniformen, bekannt als ›Rollergear‹, waren absurd, aber zumindest trennten sie die Frauen von den Mädchen. Deine Liebe zu dieser Band musste grenzenlos sein, um über die komische Kluft hinwegzusehen – wenn du es nicht konntest, warst du kein Fan. Natürlich gab es viele Fans, die selbst Rollergear trugen, eine Idee, auf die ich nie gekommen wäre. Es war eine simple Überlegung: Mein ganzer Lebenszweck bestand darin, sie in mich verliebt zu machen, und das würde mir wohl kaum gelingen, wenn ich mich anzog wie sie.

Die Besetzung hatte sich etwa um die Zeit stabilisiert, als

ihr zweiter Hit, »Remember (Sha-la-la)«, im Februar 1974 in den Charts zu klettern begann. Damals war McKeown eingestiegen, der einen gewissen Nobby Clarke als Sänger ablöste, und von dem Punkt an war ihnen der Erfolg garantiert.

Leslie war der Robbie Williams seiner Ära – der Roller, der rauchte, trank und ganz allgemein ein bisschen unartig war. Er war der Einzige, der so aussah, als könnte er möglicherweise Sex gehabt haben, obwohl das angesichts Tams permanenter Aufsicht unmöglich allzu oft passiert sein konnte. Die Vorstellung, mit Leslie zu schlafen – oh, diese wissenden Augen –, war so überwältigend, dass ich mich an dieses quälende Verlangen so unmittelbar erinnere, als wäre es gestern gewesen. Vielleicht mache ich lieber einen Moment Pause …

Er fuhr einen blauen Mustang, in dem er im Mai 1975 eine alte Dame überfuhr und tödlich verletzte. Er kam mit einer Geldstrafe von 150 Pfund davon, was uns ganz okay zu sein schien, schließlich war es ja nicht so, als hätte er das absichtlich getan, oder? Einige Monate später wurde ein fünfzehnjähriger Fan vor McKeowns Haus in West Lothian mit dem Luftgewehr in den Kopf geschossen. McKeown hatte nichts damit zu tun, aber es waren turbulente Zeiten für ihn.

Er war einfach hinreißend und der Lieblings-Roller jedes vernünftig denkenden Fans. Meiner war er auf jeden Fall, obwohl ich ihn mit meiner Freundin Cathy teilen musste, die einmal tatsächlich den Nerv hatte, mir vorzuschlagen, ich sollte mich stattdessen für Woody erwärmen. »Wir haben niemanden für Woody«, wie sie es ausdrückte, so beiläufig, als fragte sie, ob ich stattdessen nicht lieber einen Cheeseburger wollte.

Cathy und ich lagen uns wegen Leslie in den Haaren, seit wir uns im Januar 1976 am Kennedy Airport kennen gelernt hatten, wo wir darauf warteten, dass die Band zu einem Promobesuch landete. Ich war heimlich ständig damit beschäftigt, mein Aussehen mit ihrem zu vergleichen, und musste bedauernd zugeben, dass Leslie, würde es je so weit kommen, wahrscheinlich ihrem glänzenden dunklen Haar und ihrem knackigen Po den Vorzug geben würde. Sogar ihr Brooklynakzent war nicht so ätzend, wie er hätte sein können.

Aber die Erinnerung ist trügerisch. Während ich schreibe, gute zwanzig Jahre später, betrachte ich das Cover ihres zweiten Albums, *Once Upon a Star*, und bin fassungslos. Statt des jungen Don Juan meiner Erinnerung sehe ich einen mageren Vogel mit dem verhärmten Gesicht, das heutzutage mit Alleinerziehenden und Sozialghettos assoziiert wird. Guter Gott, hatte er immer so ausgesehen?

Auch die anderen haben mit den Jahren nicht unbedingt gewonnen. Eric, den ich immer für schön und poetisch hielt, scheint jetzt mit einem Fuß im Grab zu stehen, während sich beim kleinen Woody herausstellt, dass er Jimmy Hills Kinn hat und die glasigen Augen von einem, der plötzlich aufwacht und sich bei den Bay City Rollers wiederfindet. Derek und Alan sehen so sehr nach Handwerkern aus, dass sie eigentlich Schraubenschlüssel schwingen sollten.

Nein, die Zeit ist nicht freundlich zu ihnen gewesen. Aber liegt es daran, dass die Standards männlicher Attraktivität sich geändert haben, oder daran, dass sie einfach nie besonders attraktiv waren und mir das aus irgendeinem Grund entgangen war? Werden Boyzone-Fans sich 2019 ebenfalls schütteln, wenn sie die Bilder ihrer Boys betrachten?

Ich glaube, die Standards haben sich geändert. Die Rollers hatten kein rigoroses Fitnessprogramm zu absolvieren, wie es heute zum Alltag jeder Teenband gehört. Es gab keine kosmetischen Korrekturen, kein Styling, keine Designerklamotten (ihre Uniformen sahen so aus, als seien sie auf der Nähmaschine einer Freundin genäht). Ihre Versuche, der Natur etwas nachzuhelfen, beschränkten sich auf ein paar Tupfer Grundierung vor Fotosessions und Gigs – ich besitze den Beweis dafür, ein Papiertaschentuch mit Spuren beigefarbenen

Makeups (worauf ich noch zu sprechen kommen werde). Man ließ sie einfach so käsig-bleich, wie sie waren.

Wie auch immer, nachdem Leslie eingestiegen war, änderte sich irgendetwas in der Bandchemie. Nach zwei hitlosen Jahren seit »Keep on Dancing« kamen die Dinge plötzlich ins Rollen. »Remember (Sha-la-la)« schaffte es in Großbritannien bis auf Nummer sechs und schlug damit den »Wombling Song«, »Billy, Don't Be a Hero« von Paper Lace und »Ma, He's Making Eyes at Me« von der zehnjährigen Lena Zavaroni. Es war der Beginn einer zweieinhalb Jahre währenden Serie von Hits. Da war »Shang-a-Lang«, dann »Summerlove Sensation«, dann »All Of Me Loves All Of You«, und das waren nur die von 1974. Am Ende dieses Jahres hatte ihre Popularität alle anderen Teenidole in den Schatten gestellt. Nicht einmal The Wombles reichten an sie heran.

4

1975

Erster Nr.1 Hit 1975 (GB): »Lonely This Christmas«/Mud. Größte Rollers-Hits: »Bye Bye Baby« (Nr. 3 in GB); »Saturday Night« (Nr. 1 in den USA).

DAS JAHR 1975 war das Spitzenjahr für die Rollers. Es brachte zwei Hits, ausverkaufte Tourneen, eine eigene Fernsehserie – »Shang-a-Lang«, einfach epochal – und ihren ersten Vorstoß nach Amerika.

Aber mit dem Erfolg stellten sich auch die üblichen unangenehmen Begleiterscheinungen ein, und jedes Bandmitglied hatte unter nervöser Erschöpfung, Stress oder Tragödien zu leiden. McKeown überfuhr die alte Dame und verprügelte einige Tage später einen Fotografen, wofür er zu 1192 Pfund Geldstrafe verurteilt wurde. Einige Monate später wurde er, als Fans die Bühne sürmten, bewusstlos geschlagen, und im Dezember fand vor seinem Haus der Luftgewehr-Anschlag statt (für den er allerdings jede Verantwortung von sich wies). Mittlerweile zwang die Erschöpfung Derek und Eric, eine Pause einzulegen, während Woody ins Krankenhaus gebracht wurde, nachdem er in Melbourne auf der Bühne zusammengebrochen war. Im Frühling dieses Jahres war ein Polizeisergeant von einem Lastwagen zu Tode gequetscht worden, als er versuchte, vor dem Studio in Manchester, wo die Band ihre Fernsehsendung aufzeichnete, achthundert Fans zurückzuhalten.

Dieser letzte Vorfall vermittelt eine gute Vorstellung davon, wozu Rollers-Fans bereit waren, um den Objekten ihrer Liebe nahe zu sein. Die erste Priorität jedes Fans bestand darin, an die Band heranzukommen, die zweite, andere weibliche Wesen daran zu hindern. Die Fans reagierten auf die leiseste Andeutung, es könnte im Privatleben der Band irgendwelche Frauen geben, so ablehnend, dass auf dem Album *Once Upon a Star* vorsichtshalber eine Fußnote zu den Songs »Marlina« und »La Belle Jeane« abgedruckt war: »Die Namen Marlina und Jeane sind reine Erfindung.« Das war notwendig, um die Jeanes und Marlinas im Land vor Fan-Übergriffen zu schützen. Ich nehme an, die Schreibweise Jeane, was sie »Jennay« aussprachen, war ein Versuch, sich etwas kontinentales Flair zu geben.

Von all dem wusste ich nichts. Die Rollers mochten ja in Europa das Heißeste überhaupt sein, aber bis sie im September 1975 zum ersten Mal Amerika besuchten, wurde ihre Existenz von den amerikanischen Medien ignoriert. Während sie den Rest der Welt eroberten, absolvierte ich halbherzig die Millburn High – wo mein Lieblingsfach, wie bei Derek, Geschichte war – und träumte von meinem saftigen Liebesgott Nr. 1, Robert Plant.

Für mich selbst begann das Jahr 1975 mit dem Entschluss, es sei wohl an der Zeit, mit Drogen Bekanntschaft zu machen, weil alle anderen schon alles darüber zu wissen schienen. Ich hatte mich immer eisern von Drogen fern gehalten, die Nachwirkung eines Films, den ich in der Grundschule gesehen hatte. Sonny und Cher hatten die Hauptrollen und gaben sich alle Mühe, uns die Auswirkungen von Drogen möglichst drastisch vor Augen zu führen. In der haarsträubendsten Szene sah man eine der Halluzinationen, die man von LSD bekommen konnte, und als Sonny sich in ein riesiges Reptil verwandelte, verschreckte mich das so, dass ich mir schwor, niemals irgendeine illegale Substanz anzurühren. Ich bin wahrscheinlich der einzige Mensch, der sich je durch einen Anti-Drogen-Film vom Drogenkonsum abhalten ließ.

Aber jetzt, 1975, fühlte ich mich reif und erwachsen genug, mal ein winziges bisschen von irgendwas zu probieren. Marihuana war die nahe liegende Einstiegsdroge, und ich probierte es bei einer Millburner Soiree, aber der Effekt war derart minimal, dass ich es nach ein paar Versuchen aufgab. Dann schenkte mir Ende Januar eine Freundin namens JJ zum Geburtstag Kokain. Wow – harte Drogen im Sonderangebot. Ich nahm meinen ganzen Mut zusammen, furchtsam (ich freute mich nicht darauf, Reptilien zu sehen), aber wild entschlossen. »Zieh es dir einfach durch die Nase hoch, wie ein Staubsauger«, lautete JJs Regieanweisung, nachdem sie eine Zeit lang mit einer aus unserem Badezimmerschrank entwendeten Rasierklinge hantiert hatte. »Das ist alles.«

Zehn Minuten später fragte ich: »Wann kommt denn was?« Weil bis dahin nichts gekommen war und auch nichts mehr kam. Ich vermute, ich hätte irgendwo auch echtes Kokain auftreiben können, wenn ich gewollt hätte – einige Insassen der Millburn High waren wohlhabend genug, um richtige Drogendealer zu kennen –, aber ich war eigentlich erleichtert, dass mein Versuch, drogensüchtig zu werden, fehlgeschlagen war. Ich fand mich damit ab, die Alibi-Abstinenzlerin zu sein. Wenigstens konnte es mir nicht passieren, dass ich die ganze Nacht durchmachte, um ein Led-Zep-Cover zu analysieren.

Die ich, da wir gerade davon sprechen, einen Monat nach meinem Geburtstag endlich live zu sehen bekam, und, o Mann, war das eine Ernüchterung. Ich hatte es geschafft, mir eine Karte für den ersten Abend eines mehrtägigen Gastspiels im Madison Square Garden zu sichern. Ich ging allein und hoffte wider alle Vernunft, ich könnte Robert Plants Aufmerksamkeit erregen. Natürlich stellte sich heraus, dass ich nur eine von zehntausend Frauen mit ähnlichen Absichten war, und sie waren allesamt vernünftiger gewesen, als sich mit Boots und einem selbst genähten Cape auszustaffieren.

Nachdem ich endlich akzeptiert hatte, dass er mich hinten in Reihe W nicht sehen würde, konnte ich mir in Ruhe das Konzert anschauen. Langweilig? Unvorstellbar. Oh, Plant war schon sexy mit seinem knappen, aufgeknöpften Blouson, hautengen Jeans und der blonden Mähne, die in dem Wind flatterte, den zwanzigtausend hyperventilierende Kids erzeugten. Diesbezüglich hatte es sich gelohnt. Aber mir war nicht klar gewesen, dass die Songs bis zu fünfzehn Minuten dauern würden, weil Jimmy Page auf seiner Gitarre improvisierte, oder dass es ein zwanzigminütiges Drumsolo geben würde. Nichts auf einem ihrer drei Alben hatte mich auf die trostlose Realität vorbereitet, immer wieder auf die Uhr sehen und mich fragen zu müssen, warum es außer mir niemanden so anödete, dabei zuzusehen, wie John Bonham sein Schlagzeug zerhackte und durch nichts erkennen ließ, ob er irgendwann damit aufhören würde. Und dann noch diese endlosen Gitarrensolos …

Im Nachhinein kann man verstehen, warum es Zeit für Punk wurde. Als ich an diesem Abend mit dem letzten Zug nach Millburn zurückfuhr, war ich sehr gedämpfter Laune.

Einige Monate später wurde ich an diesen Abend erinnert, als ich *Wouldn't You Like It*, das dritte Rollers-Album, kaufte und entdeckte, dass der letzte Track doch tatsächlich ein Schlagzeugsolo enthielt. Es trug den Titel »Derek's End Piece« – ich wette, das verfolgt ihn heute noch – und ist die mit Abstand primitivste Interaktion zwischen Mensch und Perkussionsinstrument, die je auf Vinyl gepresst wurde. Ich kann allen nur dringend ans Herz legen, in Secondhand-Plattenläden danach zu suchen.

In dieser ersten Hälfte des Jahres 1975 plätscherten die Tage im Großen und Ganzen wie immer dahin. Schule, Teilzeitjob in der East-Orange-Reinigung, noch ein Job als Kassiererin im Shop-Rite-Supermarkt, gelegentlich irgendwelche Konzerte in New York. Mein Tagebuch behauptet, ich hätte Humble Pie, die Climax Blues Band, Journey, Supertramp und Lynyrd Skynyrd gesehen, aber ich erinnere mich an kein einziges der Konzerte. Allerdings weiß ich, dass die ersten beiden Bands zu ebenso langen Gitarrensolos neigten wie Led Zep, also habe ich die Erinnerung an sie wahrscheinlich verdrängt. Sie standen für das typische Ethos dieser Tage, Dinge wie vernünftige Melodien auf dem Altar von ›Progressivität‹ oder ähnlichem Schwachsinn zu opfern.

Im Mai stellte mich meine frühere Schulfreundin Marcy einem Kerl namens David vor, den sie beim Philosophiestudium an der Drew-Uni in Madison kennen gelernt hatte. Er sollte noch eine wichtige Rolle in der Roller-Saga spielen, aber unser erstes Treffen verlief nicht besonders glücklich. Wir waren auf einer Geburtstagsparty am College, und offensichtlich hatte er Marcy gesagt, dass ihm meine Nase gut gefiel. Sie erzählte ihm, ich sei »ziemlich single«, wie sie es unschmeichelhaft ausdrückte, und regte an: »Sie steht wirklich auf Led Zeppelin, und vielleicht redet sie mit dir, wenn du hingehst und sagst, du würdest für sie arbeiten.« Als würde ich auf so was hereinfallen.

Trotzdem wanzte er sich an mich ran und sagte mit dick aufgetragenem Cockney-Akzent: »Hallo, Süße, ich bin David. Ich höre, du bist Led-Zeppelin-Fan, da interessiert's dich vielleicht, dass ich ihr Manager bin.« Er lächelte hoffnungsvoll.

Ich musterte ihn von oben bis unten und ließ das unmodisch kurze Haar, die dicke, schwarz geränderte Brille und den Button-Down-Kragen auf mich wirken.

»Ah ja, ihr Manager? Dann sag mir doch bitte, was aus Peter

Grant geworden ist!«, forderte ich und musste ein triumphierendes Grinsen unterdrücken, weil ich aus dem *Circus* wusste, dass Zep einen Manager hatten, der Peter Grant hieß. Aber David gab nicht so schnell auf. »Ich glaub, du musst da was verwechseln, Süße, bei uns arbeitet kein Peter Graaaant.«

»Hau bloß ab«, sagte ich genervt. Selbst wenn er für Led Zep gearbeitet hätte, glaubte er wirklich, ich könnte mich für jemanden in einer grauen Sta-Prest-Hose interessieren? Ich war vielleicht nicht so umwerfend wie Karen Rothschild, die Sexbombe unserer Schule, aber ich wusste, dass ich etwas Besseres verdiente als ihn. Ich sah mich nach Marcy um, weil ich ihr gründlich die Meinung sagen wollte, und David legte seine Hand auf meinen Arm. »Äh ... na schön, ich arbeite nicht für sie. Ich hab bloß Spaß gemacht.«

»Mein Gott«, murmelte ich und rauschte davon. Ich erwartete nicht, ihn wieder zu sehen, aber zu meinem Missvergnügen rief er einige Tage später an und machte es sich dann zur Gewohnheit, mehrmals in der Woche durchzuklingeln. Zuerst war ich unverhältnismäßig schroff wegen seines kleinen Vergehens. Ich weiß nicht, warum er mir das durchgehen ließ, aber er tat es, und schließlich wurden wir Freunde.

Mit vierundzwanzig war David beträchtlich älter, aber trotzdem verbrachten wir viel Zeit miteinander. Er war mir treu ergeben und wäre gern mein offizieller Freund geworden, was er zum Ausdruck brachte, indem er mich jeden Tag nach der Schule abholte und ins Millburn Diner einlud, wo ich über mich selbst redete und er zuhörte. Ich erwiderte seine Gefühle nicht und nutzte ihn, schamloses Geschöpf, das ich war, nach Strich und Faden aus. Da er immer noch zu Hause im nahe gelegenen Summit wohnte und von seinen Eltern großzügig unterstützt wurde, hatte er immer genug Geld und offenbar nichts dagegen, es für mich auszugeben. Ich nahm seinen Wagen, um Auto fahren zu lernen, nahm seine Zigaretten, um rauchen zu lernen (und erwartete, als ich dann nicht mehr aufhören konnte, dass er meine Nikotinsucht finanzierte), überredete ihn, meine Eintrittskarten für Konzerte zu bezahlen, und das alles tat ich ohne den leisesten Anflug von schlechtem Gewissen. Es vergingen Jahre, bis ich mich endlich bei ihm entschuldigte. Er spielte eine entscheidende Rolle in der Rollers-Saga, weil wir entdeckten, dass ein männlicher Erwachsener manches möglich machen konnte, was minderjährigen Mädchen nicht gelang. David war von unschätzbarem Wert, um Hotelzimmer zu buchen und Informationen aus Angestellten von Fluggesellschaften herauszukitzeln, und als es wirklich dazu kam, die Rollers zu verfolgen, wären wir ohne sein Auto, einen rostenden 67er Oldsmobile, der bei uns nur die ›Schrottmühle‹ hieß, aufgeschmissen gewesen.

Mitte 1975 hatte ich immer noch keinen festen Freund – ich hatte nie einen gehabt –, und von David abgesehen auch keine Chancen. Ich hatte mich auf Robert Plant versteift, aber dazu hätte ich, wie der Gig gezeigt hatte, erst ein paar Millionen andere Weiber verscheuchen müssen. Die Schule bot auch nicht gerade reiche Auswahl. Ich war mit vielen Jungen befreundet, aber wenn man mal jemandem dabei zugesehen hat, wie er bei Crosby, Stills & Nashs nervenzerfetzendem »Marrakesh Express« Dope raucht, vergeht einem jede romantische Regung.

Der Frühling wuchs sich zu einem bemerkenswert heißen Sommer aus. Die Schwüle war unerbittlich und durchweichte auf dem kurzen Weg von unserem Mietshaus zur Schule jedes Kleidungsstück. Weil es mich mit der Zeit langweilte, bei Shop-Rite Einkäufe einzutüten, schmiss ich meinen Job und verbrachte den üblichen faulen Juli und August in irgendwelchen Partykellern und mit der bangen Frage, ob ich je einen Jungen finden würde, der hinter meinem, wie ich fand, unansehnlichen Äußeren den romantischen Popfan entdecken konnte. Ich rechnete in nächster Zeit nicht damit.

Meine Freunde fingen an, das Leben ernst zu nehmen und

Gedichte darüber zu schreiben. Marcy zeigte mir eins von ihren, es ging so:

»And you/And I/Always/Can it be?/First there is a mountain/Then there is no mountain/Then there is.«

Ich erkannte das mit dem Berg als Donovan-Songtext wieder und fand den Rest entsetzlich. Aber selbst wenn ich sentimentaler gewesen wäre, hätte ich wohl keine Gedichte geschrieben. Trägheit lag mir viel eher als Aktivität. Ich war einmalig ehrgeizlos und unfähig, mir ein Leben nach der High School vorzustellen, wo ich demnächst mein letztes Jahr machen würde. Ich ging davon aus, dass ich nach der Schule auf die Uni gehen würde, wie es sich für jüdische Mädchen gehörte, aber schon der Gedanke daran entkräftete mich. Ich hatte keine Ahnung, was ich später mal machen wollte – außer ›irgendwas mit Musik‹ –, und versuchte, nicht darüber nachzudenken, womit ich meinen Lebensunterhalt verdienen würde. Ich war ganz zufrieden damit, mich treiben zu lassen.

Eins der wenigen Dinge, die meine Leidenschaft weckten, waren Jungs. Taktil veranlagt, wie ich war, sehnte ich mich danach, Händchen zu halten, und übte das in meinem Zimmer, indem ich mit mir selbst Händchen hielt und so auf dem Teppich herumspazierte. Als ich das perfektioniert hatte, wagte ich mich daran, den Spiegel zu küssen, ein Auge offen, um einen Eindruck davon zu bekommen, wie ich aussehen würde, falls mich je ein lebender Mensch küssen sollte. Außerdem führte ich imaginäre Unterhaltungen, um ein Gefühl für witzige, schlagfertige Bemerkungen zu bekommen, und orientierte mich dabei an Georgette Smith, einem Mädchen aus meiner Klasse mit kantigem Gesicht, dem stets ein Gefolge von Sklaven auf der Millburn Avenue hinterherzockelte.

Der Umschwung war nah. Die Rollers waren nur Wochen entfernt.

5

ENDE DES SOMMERS 1975 traf Arista, die amerikanische Plattenfirma der Rollers, letzte Vorbereitungen für den ersten US-Besuch der Band. Verglichen mit der militärischen Präzision heutiger Boygroup-Werbefeldzüge, mit denen Hunderte Millionen Dollars zu scheffeln sind (New Kids on the Block, die erste Gruppe, die alle Möglichkeiten des Merchandising voll ausschöpfte, sollen rund eine Milliarde Dollar daran verdient haben), funktionierte das Marketing nach dem Zufallsprinzip.

Der Plan für die Rollers-Stippvisite war rudimentär. Man hatte arrangiert, dass sie der breiten Öffentlichkeit im Fernsehen vorgestellt werden sollten, eine durchaus vernünftige Idee. Aber was für eine Sendung suchten sie sich aus? Keine etablierte mit einem großen Publikum, sondern die brandneue »Saturday Night Live With Howard Cosell«, nicht zu verwechseln mit der Comedy-Sendung »Saturday Night Live«, die im selben Jahr Premiere hatte. Wie man dem Titel entnehmen kann, lief sie an einem Samstagabend, an dem natürlich kein Mensch zu Haus bleibt, um fernzusehen. So weit, so clever, Arista.

Jedenfalls sollten die Rollers nicht ein, sondern zwei Mal bei Cosell auftreten: das erste Mal per Satellitenschaltung aus London am 20. September. Zehn Tage später würden sie dann nach New York fliegen und diesmal leibhaftig in der

Sendung auftreten. Sie sollten fünf Tage in Manhattan verbringen, Fotoshootings in der ganzen Stadt machen und der Lokalpresse Interviews geben.

Davor, im August, tauchten kleine Artikel in Jugendmagazinen wie *Tiger Beat* und *16* (»Die Nummer eins bei über sieben Millionen Teenagern«) auf. Arista schusterte währenddessen aus Schnipseln ihrer ersten drei in Großbritannien erschienenen LPs das Album *Bay City Rollers* zusammen. Es sollte Ende September veröffentlicht werden, zeitgleich mit ihrem Besuch.

Und das war es auch schon an Promotion. Der Rest lag jetzt bei den zukünftigen Fans. Wenn sie eins der Artikelchen in einem Teenagermagazin lasen und neugierig genug waren, um Arista anzurufen, wurden sie an eine PR-Agentur verwiesen, Carol Strauss & Company, deren Aufgabe es war, vor der Ankunft der Band ordentlich Begeisterung zu schüren.

Ich las den kurzen Artikel in *16*, eine Jubelarie über die Band aus dem exotischen Schottland, die uns demnächst beehren würde. Daneben war ein Foto der einfältig grinsenden BCRs in vollem Schottenkaro-Ornat abgedruckt. Als regelmäßiger Leser der englischen Musikpresse wusste ich natürlich von den Rollers, aber sie in diesem neuen Kontext zu sehen, berührte mich irgendwie. Als braver Zep-Fan hatte ich Teeniebands immer abgelehnt, aber plötzlich sahen sie so … tja … nicht hirnlos wie sonst, sondern frisch und irgendwie witzig aus. Als ich weiterlas, fiel mir auf, dass sie jünger waren als die meisten Mitglieder anderer Bands, alle zwischen achtzehn und vierundzwanzig, wie der Artikel behauptete. Das an sich war schon etwas Neues. Sie hatten mit den Altersangaben zwar etwas geschummelt, aber sogar Alan, der Älteste, war in Wirklichkeit erst siebenundzwanzig.

Und was noch wichtiger war: Sie lächelten. In den Siebzigern lächelten Bands nicht, damit sie bloß nicht zu freundlich wirkten, aber die Rollers strahlten über das ganze Gesicht. Es gefiel mir. Auf ihre Art wirkten sie viel radikaler als Zep oder Grateful Dead oder eine der anderen Bands, die ich immer für so individualistisch gehalten hatte. Soso, sie kamen also nach Amerika? Das erforderte weitere Nachforschungen.

Ich rief Carol Strauss & Company an, wo eine gestresst klingende Assistentin mir mitteilte, dass sie am 30. September nach New York fliegen würden. Wenn ich kurz vorher anriefe, sagte sie noch, würde sie mir die genauen Flugdaten geben – die Idee dahinter war, so viele Leute wie möglich zum Kennedy Airport zu locken, um den Rollers einen Beatles-würdigen Empfang zu bereiten.

Ich diskutierte das mit David, als wir an einem Tag Anfang September in meinem Zimmer saßen und meinen neuen Haarschnitt bewunderten, von dem ich glaubte, ich sähe damit wie Russell Mael von den Sparks aus (also der Lockige, nicht der mit dem Hitlerbärtchen). Der Haarschnitt war ein Kunstwerk, wenn man bedachte, mit welchem Material der Friseur hatte arbeiten müssen. Ich war bei Davian gewesen, einem Salon in Manhattan, von dem ich in einem Modemagazin gelesen hatte, fest entschlossen, etwas an der amorphen Masse auf meinem Kopf zu ändern. Es war der zurzeit angesagteste Salon – Beverly Johnson, das erste schwarze Model, das auf einem *Vogue*-Titel erschien, ging gerade, als ich kam –, und die Kringellöckchen, die der Stylist aus meiner Holzwolle getrickst hatte, waren jeden Penny der unglaublichen zwanzig Dollar wert, die er dafür verlangte.

Wie alle Männer hatte David die Rollers auf den ersten Blick verabscheut und sich doch gleichzeitig bereit erklärt, mich am Dreißigsten zum Kennedy Airport zu fahren. Aber mir kam der Gedanke, es könnte Spaß machen, mehr zu tun, als sie nur am Flughafen zu empfangen. Wie wäre es, diese umgänglich aussehenden Jungs, die nur ein paar Jahre älter als ich waren, tatsächlich zu treffen? Die Mädchen in England himmelten sie an, warum nicht herausfinden, wie anhimmelnswert sie waren?

»Vielleicht sollten wir Strauss erzählen, wir kämen von einer Zeitschrift, und um ein Interview bitten?«, dachte ich laut.

»Sie werden uns nicht glauben«, antwortete David, steckte sich zwei Zigaretten in den Mund, zündete sie an und reichte mir eine rüber. Ich wischte unauffällig den Filter ab, ehe ich daran zog, und mir fiel eine Lösung ein. »Aber wenn wir Presseausweise und Visitenkarten und so was alles hätten?«

Wie wir bald feststellten, waren Presseausweise nicht leicht zu bekommen – man musste mindestens dreimal etwas veröffentlicht haben, ehe man sich für die Presseakkreditierung vormerken lassen konnte. Visitenkarten allerdings – dafür brauchte man nur zehn Dollar, und jeder Drucker machte einem auf die Schnelle einen Stoß inklusive Schachtel. Am Ende der Woche hatten wir zweihundertfünfzig weiße Kärtchen, auf denen groß ›*Backstage Magazine*‹ – denn nach Backstage wollten wir ja – und unsere Telefonnummer stand.

David sprach Strauss an – neue Zeitschrift, großes Interesse an Pop-Phänomenen wie den Rollers, würden zu gerne ein Interview mit ihnen machen, blabla. Strauss sagte, sie würde uns Bescheid geben, aber am Ende wurden wir abgewimmelt, wie ich am 5. September in meinem Tagebuch notierte:

»Carol Strauss rief Dave gestern Abend zu Hause an. Die Rollers haben nicht etwa zu viele Interviewtermine, wie wir befürchteten, sie sagte, sie würden wahrscheinlich nur sehr wenige Interviews geben. Aber sie sagte, sie würde sich wieder melden, und Dave meinte, sie hätte sehr freundlich geklungen.«

Immerhin bekamen wir dank unseres Magazins *Backstage* Eintrittskarten für die Howard-Cosell-Show am 20. September, die Sendung, in der sie per Satellitenschaltung auftreten würden. Ich war so erfreut, dass ich bis zum Tag der Sendung nicht merkte, dass es Karten für die Generalprobe am Nachmittag waren, an der die Rollers nicht teilnahmen. Also brachte

Cosell, ein für seine Lakonie berühmter Sportreporter, der als Moderator einer Unterhaltungssendung nicht ganz sattelfest war, seine kleine Nummer über ›die heißeste neue Band aus England‹, die Bühnenhelfer rollten eine Leinwand aus, und – nichts. Drei Minuten Rollers-lose Stille, sehr zu meiner Empörung.

Trotzdem sah ich mir am Abend zu Hause die richtige Satellitenübertragung im Fernsehen an, und damit war mein Schicksal unwiderruflich besiegelt. Nachdem ich sie bisher nur in Zeitschriften gesehen hatte, war der Anblick, wie sie live ihre erste in Amerika veröffentlichte Single »Saturday Night« sangen, ein echter Schock. Innerhalb einer Millisekunde entschied ich, dass sie das Hinreißendste waren, was ich je zu Gesicht bekommen hatte. Von diesem Moment an gehörte ich Leslie mit seinem abschätzenden Lächeln und seinem wackelnden Hintern. Mein Gott, aber er war so süß, so ausgelassen, wie er den Rest der Band in den Sprechchor »Saturday Night!« führte. Ich hatte noch nie eine Band mit so viel überschäumender Energie, so viel Lebensfreude gesehen. Robert Plant? Robert Schmant.

Ich kniete vor dem Bildschirm und presste meine Hände dagegen, wann immer Leslie ins Bild wackelte. »Sieh sie dir an!«, kreischte ich David zu, der auf dem Sofa lümmelte und die Unterlippe vorschob. Er machte keine Anstalten, es mir gleichzutun, zündete sich eine Zigarette an und blies melancholisch Rauchringe an die Decke.

Beim Studiopublikum in London lösten sie an diesem Abend ähnliche Hysterie aus. Nachdem sie mit »Saturday Night« durch waren, gab es einen Sturm auf die Bühne, in dessen Verlauf Leslie kurz bewusstlos geschlagen wurde. Das geschah nach der Satellitenübertragung, wir sahen es also nicht, aber ich wusste genau, was in diesen Mädchen vorging. Ich wäre selbst am liebsten als Erste auf die Bühne gerannt.

Kaum endete die Sendung, rief auch schon meine Freundin Sue J an. »Mein Gott«, stieß sie atemlos hervor. »Eric.« Als sie das sagte, wusste ich, dass etwas Seltsames mit uns vorging. Sue, die fünf exzessive Jahre älter war als ich und eine noch größere Musikfanatikerin, war nicht das Mädchen, das sich für Teeniebands begeisterte. Wir hatten uns vor sechs Monaten bei einem Queen-Gig kennen gelernt und gingen seitdem oft zusammen zu Konzerten, sie immer mit ihrer Kamera. Sie arbeitete an einer Mappe, mit der sie einen Job als professionelle Fotografin an Land zu ziehen hoffte. Ich hatte sie zu Hause in Bayonne, in der Nähe des Newark Airport, besucht und ihre zahllosen Fotoalben gesehen. Sie hatte es geschafft, jeden von Paul McCartney bis Brian Jones zu fotografieren, dem sie sogar die Andeutung eines Lächelns entlockt hatte, als sie ihn beim Verlassen seines Hotels erwischte. Seitdem hatte sie eine Schwäche für Jones – vor einigen Jahren hat sie sogar noch sein Grab in Cheltenham besucht.

Nur zwei Wochen zuvor hatte Sue mich zu einem Konzert der Heavy-Rock-Grunzer Uriah Heep geschleift. Jetzt hyperventilierte sie wegen eines Bay City Rollers. Was war da los?

In dieser Nacht schrieb ich: »Wir haben sie gerade im Fernsehen gesehen, und ich kreischte wie eine Irre. Ich hätte nie gedacht, dass ich wegen einer Teenieband kreischen würde, aber ich war HINGERISSEN! Leslie! Wir müssen einfach in die *Cosell Show* kommen, wenn sie hier sind, wir müssen einfach.«

Carol Strauss kam mit den Flugdaten rüber. Sie würden am 30. September um vierzehn Uhr fünfunddreißig mit dem TWA-Flug 703 eintreffen. »Dave hat Carol Strauss angerufen, und sie sagte, es würden Zillionen von Kids da sein, weil WPIX das ganze Wochenende lang Ankündigungen gebracht hat«, schrieb ich am Tag davor. »Melanie Mackins Vater ist Co-Produzent der *Cosell Show*!! Aber da sie und ich uns kaum kennen, bringe ich es nicht fertig, sie nach einer Eintrittskarte zu fragen. Na, jedenfalls, David hat den Fernsehsender angerufen und gesagt, dass wir von *Backstage* kommen, und sie sagten, sie würden versuchen, zwei Karten für uns aufzutreiben.«

Aber das taten sie nicht, darum bekamen wir nie Karten für die Show am 4. Oktober, den Höhepunkt des fünftägigen Rollers-Besuchs.

Auch egal. Der 30. September sah mich, Sue J und einen sehr widerwilligen David am Kennedy Airport. Ich hatte mich für diese kleine Expedition mit besonderer Sorgfalt gekleidet: blassblaue, ausgestellte Cordsamthose, einen kurzen Polyester-Trenchcoat für den salopp-aber-schicken Look und eine Baskenmütze, die der letzte Schrei aus Paris-via-Newark war. Ich war bereit für Leslie, falls unsere Blicke sich auf einem überlaufenen Flughafen treffen sollten.

Tragischerweise kam es nicht dazu. Strauss hatte ganze Arbeit geleistet, um aus ihrer Ankuft ein Riesenspektakel zu machen: Etwa zweihundert Mädchen waren da, zusammen mit Crews von allen lokalen Radio- und Fernsehsendern. Daher drängten sich zu viele Menschen in einer zu kleinen Empfangshalle, als dass ich und Sue auch nur in die Nähe eines Rollers gekommen wären. Die Band hätte es vielleicht sowieso nicht zu schätzen gewusst, nach einem siebenstündigen Flug und der vorangegangenen Verabschiedung in Heathrow, die stark an die alten Wochenschau-Aufnahmen von den Auslandsflügen der Beatles erinnerte.

Wir schwirrten herum und warteten, dass sie auftauchten. Ein Angestellter von Arista wanderte durch die Menge und verteilte Schottenkaro-Schals; meinen steckte ich in meine Tasche, damit es nicht so aussah, als trüge ich Rollergear. Jemand anderes verkaufte das gerade erschienene amerikanische Debütalbum, *Bay City Rollers*. Die billige Aufmachung – vorne drauf ein Foto von den Rollers mit einer karierten schottischen Grenze, auf der Rückseite eine Liste der Songs und keinerlei weitere Informationen – ließ darauf schließen, dass es mit der heißen Nadel gestrickt war. An das liebevolle Artwork von Zep und Yes gewöhnt, konnte ich nur abfällig den Mund verziehen. Ein älteres Mädchen lächelte mitfühlend, und wir kamen ins Gespräch. Sie berichtete für eine echte Zeitung über das Event und wusste, wo die Band absteigen würde. »Sie sind im Westbury Hotel in Manhattan. Irgendwo in den East Seventies. Erzähl's nicht weiter«, flüsterte sie mit einem strengen Blick auf eine zwölfjährige Lauscherin mit tropfender Nase.

Dann erschienen sie endlich, flankiert von Tam und ein paar bulligen Typen, und wir drängten uns so nahe heran, wie die Absperrgitter es erlaubten. Zum Anbeißen, dachte ich, als ich Leslie ehrfürchtig anstarrte, der vorsichtig die Lage sondierte, während ein kleines Lächeln um seinen schmalen Mund spielte. Er sah viel besser aus als auf Fotos, die seine Geschmeidigkeit und seine selbstbewusste Haltung nicht rüberbrachten. Ich knipste ein Instamatic-Foto nach dem anderen und behauptete grimmig meine Stellung, während zweihundert kindliche Mädchen mit ihren kleinen Hufen scharrten und drauf und dran waren, die Absperrungen niederzureißen.

Die anderen Rollers, die kleiner waren, als ich erwartet hatte, stießen sich an, offenkundig begeistert, in New York zu sein. Alle außer dem armen Woody, der wie immer verstört und deplatziert aussah. Etwas unvorteilhaft in BCR-Schlechtwetteroutfit gekleidet – ein dicker, mit Schottenkaro abgesetzter Mantel –, irrte er hinter der Absperrung umher, als würde er auf einen Zug warten.

Zehn Minuten später wurden sie nach draußen eskortiert, und als sie an uns vorbeikamen, streckte ich aufs Geratewohl den Arm aus und wurde damit belohnt, dass ich kurz Alans steif gegelten Haarschopf berühren konnte. Sie zwängten sich in eine schwarze Limousine und brausten davon. Wir hetzten sofort zu unserer Schrottmühle, um sie zu verfolgen, und trafen nur wenige Minuten nach ihnen am Westbury Hotel in der Upper Eastside ein.

Dank David konnten wir einfach am Portier vorbei in das elegante Hotel marschieren. »Geh zur Rezeption und frag nach Tam Patons Zimmer«, instruierte ich David, der die Augen verdrehte und murmelte, er würde bloß hoffen, dass er keinem begegnete, der ihn kannte.

»Aber was soll ich zu ihm sagen?«, fragte er skeptisch.

»Wir wollen nicht mit ihm reden, wir wollen bloß rauskriegen, auf welcher Etage sie sind«, erklärte ich ihm und bekam damit die Situation in den Griff. Sobald er in Erfahrung gebracht hatte, dass Tam in Zimmer 1409 wohnte, ließen Sue und ich ihn in der Lobby zurück, wo er die *New York Times* las, während wir uns in den vierzehnten Stock stahlen.

Bei Nummer 1409 pressten wir unsere Ohren an die Tür. Ja, das da drin waren eindeutig schottische Akzente. An diesem Punkt hätten wir eine der klassischen Triff-deinen-Star-Nummern abziehen müssen. Ich hatte davon gehört, dass einige Mädchen sich zum Beispiel als jemand vom Room Service ausgaben – »Hey, Leslie, hast du Appetit? Hier bin ich, greif nur zu, mein Großer« – oder sich selbst in einer großen Schachtel ins Zimmer liefern ließen. Aber nachdem wir uns eine Weile im Flur herumgedrückt und das gedämpfte Gespräch drinnen belauscht hatten, bekamen wir Schiss, dass wir erwischt werden könnten, und verzogen uns.

»Die Rollers waren bei allen Radiosendern. Sie klangen ziemlich keck. Dave rief Strauss an, die sagte, es würde eine große Pressekonferenz geben, in die sie uns vielleicht hereinbringen könnte. Wir sollen wie immer ›morgen noch mal anrufen‹. Ich würde sie lieber in einer entspannten Situation treffen. Ich kann Horden von kleinen Kindern nicht ausstehen«, schrieb ich am 1. Oktober.

Am Tag danach, einem grauen, herbstlichen Donnerstag,

sagte Strauss, die uns offensichtlich durchschaut hatte, wir dürften nicht zur Pressekonferenz kommen. »Aber sie haben heute Abend einen Fototermin im Rockefeller Center, da könntet ihr vielleicht hinkommen«, setzte sie widerwillig hinzu.

Die Rollers trafen mit dem Einsetzen der Dämmerung ein und stellten sich folgsam vor der goldenen Prometheus-Statue für die Phalanx der Fotografen auf. Diesmal war mir eine unverstellte Sicht auf sie vergönnt. Sue und mir gelang es, uns mit Ellenbogeneinsatz bis vor die erste Reihe der Fotografen durchzuboxen, und zehn paradiesische Minuten lang waren wir nur knapp anderthalb Meter von der Band entfernt. Woody und mich trennten sogar nur Zentimeter, und ich nahm erfreut zur Kenntnis, dass er Akne hatte. Damit konnte ich mich identifizieren.

Er und seine Kameraden scharrten mit den Füßen und gaben sich einen halbwegs glaubhaften Anstrich von Fröhlichkeit. In Wirklichkeit waren sie von den gnadenlosen Promoterminen erschöpft, die sie absolvierten, seit sie einen Fuß aus dem Flugzeug gesetzt hatten. Wie Derek dem *New York Magazine* sagte: »Es ist wie in diesen alten Kriegsfilmen, wo man in einem kleinen Raum verhört wird und in eine Lampe sehen muss.«

Ich stand da und prägte sie mir ein, und Erics Unterleib weckte meine Neugier. Trug er nun einen Slip unter dieser weißen Hose oder nicht? Untendrunter zeichnete sich eine unverkennbar konvexe Form ab, die auf Letzteres schließen ließ, aber so dreist konnte er doch unmöglich sein. Dann störte ein kleines Mädchen meine Träumereien, indem sie mir auf den Fuß trat und schluchzte: »Derek, du bist so schön.«

Derek? Schön? Ich wurde unsanft in die Realität zurückgerissen. Dass irgendwer den Ringo der Band mit seinen Raupen-Augenbrauen anschmachtete, war so abseitig, dass ich unfreundlich zu dem Mädchen sagte: »Schätzchen, mach mal die Augen auf. Wo soll der denn schön sein?«

Tam, der die ganze Zeit neben Woody herumgestanden hatte, hörte meine Bemerkung und sagte ärgerlich: »Das ist gemein. Du bist der erste gemeine Mensch, den ich in Amerika treffe.« Ich wich seinem bösen Blick nicht aus und knipste tapfer weiter, aber ich war leicht erschüttert. Wenn ich mir den Hass des Managers zuzog, das wusste ich, konnte das meiner geplanten Heirat mit Leslie im Weg stehen.

»Er sagte zu mir, ich wäre gemein«, schrieb ich trotzig auf, ehe ich ins Bett ging. »Ich fühle mich geehrt von dieser Auszeichnung. Ich wusste, noch bevor ich ihn kennen gelernt hatte, dass ich ihn hassen würde. Diese Jungs sind die reinsten Gefangenen – sie dürfen nicht mal allein ihre Hotelzimmer verlassen, werden den Journalisten und Fotografen vorgeführt und dürfen, o Mann!, nicht mal Freundinnen haben. Ich frage mich, ob ihnen das Spaß macht.«

Am Samstag, dem 4. Oktober, ihrem letzten Tag in Amerika, wurden sie mit der Fähre zur Autogrammstunde in eine Shopping Mall in New Jersey verfrachtet. David, die Schrottmühle und ich waren dort und warteten bereits auf dem Parkplatz, als sie eintrafen. Ein paar hundert Pubertierende standen im Inneren des Gebäudes Schlange, aber draußen waren wir die Einzigen, und darum hatte ich sie ganz für mich, als sie ankamen.

Woody stieg als Erster aus dem Wagen, und einen Moment lang waren wir allein miteinander und blinzelten uns an. Er wartete misstrauisch, ein Hase im Scheinwerferlicht meiner Augen. »Deine Jeans ist offen«, brachte ich schließlich heraus. Ein toller Satz zum Einstieg. Hilfsbereit, aber mit einer Andeutung von Sex. Er fummelte an seinem obersten Knopf rum, aber ehe er ihn zuknöpfen konnte, erschien Tam neben ihm und schnauzte ihn an: »Lass das!« Seine Hose *sollte* also offen sein? Hinter mir murmelte David: »O Jesus!«

Sie wurden zu einem Seiteneingang geführt, und wir trotteten hinterher, an der Security vorbei, als gehörten wir zur

Band. Plötzlich waren wir alle in einem engen Flur, und ich stand zufällig neben Woody. »Das alles muss euch ja völlig verrückt vorkommen«, sagte ich und versuchte, mitfühlend und un-fanmäßig zu klingen. Als er gerade antworten wollte, tauchte Tam von irgendwoher auf. »Du schon wieder«, sagte er mit seinem singenden Akzent. Als er einen Security-Mann sah, deutete er auf mich. »Kannst du die bitte rausschaffen? Sie nervt die Jungs schon die ganze Woche.« Nervt? Noch heute bringt es mich in Rage, wenn ich daran denke. Wenn es schon ›nerven‹ war, wenn man bei öffentlichen Auftritten einer Band mit ihnen zu reden versuchte, weiß der Himmel, wie er dann wirklich obsessives Verhalten nannte.

Der Security-Mann komplementierte mich und David aus dem Flur heraus und zurück in die Menge, wo ich trotzig eine Position direkt hinter dem Podest einnahm, auf das sie sich setzten, um Autogramme zu geben. Von diesem strategisch günstigen Punkt aus hatte ich die Rücken der Jungs genau im Auge, während sich alle anderen Fans vor dem Tisch anstellten. Genau da knipste ich eins meiner besten Rollers-Fotos, eine Nahaufnahme von Woodys kleinem Arsch.

Gleich darauf verschwanden sie wieder in die Limousine und rollten unter dem erbarmungswürdigen Geschrei pubertierender Mädchen los nach Manhattan. Wir gingen zu mir nach Hause und sahen uns an, wie sie mit zwei Songs in der Cosell-Show auftraten. Am nächsten Morgen verließen sie Manhattan.

Ich war kein kleines Mädchen mehr, ich war eine Frau. Eine Rollers-Frau. Led Zeppelin? Geschenkt.

6

DEN GANZEN HERBST über kaufte und las ich Teenagermagazine, um mich über die Band auf dem Laufenden zu halten, die jetzt anfing, die US-Presse zu erobern.

Im November erschien in einer New Yorker Tageszeitung ein unfreundlicher Artikel von Lisa Robinson, der Altmeisterin unter den amerikanischen Musikjournalisten. Ich hatte wirklich ein Hühnchen mit ihr zu rupfen – sie war nicht nur mit Led Zeppelin befreundet, was mich schon zu wildester Eifersucht veranlasst hatte, jetzt disste sie auch noch die Rollers.

»Weißt du, was wir mit ihr machen sollten?«, fragte ich David.

»Was?«, fragte er besorgt zurück.

»Warum rufst du sie nicht an und tust so, als wärst du Tam, und sagst ihr, dass du unheimlich sauer bist?«

Fünf Minuten später fragte er in der Zentrale der Zeitung nach ihr. Ich hörte nur das Ende der Unterhaltung, aber es gelang ihm, glaubhaft den Eindruck von Gekränktheit und Verärgerung zu vermitteln, und das mit einem sensationell unglaubhaften schottischen Akzent. Er klang so lächerlich, dass ich mich wunderte, wieso sie ihn nicht durchschaute.

Aber das tat sie nicht, ganz im Gegenteil. »Du musst verstehen, Lisa, wir versuchen hier in Amerika Fuß zu fassen, und die Jungs waren sehr verletzt von deinem Artikel«, jammerte er, und dann kam eine Flut rascher Worte vom anderen Ende, als sie versuchte, ihn zu beschwichtigen.

»Sie sagte, es täte ihr Leid, und es sei nicht ihre Absicht gewesen, gemein zu ihnen zu sein«, sagte er, als er schließlich auflegte. Ich nahm das Kissen weg, das ich mir in den Mund gestopft hatte. Ich war mir sicher, die Rollers wüssten zu schätzen, was wir getan hatten.

Im selben Monat brach ich auch die Schule ab. Im September hatte mein Abschlussjahr begonnen, und ich trödelte mich durch einen Stundenplan, in dem auch potenziell interessante Fächer wie Filmkunde vertreten waren, aber ich brachte nicht die rechte Begeisterung auf. Noch schlimmer war, dass ich, weil ich im Vorjahr sämtliche Sportstunden hatte ausfallen lassen, jetzt gezwungen war, jeden Tag eine Stunde Sport zu machen anstatt zwei in der Woche wie sonst. Fünf Stunden Volleyball in jeder geschlagenen Woche, von jetzt bis zum nächsten Juni. Für einen Trampel wie mich, der über seine eigenen Füße stolperte, waren das düstere Perspektiven.

Die Schule abzubrechen war der rebellischste Akt meines Lebens, weil jüdische Mädchen aus gutbürgerlichen Kreisen nicht die Schule schmeißen, sie machen ihren Abschluss, gehen aufs College und landen dann in hoch bezahlten Jobs im Einzelhandel oder in den Medien. Den guten Job wollte ich auch, aber ohne den Umweg übers College. Daher schien es keinen besonderen Grund zu geben, die Millburn High zu Ende zu bringen, abgesehen von dem Gesichtsausdruck meiner Mutter, wenn ich ihr sagen würde, dass ich nicht mehr hingehen wollte.

Die Schule abzubrechen hat in Amerika, wo die meisten Menschen zur Schule gehen, bis sie achtzehn sind, einen äußerst negativen Beigeschmack – die einzigen Menschen in Millburn, die vorzeitig abgingen, waren Jungs, die beim Lesen die Lippen bewegten. Ich war erstaunt und ein wenig erschreckt, dass ich überhaupt daran zu denken wagte. Aber ich war zu der Erkenntnis gekommen, dass ich ins Musikgeschäft wollte, und konnte mir nicht vorstellen, wie vier weitere Collegejahre mir dabei weiterhelfen sollten.

Meine Entscheidung stieß auf erstaunlich wenig Widerstand bei Ma, deren einzige Bedingung war, dass ich die Prüfung zum General Equivalency Diploma ablegte, ohne das es unmöglich gewesen wäre, außer bei McDonald's irgendeinen Job zu finden.

Ende November verließ ich mit besagtem Zeugnis in der Hand für immer die akademische Welt.

»Das ist so toll«, verkündete ich David zuversichtlich. »Ich werde so viel Zeit haben, die Rollers zu sehen, wenn sie das nächste Mal kommen!«

»Ja«, stimmte er deutlich weniger begeistert zu.

Rückblickend muss in meinem Leben wohl etwas Substanzielles gefehlt haben, wenn ich in die Rollers so viel Energie investierte. Die Plötzlichkeit, mit der ich sie zu meinem Lebensinhalt machte, die Wichtigkeit, die sie schnell erlangten, spricht deutlich für einen Mangel irgendwo und an irgendwas.

Aber warum sie und warum zu diesem Zeitpunkt? Weder vorher noch danach war ich je so leidenschaftlich verschossen. Die nahe liegenden Erklärungen – Mangel an realen Jungens zum Verlieben, Langeweile in der Schule – greifen nur zum Teil. Ich kann immer noch nicht ganz verstehen, warum ich an einem Tag im Jahr 1975 die Howard-Cosell-Show guckte, die Bay City Rollers sah und ihnen sofort verfiel. Es erscheint mir so willkürlich, dass ich fest davon überzeugt bin, hätte ich sie zwei Tage vorher oder vier Tage später gesehen, hätte ich sie kaum wahrgenommen.

Der Aufstieg der BCRs an die Spitze der Teeniebopper-Elite in diesem Herbst war reibungslos verlaufen. Er sah folgendermaßen aus:

September: Trip nach New York, Cosell-Show, Veröffentlichung von »Saturday Night« und *Bay City Rollers*.

Oktober: »Saturday Night« beginnt in den Charts zu klettern, dank Dauerpräsenz im Radio und breiter Berichterstattung in den Teeniemagazinen.

November: Große Zeitungen widmen dem Rollers-Phänomen längere Betrachtungen (eigentlich war es bisher nur ein Phänomenchen, da sie allen außer pubertierenden Mädchen erst noch ins Bewusstsein dringen mussten).

Dezember: »Saturday Night« erreicht Platz eins in den Billboard Hot 100.

Es war eine reife Leistung. Wenige Bands hatten es je beim ersten Anlauf an die Spitze der US-Charts geschafft, und schon gar keine Band, die drei Monate zuvor in den Staaten noch absolut unbekannt gewesen war. Es muss ein sehr fröhliches Weihnachtsfest in Edinburgh gewesen sein. Zumindest war es das in Millburn, wo ich ernsthaft erwog, mein »Does your Mama know you've been keeping Bad Company«-Poster abzunehmen, um Leslie mehr Platz einzuräumen.

7

1976

Erster Nr. 1 Hit 1976 (GB): »Bohemian Rhapsody«/Queen.
Größte Rollers-Hits: »Money Honey« (Nr. 3 in GB);
»I Only Wanna Be With You« (Nr. 10 in den USA).

IM JANUAR 1976 kehrten die Rollers nach New York zurück, um erneut in »Saturday Night Live with Howard Cosell« aufzutreten. Der Erfolg in Amerika war gerade zur rechten Zeit gekommen. In England hatten sie ihren Zenit bereits überschritten, und da etwas, das sich Punk Rock nannte, bereits im Hintergrund rumorte, begann ihre jungenhafte Ausstrahlung leicht altbacken auszusehen. In Amerika dagegen waren ihre Aussichten scheinbar unbegrenzt, und ihre Hundeführer warteten darauf, groß abzusahnen. Ihr Besuch im Januar war der erste von vieren in diesem Jahr.

Als ich am 15. Januar am Kennedy Airport auf sie wartete, kam ich mit drei Mädchen ins Gespräch, die wie ich älter als die anderen Fans waren. Meine Freundschaft mit Emma, Cathy und Sue P, die damals entstand, sollte unsere Rollers-Besessenheit überleben, aber an diesem Tag führte uns zusammen, dass wir die einzigen weiblichen Wesen waren, die keine Rollergear trugen. Ich war sogar ziemlich stolz auf mein Outfit, ein Männeranzug mit Krawatte, das ich der Androgynität wegen gewählt hatte. David Bowie, der gerade in seiner souligen *Young-Americans*-Phase war, hätte es gefallen können.

Meine neuen Freundinnen waren anderer Meinung. »Wir fanden, du sahst echt daneben aus«, sagte mir Emma viel später. Die hatte es nötig! Sie trug einen blauen Satin-Catsuit und Plateauschuhe, aber der Glam-Rock-Effekt wurde durch das T-Shirt unter dem Anzug zunichte gemacht, auf dem »St. Mary's R. C. High School« stand. Die anderen zwei trugen helle Sweater und das, was man unter Brooklynern ›dress pants‹ nennt – schicke Stoffhosen mit Schnallen und Bundfalten. Sue Ps monumentaler Busen spannte unter ihrem Sweater und drohte jeden Moment herauszuplatzen, und ihr Hintern spannte in die entgegengesetzte Richtung.

Sie waren sehr freundlich und erzählten ungefragt, dass Emma, die aus der Bronx war, die Schulfreundinnen Cathy und Sue P aus Brooklyn beim ersten Besuch der Rollers kennen gelernt hatte und dass sie seitdem unzertrennlich waren. Sue und Cathy hatten sich extra einen Tag schulfrei genommen, und Emma, die schon neunzehn war und als Sekretärin bei der eindrucksvoll klingenden American Society of Composers, Authors and Publishers, ASCAP, arbeitete, hatte sich krankgemeldet.

»Ganz schön peinlich, oder?«, sagte ich und deutete mit dem Kopf auf die besorgt guckenden Kids, die sich gegen die Absperrungen pressten, die im Pan-Am-Ankunftsbereich aufgestellt worden waren. Obwohl bis zur avisierten Ankunftszeit der Band noch fünfzehn Minuten blieben, hatten sie ihre Plätze abgesteckt und behaupteten sie mit grimmig-entschlossenen Gesichtern. Gott helfe jedem Ordner, der versuchte, sie dort wegzuholen! Viele hielten selbst gemachte Transparente mit Slogans wie »Les, ich will die Samstagnacht mit dir verbringen!« hoch.

»Ja«, sagte Emma nickend, wobei ihr das lange, glatte Haar

ins Gesicht rutschte. Sie schob es mit einer Geste weg, die ich immer noch mit ihr in Verbindung bringe. »Ich könnte mir nicht vorstellen, ein Transparent zu schwenken.« Wir saßen würdevoll in einiger Entfernung des Mobs und gratulierten uns dazu, so erwachsen zu sein.

Die Band traf pünktlich ein, und natürlich machten wir uns weitaus mehr zum Narren als die kleinen Mädchen, die wir beiseite schubsten, um bessere Sicht zu bekommen. Die Rollers wurden durch den Terminal und in eine schwarze Limousine gehetzt, die losfuhr, noch ehe wir das Gebäude verlassen konnten.

»Kommt mit! Ich hab ein Auto!«, brüllte ich. Wir holten die Limo an der Ampel kurz hinter dem Flughafeneingang ein und folgten ihr die ganze Strecke bis nach Manhattan, wo sie mit quietschenden Reifen vor dem ultra-eleganten Hotel Pierre hielt. Eine Traube von Kids vor dem Eingang glotzte den Rollers sehnsüchtig nach, als sie in die Lobby verschwanden.

Hier half es, nicht wie ein Fan auszusehen. Ich richtete meine Krawatte und marschierte an den Sicherheitsleuten vorbei, die mich keines zweiten Blickes würdigten. Und dann war ich in der kleinen marmornen Lobby, allein mit den Rollers und Tam. Darauf bedacht, Tam aus dem Weg zu gehen, ging ich zu Derek rüber, der etwas seitwärts hinter einem Pfeiler stand.

»Was für ein süßer Junge«, schwärmte ich später in meinem Tagebuch. »Er war zum Knutschen. Und so klein! Wir unterhielten uns etwa zehn Minuten lang über New York, bis er rauf in sein Zimmer musste.« Ich hatte den kleinen Zwischenfall am Rockefeller Center vor ein paar Monaten, wo ich ihn so hässlich gefunden hatte, anscheinend völlig vergessen. Ein x-beliebiger Roller brauchte mich nur anzusehen, dann fand ich ihn automatisch hinreißend. So bescheiden waren meine Ansprüche.

Als ich wieder zu Hause war und David seinen Schlips zurückgegeben hatte, schaltete ich WXLO ein, ›euren offiziellen

Rollers-Sender‹, wo die Band Hörerfragen beantwortete. Ich rief an und wurde mit Eric verbunden. »Frag Derek, ob er sich an Caroline aus der Hotellobby heute Nachmittag erinnert«, bettelte ich. Er tat es und antwortete: »Er erinnert sich an dich, Baby.«

›Baby!‹ Ein Roller hatte mich ›Baby‹ genannt! Was konnte sexabulöser sein!? Da spielte es keine Rolle mehr, dass ich weder Derek noch Eric attraktiv fand, es ging ums Prinzip. Von einem Bay City Roller ›Baby‹ genannt zu werden war praktisch dasselbe wie ein Kuss von ihm.

Doch obwohl ihr Besuch so viel versprechend angefangen hatte, sah ich diesmal nicht viel von ihnen. Es gab keine Fotogelegenheiten oder Auftritte in der Öffentlichkeit. Sie wagten sich nur hinaus, um in der Cosell-Show aufzutreten, wo sie »Saturday Night« und ihre neue Single, »Money Honey«, spielten, aber den größten Teil der nächsten vier Tage verkrochen sie sich zu irgendwelchen Meetings im Pierre.

David ließ sich nicht entmutigen und brütete eine Idee aus, mit ihnen so gut wie in Kontakt zu treten. Auf mein heftiges Drängen rief er Carol Strauss & Company an und gab sich als Anwalt eines Millionärs aus, der die Bay City Rollers für die Geburtstagsfeier seiner Tochter buchen wollte. Man richtete uns aus, Tam fände es ›denkbar‹ und sie würden sich wieder bei uns melden.

Das taten sie nicht, und es war sicher auch besser so, da wir uns irgendwann wohl als Witzbolde hätten zu erkennen geben müssen, aber ich genoss die Ersatzbefriedigung, um zwei Ecken herum beinahe mit ihnen Kontakt gehabt zu haben. Allein zu wissen, dass Strauss sich unseretwegen mit ihnen in Verbindung gesetzt hatte, war aufregend, fast so aufregend, wie persönlich mit ihnen zu sprechen.

Die Rollers brachen am 18. Januar zu einer kurzen Tour an der Ostküste und im Mittelwesten auf, die sie in Städte wie Philadelphia, Atlanta und Detroit führte. Sie promoteten

»Money Honey« mit Auftritten in diversen lokalen Fernsehsendern und landeten damit schließlich auf Platz zehn der US-Charts (und auf Platz drei in den englischen, was nicht übel war – solange man vergaß, dass ihre letzten beiden Singles in England Nummer-eins-Hits gewesen waren). Das Album *Bay City Rollers* schaffte es übrigens bis Nummer neunzehn in den LP-Charts – ziemlich gutes Abschneiden für einen neuen Act.

Die Band beendete ihre Mini-Amerikatournee Ende Januar und flog zurück nach Schottland. Während der nächsten paar Monate hörten wir nicht viel von ihnen, weil sie in anderen Teilen der Welt tourten und an ihrem nächsten Album *Dedication* arbeiteten. In der Zwischenzeit telefonierten Cathy, Emma, Sue P und ich beinahe täglich. Es war eine Erlösung, mein Netzwerk auszudehnen, denn bis dahin war Sue J meine einzige Rollers-Bundesgenossin gewesen, und sogar sie weigerte sich gelegentlich, über sie zu reden, und behauptete, sie seien ihr »zu blöd«.

Solange sie fort waren, arrangierten wir Rollers-Aktivitäten. Am 20. März, dem Tag nach Dereks ›einundzwanzigstem‹ Geburtstag (in Wirklichkeit wurde er fünfundzwanzig), trafen wir uns in Manhattan zu einer Party. Wir fanden uns am Bühneneingang des Ed Sullivan Theatre zusammen, in dem die Cosell-Show aufgenommen wurde, breiteten eine Rolle Schottenkaro-Geschenkpapier über die Stufen und arrangierten darauf liebevoll einen Schokoladenkuchen, in dessen Guss ein Foto von Derek steckte. Geburtstagskarten und kleine Kartons mit Milch, dem bevorzugten Getränk der Band, komplettierten unser Tableau. Wir betrachteten es einige Minuten lang ehrfürchtig, knipsten uns gegenseitig daneben, sangen Happy Birthday und aßen dann den Kuchen auf. So ein Moment schweißt zusammen. Der einzige Wermutstropfen war, dass Sue P allen Passanten von Dereks Geburtstag erzählte. Es machte mir nichts aus, meine Liebe zu den Rollers öffentlich zu machen, aber ich wollte nicht, dass die Leute dachten, ich hätte eine Schwäche für Derek.

Im April bezahlte mir Ma, zermürbt von monatelangem Betteln, die Reise nach London, um meinen Brieffreund Denzil zu besuchen. Ein gemeinsamer Freund hatte uns miteinander bekannt gemacht, und wir hatten uns das letzte Jahr lang geschrieben, darum freute ich mich darauf, ihn persönlich zu treffen – einen echten englischen Jungen! Mit Akzent! Das war für mich noch aufregender, als endlich London kennen zu lernen, wovon ich schon träumte, seit ich mir meine erste Platte gekauft hatte (»Layla« von Derek & The Dominoes), und jetzt gab es natürlich den zusätzlichen Anreiz in Gestalt der Rollers, die dort viel Zeit verbrachten, wenn sie nicht gleich um die Ecke in Schottland waren.

London und England überhaupt waren in mehr als einer Hinsicht eine Überraschung. Mein ungläubiges Entsetzen über das Fehlen von Zentralheizungen habe ich bereits erwähnt. Da gab es auch noch die Läden, die samt und sonders nachmittags um halb sechs zumachten, und dass man, wenn man ein Sandwich bestellte, eine Scheibe Schinken zwischen zwei labbrigen Weißbrotdreiecken bekam. Dann gab es komische Kartoffelchips, die ›Crisps‹ hießen und die man aus einem kleinen Tütchen, das es zur Packung dazugab, selbst salzen musste. War es denn zu viel verlangt, dass sie das in der Fabrik erledigten? Und es gab Smash, das Instant-Kartoffelpüree, das zusammen mit Würstchen das Hauptnahrungsmittel bei Denzil ausmachte. Wie konnte irgendwer solchen Heißhunger auf Kartoffelpüree entwickeln, dass er nicht lange genug warten konnte, um es auf herkömmliche Art zuzubereiten?

Und dann Denzil selbst, Mathestudent am Middlesex Polytechnic. In seinen Briefen, in denen es hauptsächlich um seine Lieblingsband Wishbone Ash ging, war er herzlich und überschwänglich, aber in Fleisch und Blut war er derart introvertiert, dass er nicht dazu zu bewegen war, mir in die Augen zu sehen oder nur irgendwo in meiner Nähe zu sitzen. Beinahe sofort, nachdem ich am 19. April von Heathrow bei ihm eingetroffen war, stellten wir die Nackenhaare auf, sobald wir uns sahen. Nach unserem ersten ungemütlichen gemeinsamen Abend – »Tja, wenn du Zentralheizung willst, flieg doch zurück nach Amerika« – ignorierte er mich praktisch für den Rest meines dreiwöchigen Besuchs.

Das war jammerschade, weil ich große Hoffnungen in ihn gesetzt hatte. Während unseres einjährigen Briefwechsels hatte er mich immerhin nett genug gefunden, um mir eine indische Nesselbluse und ein Werbe-Sweatshirt des neu gegründeten Capital Radio zu schicken. Ich hatte ihm einen silbernen Wishbone-Anhänger geschickt, und der Antwortbrief darauf begann mit den Worten »Liebste Caroline ...«. Auf seinen Fotos hatte er auch süß ausgesehen, langes, fransiges Haar und schläfrige David-Essex-Augen. Jammerschade, wirklich.

Am Ende hing ich mit seinen Mitbewohnern rum, die in den anderen drei Zimmern des Reihenhauses in Colindale im Londoner Norden wohnten. Der Name Colindale beschwört immer noch die Erinnerung an Gardinen – auch so eine britische Absonderlichkeit –, stille Vorstadtstraßen und das Gefühl, meilenweit von allem Geschehen entfernt zu sein.

Aber im Großen und Ganzen gefiel mir London. Man konnte jeden Abend zu Konzerten gehen, die Plattenläden waren voll mit LPs, von denen ich bisher bestenfalls gelesen hatte, und an jeder Ecke gab es den *Melody Maker* und den *NME* zu kaufen. Ich verbrachte einen ganzen Morgen im Virgin-Plattenladen an der Oxford Street und kaufte Exotika wie die Brotherhood-of-Man-Single »Save Your Kisses For Me«, die in der Woche, in der ich ankam, auf Nummer eins war, Abbas »Fernando« und »Girls, Girls, Girls« von einer Band namens Sailor, deren Mitglieder sich, erraten, als Matrosen verkleideten. Und um mein Glück perfekt zu machen, entdeckte ich, dass die Rollers gerade eine neue Single veröffentlicht hatten, »Love Me Like I Love You«, die in Amerika nicht erhältlich war. Es war ein Gefühl wie im Inneren eines Schokoladenkuchens. Mit Custard (meiner einzigen glücklichen Brit-Food-Entdeckung).

Denzil missbilligte meine musik-zentrierte Existenz. »Hast du gar keine anderen Interessen, Mädchen?«, fragte er eines Abends gereizt. Um ihn zu beschwichtigen, machte ich am nächsten Tag einen Versuch, die nichtmusikalische Seite von London kennen zu lernen. Ich verbrachte den Nachmittag mit House of Commons, Buckingham Palace und Whitehall und fragte mich, als ich nach Colindale zurückkehrte, warum das Parlament nicht durch irgendwas Schnittigeres ersetzt werden konnte, vielleicht etwas im Stil des UN-Gebäudes in New York.

Punk war bereits auf dem Vormarsch, und die Sex Pistols spielten die zukunftsweisenden Gigs, mit denen sie sich einen Namen machten. Zum Unglück für meine zukünftige Credibility entgingen mir sowohl sie wie die Szene, die sich um Seditionaries, den Laden an der King's Road, der Malcolm McLaren und Vivienne Westwood gehörte, entfaltete. Wie ich bereits erzählte, schlug ich eine Chance aus, die Sex Pistols zu sehen, um in einem beheizten Pub zu bleiben, etwas, das bei meinen Freunden noch heute große Heiterkeit auslöst.

Nein, ich war der Rollers wegen da, und eines Maimorgens schaute ich im Büro ihrer britischen Promotionagentur vorbei und fragte, wieder mit *Backstage* als Vorwand, ob irgendeine Chance bestünde, ein Interview zu machen. Ich dachte, sie wären zu Hause vielleicht eher zu erwischen, aber es klappte nicht – die BCRs waren gerade nach Kalifornien aufgebrochen – minus Eric, der nach einer versehentlichen Überdosis Schlaftabletten im Krankenhaus lag. »Ich wollte nur pennen, ich hab einfach zu viele Downer genommen«, erklärte er Jahre später in einer britischen Fernsehdokumentation. Er hatte Amphetamine genommen, um sein Gewicht zu halten, und brauchte Schlaftabletten, um wieder runterzukommen.

Der Zwischenfall ereignete sich in Tams Haus, und wie Eric sagte: »Man hat mir erzählt, ich weiß nicht, ob es stimmt oder nicht ... dass er vor dem Krankenwagen erst den *Daily Record* oder den *Scottish Daily Express* oder so anrief.« Er wurde erst mal aus dem Verkehr gezogen, um sich zu erholen, während seine Bandkollegen zu ihrem dritten Trip innerhalb eines Jahres nach Amerika flogen.

Zur selben Zeit, im April 1976, gab es Gerüchte, Alan hätte ebenfalls einen Selbstmordversuch unternommen. Eric und Alan stritten das beide in der gleichen Art und Weise ab: »Da hieß es ›Alan steckt den Kopf in den Gasofen.‹ Ich meine, unmöglich ... ›Alan ersäuft sich in Bier‹ vielleicht, ›in der Badewanne‹ ... so was könnte ich glauben.« Und Alan sagte zu dem Thema: »An dem Abend war ich hinüber. Ich hab mich besoffen. Ich war auf einmal so deprimiert, ich dachte: ›Was mach ich hier überhaupt? Wieso kann ich nicht einfach wieder ich selbst sein? Warum kann ich nicht einfach wieder Klempner sein?‹«

In einem Artikel, der 1979 in der *Sunday People* erschien, gestand Alan, dass er immer gerne dem Alkohol zugesprochen hatte. »Während der Japantournee nahm ich immer eine Coladose mit auf die Bühne, aber die war voll Whisky mit Limonade. Cannabis hab ich mal probiert, aber ich konnte nichts dran finden. Ich trinke lieber. Wahrscheinlich ende ich noch als Alkoholiker.«

Was auch immer die wahre Geschichte dahinter war, er hatte das pausenlose Touren satt und stieg aus. Im Alter von siebenundzwanzig zog er sich aus der Arbeitswelt zurück in das ruhige Leben auf einem Bauernhof im Umland von Edinburgh und wurde unverzüglich durch Ian Mitchell, einen siebzehnjährigen Jungen aus Belfast, der von einer Band namens The Young City Stars kam, ersetzt.

Alan blieb noch lange genug, um für ein Pressefoto zu posieren, das zeigte, wie er an Mitchell übergab. Der Junge ist in brandneue Rollergear gehüllt, und Longmuir trägt Nadelstreifenanzug und Krawatte, offenbar heilfroh, wieder in Zivil gehen zu dürfen. Er schüttelt Mitchells Hand mit einem Ausdruck der Erleichterung, und der jüngere Mann lächelt, in offensichtlicher Unkenntnis der Torturen, die ihm bevorstehen.

Aber die PR-Tante, Bess Coleman, erzählte mir natürlich nichts von Eric und Alan. Stattdessen erklärte sie mir kühl, die Band befände sich in den USA, ob ich vielleicht ein paar Hochglanzfotos und eine aufwendige Pressemappe haben wollte?

Im letzten Moment kam ihr noch der Gedanke, mir zu raten, ich sollte mich mal für eine andere neue schottische Band interessieren, Slik. »Die würden perfekt in eure Zeitschrift passen«, sagte sie hilfsbereit, und darum fand ich mich am nächsten Tag in einem weißen Reihenhaus in Belgravia wieder und plauderte mit den Presseleuten von Slik. Sie waren begeistert, eine amerikanische ›Journalistin‹ kennen zu lernen, und überhäuften mich mit Infomüll über die Gruppe, an die man sich heute nur noch erinnert, weil es Midge Ures erste Band war.

Ich wollte gerade gehen, als ein anderer PR-Agent die Treppe runtergerannt kam. »Ich habe gehört, du kommst von einer amerikanischen Zeitschrift«, rief er von der Treppe aus. »Ja«, log ich. »Magst du Marc Bolan?«, fragte er hoffnungsvoll.

Wie sich herausstellte, war Bolan in diesem Moment gerade oben und zu einem Interview bereit, falls ich Interesse hätte. Hmmmm. Ich war nicht direkt ein Fan dieser Glam-Rock-Ikone – seine angeglitterte Koboldhaftigkeit hatte bei mir nie viel Resonanz gefunden –, aber, he, er war ein Promi, und wenn ich mit ihm redete, konnte ich das Interview vielleicht irgendwo verkaufen und war meinem Ziel, eine echte Journalistin zu werden, einen Schritt näher.

Mir war nicht klar, dass Bolans Karriere zu dieser Zeit absolut in den Seilen hing, was auch der Grund war, warum er bereit war, jeden Zeitungsschmierer zu empfangen, der zufällig vorbeikam. Er sollte ein Teil-Comeback mit einer eigenen Fernsehsendung schaffen, ehe er achtzehn Monate später mit dem Auto tödlich verunglückte, aber an diesem herrlichen Maimorgen war er Schnee von gestern.

Aber das wusste ich ja nicht, darum ging ich beflissen nach oben. Der PR-Mann versorgte mich mit Kuli und Notizblock, und dann war ich mit dem boppenden Elfenkönig allein.

Was für ein Egomane. Es ist zwar der Zweck eines Interviews, dass man seinem Gegenüber erlaubt, über sich selbst zu sprechen, aber dieser Mann trieb es wirklich zu bunt. Ich-ich-ich, eine geschlagene Stunde lang. Kleine Kostprobe gefällig?

Caroline: »Wirst du noch immer von Mädchen verfolgt?«

Bolan: »Sie kriegen nie genug von mir. Vor ein paar Wochen tanzte ich in so einem Club, und diese Mächen ließen mich einfach nicht in Ruhe.«

Ich: »Oh, du tanzt gerne?«

Bolan: »Ich bin wahrscheinlich der beste Tänzer, den du je gesehen hast.«

Und so weiter und so weiter. Im Nachhinein ist ziemlich klar, dass es reine Verzweiflung war, aber damals erschien er mir als einer der unangenehmsten Menschen, die ich je getroffen hatte. Und er war noch nicht mal andeutungsweise sexy, was mich vielleicht versöhnt hätte, denn seine hübschen Gesichtszüge verschwanden hinter den fünfzehn Pfund Übergewicht, die sein zierlich gebauter Körper mit sich herumschleppte. Allerdings wurde mir ein Privileg zuteil: Er nahm seine Brieftasche heraus und zeigte mir ein Foto seines acht Monate alten Sohnes Rolan (ja, er hatte das bedauernswerte Wesen Rolan Bolan getauft).

Als ich ging, fühlte ich mich wie eine echte Journalistin und hatte die feste Absicht, abends bei Denzil einen Artikel daraus zu machen und ihn nach meiner Heimkehr an eine amerikanische Zeitschrift zu verkaufen. Aber daraus wurde nichts. Ich hatte ein Date mit einem besonders süßen Freund von Denzil und hing an diesem Abend und für den Rest meiner letzten Woche in London unglücklich verliebt in dem besetzten Haus in Hendon rum, in dem er wohnte. Ganz gut, dass ich so verknallt war, denn es blieb mir gar nichts anderes übrig, als in dem besetzten Haus zu bleiben. Am Tag nach dem Bolan-Interview hatten Denzil und ich einen letzten Streit, der sich an meinen Bemerkungen über die wässrige Brühe, die in England als Milchshake verkauft wurde, entzündete, und er lud mich herzlich ein, sein Haus zu verlassen. Nachdem ich meine Sachen in das besetzte Haus geschafft hatte, sah ich Denzil nie wieder.

Als ich am 11. Mai nach New York zurückflog, kam Bolan mir vor wie eine ferne Erinnerung. Und sobald ich wieder zu Hause war, beschäftigten mich andere Dinge, zum Beispiel die Ankündigung, dass der erste Auftritt der Rollers in Amerika am 26. Juni in Atlantic City, New Jersey, stattfinden würde.

Sie hatten sich *Jersey* für ihren ersten Gig ausgesucht!!! Viel besser ging's nicht.

8

ATLANTIC CITY WAR DAMALS das amerikanische Äquivalent eines englischen Seebades – es war schon etwas ramponiert und hatte bessere Tage gesehen. Das Schicksal von Atlantic City sollte sich dramatisch ändern, als man das Glücksspiel einführte und Atlantic City damit neben Las Vegas zur einzigen Stadt in Amerika machte, wo es legal war. Aber die Kasinos, die Hotels und das Trump Taj Mahal ließen noch zwei Jahre auf sich warten. Im Juni 1976 war es eine vor sich hin rostende Küstenstadt mit einem Pier und an die hundert Buden, die Zuckerwatte und Chili Dogs verkauften. Und dort gaben die Hoffnungsträger des britischen Boy-Pop ihr Debüt auf amerikanischem Boden. Irgendwas daran war ganz typisch Rollers.

Am Tag vor dem Gig fuhren Sue J und ich zum Plaza Hotel in Manhattan, wo die Band vor ihrem großen Abend ausspannte. Wir trödelten ein bis zwei Stunden draußen auf dem Gehweg herum und wurden dann mit einem Mal hellwach, als Leslie und Tam nach draußen kamen, Ersterer in einem braunen T-Shirt und engen Jeans. Engen, *bis ganz nach unten reichenden* Jeans, und weit und breit kein Schottenkaro.

»Kein Rollergear«, schnaufte Sue, während ich in meiner Tasche verzweifelt nach der Kamera kramte. »Was ist da los?«

Mein Herz flatterte eigenartig, und eine kleine Flamme begann irgendwo in der Nähe meines Solarplexus aufzuzüngeln. Kein Rollergear. Die Saat der Rebellion keimte in diesem Leslie, und ich war so verknallt, wie ich es noch nie gewesen war – nicht in Robert Plant, nicht in Denzils Freund in London. Aber ich erkannte mit einer meiner ersten erwachsenen Gefühlsregungen, dass die Chancen, ihn einzufangen, gleich Null waren, und diese tragische Erkenntnis war beinahe zu viel für mich.

Bis zu diesem Moment hatte ich eine vage Vorstellung genährt, dass man alles erreichen kann, wenn man es nur erstrebenswert genug findet. Ich kam nicht oft so weit, überhaupt darüber nachdenken zu müssen, wie ich etwas erreichen wollte, und beließ es bei dem kindlichen Glauben, dass die Dinge sich auch ohne mein Zutun ergeben würden. Die meisten Dinge, die ich ersehnt hatte, außer glattem Haar und einem festen Freund, hatten sich gefunden, ohne dass ich mir je über abstrakte Dinge wie Ursache und Wirkung, Verantwortung oder Verantwortungsbewusstsein den Kopf zerbrochen hatte. Jetzt war ich gegen meine erste solide Ziegelmauer gerannt und machte unsanft Bekanntschaft mit der harten Realität. So sicher, wie Leslie dort stand, so sicher wusste ich, dass ich keine Chance hatte. Ich fand es so unfair, dass es mir einen schmerzhaften Stich versetzte.

Während ich meinen Gedanken nachhing, waren er und Tam in eine Limousine gestiegen, und das riss mich aus meiner Trance. »Tempo jetzt!«, brüllte Sue, während sie nach ihren Autoschlüsseln tastete. Wir quetschten uns in ihre Version von Schrotthaufen und wichen der Limo nicht von der Stoßstange, durch den Feierabendverkehr bis nach Little Italy, wo sie vor einem Restaurant namens Paolucci's parkte. Wir brauchten fünfzehn Minuten, um einen Parkplatz zu finden, und in der Zeit hatte sich das Restaurant bis auf den letzten Platz gefüllt. Wäre ein Tisch frei gewesen, hätten wir uns darauf gestürzt, aber so blieb uns nichts anderes übrig, als draußen auf der Treppe zu hocken, bis sie ihr Mahl zu beenden geruhten. Nicht zu warten war undenkbar – da drin war Leslie, praktisch allein und in langer Hose. Alles war möglich.

»Reden wir mit dem Chauffeur!«, schlug Sue vor und lächelte dem livrierten Schlägertyp zu, der an den langen schwarzen Wagen gelehnt stand. Zu unserer Überraschung war Frank, wie er sich vorstellte, dankbar für etwas Gesellschaft. Er lud uns ein, in den Wagen zu steigen, und das ließen wir uns nicht zweimal sagen. Als wir es uns in den weichen braunen Sitzen bequem gemacht hatten, plauderte er offen über seine Kunden. Wir lauschten mit offenem Mund, aber wie sich herausstellte, war er als Informationsquelle nur begrenzt geeignet. Zwischen Italienern aus Brooklyn und Schotten aus dem Sozialghetto gab es gewisse Verständigungsschwierigkeiten. Kurz gesagt, er verstand kein einziges Wort von dem, was die Rollers sagten.

Als ich mich im Auto umsah, bemerkte ich eine ausgedrückte Zigarette im Aschenbecher. »Von wem ist die?«, fragte ich. »Oh, die war von dem dünnen Kerl, dem Sänger«, krächzte Frank. Überglücklich, meine allererste persönliche Devotionalie zu erwerben, wickelte ich sie in ein Papiertaschentuch und ließ sie vorsichtig in meiner Tasche verschwinden. Diese Marlboro hatte seine Lippen berührt, und ich brannte darauf, sie in mein Sammelalbum zu legen.

Frank sah auf die Uhr. Sie wollten um halb zwölf fertig sein, und es war erst viertel nach elf. »Wollt ihr ein paar Minuten rumfahren?«, bot er uns an. Natürlich wollten wir. Wir kurvten um den Block, sahen uns die Welt durch dieselben dunklen Scheiben an, die vor kurzem noch Leslie umschlossen hatten, und fanden das Leben lebenswert.

Dann hörten wir Frank murmeln: »Oh, Scheiße.« Wir sahen nach draußen, und da standen sich Leslie und Tam auf dem Gehweg die Beine in den Bauch. »Raus«, kläffte Frank, dessen Freundlichkeit plötzlich wie weggeblasen war, und wir stolperten raus, dem verdutzten Paar vor die Füße. Ich wüsste zu gerne, was Frank ihnen erzählt hat.

Wir verfolgten sie bis ins Hotel zurück, verloren sie aber, als wir auf der Park Avenue eine Ampel verpassten. Aber ich hatte Leslies Zigarettenkippe, die mir auf dem Rückweg zu Sues Haus in Bayonne Gesellschaft leistete. Das war fast so gut wie der Mann selbst.

Am nächsten Tag schrieb ich:

»Das Konzert begann mit dem LAUTESTEN KREISCHEN, das ich je gehört habe. Ich war ganz vorne, auf Ians Seite. Er sah ziemlich daneben aus. Übrigens, sie spielen ihre Instrumente selbst. Und zwar beschissen. Leslie spielte bei einem Stück Keyboard, mit einem Finger. Woody trug einen blauen Catsuit (nett) und sah noch dünner aus als sonst. Eric war verschwitzt und scheint zugenommen zu haben, und Derek war Derek. Zwischendurch wurde es so verrückt, dass sie von der Bühne mussten und Tam rauskam, um allen zu sagen, sie müssten sich hinsetzen. Arschloch. Wir gingen in der Mitte von ›Saturday Night‹ (letzte Nummer) und fuhren nach Philly, wo wir eine Stunde früher eintrafen als sie.«

Frank hatte uns verraten, dass die Band nach dem Konzert in Philadelphia übernachtete, und wir sausten über das platte Land von Süd-Jersey, um als Erste da zu sein. Wir warteten schon eine ganze Weile auf dem Parkplatz des Spectrum Hilton, einem trostlosen Glasturm mit Blick auf eine Schnellstraße, als ihre Limo vorfuhr. Sie kletterten steif aus dem Auto und verschwanden im Hotel, was zum Anlass einer heftigen Debatte zwischen Sue und mir wurde. Sollten wir sitzen bleiben und darauf hoffen, dass der eine oder andere herauskommen würde, um irgendwo ein spätes Abendessen zu sich zu nehmen oder so, oder sollten wir heimfahren? Wir entschieden uns zu warten. Und das taten wir – die ganze Nacht. Sie tauchten nicht wieder auf, aber wir saßen da wie festgewachsen, sahen den Mond auf- und wieder untergehen und viele Stunden später den Anbruch eines wolkenlosen Sommermorgens. Ich hatte meine Kontaktlinsen noch nie so lange dringelassen und fühlte mich schmierig und übernächtigt, als sie um sechs Uhr morgens zum Flughafen aufbrachen.

Die Gruppe sah so erschöpft aus, wie wir uns fühlten. Wirklich kein Wunder, denn sie wurden gnadenlos angetrieben, jede wache Minute war verplant. Zu dem Zeitpunkt steckten sie mitten in den Aufnahmen zu ihrem vierten Album, *Dedication*, in Toronto und hatten ihre Arbeit nur für den Gig in Atlantic City unterbrochen. Jetzt kehrten sie nach Toronto zurück, ohne auch nur einen freien Tag, um ihren Konzerttriumph zu genießen. Kein Wunder, dass sie in der fahlen Sonne blass und kaputt aussahen.

»Ich habe es einfach im Gefühl, dass einer der Rollers – wahrscheinlich Eric oder Leslie – unter der Belastung zusammenbrechen wird«, schrieb ich schwarzmalerisch in der Woche nach Atlantic City. Mein Tagebuch ist voll von ähnlich düsteren Voraussagen; später im Sommer erahnte ich, »dass Leslie etwas Schlimmes zustoßen« würde. Ihm stieß nicht das Geringste zu, aber ich war melodramatisch veranlagt und stellte mir McKeown regelmäßig in irgendwelchen Gefahren vor, aus denen nur ich ihn retten konnte.

Weil ich unbedingt herauskriegen wollte, wo in Toronto sie ihre Platte aufnahmen, rief ich Arista Records an und gab mich als Tams alte Mutter aus Edinburgh aus. Mein schottischer Akzent hätte vor der Royal Shakespeare Company wohl nicht bestanden, aber er genügte, um die Sekretärin bei Arista zu täuschen. Ihr Boss, der wusste, wo die Band sich aufhielt, war beim Lunch, aber sie versprach mir, er würde zurückrufen, sobald er zurückkäme. Ich dachte mir eine Edinburgher Nummer aus, wo er mich erreichen konnte. Ich frage mich, ob er jemals angerufen hat.

Während sich all das abspielte, war Punk in England weiter auf dem Vormarsch. Bands wie The Clash und The Damned wurden gegründet, und im Sommer 1976 gab es genug davon, um im 100 Club in London ein Festival zu organisieren, das bald legendär werden sollte. Die alte Ordnung wusste zwar noch nichts von ihrem Glück, aber sie war längst im Begriff, von der neuen abgelöst zu werden, obwohl sich nichts wirklich Welterschütterndes tat, bis die Pistols im Dezember ihren karriereentscheidenden Auftritt in der Sendung »Today« hatten. Das war der, bei dem sie lästerliche Reden führten und am nächsten Tag unter der berühmten Schlagzeile »The Filth and the Fury« auf der Titelseite des *Mirror* standen.

Ich erwähne das nur, weil mich Punk neugierig zu machen begann. Die Berichterstattung in der englischen Rockpresse weckte mein Interesse, und ich fragte mich, wo ich eine Punkband hören konnte. Nicht in Amerika, so viel war klar. Amerika hatte keine Notiz von Glamrock genommen und würde Punkrock ganz bestimmt nicht registrieren. Es gab zwei Dinge, die die Nation im Sommer 1976 in ihren Bann schlugen: die Zweihundertjahrfeier und *Frampton Comes Alive!* Ersteres wurde mit Pauken und Trompeten begangen, aber für einige von uns war *Frampton* das größere Ereignis. Denn der 4. Juli war nach dem 4. Juli endgültig vorbei, aber *Frampton* blieb uns für den Rest des Jahres erhalten. Erstaunlich, dass ein solcher Meilenstein heute fast vergessen ist, ein deutlicher Beleg dafür, dass die Platte ihren Erfolg eher dem Zufall, zur rechten Zeit am rechten Ort gewesen zu sein, als ihrer Grandiosität verdankte.

Es ist bezeichnend, dass Frampton, der Engländer war, in den Staaten viel besser aufgenommen wurde als zu Hause. Er kam in Amerika so gut an, dass er schließlich in den Norden des Staates New York zog und ein Mädchen aus der Gegend heiratete, und das war gut so, denn als *Frampton* herauskam, kriegten langatmige Gitarrenquäler wie er in England kein Bein mehr auf die Erde.

Es war ebenfalls gut, dass die Rollers 1976 ihre Energien hauptsächlich auf Amerika konzentrierten. Wie Frampton waren sie in England ziemlich abgefrühstückt. Trotz zweier Charttopper im Jahr zuvor erreichte ihr größter Singlehit 1976, »Money Honey«, nur Nummer drei der UK-Charts. Ein unverkennbares Indiz dafür, dass das Publikum älter wurde und sich anderen Dingen zuwandte.

Man darf allerdings bezweifeln, dass sie überhaupt mitbekamen, was in Großbritannien passierte, weil sie in diesem Jahr kaum dort waren. Den Rest des Sommers verbrachten sie in Toronto und schlossen die Arbeit an *Dedication* ab, Ende August machten sie dann eine kurze Tour durch die USA. Sie kamen nur in wenige Städte, und davon lag Philadelphia am nächsten bei New York. Wir kauften unsere Karten am ersten Vorverkaufstag.

Am 31. August nahmen Cathy – die sich mittlerweile Cathy McKeown nannte –, die beiden Sues und ich den Zug nach Philadelphia und dann ein Taxi zum Flughafen, um ihre Ankunft abzupassen. Wir folgten ihnen bis zum Spectrum Hilton, demselben Hotel, in dem sie nach dem Konzert in Atlantic City abgestiegen waren.

Cathy wollte sofort hinter ihnen her ins Hotel stürzen und wurde nur durch mein gebrülltes »Yo!« gestoppt.

»Was!«, schrie sie sprungbereit und hielt inne.

»Die lassen uns nie einfach so rein. Wir müssen David anrufen, damit er uns ein Zimmer bucht!«, schrie ich zurück und legte beide Hände wie einen Schraubstock um ihr Handgelenk. Wir schlüpften durch einen Nebeneingang ins Hotel, und ich rief David an, um ihm zu sagen, er müsste ein Zimmer »für meine Frau und ihre Freundinnen« reservieren.

»Dafür hab ich was gut bei dir, Sullivan«, murrte er, tat aber, worum ich ihn gebeten hatte. Er muss ihnen gesagt haben, seine Frau sei fünfundsiebzig, denn sie gaben uns ein Zimmer auf einem Stockwerk mit den Rollers. Wir waren so vernünftig, dieses Privileg nicht überzustrapazieren, und blieben brav in unseren Zimmern, anstatt durch den Flur zu schleichen und an Türen zu lauschen. Wir hatten uns gedacht, das könnte bis nach dem Gig warten, wenn die Party richtig losging. Bloß tat sie das nicht, weil sie bis dahin Wind von uns bekommen hatten und in den achten Stock umgezogen waren.

Wir kamen vom Konzert zurück (»Woody ist besser am Bass geworden, und Eric klang richtig gut. Er hat etwa zehn Pfund abgenommen und sieht besser aus. Außerdem hübsche Bühnenklamotten«) und versammelten uns in der Bar, weil wir hofften, sie würden nach dem Gig auf einen Absacker hereinkommen. Aber sie gingen direkt auf ihr Zimmer, und es schien, als seien sie alle ziemlich k. o.

Als wir missmutig um einen Tisch herumhockten und sparsam zu viert an zwei Cola nuckelten, kam ein kleiner Fan mit feuchten Augen auf uns zu.

»Ich habe gerade Eric angerufen«, sagte sie stockend. Das weckte unser Interesse. »Er hat gesagt: ›Ich komme nicht zum Schlafen; mich rufen dauernd Leute an, das macht mich langsam sauer.‹« Ihr versagte die Stimme vor Trauer.

Natürlich! Warum hatten *wir* nicht daran gedacht, sie anzurufen? Als wir wieder in unserem Zimmer waren, rief ich jedes Zimmer im achten Stock an, bis sich eine unverwechselbar schottische Stimme meldete.

»Hi«, gurrte ich.

»Hi«, gurrte er ermutigend zurück.

»Wer ist da?«, fragte ich mit gekreuzten Fingern.

»Hier ist Tam. Und wer ist *da*?«

Typisch. Aber er war in nachsichtiger Stimmung – seine Laune war immer unberechenbar – und hatte Lust zu plaudern. Wir verbrachten unterhaltsame fünfzehn Minuten damit, den Film, den er sich gerade ansah – den Sci-Fi-Klassiker

Die Fliege –, zu diskutieren, ehe er in die typische Tam-Art zurückfiel und das Gespräch abrupt beendete. Ich sortierte die Unterhaltung in meinen mentalen Ordner – erneuter Kontakt mit einem aus dem Rollers-Umfeld, wenn auch nicht mit einem Roller selbst.

Als sie am nächsten Morgen zu ihrem nächsten Gig abreisten, warteten wir ab, bis sie sicher fort waren, dann gingen wir in den achten Stock. Die Zimmermädchen hatten in einigen Zimmern bereits angefangen, und die meisten Türen standen offen. Durch einige davon steckten wir unsere Nasen, und beim dritten Versuch fanden wir das Zimmer, das sich Eric und Leslie geteilt hatten. Es konnte kein Zweifel bestehen, wessen Zimmer es gewesen war, weil auf dem Tisch ein kleiner Stapel Fanpost lag.

Es flog aller mögliche Müll herum, Zeug, das sie erst vor so kurzem benutzt hatten, dass es noch warm war. Ein Traum wurde wahr – im wahrsten Sinne des Wortes. Eine Tasse Tee auf dem Nachttisch hatte nicht mal genug Zeit gehabt, kalt zu werden. Sue J nahm den Teebeutel aus der Tasse, drückte die Flüssigkeit aus und packte ihn in ein Papiertaschentuch.

Der Rest von uns schwärmte aus wie Katzen, die sich auf eine besonders saftige Maus stürzen. Im Badezimmer fand ich einen Wegwerfrasierer, was mich stocken ließ, weil sich Eric und Leslie doch sicher nicht rasierten. Egal, er landete in meiner Tasche, zusammen mit einer unetikettierten Flasche, die so was wie Shampoo zu enthalten schien. Sue P riss sich ein feuchtes Badehandtuch unter den Nagel und fragte sich laut, mit welchem Rollers-Hintern es wohl in Berührung gekommen war, und Cathy war überglücklich, eine halbe Scheibe gebutterten Toast zu entdecken. Ein lohnender Fischzug.

Wir waren in Hochstimmung, als wir zum Bahnhof fuhren, aber unser Glücksgefühl begann schon abzuflauen, als der Zug Philadelphia verließ. Als wir neunzig Minuten später die Penn Station in New York erreichten, war die Luft vollkommen raus. Jedes Zusammentreffen mit ihnen war schmerzhaft intensiv, und je mehr wir von ihnen sahen, desto perverser deprimiert waren wir anschließend. Dem Rausch ihrer Nähe stand immer der Kater bei der Rückkehr ins reale Leben gegenüber.

Nicht, dass es keine anderen Männer in unserem Leben gab. Emma hatte einen Freund, und ich hatte David, der gerne mein Freund gewesen wäre. Aber wir waren uns einig, dass amerikanische Jungs chancenlos waren gegen die zum Verrücktwerden hinreißende Andersartigkeit dieser Schotten mit ihrem unverständlichen Dialekt und ihrem katzenhaften Charme.

Ich habe den Verdacht, wenn ich Emma, Cathy und Sue P nicht kennen gelernt hätte, hätte ich mich nie so hemmungslos der Band verschrieben. Sie allein zu verfolgen wäre zu entmutigend gewesen und noch dazu einfach peinlich in meinem Alter. Es war eine Erlösung, Mädchen zu begegnen, die im gleichen Alter waren wie ich oder, wie im Fall der neunzehnjährigen Emma, sogar älter.

Wir wurden voneinander abhängig, eine kleine, verschworene Gemeinschaft, der auch Sue J angehörte, wenn sie nicht gerade Sachen sagte wie: »Ich müsste mir eigentlich den Kopf untersuchen lassen, weil ich überhaupt ihre Platten im Haus hab.« Als Älteste in unserer Gang wurde Sue J oft von Zweifeln an der ganzen Sache gepackt, obwohl es ihr gelang, sie zu unterdrücken, wenn die Band in der Stadt war. Ich hegte ähnliche Zweifel, die meiner Frustration ob ihrer musikalischen Defizite entsprangen.

Wenn Sue J und ich die Zweifler waren, waren Emma und Cathy die Gläubigen. Sie entdeckten Schönheit und Inspiration in Songs wie »Saturday Night« und weigerten sich einzusehen, dass Eric Faulkner vom Talent her nun mal kein Eric Clapton war. Und was Sue P anging, sie war ein unbekümmertes Disco-Girl aus Brooklyn, das die Musik mochte, ohne sich den Kopf darüber zu zerbrechen. Es bestand immer eine kleine Distanz zwischen den Zweiflern und den Gläubigen, aber unsere gegenseitige Abhängigkeit war so groß – wir wussten, wir würden nie wieder jemanden finden, der sich mit uns abgab –, dass wir eben damit lebten.

So antiquiert, wie wir waren, zogen wir natürlich Interesse auf uns. Die Journalistin Lisa Robinson, diejenige, mit der David telefoniert hatte, beschrieb uns als die »seltsamen älteren Mädchen, die auf die Bay City Rollers warten«, was der Wahrheit entsprach, auch wenn es schmerzte. Wenn alle anderen erst elf sind, fällt eine Gruppe von Siebzehnjährigen auf.

Es gab aber noch eine andere Gruppe von älteren Fans aus New York, die viel mehr hermachte als wir. Jede Fraktion hütete eifersüchtig ihre Informationen und verkehrte mit dem anderen Haufen nur, wenn es sich gar nicht vermeiden ließ. Wir misstrauten ihnen und sie uns, weil wir uns alle nicht zu schade waren, die anderen auf falsche Fährten zu hetzen. Wir verabscheuten unsere Rivalen von ganzem Herzen, denn sie waren nicht nur verlogen, man konnte sich auch nicht darauf verlassen, dass sie irgendeine Abmachung einhielten.

Einmal, im April 1977, fuhren wir nach Philadelphia, um uns für Konzertkarten anzustellen. Wir kamen um Mitternacht an, zehn Stunden bevor der Verkauf begann, weil wir die Ersten in der Schlange sein wollten. Das waren wir auch, aber es wurde rasch so kalt, dass wir beschlossen, uns einen Pornofilm anzusehen, um uns warm zu halten (ganz ehrlich, es war das Einzige, was um diese Zeit geöffnet hatte). Also steckten wir eine Nachricht an die Windschutzscheibe des Autos und verkrümelten uns für ein paar Stunden.

Und wer wartete schon und hatte die vordersten Plätze mit Beschlag belegt, als wir von *Here, Pussy, Pussy* zurückkamen? »Wir haben keinen Zettel gesehen«, grinste Joey, ihr Anführer, ein stämmiger Italiener aus Queens, an dessen breitem Brustkasten eine Kamera festgewachsen schien.

Das war ein weiterer Grund, warum wir sie hassten: Die Tatsache, dass sie Männer in ihrer Clique duldeten. So wie wir es sahen, war es einzig und allein Mädchensache, die Rollers zu lieben. Wer wollte schon Jungs dabeihaben? Und dabei waren Joey und der andere Junge in dieser Clique, Barbarino, noch nicht mal schwul, sie mochten die Rollers einfach nur, was uns bizarrer vorkam, als es Worte auszudrücken vermochten.

Na ja, jedenfalls holte mich damals, Anfang September 1976, zwei Wochen nachdem wir das Hotelzimmer in Philadelphia durchwühlt hatten, der Schrecken des realen Lebens ein, als meine Ma mir eröffnete, für mich sei die Zeit gekommen, mir einen Job zu suchen. Die Idee war nicht ganz ohne Reiz, weil ein eigenes Einkommen es mir ermöglichen würde, nach New York zu ziehen – nie mehr zum Null-Uhr-dreißig-Zug zurück nach Millburn hetzen! –, aber die Vorstellung, tatsächlich arbeiten zu müssen, war äußerst beunruhigend.

Zwei deprimierend kurze Tage später war ich ›Schalter-Trainee‹ bei der Greenwich Savings Bank an der Thirtyfourth Street in Manhattan. Die Bank hatte etwa ein Dutzend Zweigstellen in der ganzen Stadt, und sobald man eine einwöchige Einführung hinter sich hatte, wurde man per Zufallsprinzip einer dieser Zweigstellen zugeteilt. Mich schickten sie zur West Fiftyseventh Street, zufällig – ich konnte mein Glück kaum fassen – genau gegenüber von Arista Records. Wenn die Rollers kamen oder gingen, musste ich sie sehen. Vielleicht würde das Arbeiten doch nicht so entsetzlich werden.

9

DAS WURDE ES natürlich doch. Meine Arbeitskollegen waren reizend, aber ich hatte nicht die geringste Begabung dafür, den ganzen Tag mit Geld umzugehen, das nicht mein eigenes war. Meine Schnitzer waren kaum zu zählen, und ich wusste schon nach wenigen Tagen, dass ich im falschen Beruf gelandet war. Ich weinte jeden Morgen beim Aufwachen, wenn ich an den kommenden Arbeitstag dachte und an das Leben süßen Müßiggangs, das jetzt in weite Ferne gerückt war. David, der seit kurzem bei einem Versicherungsmakler in Manhattan arbeitete, eskortierte mich jeden Tag zur Bank, damit ich nicht in Versuchung geriet, auf dem Absatz umzukehren und den nächsten Zug zurück nach Jersey zu nehmen. Das ganze Elend für 85 Dollar netto die Woche. Und die Rollers tauchten auch nie bei Arista auf. Ich verrenkte mir hinter meinem Schalter den Hals, um den Eingang auf der anderen Straßenseite im Auge zu behalten, aber sie ließen sich nicht blicken.

Nachdem wir etwa einen Monat lang in die Stadt gependelt waren, schlug David vor, wir sollten uns dort eine Wohnung suchen. Mir war nie der Gedanke gekommen, mit ihm zusammenzuziehen, aber die Idee war ganz vernünftig, da sich keiner von uns allein eine Wohnung leisten konnte. Innerhalb weniger Wochen hatten wir uns in einer winzigen Studiowohnung auf der West Twentythird Street Ecke Seventh Avenue eingerichtet, gleich neben dem Chelsea Hotel, wo die Beziehung von Sid Vicious und Nancy Spungen zwei Jahre später ein so böses Ende nahm.

Die Bude lag günstig zu allen Attraktionen Manhattans, und die Twentythird Street selbst mit ihren spanischen Restaurants und kleinen Läden hatte eine angenehm verwegene Atmosphäre. Wir gewöhnten uns schnell ans Zusammenleben, nachdem es ein paar peinliche Momente gegeben hatte, als uns bewusst wurde, was das Zusammenwohnen in einem Zimmer mit sich brachte. Zum Beispiel mussten wir uns ein Bett teilen, was wir so regelten, dass wir nebeneinander unter getrennten Decken schliefen, jeder in seinem Kokon. Aber die Nachteile wurden mehr als aufgewogen durch die Freude darüber, nicht mehr jeden Tag die neunzigminütige Reise von Jersey machen zu müssen.

Im November, nach zwei Monaten bei der Bank, warf ich das Handtuch, sehr zu meiner Erleichterung und der meiner Vorgesetzten. Etwa um dieselbe Zeit tat Ian Mitchell dasselbe und verließ die Band, weil ihm, wie Eric es ausdrückte, »das Ganze ein bisschen über den Kopf wuchs«. Er ließ sich nicht weiter darüber aus, und wir konnten nur spekulieren, was er damit gemeint hatte.

Wie Alan vor ihm wurde Ian zügig durch einen gewissen Pat McGlynn ersetzt, einen gesichtslosen Jugendlichen aus Edinburgh, an dem keiner von uns etwas fand. Seine Hauptqualifikation für den Job schien zu sein, dass er bereit war, ihn zu machen. Es war schon viel von jemandem verlangt, ein Bay City Roller zu werden, besonders jetzt, wo einer nach dem anderen ausstieg.

Wenige Tage nachdem ich die Bank verlassen hatte, besorgte Emma mir einen Job in ihrem Büro bei der American Society of Composers, Authors and Publishers. Das war definitiv ein richtiger Schritt auf dem Weg ins Musikgeschäft. Die ASCAP war eine der beiden größten Verwertungsgesellschaften in den

USA und mit der öden, aber wichtigen Aufgabe betraut, im Namen von Songschreibern und Musikverlagen Tantiemen einzuziehen und zu verteilen. Meine Tätigkeit in der Mitgliederverwaltung bestand zwar hauptsächlich im Schreibmaschineschreiben, aber es war doch aufregend, ab und zu Akten von David Byrne von den Talking Heads und anderen großen Rock-Namen in der Hand zu halten. Man traf sogar den einen oder anderen Komponisten, obwohl die, die vorbeikamen, meistens Old-School-Broadwaytypen waren.

Ich hatte nicht viel zu tun, und während eines lauen Nachmittags kam mir die Idee zu einem Rollers-Newsletter. Der Titel war inspiriert von einem Fanzine, das Emma und Cathy zu Nutz und Frommen von ein paar Kids schrieben, mit denen sie korrespondierten. Ihres nannte sich *The Tartan Alert*; bei meinem entschied ich mich für *The Tartan Pervert*. Der Untertitel lautete »Das offizielle Organ der Tacky Tartan Tarts« (und ich muss leider sagen, die Tacky Tartan Tarts waren wir – das war Sue Js Idee gewesen), und der Zweck war, so viel an skurrilem Klatsch und Spekulationen wie möglich zu verbreiten, vorzugsweise mit sexuellem Unterton. Ich gab mir alle Mühe, so ordinär wie möglich zu sein, mit zahllosen Anspielungen auf Sex und Nacktheit. Nummer eins enthielt ein Foto, das ich in einer Illustrierten gefunden hatte, ein Kran, auf dessen Seite »Bay City« stand. Darunter tippte ich: »Damit die Rollers immer einen hochkriegen.«

Ich fotokopierte es und schickte es an meine Tartan-Tarts-Schwestern, die erfreulich begeistert waren. Es erschienen immerhin vierundzwanzig Ausgaben, und ich darf wohl, ohne überheblich sein zu wollen, anmerken, dass es einen gewissen Kultstatus errang und einzelne Hefte ihren Weg in entlegene Ecken des Landes fanden, angeblich sogar zu den Rollers selbst.

Kurz nachdem ich bei ASCAP angefangen hatte, kündigten die Rollers für den 8. Januar 1977 ihren ersten Gig in New York an, in der Academy of Music. Das war von ungeheurer

Wichtigkeit, denn wenn wir sie erst auf unserem eigenen Terrain hatten, konnten wir das Hotel vom ersten Hahnenschrei bis Sonnenuntergang belauern und ihnen überallhin folgen.

Der Kartenverkauf begann kurz vor Weihnachten, und wie üblich kampierten wir in der Nacht davor im Freien. Als wir eintrafen, mussten wir zu unserem Ärger feststellen, dass die rivalisierende Fraktion uns zuvorgekommen war und Barbarino als Herold zurückgelassen hatte. Wir hatten so etwas vorausgesehen und hielten einen hinterhältigen Plan in Gestalt von Abführmitteln mit Schokoladengeschmack parat. Unsere Strategie war, demjenigen, der zuerst da war, davon anzubieten und seinen Platz einzunehmen, wenn er dem Ruf der Natur folgte. Aber Barbarino witterte die Falle und wies unser Geschenk zurück.

Wir quengelten, nötigten ihn, bettelten ihn schließlich an, uns vorzulassen, aber er blieb hart. Irgendwann setzten wir uns resigniert hinter ihn. Ein paar Minuten später drehte er sich zu Emma um, die die Zweite in der Schlange war, und flüsterte ihr etwas ins Ohr.

»Träum weiter, du Ekel!«, antwortete sie angewidert und rückte ein Stückchen von ihm ab.

»Was hat er gesagt?«, wollten wir wissen.

Sie verzog angeekelt das Gesicht. »Er hat gesagt, er würde uns vorlassen, wenn … vergiss es, ich wiederhole es lieber nicht.«

»Schwein!«, rief Cathy und schwang kraftlos ihre Tasche nach ihm, während er irre lachte.

Wenn irgendeine von uns bereit gewesen wäre, für eine Rollers-Karte so weit zu gehen, dann bestimmt nicht mit Barbarino. Er war nicht nur klein, mager und gerade erst siebzehn, er war auch der denkbar unausstehlichste Kerl. Er hatte ein meckerndes Lachen, das er ununterbrochen seinen eigenen Witzen folgen ließ, er tat so, als hätte er Insiderinformationen über die Band, und er war verzweifelt entschlossen, seine Jungfräulichkeit zu verlieren. Joey hatte uns irgendwann erzählt, Barbarino hätte noch nie ein Mädchen auch nur geküsst. Wirklich kein Wunder bei der Lache.

Barbarino behauptete seinen Platz, bis der Rest seiner Gang gegen sechs Uhr morgens zurückkam, und als um neun der Kartenverkauf begann, bekamen sie die ersten. Wir schafften es trotzdem noch, welche in der ersten Reihe zu bekommen, was uns ein besonders glückliches Weihnachtsfest und frohes Silvester bescherte.

Sue J und ich begrüßten 1977 damit, dass wir zu Patti Smith gingen, deren Gejaule uns mehr auf die Nerven ging als jeder andere Act, den wir seit den Rollers gesehen hatten. »Ich bin mir sicher, das macht sie mit Absicht«, entschied Sue nach einigen qualvollen Minuten. Wir waren uns einig, dass das Recht eines Künstlers, sich auszudrücken, kurz vor unseren Ohrmuscheln endete, und gingen nach der zweiten Nummer. Wir beschlossen das Jahr in meiner Wohnung bei Pizza und Fernsehen. Ich nehme an, die Rollers taten dasselbe.

10

1977

Erster Nr. 1 Hit 1977 (GB): »When a Child is Born« / Johnny Mathis.
Größte Rollers-Hits: »It's a Game« (Nr. 16, GB);
»You Made Me Believe In Magic« (Nr. 9 in den USA).

WIR ERFUHREN VON Carol Strauss, dass die Band am Freitag, dem 7. Januar, in Los Angeles auftreten würde und in der Nacht zum Samstag noch nach New York zurückflöge. Die Tacky Tartan Tarts versammelten sich am Freitagabend in meiner Bude, von wo wir um vier Uhr morgens zum Flughafen aufbrachen.

Es war eine abscheuliche Zeit, um vor die Tür zu gehen; die Stadt war froststarr und leblos, und die Straßen waren spiegelglatt von schwarzem Eis. Wir saßen eng aneinander gedrängt in unserer Schrottmühle, die auch in ihren besten Zeiten nicht allzu warm wurde, und teilten uns einen Kaffee aus dem All-Night-Diner Ecke Twentythird und Seventh. Ehe wir uns Richtung Midtown Tunnel und Kennedy Airport aufmachten, hielten wir kurz bei der Firma, bei der die Rollers ihre Limousinen mieteten, und versuchten, Näheres über ihren Flug zu erfahren. Zu dieser verzweifelten Maßnahme nahmen wir Zuflucht, weil Strauss, die ich am Tag zuvor als vermeintlicher französischer Radio-DJ angerufen hatte, nicht mit Einzelheiten herausgerückt war.

»Ihr wollt allen Ernstes um die Zeit zum Flughafen raus?«, röhrte der Fahrdienstleiter lachend. »Habt ihr 'ne Macke?« Unsere flehenden Mienen sagten genug. »Mmmmmm, na, ich schätze, das habt ihr euch verdient. Sie kommen mit –«, er sah in seinem Buch nach, »TWA 702, kurz nach sechs Uhr dreißig.«

Von dieser Gewissheit bestärkt, brachen wir auf zum Flughafen. Auf dem Weg dorthin geschah etwas Unerklärliches. Kurz bevor wir auf der East Thirtyseventh Street in den Midtown-Tunnel fuhren, sahen wir an einer Hauswand eine Uhr, auf der es vier Uhr fünfzehn war. »Uhrenvergleich«, befahl Cathy. Also: Der Weg von Midtown Manhattan zum Kennedy Airport schlängelt sich durch ganz Queens, erst über den Long Island Expressway, dann die Hauptschlagader des Queens Boulevard entlang und schließlich auf den Van Wyck Expressway und in den Flughafen. Je nach Verkehrsaufkommen braucht man dazu fünfundvierzig bis neunzig Minuten. Als wir vor dem TWA-Terminal anhielten, sahen wir auf unsere Uhren. Seit wir Manhattan verlassen hatten, waren erst sechzehn Minuten vergangen – ein Ding der Unmöglichkeit. Unheimlich. Wir diskutierten aufgeregt die Möglichkeit, dass wir in eine Zeitschleife geraten sein könnten, bis irgendjemand darauf hinwies, dass wir dadurch nur noch länger in der Kälte warten mussten.

Frank, der Chauffeur, tauchte kurz nach sechs auf, damit wussten wir zumindest, dass wir am richtigen Ort waren. Die Rollers kamen eine halbe Stunde später nach draußen geschlurft, schlaftrunken und mit leerem Blick. Wir waren die einzigen wartenden Fans, aber wir hatten abgesprochen, nicht aus dem Auto zu steigen, um sofort losfahren zu können, wenn sie es taten. Leslie kam auf uns zu, weil er unsere lange, kastenartige Schrottmühle in der Dunkelheit für eine Limousine hielt.

Er streckte sogar schon die Hand nach dem Türgriff aus, als einer der anderen ihn wegzerrte.

»Diese Verfolgungsjagd wird in die Tacky-Tartan-Tarts-Legende eingehen«, vermerkt mein Tagebuch dazu:

»Ich blieb an ihnen dran, eine Handbreit hinter ihrer Stoßstange, mit 140 km/h den ganzen Weg bis in die City. Ich schnitt Autos wie nichts Gutes, und einmal bumste ich sogar an die Limo. Frank erzählte uns später, dass Tam die Augen schloss und die BCRs ihre weit aufrissen. Na, jedenfalls checkten sie im Warwick Hotel auf der Fiftyfourth ein, und David buchte uns ein Zimmer. Wir verbrachten den Morgen damit, sie zu suchen. Sie waren im achtzehnten Stock, was wir erst gegen zwei Uhr herausfanden.«

Dieses Wissen nützte uns nicht viel. Wie wir uns im Flur des achtzehnten Stocks herumdrückten, war zu verdächtig, und die Hotelleitung hatte ohnehin bereits vor den Fanhorden im und vor dem Hotel kapituliert. Bis zum frühen Nachmittag hatten sie die Band gebeten umzuziehen. Sie verbesserten sich nach Uptown ins Essex House, während wir im Warwick festsaßen, weil wir das Zimmer schon bezahlt hatten.

Der Gig in der Academy war ein Mordsspektakel. Der Laden war ein altes Varietétheater auf der East Fourteenth Street, das zwar schon einige Rockkonzerte erlebt hatte, aber nicht auf Kinder in voller Pop-Ekstase vorbereitet war. Das Publikum hopste auf den Sitzen, bis sie kaputtgingen, ließ die Balkone erzittern und warf sich blind auf die Bühne. Sogar die Ordner hatten Angstschweiß auf der Stirn.

Die Tacky Tartan Tarts waren in der ersten Reihe, und wir hatten uns extra so angezogen, dass wir den Rollers ins Auge stechen mussten. Ich hatte mir zu dem schwarzen Mini und den roten hochhackigen Schuhen, die anzuziehen ich für nötig gehalten hatte, sogar eine teure Seidenstrumpfhose gekauft. Die Strümpfe waren in Sekundenschnelle hin, zerfetzt von einem

Mädchen hinter mir, das von seinem Sitz auf meinen kletterte. Ich schubste sie nicht gerade höflich in ihren Sitz zurück, aber Sekundenbruchteile später machten es ihr Horden von anderen Blagen nach, die entschlossen waren, der Band näher zu kommen. Ich gab es auf, meinen Platz zu verteidigen, und erlebte den Rest des Auftritts gegen die Bühne gequetscht, ein Bein angewinkelt, um mich abzustützen. Die anderen Tarts taten dasselbe. Sue J setzte sogar ihre Ellbogen ein, um andere Kids abzuwehren, aber sie war zu klein und die anderen in der Überzahl.

Ich hatte nie richtigen Spaß bei den Konzerten, nicht nur wegen der Publikumsmassen, sondern weil ich in Gedanken ständig schon bei der anschließenden Verfolgungsjagd war. Der Auftritt war nur ein Vorgeschmack. Das Hauptgericht kam, wenn sie den Auftrittsort verließen und wir ihnen nachhetzten. Ich wusste nie so genau, was wir eigentlich tun würden, wenn wir sie – nur einmal – allein erwischten. Wir waren ein bisschen wie die Hunde, die Autos jagen – was würden die tun, wenn sie mal eins zu fassen kriegten?

Nach diesem Gig folgten wir ihnen nach Central Park South zum Essex House, durch dessen Tür sie verschwanden, ohne einen Blick an uns zu verschwenden. Nachdem wir darüber eine Weile gemurrt hatten, schlug Sue J vor, wir sollten zur Academy zurückgehen. Ihr Schwager arbeitete dort als Bühnenhelfer, und sie dachte, er würde uns in ihre Garderobe lassen, damit wir nachsehen konnten, was sie zurückgelassen hatten.

Das tat er auch, mit der Ermahnung: »Bleibt cool.« Da brauchte er sich keine Sorgen zu machen; es war sowieso praktisch niemand mehr da, nachdem die Band gegangen war.

Wir hatten Glück. Auf dem Tisch lag eine Haarbürste voller langer, dunkelbrauner Haare und Gel, das die Rollers kiloweise benutzten, damit ihre unverwechselbaren ›büscheligen‹

Frisuren Stand hatten. Daneben lagen zwei Papiertücher mit Spuren von beigefarbener Grundierung. Sie benutzten Make-up? Und trugen es mit Papiertüchern auf? Das war ja was. Es war nachvollziehbar, dass sie die Grundierung brauchten – sie hatten wirklich Pickelprobleme. Aber die Vorstellung, dass sie es mit Papiertüchern aufkleisterten, hatte etwas leicht Abstoßendes.

Wir zogen am nächsten Nachmittag ins Essex House. Das Hotel stand in einer Reihe ähnlich prächtiger Ungetüme aus den Zwanzigern, mit Blick auf den Central Park, und kostete dementsprechend sogar für unser winziges Zweibettzimmer ein Vermögen. Wenn wir zu fünft zusammenlegten, konnten wir es uns so gerade eben leisten, und wir trieben noch zehn Dollar zusätzlich auf, die wir Sue Js Freundin Karen für das Privileg abnahmen, sich in unserer Nähe aufzuhalten.

Karen erwies sich tatsächlich als Aktivposten. »Sie ging zu Erics Zimmer und horchte an der Tür. Er sah fern und putzte sich einmal die Nase – wow! Die anderen kamen um halb zwölf vom Abendessen zurück und erwischten Karen, die vor der Tür hockte, und Tam schnauzte sie an. Bis Mitternacht waren alle im Bett, uns eingeschlossen, weil wir früh aufstehen und arbeiten mussten.«

11

ICH WEISS, WAS ihr denkt. Was hielt unsere Besessenheit wach? Haben wir je mit ihnen geschlafen? Wollten wir das?

Für die anderen kann ich nicht sprechen, aber ich wollte es auf jeden Fall. Und ich glaube, Cathy hätte Leslie ihre Jungfräulichkeit geopfert (sie und ich zankten uns immer noch darum, wem von uns beiden er gehörte). Mein Verlangen nach Leslie war unbändiger als meine Liebe zu Robert Plant, ging tiefer als meine anhaltende Verschossenheit in den attraktivsten Jungen von Millburn, Mark Winkels. Ich wusste seit dem ersten Moment, in dem ich McKeown sah – sollten die Umstände es irgendwann zulassen – obwohl ich mir nicht vorstellen konnte, wie das jemals der Fall sein könnte –, würde ich es mit ihm machen. Ohne lange zu überlegen.

Das war das Tragische daran. Wir waren wild darauf versessen, die sexuelle Revolution mitzutragen, aber unsere potenziellen Stecher vereitelten das durch ihre Unerreichbarkeit. Wir standen in der Blüte unserer Jugend und verschwendeten sie an Männer, die kaum wussten, dass wir existierten.

Psychologen behaupten, Mädchen himmelten Teenbands an, weil es eine gefahrlose Möglichkeit sei, ihre Sexualität zu entdecken, ohne wirklich Sex zu haben – da die meisten Mädchen ihren Idolen natürlich niemals begegnen. Bei uns war das anders. Wir wollten sie treffen, wollten mit ihnen schlafen. Im

Idealfall hätten wir ihre Freundinnen sein wollen, aber mit ihnen zu schlafen hätte uns gereicht. Falls das zu direkt klingt, sei daran erinnert, dass wir hier von den Siebzigern reden, wo sexuelle Abstinenz als beinahe krankhaft galt. Ich frage mich, ob den Rollers je bewusst war, was sie ignorierten.

Aber ich vermute, sie waren verwöhnt. Es schien, als unterhielten sie eine Art von diskretem Sexualleben; Tam hatte dem *Rolling Stone* erzählt: »Sie sind sehr wählerisch, mit wem sie ins Bett gehen.« Wahrscheinlich gönnten sie sich das sogar dann und wann auf Tour. Aber mit wem? Dreizehnjährige Fans waren ja wohl tabu, aber wo sollten sie Frauen ihres Alters treffen? Wir waren bereit und nur wenige Jahre jünger – einfach perfekt für sie.

Nur überstieg das Angebot zweifellos die Nachfrage, und wir, die wir uns nur zu gern angeboten hätten, hatten keinen Einfluss auf den Markt. Uns blieb nichts anderes übrig, als zu hoffen, dass sie uns irgendwann bemerken würden. Es kam nicht darauf an, dass wir nach einem Jahr noch immer kein normales Wort mit ihnen gewechselt und höchstwahrscheinlich keine Gemeinsamkeiten hatten. Wir wollten sie einfach besitzen – um jeden Preis.

12

SIE WAREN SECHS TAGE LANG in New York, in denen wir sie regelmäßig ins und aus dem Essex House gehen sahen. ASCAP war nur ein paar Blocks vom Hotel entfernt, darum saßen Emma und ich in unseren Lunchpausen davor – getrennt, weil wir uns auf dem Konzert verkracht hatten. Sie behauptete – ja, beharrt sogar heute, zweiundzwanzig Jahre später, noch darauf –, ich hätte sie im Gedränge vor der Bühne absichtlich getreten. Wahrscheinlich hatte ich sie halb zerquetscht, aber wie hätte ich das in diesem Hexenkessel vermeiden sollen? Sie wies alle meine Entschuldigungen zurück und ignorierte mich im Büro und bei unseren Lunch-Wachen eisig.

Die Situation wurde so gespannt, dass die anderen Tarts gezwungen waren, sich auf die eine oder andere Seite zu schlagen. Wir fünf – Emma, Cathy, die Sues und ich – waren mittlerweile so unzertrennlich, dass es unmöglich war, sich aus dem Weg zu gehen, und wenn zwei von uns sich stritten, wurden alle hineingezogen. Emma gab schließlich nach, hat aber seitdem nie aufgehört, es mir vorzuhalten. »Was kann ich von dir schon erwarten?«, sagt sie immer. »Du hast mich als Trittleiter benutzt.«

Ursprünglich war unsere kleine Clique aus der Überlegung entstanden, dass es zu mehreren einfacher sein würde, zu den Rollers vorzustoßen. In den ersten paar Monaten war die

Band der Kitt, der die Tacky Tartan Tarts zusammenhielt, aber als wir eine gemeinsame Geschichte bekamen, entwickelte sich etwas Dauerhaftes, das an Bedeutung beinahe mit den Rollers konkurrieren konnte. Es schafft eine starke Verbundenheit, wenn man im Januar um Mitternacht zusammen vor einem Hotel wartet, und schon diese gemeinsamen Erfahrungen zu machen wurde genauso wichtig, wie die Rollers tatsächlich zu sehen. Männer scheinen solche engen Bande, die durch gemeinsames Phantasieren und gegenseitiges Mutmachen (»Eric wird dich in dem Rock lieben«) entstehen, nicht zu knüpfen, und trotzdem haben sie den Nerv, über die Leidenschaft, die Mädchen an Teenidole verschwenden, zu spotten. Mein eigener illoyaler Freund redet von meinen BCR-Jahren nur als ›tragisch‹. Wenn der wüsste.

Nachdem die Rollers die Stadt verlassen hatten, war meine erste Mission, mir einen Blouson in Silber-Metallic zu kaufen, wie ihn Leslie während ihres gesamten Aufenthalts meistens getragen hatte. Ich fand das Ding bei Bloomingdale's und berappte ohne mit der Wimper zu zucken fünfundsechzig Dollar, zwei Drittel eines Wochenlohns. Er sah so richtig behämmert aus – aus irgendeinem dicken Nylonzeug und voll gepflastert mit Aufnähern, auf denen ›Pontiac‹ stand. Ich war unglaublich stolz auf ihn und kaufte mir passend dazu eine wahnsinnig angesagte, goldglänzende Handtasche von Fiorucci.

An jenem Samstagnachmittag war ich in bester Stimmung, weil ich am Morgen etwas Herrliches über Leslie herausgefunden hatte. Ich hatte mir meinen Kassettenmitschnitt des Gigs in der Academy angehört, und als der Song »You're A Woman«, geschrieben von Faulkner und Wood, kam, änderte Leslie eine der Textzeilen.

Statt »What happened to the girl I used to know?« sang er: »What happened to the boy I used to know?« Schockschwerenot, was war das? Langweilte es ihn bloß, immer dieselben triefenden Lyrics zu singen? Oder kam da etwa – ooh! – eine andere Seite seiner Sexualität hoch? Er war ein Mann voller Geheimnisse. Ich war wie elektrisiert. O Gott, nimm mich, ich bin dein.

Das Leben ging Rollers-zentriert weiter. Etwa einen Monat später gingen die Sues, Cathy und ich zum Electric Light Orchestra, den flöten-dudelnden, cellosägenden Britrockern, die damals auf dem Gipfel ihrer Popularität standen. Die Ehrlichkeit zwingt mich zuzugeben, dass das immer noch die Art von Musik war, an die wir uns hielten, wenn die Rollers nicht da waren. Eine kleine Kostprobe aus meiner Konzertliste für Januar und Februar 1977: Rollers, 8. Januar, Kinks, 29., Average White Band, 30., Sutherland Brothers & Quiver, 1., 2. und 9. Februar (die müssen mir wirklich gefallen haben), Electric Light Orchestra, 11., Mr. Big (wer immer die waren), 13., und Renaissance (eine englische Band, die klassische Musik und Rock verschmolz – ja, die guten alten Zeiten, als der Rock sich ständig an kultiviertere Genres anbiederte, um sich einen respektableren Anstrich zu geben), 18.

Ich erwähne ELO, weil wir, als wir während des Gigs an die Bar gingen, zufällig Danny Fields begegneten, dem Herausgeber von *16*, dem größten Teen-Mag der USA. Wir erkannten ihn nach dem Foto auf der ›Briefe an Danny‹-Seite, also belauschten wir sein Gespräch natürlich und hörten gespannt, wie er sagte, dass er am nächsten Tag nach Florida fliegen wolle, um die Rollers eine Fernsehshow aufzeichnen zu sehen.

Wir sagten uns, wenn wir herausfänden, wo Danny Fields abgestiegen war, würden wir auch die Rollers finden. Am nächsten Morgen hängte ich mich ans Telefon, und ich bin heute noch beeindruckt von meiner Durchtriebenheit. Überraschenderweise stand Fields im Telefonbuch, also wartete ich, bis man davon ausgehen konnte, dass er zum Flughafen aufgebrochen war, und hoffte, er hätte auf dem Anrufbeantworter hinterlassen, wo er zu erreichen sein würde. Aber es meldete sich eine Männerstimme.

Ich: »Ist Mr. Danny Fields zu sprechen?«

Stimme: »Sorry, er ist dieses Wochenende verreist.«

Ich: »Haben Sie eine Nummer, unter der ich ihn erreichen kann, Sir? Hier ist Western Union. Telegramm für ihn.«

Stimme: »Hmm ... (gedämpftes Rascheln von Papier) ... er ist im North Bay Village Holiday Inn in Miami, aber ich habe keine Nummer.«

Ich: »Bemühen Sie sich nicht, Sir, wir finden sie heraus.«

Das tat ich und gratulierte mir selbst zu meiner Cleverness. Dann rief ich im Holiday Inn an und führte das folgende Gespräch.

Ich: »Ist Mr. Danny Fields bereits eingetroffen?«

Holiday-Inn-Frau mit artspezifischem Telefonistinnen-Singsang: »Ich sehe sofort nach ... ja, Mr. Fields hat sich eingetragen. Darf ich Sie verbinden?«

Ich (hastig): »Oh, nein, nicht jetzt ... könnten Sie nachsehen, ob Sie einen Mr. Leslie McKeown haben – M-C-K-E-O-W-N?«

Telefonistin: »Einen Moment ... nein, Ma'am, niemanden dieses Namens.«

Ich (beunruhigt): »Und was ist mit Stuart Wood?«

Telefonistin: »Nein, Ma'am.«

Ich (mit Gestresste-Managerin-Stimme): »Können Sie bitte noch einmal nachsehen? Meine Sekretärin hat diese Reservierungen vorgenommen, und sie wurden bestätigt. Sie müssen da sein.«

Telefonistin (nach kurzer Pause, in der sie mit jemandem im Hintergrund Rücksprache hielt): »Entschuldigen Sie bitte, Ma'am. Ich muss vorsichtig damit sein, wem ich diese Informationen gebe, aber, ja, Mr. Wood und Mr. McKeown werden später erwartet.«

Ich: »Ich rufe wieder an. Danke.«

Ich freute mich idiotisch darüber, dass ich sie so gewieft

aufgespürt hatte. Ich schrieb: »Ich habe sie allein gefunden, ohne jede Hilfe – ich habe ihnen alle Informationen selbst aus der Nase gezogen! Aber wo wir jetzt wissen, wo sie sind, weiß ich nicht genau, was uns das bringt.«

Gar nichts, wie es sich ergab. Wir hatten nicht die Absicht, jemanden aus der Band anzurufen, weil wir es uns zur eisernen Regel gemacht hatten, dass alle Kontakte mit ihnen von Angesicht zu Angesicht stattfinden mussten. Anrufen war tabu, weil man sie damit auf jeden Fall verärgerte. Aber ich rief in den nächsten sechs Tagen täglich an der Hotelrezeption an, nur um zu hören, ob sie noch da waren. Die Telefonrechnung belief sich in diesem Monat auf vierundfünfzig Dollar, ein absolutes Vermögen.

»Die Rollers sind mittlerweile so sehr Teil meines Lebens, dass es nichts gäbe, was ihren Platz einnehmen könnte, wenn sie mir plötzlich egal wären. Aber ich bin noch nicht bereit, sie aufzugeben«, kritzelte ich am 19. Februar, in der Woche, nachdem sie Miami verlassen hatten.

Der 25. Februar war Woodys zwanzigster Geburtstag. David und ich feierten mit Schokoladencremetorte und Partyhüten; David setzte seinen erst nach langem Betteln und Drohen auf. Am nächsten Tag verpackte ich einige meiner gelungeneren Fotos von Woody und schickte sie als Einschreiben mit Rückschein an Woodys Mutter. Obwohl er selbst jetzt mit Eric zusammen auf einem Hof in der Abgeschiedenheit des Umlands von Edinburgh lebte, war die Adresse seiner Familie in Edinburgh unter den Fans ein offenes Geheimnis, und Mrs. Wood hatte den Ruf, eine gute Fan-Brief-Beantworterin zu sein. Meinen beantwortete sie nicht, aber wenigstens zeichnete sie den Zustellschein ab, der sofort in mein Sammelalbum wanderte.

Als ich Cathy davon erzählte, beschloss sie, sich selbst mit einer Roller-Mutter anzufreunden. Sie war allerdings raffinierter. Sie schrieb an Pat McGlynns Mutter, weil sie von der korrekten Annahme ausging, dass er als Neuzugang in der Band noch nicht so viele Fans haben würde. Mrs. McGlynn schrieb prompt zurück, und daraus wurde eine regelmäßige Korrespondenz. Mrs. M. benutzte kleinmädchenhaftes Blumen-Briefpapier und schrieb auf jede Seite ein paar Sätze in unleserlicher Handschrift (die meisten der Rollers hatten ebenfalls eine unleserliche, altmodische Handschrift, als hätten sie das Schreiben von einem viktorianischen Schulmeister gelernt). Sie schien mehr an Cathys wildem Leben in Brooklyn interessiert zu sein als daran, über ihren Sohn zu diskutieren, was uns maßlos enttäuschte.

Diese viel versprechende Beziehung hielt sowieso nicht lange, weil Pat im April die Band verließ. »Er brachte es einfach nicht«, ließ die PR-Firma mysteriös verlauten, und genau wie bei Ian Mitchells Weggang folgten keine weiteren Erklärungen. Wir waren ehrlich gesagt nicht überrascht. McGlynn hatte nie richtig reingepasst, nie diesen geschockten Hilfe-was-passiert-hier-Blick verloren, der für gewöhnlich seinen Gesichtsausdruck bestimmte. Nachdem sie beschlossen hatten, dass er wegmusste, liquidierten sie ihn zügig und wahrten dann stalinistisches Stillschweigen, bis man sich nach einigen Monaten nicht mehr sicher war, ob er je wirklich existiert hatte. Während seines fünfmonatigen Zwischenspiels hatte der arme Kerl nur ein paar Gigs bestritten und war nicht mal dazu gekommen, an einem Album mitzuwirken.

Oder doch? Zwanzig Jahre später tauchte er wieder in den Nachrichten auf und behauptete, er *hätte* auf ihrem fünften Album mitgespielt, *It's a Game*, das sie Anfang 1977 aufnahmen. Er behauptete, nicht nur sein Name sei nicht auf dem Cover genannt, sondern sie hätten ihn auch aus dem Coverfoto herausgeschnitten. Selbst wenn das stimmt, kann es McGlynn auf lange Sicht nur zugute gekommen sein. Keine LP der BCRs war auch nur annähernd gut genug, um sich zu wünschen, seinen Namen darauf zu lesen, und einige waren so schrecklich, dass man dafür bezahlt hätte, ihn entfernen zu lassen.

Während ich schreibe, höre ich *Dedication* von 1976. Es fängt mit einem Eric-Carmen-Song an, »Let's Pretend«, dessen orgiastischen Höhepunkt, und ich wähle meine Worte mit Bedacht, eine Strophe bildet, in der es jemand gar nicht abwarten kann, irgendeine kleine Sirene zu verführen. Leslies dünne Stimme kippt bei den hohen Tönen, und seine Simulation eines Liebesakts ist so unfassbar peinlich, dass ich zum nächsten Song springen muss.

Aber der nächste Song, die Eric/Woody-Ballade »You're a Woman«, ist genauso schlüpfrig. »Oh, you're a woman, and you know what love is for/You say you don't need me/You're not a little girl any more.«

Dann ein Tempowechsel – eine krachige Gitarrennummer. »Rock 'n' Roller«, wieder von Eric und Woody. (Sie waren der kreative Nukleus der Band und nahmen nach und nach den professionellen Songschreibern Bill Martin und Phil Coulter, die das meiste frühe Material geschrieben hatten, die Arbeit ab.) Das Stück beginnt mit einer Explosion von jaulenden Gitarren und knüppelndem Schlagzeug, und Leslie grunzt: »Get my kicks from Rock 'n' Roll/Twelve bar boogie gonna bless my soul/Gonna dance to that rockin' beat/I wanna be a rock-'n'-roll-star/Make my money from playing guitar ...«

Diese Zeilen und ihr archaischer Verweis auf ›twelve bar boogie‹ haben etwas unaussprechlich Trauriges an sich. Das erklärte die Trostlosigkeit, die ihnen ständig anhaftete. Sie wollten wirklich Rock-'n'-Roll-Stars sein. *Richtige* Rock-'n'-Roll-Stars, genauer gesagt, respektiert von ihren Kollegen, begehrt von volljährigen Frauen. Sie hatten nie vorgehabt, Teenidole zu werden – das wollte damals keine Band.

Eric empfand das besonders schmerzlich, hatte er doch einmal enthüllt, dass er bei den embryonalen Vorstufen der Rollers nichts mehr geliebt hatte, als das Publikum »fünfminütigen Gitarrensolos« auszusetzen (ach, hätten Led Zeppelin sich doch bei ihren Gitarrensolos auf fünf Minuten beschränkt!). Das Schicksal hatte ihn zum Teeniestar gemacht, und seine Frustration war ihm deutlich anzumerken.

Aber der ergreifendste Song auf *Dedication* ist der letzte auf Seite eins, »Yesterday's Hero«. Meines Wissens der einzige für die Nachwelt festgehaltene Fall, in dem ein Teenieact sich eingesteht, dass Starruhm vergänglich ist.

When I walk down the street
See the people stop and stare, and say
Haven't I seen your face somewhere a long time ago?
We don't wanna be yesterday's hero, yesterday's hero
That's all that we're gonna be if we don't get it together
Make a new plan and be constantly better ...

Man muss sie dafür bewundern, wie unerschrocken sie sich der Tatsache stellten, dass die Zeit irgendwann über sie hinweggehen würde – auch wenn es, als sie den Song aufnahmen, so schien, als läge das noch in weiter Ferne.

Na ja, zurück zu McGlynn. Im April war er weg, aber es blieb keine Zeit, ihn lange zu betrauern, weil sein Weggang mit der Nachricht von einer ausgedehnten Tour im nächsten Monat zusammenfiel, die am 9. Mai beginnen würde. Ihr erster Trip kreuz und quer durchs Land sollte sie an beide Küsten und durch jede Menge unerschlossene Landstriche dazwischen führen. Wir kauften Karten für die vier am nächsten gelegenen Stationen – Westchester, Poughkeepsie, Philadelphia und Pittsburgh – und dann, in einem Anfall von Wahnsinn, auch für Chicago. Chicago ist zwei Flugstunden von New York entfernt, fast ein Drittel der Entfernung von Küste zu Küste. Waren wir irre? Zweifellos.

Das erforderte eine Menge sorgfältiger Koordination und mehr Geld, als uns zur Verfügung stand. Außerdem gab es noch das Problem, David zu überreden, uns die Schrottmühle für eine Woche zu leihen, und bei der Arbeit freizubekommen. Letzteres war meine geringste Sorge, weil ich meinen Job bei ASCAP und die ewige Tipperei gründlich satt hatte und hoffte, sie würden mich feuern, damit ich Arbeitslosengeld bekäme.

Mitte April geriet die ganze Tour in Gefahr; wir hörten das Gerücht, Eric hätte die Gruppe verlassen. Wir schenkten der Information nur mit Vorbehalt Glauben, weil sie von Barbarino kam, der immer mit solchem Zeug hausieren ging. So unglaublich es scheint, hatten wir uns seit der Nacht, in der wir gemeinsam angestanden hatten – ihr wisst schon, als er Emma einlud, die Bekanntschaft seines widerlichen kleinen Schniepels zu machen –, mit ihm angefreundet. Er verstand sich noch immer gut mit der anderen Fan-Fraktion, hing aber jetzt meistens mit uns herum und war immer angefüllt mit haarsträubendem Klatsch. Er hatte irgendeinen nie näher erklärten Draht zu Arista und kam oft an pikante Informationen heran. Aber er war unzuverlässig, weil er öfter falsch lag als richtig. Diesmal lag er daneben, aber er stürzte uns in einen solchen Aufruhr der Gefühle, dass Sue J damit drohte, ihm in den Arsch zu treten, und ihn so einschüchterte, dass wir fast eine Woche lang nichts mehr von ihm hörten.

Und ein Nachruf auf Pat McGlynn:

Bevor er die Band verließ, war er gerade neunzehn geworden. Das mussten wir natürlich feiern, aber da er so konturlos war, war uns nicht viel eingefallen. Mein Tagebuch notiert: »Da wir uns kein klares Bild von seiner Persönlichkeit machen konnten, sangen wir nur Happy Birthday und aßen jeder ein Twinkie.«

13

IN MEINER ERINNERUNG ist diese Periode ein ununterbrochener Rollers-Marathon, aber eigentlich begann mein Interesse an Punk schon mit meiner religiösen Hingabe an die Rollers zu rivalisieren. »Die ganze Idee von Punk ist witzig. Jedenfalls besser als Disco«, merkt mein Tagebuch an, in Verkennung der Tatsache, dass Punk mehr war als nur witzig, nämlich eine musikalische und kulturelle Wasserscheide. Für mich war es einfach besser als Disco, ein Greuel für kleine Vorstadtmädchen.

Ich ging mir Blondie im Vorprogramm von Iggy Pop ansehen und war ganz verdutzt über Debbie Harry. Merkte sie nicht, dass sie vergessen hatte, die ganzen Haare am Hinterkopf zu bleichen, wo sie alle noch dunkelbraun waren? Oh, das war Punk. Alles klar. Cool!

Sue J und ich gingen zu The Damned, unsere erste Begegnung mit einer echten, spuckenden, Pogo tanzenden englischen Punkband. Wir waren sehr beeindruckt, besonders, als der vampireske Sänger, Dave Vanian (wie in Transsyl...), das Publikum als »verdammte Pisser« beschimpfte. Zauberhaft.

Punk hatte die englische Musikpresse das ganze letzte Jahr über beherrscht, aber wie zu erwarten war, freundete sich Amerika nur langsam damit an. Der Durchschnittsamerikaner hatte einfach etwas gegen Bands mit Sicherheitsnadeln im Gesicht. Gegen amerikanische Punks, wie sie die aufkeimende New Yorker Szene um Blondie, die Ramones und Television verkörperte, hatten sie nichts; es waren die politischeren Brit-Punks, mit denen sie ein Problem hatten.

Daher tourten wenige von ihnen in den Staaten. Es traf sich gut, dass viele britische Bands streng anti-amerikanisch eingestellt waren (oder zumindest so taten), es war also ein für beide Seiten befriedigendes Arrangement. Sie wollten nicht nach Amerika kommen, und Amerika wollte sie erst recht nicht.

Aber ich wollte. Ich war unglaublich neugierig auf die Sex Pistols, The Clash und die anderen Bands, von denen ich immer las. Man kann sich also meine Begeisterung vorstellen, als ich hörte, die Sex Pistols würden im Juni eine ganze Woche lang in New York auftreten. Das erfuhr ich jedenfalls von einem Mädchen namens Barbara, deren Freund, ein Konzertveranstalter, angeblich hinter dem Event steckte.

Ich lernte Barbara bei ASCAP kennen. Sie war als Songschreiberin gemeldet, und ihr Name war mir beim Bearbeiten ihrer Karteikarten aufgefallen. Jedes Mal, wenn ein Songautor einen neuen Song schrieb, waren wir verpflichtet, das auf einer Karteikarte zu vermerken, und ihre war mir aufgefallen, weil darauf Titel wie »Hot Chocolate Cock« standen. Daher wusste ich, wer sie war, als Barbara eines Aprilnachmittags im Büro vorbeikam, und war überrascht, dass sie eigentlich ganz normal zu sein schien. Wir kamen ins Gespräch, und sie erwähnte, dass ihr Freund ein einmonatiges Punkfestival organisierte, dessen Highlight der erste Auftritt der Sex Pistols in den Staaten sein sollte. Der Freund brauchte noch Leute, die mithalfen, alles zu organisieren, fügte sie hinzu. Ob ich Lust hätte, mitzumachen?

Ob ich Lust hätte?! Ich ging noch am selben Abend zu dem Veranstaltungsort, einem heruntergekommenem Kino in Downtown mit dem Namen The Elgin. Der Freund, Harry, hatte im Untergeschoss ein provisorisches Büro eingerichtet und spannte mich sofort ein, um Telefonate anzunehmen. Es war nicht viel, aber ich war stolz darauf, meinen Beitrag dazu zu leisten, die Sex Pistols nach New York zu holen. Wie Harry mir erklärte, würden ihre Gigs der krönende Abschluss eines dreiwöchigen Festivals mit Auftritten namhafter Punkbands werden. Und welche waren das zum Beispiel? Tja, die einzigen, die bisher zugesagt hatten, waren eine Hand voll unbekannter Bands aus New York. Aber er arbeitete daran, Patti Smith, Television und viele andere zu holen. Es war praktisch alles unter Dach und Fach.

Er war immerhin zuversichtlich genug, eine Anzeige im *Village Voice* zu schalten, auf die Dutzende Anrufe kamen. Aber in der Woche vor dem Eröffnungsabend war nicht mehr zu übersehen, wie schludrig die ganze Operation geplant war. In einem letzten Akt der Desorganisation vergaß Harry am Abend vor der Eröffnung, einen Anruf von Malcolm McLaren, dem Manager der Pistols, zu erwidern. Nicht dass es darauf noch ankam, da die Pistols nie offiziell zugesagt hatten und ohnehin nicht beabsichtigten, bei uns aufzutreten.

Erstaunlicherweise fand das Festival trotzdem statt, wenn auch in stark beschnittener Form. Am ersten und zugleich letzten Abend spielte eine Horde von zerzausten Unbekannten vor weniger als hundert zahlenden Zuschauern. Die meisten der vielen Journalisten und Radioleute, die Harry eingeladen hatte, erschienen nicht – das wusste ich, weil ich für die Gästeliste zuständig war. Als ich den guten Harry zum letzten Mal sah, stritten er und Barbara sich hinter der Bühne darüber, ob sie rausgehen und selbst einen kurzen Set spielen sollte. »Hot Chocolate Cock« wäre wahrscheinlich gut angekommen.

Aber ein totaler Reinfall war es nicht. Ich war durch meine Unterhaltung mit Malcolm McLaren inspiriert worden, die folgendermaßen verlaufen war:

Ich: »Hallo, Elgin Punk Festival.«

McLaren (mit nasalem Cockneyakzent): »Könnte ich bitte Harry sprechen?«

Ich: »Tut mir Leid, er ist im Moment nicht da.«

McLaren: »Würden Sie ihn bitten, Malcolm McLaren zurückzurufen? Er hat die Nummer.«

Der Malcolm McLaren – und ich hatte mit ihm geredet. Derart angespornt, beschloss ich, mir Punk-Klamotten kaufen zu gehen. Der einzige Laden in Manhattan, der irgendwas in dieser Art hatte, war ein Schuppen namens Ian's – einen Ian gab es da wahrscheinlich nicht, sie benutzen den Namen nur, weil er englisch klang – im West Village. Als ich eines Abends nach der Arbeit hinging, fand ich zu meiner Freude ein T-Shirt mit dem Bild einer Sicherheitsnadel und der Aufschrift »Anarchy in the UK«. Und was fast genauso geil war, sie hatten auch noch schwarze Röhrenjeans. Röhrenjeans aufzutreiben war in der Schlaghosenära fast ein Ding der Unmöglichkeit, und mit einer Röhre war man so hip, dass man wahrscheinlich aus London kam – genau der Eindruck, den ich gerne vermitteln wollte.

T-Shirt und Jeans kamen gerade im rechten Moment, denn so wenige Wochen vor der Rollerstour mussten wir langsam anfangen, uns Gedanken über unsere so genannte ›Tourgarderobe‹ zu machen. Wir kauften uns für ihre Konzerte immer neue Sachen, für den unwahrscheinlichen Fall, dass wir sie persönlich kennen lernen sollten, und diesmal übertrafen wir uns selbst. Wir brauchten zwei separate Garderoben – eine für die Gigs und eine für die langen Stunden in der Schrottmühle auf dem Weg von Auftritt zu Auftritt. Emma machte mit geblümten Schürzenkleidern auf englisches Landleben, Cathy setzte auf Minimalismus mit viel Weiß, und ich entschied mich für den Bianca-Jagger-Look mit Röhrenhose, Chiffontop und Seidenblumenbrosche.

Zusätzlich hatte ich noch die Idee, kleine ›Tourpässe‹ für uns zu machen. Ich tippte auf weiße Karteikarten ›Tacky Tartan

Tarts On Tour‹ und darunter das selbst gewählte Tart-Pseudonym jeder Person. (Emma war Angie Wooburn, Sue J. war PH O'Tographer, und wir anderen hatten ähnlich bescheuerte Namen. Nein, meinen gebe ich nicht preis.) Es gab eine Stelle, wo man unterschreiben und ich ›gegenzeichnen‹ konnte, und nachdem jede der Tarts ihre Karte unterschrieben hatte, klebte ich unten ein Stück kariertes Geschenkband auf, ging dann mit allen zu Woolworth und versiegelte sie in deren Laminiermaschine. Anschließend klebte ich eine Sicherheitsnadel auf die Rückseite, damit wir sie anstecken konnten.

Sie sahen erstaunlich realistisch aus. Wir wären damit zwar niemals Backstage gekommen, aber wenn sie für die Ordner so aussahen, als gehörten wir zu Arista, und sie uns ganz vorne stehen ließen, würden wir uns nicht beschweren.

Die Tour begann am Montag, dem 9. Mai, im Westchester Premiere Theatre, dreißig und noch was Meilen nördlich von Manhattan. Wir trafen uns bei mir, weil dort die Schrottmühle stand, und nachdem wir uns aufgetakelt hatten, machte Sue J ein Foto von uns in meinem Wohnzimmer. Es liegt jetzt vor mir. Sue P und Cathy tragen die Kombination weißes Jackett/schwarzes Hemd, die John Travolta später in *Saturday Night Fever* unsterblich machen sollte, Emma sehr hübsch in einem langen Blümchenkleid, und ich sehe, na ja, exotisch aus, in einem schwarzen Kimono, den ich in Chinatown gefunden hatte. Unser Haar, fransig und rund geschnitten, glänzt seidig, und die Tourpässe haben wir stolz an unseren Tops stecken. Wir sehen großartig aus.

Das Konzert, das zu der erstaunlich erwachsenen Zeit von einundzwanzig Uhr begann, war in musikalischer Hinsicht interessanter als sonst. Und auch in bekleidungstechnischer Hinsicht, da nur noch Woody trug, was man als Rollergear bezeichnen konnte. Die anderen trugen, wahrscheinlich zu ihrer großen Erleichterung, normale Kleidung, die nur am Saum der Jacketts noch dezentes Karo aufwies.

Und musikalisch – doch, ja, es hatte sich etwas geändert. Zunächst mal bestand die erste Hälfte des Sets komplett aus Songs ihres noch unveröffentlichten neuen Albums, *It's a Game*. Und diese Songs waren auch nicht die gewohnten Shang-a-lang-Nummern. Einige hatten einen deutlichen Disco-Touch, andere leicht kosmifizierte Lyrics (»The faces all around me, they are running everywhere/But everywhere is nowhere, and nowhere isn't there«).

Eine Nummer hieß »Sweet Virginia« und schien von einer Lesbierin zu handeln (die relevante Stelle lautete: »Is it really such a crime/To be loving your own kind?«), und dann coverten sie sogar »Rebel, Rebel« von David Bowie, was am größten Teil des Publikums unerkannt vorbeirauschte. Eric sang bei dieser Nummer mit der so ziemlich unmelodischsten Stimme, die man sich vorstellen kann.

Das gab uns für die Rückfahrt nach Manhattan jede Menge Stoff zum Grübeln. Offenkundig waren die neuen Klamotten und neuen Songs ein kühner Versuch, aus dem Teen-Band-Ghetto auszubrechen. Das Komische, da waren wir uns einig, als wir langsam die Park Avenue runterfuhren und nach ihrem Hotel suchten, war, dass sie es möglicherweise schaffen könnten. Led Zep würden sie keine schlaflose Nacht bereiten, aber diese neuen Nummern von Woody und Eric hatten mehr Pep als alles, was sie davor geschrieben hatten. Sie waren beinahe sexy, wage ich zu behaupten.

»Roller auf neun Uhr!«, kläffte Sue P plötzlich. Unsere Köpfe flogen simultan nach links. Da war Eric und ging ins protzige Waldorf-Astoria. Wir parkten um die Ecke und folgten ihm nach drinnen, weil wir erwarteten, sie alle in der Lobby zu sehen. Seltsamerweise war niemand zu sehen außer Eric, der in einen Aufzug verschwand.

Wir dachten, der Rest würde auch bald kommen, darum machten wir es uns auf einem der Samtsofas des Waldorf bequem und versuchten, so auszusehen, als warteten wir nicht verzweifelt darauf, die Bay City Rollers zu treffen. Eric tauchte fünf Minuten später wieder auf und ging an die Rezeption, um einige Nachrichten abzuholen. Er begegnete unserem Blick ausdruckslos, und wir lächelten. Er ignorierte uns und stieg wieder in den Aufzug.

Er konnte nur wenige Minuten weg gewesen sein, als er wieder auftauchte, diesmal, um Zigaretten zu kaufen. Wieder der Blick zu uns und das hastig abgewendete Gesicht. Das passierte noch zweimal – das Verschwinden und Wiederauftauchen –, und wir konnten uns sein Verhalten nicht erklären. Testete er uns, um festzustellen, wie lange wir blieben? Wollte er sich vergewissern, dass er Fans hatte? (Hmmmm – hätte er gefragt, hätte ich ihn informieren müssen, dass ich wegen Leslie hier war.) Oder war er einfach magisch angezogen von unserer geballten Attraktivität, aber zu schüchtern, um uns anzusprechen?

Während wir noch spekulierten, kam Joey von der rivalisierenden Fraktion herein. »Sucht ihr die anderen?«, fragte er in seiner typischen überheblichen Art. »Sie sind bei Maxwell's Plum. Ich bin gerade da gewesen.«

Wir trauten ihm, wie Kennedy Chruschtschow getraut hatte, aber wir saßen seit einer halben Stunde in der Lobby und dachten uns, wir könnten genauso gut eine Runde fahren. Und schon waren wir unterwegs zu Maxwell's Plum, einer peinlichen Single-Bar in der Upper Eastside, die von Sekretärinnen aus Queens und ihren männlichen Pendants frequentiert wurde. Nicht unbedingt der Laden, in dem man die Rollers erwartet hätte, aber da waren sie, um einen großen Tisch verteilt, und spachtelten die letzten Reste ihrer Riesenhummer weg. Derek trank Milch. (Dann waren die ganzen Geschichten über die Rollers und Milch also doch nicht frei erfunden!)

Obwohl wir uns diskrete zwanzig Fuß entfernt an der Theke postierten, bemerkten sie uns beinahe augenblicklich. Leslie war mit dem Essen fertig, zündete sich eine Zigarette an und fixierte uns mit einem sehr harten Blick. Wir versuchten, uns unauffällig im Hintergrund zu halten, was nicht schwer war; es war Mitternacht, und der Laden brummte. Aber jedes Mal, wenn wir rübersahen, funkelte uns Leslie böse an, die Arme vor der Brust verschränkt wie ein Rausschmeißer, der es kaum erwarten kann, seinen Stiefel mit dem nächstbesten Kopf Bekanntschaft schließen zu lassen. Nach zwanzig Minuten hatte er uns rausgeekelt.

An die nächsten vier Tage erinnere ich mich nur schemenhaft. Ich nahm mir den Rest der Woche frei, nicht zuletzt in der Hoffnung, gefeuert zu werden. Die Rollers fuhren zu einem Gig am Mittwoch nach Boston, und wir trösteten uns damit, uns das Weißmuster ihrer neuen Single »You Made Me Believe in Magic« anzuhören, die Barbarino von seiner mysteriösen Quelle bei Arista besorgt hatte.

Die B-Seite, »Dance, Dance, Dance«, war äußerst interessant. Anders als der Titel vermuten ließ, war es kein Dance-Song, sondern eine nachdenkliche Meditation über eine Liebesaffäre, geschrieben von den Bay City Rollers. Und der Text war für ihre Verhältnisse sehr erwachsen: »I heard the words you said inside my loving bed (sie sagten *Bett*!!!), I've seen the scars I left inside your loving head.« Es war unbeholfen getextet, aber die Bedeutung war klar: Sie schrieben erwachsene Songs über erwachsene Themen.

Das Problem war, dass sie kein erwachsenes Publikum ansprachen. Bei den nächsten drei Gigs in Poughkeepsie, Philadelphia und Pittsburgh waren die Tacky Tartan Tarts abgesehen von der Band selbst die Einzigen, die nicht um neun Uhr ins Bett mussten. Mein Gott, der Auftritt in Pittsburgh war sogar eine Matinee.

Die Band war spürbar frustriert. In Poughkeepsie nervten die kreischenden Mädchen McKeown so sehr, dass er sie anzischte, sie sollten still sein, was sie natürlich nur noch hemmungsloser flennen ließ. In Philadelphia versuchte er es anders. Als könnten sie damit Credibility gutmachen, äfften er und Eric David Bowies und Mick Ronsons berühmte homoerotische Bühnenshow nach. Leslie als Bowie kniete vor Eric/Ronson und nibbelte an dessen Gitarre, dann sah er zu den Kindern, denen schon der Schaum vorm Mund stand, und zwinkerte. Aber die Anspielung war für die meisten unverständlich, und er zuckte nur die Achseln.

Auch die Bühnendekoration zeugte von ihrer – wie wir Rockkritiker sagen – neuen Identität. Hintergrund und Boden bestanden aus einem riesigen schwarzweißen Schachbrett, das durch vier große Schachfiguren vorne auf der Bühne komplettiert wurde. Als die Scheinwerfer angingen, traten die Rollers hinter diesen Schachfiguren hervor (bitte hört auf zu lachen), was wohl, vermute ich, bedeuten sollte, dass wir alle Figuren im großen Schachspiel des Lebens sind.

Wenn das absurd klingt, habt ihr vermutlich das LP-Cover von *It's a Game* nicht gesehen. »Sleeve concept by the Rollers« steht da, was so einiges erklärt. Für vorne hatten sie das Schachbrett-Thema genommen; das Schachbrett erstreckte sich in die Unendlichkeit, die von Blitzen an einem Nachthimmel versinnbildlicht wurde. Die Rückseite war noch besser. Wiederum Blitze, und in einer Ecke die Rollers, nackt von der Hüfte an, und alle zusammen haben kein einziges Brusthaar zu bieten. Es tat einem richtig weh für sie.

In einem Musterbeispiel von miesem Timing war das Album noch nicht erschienen, als sie tourten. Es ist der ganze Sinn und Zweck einer Tour, die Fans dazu zu bringen, das neue Album zu kaufen, das vom Tourstart an in den Läden stehen sollte. Aber *It's a Game* erschien erst im Juli, einen Monat nach dem Ende der Tour.

In der Zwischenzeit sammelten wir an die tausend Meilen auf dem Tacho, während wir von Westchester und Poughkeepsie im Norden des Staates New York über Philadelphia nach Pittsburgh am äußersten westlichen Zipfel von Pennsylvania tuckerten. Als selbst ernannter Admiral unserer kleinen Expedition (weil ich ja praktisch Mitbesitzerin der Schrottmühle war) hielt ich eiserne Disziplin an Bord. Wir reisten meistens nachts, und ich bestand darauf, dass wir die Gigs immer vor der Zugabe verließen, damit wir mit der Schrottmühle schon mal zum Bühnenausgang fahren konnten, um uns an die Band zu hängen, wenn sie rauskam. Dadurch gelang es uns immer, herauszufinden, wo sie übernachteten, meistens im örtlichen Hilton oder Holiday Inn.

Irgendwann im Lauf der Woche sagte Barbarino: »Ich hab backstage mit Leslie geredet (ja, hätte er gern!), und er sagte: ›Wenn ich Caroline fahren sehe, schlage ich die Hände vors Gesicht und bete um mein Leben.‹« So wie ich Barbarino kannte, hatte Leslie wahrscheinlich nichts dergleichen gesagt, aber wenn doch, war ich unaussprechlich geschmeichelt, dass er meinen Namen kannte. Von der geringsten Andeutung eines Wiedererkennens, und wenn sie noch so unverifizierbar war, zehrte ich tagelang.

Poughkeepsie und Philadelphia verliefen ereignislos, was zum Kotzen war, denn wir gierten nach Ereignissen. Aber sie waren in beiden Städten nicht zu erwischen, zeigten ihre Gesichter nicht mehr, sobald sie abends einmal in ihren Hotelzimmern waren. Es war zum Verrücktwerden.

Sie schienen uns absichtlich zu brüskieren, zumindest nahmen sie keinen Augenkontakt mehr auf oder lächelten uns zu. Dafür konnte es vielerlei Gründe geben, zum Beispiel Spannungen wegen des Rausschmisses von McGlynn oder ein Zerwürfnis mit Tam Paton, der sie, was ungewöhnlich war, auf der Tour nicht begleitete.

Noch schlimmer als ihre rätselhafte Zurückgezogenheit war die Einführung eines neuen Tourmanagers. Seinen Namen, Larry Packer, änderten wir bald in ›Pecker‹, weil er die Fans so mies behandelte. Tam hatte gelegentlich zugelassen, dass man ein paar Worte mit der Band wechselte, Pecker dagegen hatte es sich zur Aufgabe gemacht, jeden Kontakt zu unterbinden. Cathy und ich schrieben einen Song über ihn, zur Melodie von Leo Sayers aktuellem Hit »When I Need You«. Er lautete (in Auszügen):

When we want you
We just read *16* and we're with you
But all that we try to do to you
Is stopped by Pecker every day
When we need sex
Pecker does his best to break our necks
Never knew so many roadies were struggling to
keep us away …

Das Pittsburgh-Konzert am 14. Mai war ein Wendepunkt. Es begann und endete sehr sonderbar, und als es vorbei war, sahen wir die Rollers in einem ganz anderen Licht.

Da wir eine Fahrt von dreihundertfünfzig Meilen vor uns hatten, verließen wir Philadelphia um drei Uhr morgens. Keine von uns hatte geschlafen, und wir waren alle gereizt und übernächtigt. Als die Sonne aufging, fuhren wir durch die gebirgige Gegend von Zentral-Pennsylvania, wo Tunnel mit indianischen Namen wie Tuscarora und Kittatinny durch massiven Granit gehauen worden waren. Diese ländlichen Bergtunnel erschienen uns unsagbar seltsam, und zum ersten Mal wurde uns klar, wie weit wir uns von zu Hause entfernt hatten.

Sue P und ich lösten uns beim Fahren ab, während Cathy und Emma hinten schliefen. Ein paar Meilen vor Pittsburgh hielten wir zum Frühstück an einer Howard Johnson's Motor Lodge. Wir waren acht Stunden gefahren und gingen mittlerweile ziemlich auf dem Zahnfleisch. Es existiert ein Bild von uns auf dem Parkplatz des Restaurants, wo wir uns gegenseitig stützen, während wir benommen in die Kamera gucken. Wüssten die Rollers nur, welche Strapazen wir für sie auf uns nahmen. Aber sie wussten es ja und zogen es nur vor, uns zu ignorieren, weil unsere Beharrlichkeit uns in ihren Augen nicht zum Vorteil gereichte. Aber wären wir nicht so hartnäckig gewesen, hätten sie erst recht nie Notiz von uns genommen. Wie wir es machten, es war verkehrt.

Wir schleppten uns müde weiter zum Flughafen, um ihre Ankunft abzupassen und ihnen zu einem Hilton in der Innenstadt zu folgen, wo der Fahrer kurz anhielt und dann mit der Band weiterfuhr. In der Annahme, sie würden in diesem Hotel übernachten, gingen wir rein und mieteten uns ein Zimmer. Keine so gute Idee, denn nachdem wir eingecheckt und bezahlt hatten, entdeckten wir, dass sie nun doch nicht da waren. Mist.

Cathy schnappte sich resolut die *Gelben Seiten*. Sie hatte gleich beim zweiten Versuch Glück und fand Pecker, der im Hyatt registriert war. Aber wir konnten es uns nicht leisten, die fünfzig Dollar in den Wind zu schreiben, die wir gerade ausgespuckt hatten, also saßen wir fest.

Der Gig, der zur unchristlichen Stunde von drei Uhr nachmittags stattfand, war enttäuschend. Wir hatten fast dreißig Stunden nicht geschlafen, aber dass den Rollers die richtige Begeisterung fehlte, drang selbst durch diese Abgestumpftheit zu uns durch. Sie waren so lustlos, wie wir sie noch nie gesehen hatten, und spulten lethargisch ihre Nummern ab. Als Leslie bei einem Stück Gitarre spielte – das machte er bei jeder Show, um zu demonstrieren, dass er es konnte –, starrte er auf den Boden und zählte die Takte, bis der Song zu Ende war.

Vielleicht war ein Auftritt am hellen Nachmittag, zu einer Zeit, wenn die meisten Bands gerade anfingen, übers Frühstück nachzudenken, für sie die grausame Bestätigung, dass sie tatsächlich eine Teeniebopper-Band waren und es immer bleiben würden.

Das hielt uns natürlich nicht davon ab, anschließend ins

Hyatt zu gehen. Von den Rollers nichts zu sehen – sie waren schon auf ihre Zimmer gegangen –, aber in der Rezeption wimmelte es von ältlichen Leuten in angeregtem Gespräch. Oder vielmehr, sie schienen Gespräche zu führen, aber die Lobby war still. In der brechend vollen Cocktail-Lounge herrschte unheimliche Lautlosigkeit, nur unterbrochen von dem Getuschel zappelnder Finger. Dann sahen wir die Anstecker: ›American Association for the Deaf‹. Es war ihr Jahrestreffen. Was die sonderbaren Tage anging, war das sicher einer unserer sonderbarsten seit geraumer Zeit.

Die Tarts waren die einzigen anwesenden Fans, es sei denn, ein paar der Taubstummen waren Rollermaniacs. Es gab also nur uns und sie, und wir beschlossen, die Initiative zu ergreifen. Leslie war in Zimmer 1138, hatte uns der Portier gesagt, und wir vier lungerten vor seiner Tür herum und versuchten, unseren ganzen Mut zusammenzunehmen, um anzuklopfen. Plötzlich öffnete sich eine Tür auf der anderen Seite des Flurs, und da stand Eric, einen Eiskübel unterm Arm. Er trat verschreckt einen Schritt rückwärts, dann stürzte er los zum Colaautomaten in der Halle und tat dabei so, als hätte er uns nicht gesehen. Ich trapste hinter ihm her, dicht gefolgt von Sue P, unserer Eric-Verehrerin.

»Hat euch der Gig gefallen?«, fragte ich. Er antwortete ohne stehen zu bleiben: »Ich war etwas müde.«

Frag mich mal, dachte ich. Ihr habt euch ja nicht mal angestrengt. »Gehen die ganzen Kids draußen vor den Hotels euch auf die Nerven?«, fragte ich weiter – saudumme Frage, zugegeben, aber es ging ja darum, ihn am Reden zu halten.

»Oh, die stören mich nicht«, antwortete Eric, die Stimme rau davon, jeden Abend »Rebel, Rebel« zu brüllen. (Der Song war sein großer Moment im Set, und er schlachtete das immer weidlich aus, zog gequälte Gesichter, vergewaltigte seine Gitarre, kurz: Er tat alles, womit er sich als richtiger Musiker profilieren konnte.)

»Die meisten sind eigentlich richtig süß. Es ist nur, wenn sie anrufen, während ich gerade einzuschlafen versuche.«

Ich stieß mitfühlende Laute aus, die ihm zu verstehen gaben, *wir* würden natürlich niemals anrufen, während er zu schlafen versuchte, weil wir älter und verständiger waren. Du weißt, was ich meine, Eric? Älter, verständiger ... darf ich vielleicht sogar sagen – sexier? Mit anderen Worten, perfektes Freundinnen-Material.

Ich warf ihm einen verstohlenen Blick zu. O Gott, war der süß. Nicht so umwerfend wie Leslie natürlich, aber er hatte glänzendes Haar und Wimpern, für die jedes Mädchen getötet hätte.

Aber als er seine Cola und seine Eiswürfel hatte, wollte er gleich wieder in sein Zimmer.

»Warum kommt ihr nicht runter und trinkt was?«, schlug Sue vor, deren Verzweiflung über ihre Schüchternheit siegte.

»Danke, aber das wäre nicht gut für mich. Ich werde einfach noch ein bisschen fernsehen. Nacht dann.« Die Tür fiel zu, und wir hörten ihn die Kette vorlegen.

Wenigstens hatten wir Kontakt hergestellt. Es war wahrscheinlich das längste Gespräch, das wir je mit einem von ihnen geführt hatten. Mit neuer Zuversicht kehrten wir in die Lobby zurück.

»Warum schicken wir ihm nicht eine Flasche Sekt rauf?«, schlug Cathy halb im Scherz vor.

»Damit er runterkommt, um sich zu bedanken, meinst du?«

»Nein, bloß weil er so nett war.«

Das taten wir, wir kratzten alles Bargeld zusammen und kauften eine Flasche Château l'Hyatt, die wir ihm aufs Zimmer bringen ließen, mit einer Karte, auf der »Schlaf gut. Alles Liebe, die Mädchen in der Lobby« stand.

Dann ließen wir uns auf ein Sofa fallen und fragten uns, wie es weitergehen sollte. Man traf die Rollers nur selten, ohne dass sie von Fans umlagert waren, und wir wollten uns das zunutze machen, aber was konnten wir tun, außer zu beten, sie möchten in die Bar runterkommen?

Da saßen wir nun, Cathy, Emma, Sue und ich. Es war etwa zehn Uhr abends, und wir hatten vor sechsunddreißig Stunden zum letzten Mal geschlafen. Ich fühlte mich auf eine schneidende Art hellwach, wie man das manchmal hat, wenn man total erschöpft ist. Mit dieser Wachheit kam die plötzliche, unbarmherzige Erkenntnis, was für ein Bild wir abgaben, wie wir so dahockten, direkt gegenüber dem Lift, damit wir jeden reingehen und rauskommen sahen.

Wir sahen aus wie ... wie ... Groupies. Oder noch schlimmer – wie Fans.

In unserer Vorstellung waren wir keins von beidem. Wir waren nämlich ... na ja, besondere Fans. Fans, die alt genug waren, den Rollers auf einer Ebene von Mann zu Frau zu begegnen. Wir betrachteten sie allen Ernstes als potenzielle Liebhaber – und das war gar nicht mal so abwegig. Viele Popstars hatten ihre zukünftige Frau auf Tour kennen gelernt, und wir waren unter den weiblichen Wesen, die den Rollers nachjagten, wahrscheinlich die einzigen, die ihnen im Alter nahe kamen. Wir hatten ein eigenes Leben und Jobs, und wir waren nicht unattraktiv. Wir hatten das sichere Gefühl, wenn wir sie nur kennen lernen und uns mal richtig unterhalten könnten, würden sie uns mögen.

Aber als wir dort in der Lobby des Pittsburgh Hyatt saßen, sah ich plötzlich das, was die Rollers gesehen haben mussten: vier Mädchen, die sich unerbittlich an sie hängten und bereit waren, ganze Nächte in Autos zu verbringen, um sie zu sehen. Mädchen, die sich nicht einordnen ließen – zu alt, um Fans zu sein, nicht bei Arista beschäftigt, ohne plausiblen Grund, dort zu sein. Wir fielen so beschämend aus dem Rahmen, dass es nicht verwunderte, wenn sie nicht interessiert waren.

Diese Gedanken liefen in eine zu peinliche Richtung, und ich sagte abrupt: »Passt mal auf, die kommen nicht runter. Lasst uns gehen.«

»Geben wir ihnen noch fünfzehn Minuten«, sagte Cathy flehend.

»Na ja, ich glaube nicht …«

Sue stieß mir ihren Ellbogen in die Rippen und brachte mich zum Schweigen. »Guck mal.«

Leslie und Pecker traten aus dem Aufzug, gingen hinaus und nahmen ein Taxi. Selbst wenn wir die Schrottmühle rechtzeitig hätten erreichen können, hatte ich beim Gedanken an meine jüngsten Erkenntnisse wenig Lust, ihnen zu folgen. Aber zu meiner Verzweiflung wie Erleichterung empfand ich denselben Adrenalinstoß wie bei jeder noch so flüchtigen Rollers-Sichtung.

»Ich bleibe hier, bis er zurückkommt«, verkündete Cathy und kniff den Mund zusammen wie eine alte viktorianische Jungfer. Ich zauderte, dann dachte ich, nein, das mache ich nicht mehr. Ich sagte ihnen, ich würde sie später sehen, und fuhr zurück zum Hilton.

Ein paar Stunden später weckte mich das Telefon. Es war Sue, die sagte, sie würden sich langweilen und seien bereit zum Aufbruch. »Wir haben niemanden gesehen. Es war – was?« Im Hintergrund hörte man Stimmen, und sie schien plötzlich den Telefonhörer fallen zu lassen. Dann war sie wieder dran. »Ich muss dich später zurückrufen. Leslie ist gerade mit einem Mädchen reingekommen.« Sie hängte ein.

»Waaaaas?«, kreischte ich und vergaß ganz, dass ich kein Fan mehr war. Hellwach und mit brennender Neugier wartete ich auf ihren Anruf. Aber zehn Minuten später standen sie vor der Tür unseres Zimmers. Als ich öffnete, sah ich Cathy in Tränen aufgelöst und Emma, die sie zu trösten versuchte. Sie gingen ins Badezimmer und machten die Tür hinter sich zu, aber Cathys Schluchzen war trotzdem zu hören.

Sue erklärte mir, dass Leslie und Pecker zurückgekommen seien, begleitet von einem blonden Mädchen um die einundzwanzig. Nach der Art, wie sie sich an ihn drückte, als sie in den Aufzug traten, war klar, dass sie zu Leslie gehörte. Das allein hatte genügt, um Cathy in Tränen ausbrechen zu lassen, und Sue und Emma hatten beschlossen, es sei besser, sie zurück in unser Zimmer zu bringen.

Endlich kam sie aus dem Bad, blass, aber relativ gefasst. »Wie kann ich Leslie das heimzahlen?«, fragte sie unglücklich. »Ihm auf den Schritt zeigen und lachen?«, schlug ich vor.

Ich weiß nicht, warum ich das gelassener sehen konnte. Schließlich war ich ebenso verrückt nach Leslie wie sie, und dieser überdeutliche Beweis, dass er sehr wohl mit Mädchen ausging – nur eben nicht mit uns –, hätte mich genauso verletzen müssen. Dass dem nicht so war, kann ich nur meinem Faible für schlüpfrige Geschichten zuschreiben – ich war nicht glücklich, dass er mit einer anderen zusammen war, besonders, wenn sie offensichtlich nicht mal ein Fan war, aber wenn, dann wollte ich wenigstens so viele Details wie möglich in Erfahrung bringen.

»Sie sah gewöhnlich aus, ein bisschen pummelig, und sie trug so einen Strickmantel«, war alles, woran sich Sue erinnerte. »Oh, ja, und sie arbeitet am Zeitungskiosk im Hotel.«

»Woher zum Teufel weißt du das denn?«

»Weil der Mann an der Rezeption, als sie reinkamen, ›Hallo Debbie‹ gesagt hat, also bin ich zu ihm gegangen und hab ganz beiläufig gefragt, wer das ist, und er hat gesagt: ›Das ist Debbie Bottom vom Zeitungsstand.‹«

Debbie Bottom, wie? Ich sagte tröstend zu Cathy, die ihr Nachthemdchen angezogen hatte und jetzt auf dem anderen Bett lag und an die Decke starrte: »He, wenigstens musst du nicht Debbie Bottom heißen.« Ein Schniefen war die einzige Antwort.

Am nächsten Morgen blieben wir lange in unseren Betten, und wahrscheinlich dachten wir alle so ziemlich dasselbe. Die Debbie-Bottom-Affäre ließ die Dinge in einem ganz anderen Licht erscheinen. Zu vermuten, dass die Rollers, immerhin gesunde junge Männer, wahrscheinlich ein Sexleben hatten, war eine Sache, aber den tatsächlichen Beweis dafür zu sehen, war etwas ganz anderes.

Es traf uns tiefer, als jede von uns für möglich gehalten hätte. Erstens beruhte unsere unerschütterliche Treue zu der Band auf der Voraussetzung, dass sie unerreichbar waren. Und jetzt brach Leslie einfach seinen Teil der Vereinbarung.

Zweitens war die fundamentale Unschuld der Jagd unwiederbringlich dahin. Wenn sie auf Tour Weiber aufrissen, was unterschied sie dann von richtigen Rockbands? Und wir wollten keine richtige Band, wir wollten die Rollers, an denen der Hedonismus ihrer Zeit spurlos vorübergegangen war. Wenn Leslie Mädchen aufriss, bedeutete das dann, die anderen taten es auch?

Und letztens, warum Miss Bottom und nicht wir?

Nach dem Frühstück fuhren wir zum Hyatt, um die Lage zu checken, ehe wir unsere lange Heimfahrt antraten. Ein paar Fans aus New York waren in der Lobby. Sie waren offenbar spät in der letzten Nacht angekommen und hatten Leslie und seine kleine Freundin ebenfalls gesehen. Sie waren ihnen in die elfte Etage gefolgt und hatten fast sechs Stunden lang vor der Tür gesessen und gelauscht, was selbst wir ein bisschen übertrieben fanden.

»Wir haben sie bis fünf Uhr reden gehört – nein, über was, konnten wir nicht verstehen –, dann spielten sie Eagles-Kassetten bis sechs, und dann konnten wir nichts mehr hören.«

Wir vernahmen diese Geheimdienstinformationen mit unterschiedlichen Graden der Niedergeschlagenheit. Mich entsetzten die Eagles mehr als alles andere. Wenn sie gesagt hätten, er hätte Frampton gehört, hätte ich von seinem Musikgeschmack nicht angeekelter sein können.

Wir kauten das gerade gemeinsam durch, als sich die Tür des Aufzugs öffnete und Debbie Bottom ausspuckte – es konnte niemand anderes sein. Sie trottete gedankenverloren durch die Lobby und bemerkte Cathy nicht, bis die sich direkt vor ihr aufpflanzte.

Wir sahen gebannt zu, denn Cathy war normalerweise die Sanftmut in Person, aber im Moment war sie eindeutig nicht sie selbst. »Hast du dich gut amüsiert?«, herrschte sie Debbie mit bebender Stimme an. Debbie Bottom guckte verängstigt und flüsterte: »Es war okay«, dann zischte sie um sie herum, zur Tür raus und in ein Taxi, als würde Cathy eine Machete schwingen.

14

ES WAR EINE LANGE FAHRT zurück nach New York – zehn Stunden, nicht eingerechnet die Zeit für Mittagessen, Kaffee und die eine Stunde, als mitten in den Pocono Mountains der Kühler qualmte. Es passierte aus heiterem Himmel am späten Nachmittag, als wir durch Amish-Land fuhren, die bäuerliche Region der fruchtbaren Kornfelder und Hexensymbole. Dampf begann dramatisch unter der Motorhaube herauszuquellen, darum fuhr ich an den Straßenrand, und kaum hatten wir angehalten, krabbelten die anderen drei aus dem Auto und eine Böschung hoch. »Kommt sofort wieder her!«, rief ich, stinksauer, weil sie die Schrottmühle in der Stunde ihrer Not im Stich ließen.

Wir bekamen sie schließlich wieder zum Laufen und krochen um Mitternacht nach Manhattan rein. Wir waren schweigsamer als sonst, als wir unsere Tschüss-Danns und Bis-Morgens austauschten und Sue und Cathy nach Brooklyn, Emma in die Bronx weitermussten. Die Heimreise war ungewohnt nachdenklich verlaufen, nachdem wir das Thema Debbie Bottom und was wir ihr gern angetan hätten erschöpfend diskutiert hatten. Wir waren vollauf damit beschäftigt, uns mit dem Gedanken an diese neue Version von Leslie und damit auch der anderen BCRs vertraut zu machen.

Trotz der Ereignisse in den vergangenen vierundzwanzig Stunden war es für uns undenkbar, einfach aufzugeben. Ein

Leben ohne die Rollers war unvorstellbar. Oh, wir hätten es sicher überlebt und wahrscheinlich sogar richtige Freunde gefunden. Tatsächlich traf Emma sich seit kurzem mit einem Typ, den sie im Bus in der Bronx kennen gelernt hatte. »Du gehst mit einem Kerl aus der Bronx?«, sagten wir entgeistert. »Ja, aber er trägt schwarze Samtjacketts«, schwärmte sie.

Ah. Schwarze Samtjacketts. Das konnten wir verstehen. Das hatte Klasse.

Irgendetwas sagte uns, dass diese fatalistische Hingabe eine einmalige Sache war, die nie wieder belebt werden konnte, wenn sie einmal verflogen war, und keine von uns war bereit, diesen Schlussstrich zu ziehen. Irgendwann während dieser Woche hatte Cathy gesagt: »Ich werde nie wieder so glücklich sein.« Natürlich sind wir alle vier seitdem wieder so glücklich und glücklicher gewesen – Emma und Sue bei ihren Hochzeiten, Cathy, als sie den Job bei einer Plattenfirma in Los Angeles bekam, ich, als ich das erste Mal etwas von mir Geschriebenes gedruckt sah. Aber ich muss sagen, diesem späteren Glücklichsein fehlte die Schokoladensoße-mit-Kirsche-obendrauf-Seligkeit, die das Rollers-Glück ausmachte. Ein Fan fasste es kürzlich auf einer Rollers-Internet-Site gut zusammen: »Das Leben war damals so einfach.« Das stimmt schon – denn solange wir die Rollers liebten, war das wirkliche Leben ein Ort, den wir nur dann und wann besuchen mussten. Rollerland war unsere Zuflucht vor dem Erwachsenendasein, das wir uns noch nicht zutrauten.

Aber wir mussten noch zu einem Gig – Chicago, am nächsten Wochenende. Wäre nicht schon alles organisiert gewesen, hätten wir es uns vielleicht geschenkt, aber so fanden Sue P, Cathy und ich uns in der Freitagabendmaschine nach Chicago wieder. Nach der Landung – so weit war ich selten von zu Hause weg gewesen – fuhren wir zum Arie Crown Theatre, wo sie am nächsten Abend auftreten sollten. Es war menschenleer, und wir wanderten herum, spionierten den Bühneneingang und den Lasteingang aus und legten uns zurecht, wie wir ihnen am nächsten Tag folgen würden.

Am folgenden Morgen fuhren wir zum Flughafen. Die anschließende Jagd war das übliche hysterische Tohuwabohu von quietschenden Bremsen und auf zwei Reifen genommenen Kurven, wobei wir immer wieder in hämisches Gackern ausbrachen. Weiß Gott, was die Rollers gedacht haben müssen, wenn wir mal wieder hinter ihnen herrasten, eine Horde Mädchen, in deren Augen der Irrsinn stand, und eine grimmig blickende Rothaarige – ich – am Steuer, die sich auf die Hupe legte, um andere Verkehrsteilnehmer zu verscheuchen. Wir müssen gemeingefährlich ausgesehen haben. Na, jedenfalls, wir fanden ein Hotel ein paar Blocks von ihrem entfernt und machten uns dann auf zum Wrigley Field, der Heimat der Baseballmannschaft White Sox, wo die Rollers als Preisrichter in einem Tanzwettbewerb fungieren sollten. Ausgerechnet.

Es war irgendeine gemeinsame Promo-Aktion mit einem Lokalsender, aber von den Rollers zu verlangen, dass sie Tanzstile bewerteten, war so, als ließe man den nächstbesten Imbissbudenkoch das beste Seeteufel-Cassoulet auswählen. Keiner von ihnen hatte je tänzerische Begabung erkennen lassen. Leslie bewegte sich wahrscheinlich am besten (mit lächerlich mageren fünfundfünfzig Kilo auf den Knochen musste er ausgesprochen leichtfüßig sein), aber er hatte kein besonderes Rhythmusgefühl, vielleicht weil ihre Musik so unrhythmisch war.

Dessen ungeachtet standen sie in schwindelnder Höhe auf den Zuschauerrängen und zeigten auf diverse Kids, die auf dem Spielfeld tanzten und von denen schließlich einer zum Gewinner erklärt und nach oben geholt wurde, um die Band kennen zu lernen. Was uns betraf, wir blieben auf dem Feld, sechzig Fuß weiter unten, zurück.

Und näher kamen wir in Chicago auch nicht mehr an sie heran. Nach der Show folgten wir ihrem Auto, bis ihr Fahrer auf der Michigan Avenue eine Ampel überfuhr und uns abhängte. Aber das machte nichts, wir wussten ja, wo sie übernachteten. In ihrem Hotel installierten wir uns wie üblich in der Bar, und tatsächlich fuhr eine halbe Stunde später eine Limo vor. Die Leute, die ausstiegen, waren allerdings nur Arista-Mitarbeiter.

Nicht weiter schlimm, vielleicht waren sie ja noch auf einer Party und würden bald zurückkommen. Wir bestellten uns noch eine Runde unseres neuen Lieblingsgetränks Tab – Cola ohne Kalorien – und richteten uns auf eine längere Wartezeit ein.

Um Mitternacht gingen wir auf die andere Straßenseite, um den Michigansee zu bewundern, der in seiner ganzen Größe glitzernd dalag, und beschlossen, ihnen noch eine Stunde zu geben. Nachts um eins, als wir uns an unserer fünften Runde Tabs festhielten, kam die Limo zurück. Yowsah! Die Tür ging auf. Ein Fuß erschien. Gefolgt von dem Hawaiihemd-umhüllten Torso und dem bebrillten Gesicht von Pecker. Scheiße. Er war der einzige Fahrgast, darum wandten wir uns, als Pecker nach drinnen gegangen war, an den Chauffeur.

Wo sind die gottverfluchten Rollers, guter Mann? – so ungefähr jedenfalls.

»Sie übernachten im Haus des Veranstalters am Stadtrand«, sagte er und klang dabei so nüchtern-sachlich, dass wir ihm glaubten.

In einem letzten verzweifelten Versuch kamen wir am nächsten Morgen noch einmal zum Frühstücken in ihr Hotel. Von den Rollers oder irgendwem aus ihrem näheren Umfeld war nichts zu sehen. Sie hatten Chicago offensichtlich verlassen. Wir kamen uns allein gelassen und etwas idiotisch vor. »Das war komplette Geldverschwendung«, sagte Cathy. »Komplett«, stimmten wir zu. Was für eine Enttäuschung.

Die Arbeit war am Montagmorgen so öde wie immer, darum beschloss ich, mir den nächsten Tag freizunehmen. Als ich am Dienstagnachmittag aus dem Kino zurückkam, erwartete mich schon die nicht ganz überraschende Nachricht, dass ich gefeuert worden war. Na, das wurde auch Zeit. Nie wieder tippen, nie wieder Karteikarten sortieren, nie wieder um sieben Uhr aufstehen, und besonders: nie mehr kostbare Roller-Zeit in einem winzigen, stickigen Büro verschwenden. Das Einzige, was ich vermissen würde, war die Schreibmaschine, die mir für *The Tartan Pervert* gute Dienste geleistet hatte.

Am nächsten Morgen fuhr ich nach Downtown, um mich arbeitslos zu melden, und musste dort feststellen, dass ich nicht lange genug bei ASCAP gearbeitet hatte, um Anspruch auf Unterstützung zu haben. Tja, das war sozusagen Sand im Getriebe. Ich hatte auf die Arbeitslosenunterstützung gehofft, um mich so lange über Wasser zu halten, bis ich mich aufraffen konnte, mir einen neuen Job zu suchen. Stattdessen musste ich auf der Stelle damit anfangen.

Am Ende der Woche machte ich mich halbherzig auf Jobsuche und klapperte alle Plattenfirmen ab, um mich um eine Stelle als Sekretärin zu bewerben. Aber es war nicht viel frei für jemanden mit meiner Qualifikation, die darin bestand, dass ich halbwegs fehlerlos tippen konnte, wenn ich mir genügend Zeit ließ. Nach ein paar Tagen musste ich einsehen, dass keine Plattenfirma mich einstellen würde, und das, obwohl ich jede kleinste Einzelheit über die aktuelle britische Rockszene wusste. Ich würde zu meinem Bankjob zurückkehren müssen, falls sie mich nahmen, was sie wahrscheinlich nicht tun würden, oder es zum Beispiel mit Kellnern versuchen.

Um mich aufzumuntern, machte David einen seiner speziellen Anrufe bei Pecker. David spürte ihn in Arizona auf und informierte ihn, unsere vierzehnjährige Tochter sei verschwunden und wir glaubten, sie reise mit einem der Rollers. Ich weiß nicht, wie er immer auf so was kam.

Pecker protestierte hörbar, während David polterte, er hätte einen sehr unschmeichelhaften Eindruck von Pecker, weil der so einem jungen Mädchen erlaubte, sich mit einer Rockband herumzutreiben. Seine Erboster-Vater-Nummer war perfekt – ich habe mich oft gewundert, dass er nie erwogen hat, Schauspieler zu werden.

Pecker überzeugte ihn schließlich, dass er unsere Kleine nicht gesehen hatte, und dann, man fasst es nicht, führten die zwei ein Männergespräch über das Tourleben. »Ich hab gerade alle Hände voll zu tun, die Japantour zu buchen«, konnte ich ihn sagen hören. »Und außerdem schreibe ich einen Artikel für *16*, darüber, wie es ist, mit den Jungs auf Tour zu sein.«

Ich kritzelte hastig eine Notiz: »Frag ihn nach schmutzigen Einzelheiten!!!«

David sagte folgsam: »Ich schätze, da geht's ziemlich wild zu, wenn die auf Tour sind, was?«

»Nee«, kicherte er. »Das Wildeste ist, dass Leslie raucht. He, er ist nicht der Liebling Ihrer Tochter, oder, Dave?« (›Dave!!!‹)

Gott sei Dank kannte sich Dave bei den Rollers gut genug aus, um überzeugend antworten zu können: »Nein, sie mag Woody, weil er der Jüngste ist.«

Pecker kicherte ausgiebig. »Na, in dem Fall kann ich Ihnen definitiv versichern, dass sie nicht bei uns ist, denn Woody macht auf Tour keinen Unsinn.«

Ein paar weitere Nettigkeiten, dann legten sie auf. »Scheint ein richtig netter Kerl zu sein«, war Davids Kommentar. »Nett! Das ist Pecker, von dem du da redest!«, brach es empört aus mir heraus. Jeeesus. Männer! Nicht das Papier wert, auf dem sie gedruckt sind.

Zwei Wochen später hatte ich immer noch keinen Job gefunden, also beschloss ich entmutigt, mit meiner Suche eine

Weile auszusetzen. Während der Monate, in denen ich gearbeitet hatte, hatte ich etwa tausend Dollar gespart, ich hatte also noch genug zum Leben, besonders, da David die Lebensmittel kaufte und die Rechnungen bezahlte.

Die meisten Tage verbrachte ich faul auf der Couch oder in Bleecker Bob's Plattenladen im Village. Bob's war einer der wenigen Läden, in denen man Importplatten kaufen konnte, und er war so auf Draht, dass er Sachen wie »God Save the Queen« von den Pistols in derselben Woche hatte, in der sie in England rauskamen.

Von Punk zunehmend fasziniert, kaufte ich in diesem Monat »God Save the Queen« und die erste Jam-Single, »In the City«, um meine Sammlung aufzustocken, die bisher aus dem Debütalbum von The Damned und einer Nick-Lowe-Single, »So It Goes«, bestand. Während ich im Laden war, las ich auch den *Melody Maker*, ganz vorsichtig, um die Seiten nicht zu knicken, weil Bob mich sonst gezwungen hätte, ihn zu kaufen, und erfuhr, dass »God Save the Queen« in England, wo die Queen gerade Vorbereitungen für ihr Thronjubiläum traf, ziemlichen Wirbel ausgelöst hatte. Offensichtlich nahm man hauptsächlich Anstoß an dem Songtext, in dem die Ansicht vertreten wurde, die Monarchie sei faschistisch. Ich versuchte mir eine amerikanische Band vorzustellen, die den Mut hätte, eine Single mit dem Titel »The President Sucks« rauszubringen, es gelang mir aber nicht, und ich entschied darum, dass die Sex Pistols die zehn Dollar, die Bob mir gerade für die Single abgeknöpft hatte, mehr als wert waren.

15

KOMM SOFORT HER«, kommandierte Sue J, sobald ich den Hörer abgenommen hatte. »Ich bin im Plaza, und Tam ist hier. Woher soll ich wissen, was er hier macht? Komm besser sofort rüber.«

Es war ein drückender, trüber Samstag Mitte Juni. Die Tour der Rollers war vorbei, und sie waren sicher wieder in Schottland, es gab für Tam also eigentlich keinen Grund, in New York zu sein. Ich nahm ein Taxi – scheiß auf die Kosten – und traf fünf Minuten, ehe Tam das Hotel in dem gewohnten langen schwarzen Auto verließ, ein. Die Sues P und J und ich folgten ihm in einem Taxi, und ein Dutzend andere Fans hatte sich in zwei weitere Taxis hinter unseres gezwängt. Er stieg bei Bloomingdale's aus, dem eleganten Kaufhaus auf der Lexington Avenue, und tat so, als bemerkte er uns nicht, als wir uns kurz nach ihm in den Aufzug quetschten, aber bis wir die Männerabteilung erreicht hatten, hatte er beschlossen, uns zur Kenntnis zu nehmen.

»Du bist wohl Pat-Fan, was?«, fragte er ein pummeliges Mädchen in einem T-Shirt mit dem Aufdruck ›Pat‹. »Nein, das ist mein Name«, sagte sie entrüstet, aber doch geschmeichelt, dass er tatsächlich eine freundliche Bemerkung zu ihr gemacht hatte.

Eine der Jüngeren wagte zu fragen, ob die Rollers in New York wären. »Nein, Schätzchen, Eric ist in Honolulu, und die anderen sind zu Hause. Ich bin nur geschäftlich hier«, antwortete er und sah sich ein schlammfarbenes Safarihemd an. Todschick.

»Die Tour war ziemlich hektisch, oder?«, meldete ich mich zu Wort, wobei ich dachte: Mein Gott, er redet mit uns – was ist denn in den gefahren?

»Warum verpisst du dich nicht?«, sagte er, ohne mich anzusehen. Vor Überraschung entgegnete ich kratzbürstig: »Oh, danke, wie reizend.«

»Verpiss dich«, wiederholte er, hielt sich das Hemd an und hängte es dann wieder an die Stange zurück. Sue J warf mir einen mitleidigen Blick zu, um meinetwillen empört, aber sichtlich dankbar, dass es mich und nicht sie getroffen hatte. Ich wusste, dass er mich von unserer allerersten Begegnung im Oktober 1975 wieder erkannt haben musste, oder ihm kam mein Gesicht bekannt vor und er hatte im Gefühl, dass er mich aus irgendeinem Grund nicht mochte.

Eine der anderen fragte ihn etwas über die Rollers, und er antwortete ungewöhnlich höflich. Ja, reib mir ruhig rein, wie sehr du mich verabscheust, du altes Arschloch, dachte ich.

Nach fünfzehn weiteren Minuten ziellosen Herumschlenderns verkündete er: »Ich werd's bei Macy's versuchen.« Dann ging es wieder abwärts und in seine Limo, die sich langsam in den zäh fließenden Verkehr auf der Lexington Avenue einordnete. Die Sues und ich waren die Einzigen, die genug Geld hatten, ein Taxi heranzuwinken und ihm nachzufahren.

Ich weiß, ich weiß – warum verfolgte ich jemanden, der unmissverständlich klar gemacht hatte, dass er nicht von mir verfolgt werden wollte?

A) Weil ich sehr, sehr traurig war

und

B) weil seine plötzliche Umgänglichkeit mich so neugierig gemacht hatte, dass ich nicht anders konnte.

Wir kamen gerade rechtzeitig bei Macy's, dem Riesenkaufhaus auf der Thirtyfourth Street an, um ihn aus seiner Limo steigen zu sehen. Er bemerkte uns und wartete, bis wir das Taxi bezahlt hatten, dann ging er mit uns gemeinsam hinein. »Tut mir Leid«, sagte er sofort zu mir. »Ich hatte nur schlechte Laune.« Und dann führte er uns freundlich plaudernd in die Herrenabteilung. In einem Anfall von Galanterie nahm er auf der Rolltreppe sogar meinen Arm. Woher dieser Sinneswandel? Er schien einfach froh zu sein, dass er Publikum hatte, selbst wenn ich ein Teil davon war. Und was noch besser für uns war, er war in überschwänglicher, geradezu schwatzhafter Stimmung.

Nachdem wir ihm geholfen hatten, drei Hemden und eine Sonnenbrille auszusuchen – einen Khaki-Freizeit-Blouson, auf den er ein Auge geworfen hatte, redeten wir ihm aus –, fragte er uns, ob wir im Coffee Shop einen Milchshake trinken wollten. »Ihr seid eingeladen«, fügte er hinzu, für den Fall, dass wir die Ausgabe scheuten.

Bis wir den Coffee Shop erreicht hatten, nannten wir uns alle schon kichernd beim Vornamen. Weil wir wussten, dass wir wahrscheinlich nie wieder eine solche Gelegenheit bekommen würden, nutzten wir die Gunst der Stunde, um ihm die peinlichsten Fragen zu stellen, die uns einfielen.

Sue P. wagte zu fragen: »Eric ist nicht wirklich einundzwanzig, oder?« Nein, sagte Tam, er sei eigentlich sechsundzwanzig. »Und sexbesessen«, kicherte er.

Sue J war direkter: »Sind welche von ihnen schwul?«

Er seufzte, rollte die Augen und hob zu einer Suada an, wer schwul sei und wer nicht. Die Diskretion verbietet mir, Namen zu nennen, aber er behauptete, ein Roller sei eher schwul als hetero und stünde auf muskulöse Kerle, ein anderer in beide Richtungen aktiv, und wieder ein anderer sei eigentlich hetero, mache es aber gelegentlich mit älteren Männern.

Natürlich nahm er uns wahrscheinlich auf den Arm. Es wäre ziemlich dumm von ihm gewesen, neugierigen Mädchen wie uns gegenüber ehrlich zu sein. Er schilderte sogar detailliert die Größe ihrer besten Stücke, winkte mit dem kleinen Finger, um einen zu beschreiben, und deutete mit den Händen eine Spanne von etwa einer Lineallänge für einen anderen an. Hätte ich doch eine Videokamera gehabt!

»Und du, Tam?«, fragte ich, mich in unserer neuen Freundschaft sonnend, »was ist mit dir? Bist du schwul?« Das war etwas, was wir uns immer gefragt hatten, hauptsächlich deshalb, weil es bei vielen Managern von Teenbands so war.

»Niemals«, antwortete er leidenschaftlich und untermauerte diese Aussage, indem er erst mir und dann Sue J an den Busen packte. »Ich fühle gerne Frauentitten«, kicherte er.

Der Gentleman protestiert etwas zu heftig, dachte ich mir, aber in seinem Griff hatte man viel Enthusiasmus gespürt, also wer weiß? Und als er uns nach dem Essen Autogramme auf unsere Platzdeckchen gab, war er noch machohafter. Auf meinem stand: »Danke für einen reizenden Tag und eine versaute Nacht.«

Wie immer die Wahrheit über seine sexuelle Orientierung oder die der Rollers aussah, uns war es egal. Wir waren schon hoch zufrieden, dass diese ganze unglaubliche Episode überhaupt stattfand. Bis dahin war Tam meistens schroff und abweisend gewesen und hatte sich mit ganzer Kraft der Aufgabe gewidmet, einen breiten *cordon sanitaire* zwischen den Fans und seinen Jungs freizuhalten. Und jetzt saßen wir hier und tranken Milchshakes wie alte Freunde. In nur einer Stunde hatte er das Bild zerstört, das wir uns in den letzten zwei Jahren von ihm gemacht hatten. Überaus verwirrend.

Verflixterweise musste er bald zurück zum Plaza. Wir begleiteten ihn bis zum Auto, wo er uns für unsere Gesellschaft dankte und hinzufügte: »Meldet euch mal.« (Ja, und wo zum Beispiel?) Als er in den fließenden Verkehr einschwenkte, hielten wir drei uns aneinander fest, um nicht auf dem Gehweg ohnmächtig zu werden. Mindestens fünf Minuten lang konnten wir nur stammeln: »Ist *das* zu glauben?« Von einem Milchshake mit einem echten Roller abgesehen, war das wohl das Großartigste, was wir uns hätten wünschen können.

Immerhin war ich bis zum Abend wieder nüchtern genug, um zu schreiben: »Ich habe ihm erzählt, ich hätte Bess Coleman (ihre PR-Frau in GB) letztes Jahr in London kennen gelernt, und er schien sich zu freuen und sagte, wie nett sie wäre. Genau genommen schien er jeden anderen mehr zu mögen als die Rollers.«

Wo ich schon mal dabei war, seine ganze Art hatte Geringschätzung für die Band erkennen lassen. Selbst wenn er nur Witze über ihr Sexleben machte, war das nicht sehr respektvoll.

Als ich nach Hause kam, rief ich Cathy an, um mich mit dem Erlebnis zu brüsten, und sie nahm es erstaunlich gefasst hin. Nach einer abschließenden Manöverkritik fragte sie, wo die Rollers wären. Eric sei in Honululu, sagte ich ihr, die anderen wieder in Schottland. »Ich frage mich, wo Eric abgestiegen ist«, sagte sie nachdenklich, und dann kam ihr ein glänzender Gedanke.

»Wenn Tam Eric in den letzten paar Tagen angerufen hat, muss die Nummer auf seiner Hotelrechnung auftauchen. Wie wär's, wenn wir Dave im Plaza anrufen lassen, als wäre er Tam, und er sagt, er möchte seine Rechnung überprüfen?«

Ein echter Klassiker: Uns lag zwar nicht unbedingt viel daran, Eric aufzuspüren, aber es war eine gute Fingerübung. Wir brauchten nur die Worte ›Bay City Rollers‹ zu hören, und schon apportierten wir wie brave Hündchen.

Also zerrte ich David von seinem Baseballspiel im Fernsehen weg, und er zog seine Nummer ab. Mittlerweile bemühte er sich nicht mehr um einen schottischen Akzent, wenn er sich als Tam ausgab, weil seine ganze Art so plausibel war, dass die Leute ihm auch so glaubten. Diesmal fragte er einfach in der Telefonzentrale des Hotels nach einer Aufstellung der Ferngespräche, die ›er‹ geführt hatte, und man las sie ihm ohne Zögern vor.

Rätselhaft – keine Anrufe nach Honululu, aber einer nach Illinois und einer nach Schottland.

»Ich weiß«, sagte ich zu ihm, »ruf die Nummer in Illinois an und sag ihnen, du rufst vom Plaza Hotel an, weil er Gepäck vergessen hat.«

Das tat er und fand brav heraus, dass die Frau, die ans Telefon ging, Tams Schwester war, die vor Jahren nach Illinois ausgewandert war. Sie war über den Anruf natürlich etwas verwirrt, aber das konnten wir nicht mehr ändern. Er entschuldigte sich aalglatt für den Fehler und rief dann die Nummer in Schottland an.

An diesem Abend kritzelte ich ein fiebriges Protokoll des Telefongesprächs in mein Tagebuch. »Offensichtlich war es die Nummer von Tam zu Hause, weil ein junger Trottel dranging und sagte, Tam sei noch nicht wieder zurück. Darum rief ich später noch mal an, sagte, ich würde für *16* arbeiten und wollte eine Nachricht für Tam hinterlassen. Derselbe junge Trottel war dran, nahm die Nachricht entgegen (irgendwas, dass wir ein Fotoshooting mit der Band machen wollten) und begann dann, wie ich gehofft hatte, zu reden. Es stellte sich heraus, dass er in einer von Tams anderen Bands spielt und bei ihm zu Hause zu Besuch war.«

Was für eine Gelegenheit, Klatschgeschichten zu erfahren. Ich sagte zu dem Jungen: »Tja, wenn ich dich sowieso schon am Telefon habe, könnten wir uns vielleicht kurz unterhalten. Ich bin Redaktionsassistentin bei *16*, und wir haben immer Interesse an Tams Bands.« (Falsch – wir interessierten uns nur für eine einzige von Tams Bands.)

»Sie wollen mich interviewen?«, fragte er nach einer langen, tranigen Pause.

»Genau!«, antwortete ich mit der ganzen Forschheit einer echten Popmagazinredakteurin. »Ihr würdet doch sicher gerne in *16* stehen, oder nicht?«

Wieder Schweigen, während er darüber nachdachte. »Uhm, ja«, sagte er endlich, und sein grausamer Edinburgher Akzent machte seine Worte zu einem Festival verschluckter Vokale.

Du lieber Himmel, das begann in Arbeit auszuarten. »Und, wie wär's jetzt mit ein paar Details?«, zwitscherte ich. »Wie heißt du, und wie heißt eure Band?«

Er hieß Martin und war in einer Band namens Keep, zusammen mit »Pat, Malcolm und John«, deren Nachnamen er nicht kannte. Es gab noch mehrere Schweigepausen, während er verzweifelt um Antworten auf simple Fragen rang. Als ihm ein Fakt über seine Gruppe einfiel, wurde er lebhafter. »Wir sind in Japan ziemlich bekannt, wissen Sie.«

»Oh, ihr seid dort also populär?«, sagte ich ermutigend. Er dachte darüber nach und antwortete schließlich: »Nein, eigentlich nicht.« Ich gab das ›Interview‹ als verlorene Sache auf. Aber, he, ich hatte immerhin Tams Privatnummer herausbekommen.

Die Kluft zwischen Tam und den Rollers, wenn es sie denn gab, musste sich noch vertieft haben, weil die Band sich in Interviews plötzlich unverblümter äußerte, ganz zu schweigen von ihren modischen Alleingängen. Im Juni prangte auf dem Titel des britischen Popmagazins *Record Mirror* ein Foto von Eric in Kostüm und Aufmachung einer japanischen Geisha. Mein voller Ernst – roter Lippenstift, Kimono, das volle Programm. Er war als einziger Roller hübsch genug, um sich so was erlauben zu können, aber falls er gehofft hatte, so etwas würde ihrer Popularität im Vereinigten Königreich wieder Auftrieb geben, hatte er falsch gedacht. Das dazugehörende Interview, in dem unverständlicherweise nicht erklärt wurde, warum er in Frauenkleidern posierte, wimmelte von

Aussprüchen, die man wenige Monate zuvor für undenkbar gehalten hätte: »Wenn ich mit einem Schäferhund schlafe, geht das nur mich was an.« Tam hätte so etwas niemals durchgehen lassen, nicht, wenn er allein das Sagen gehabt hätte.

Ich berief eine Dringlichkeitssitzung der Tarts ein und zeigte ihnen den Artikel. Bis ihn jede von uns minutiös durchgearbeitet hatte, war das Titelbild zerrissen, weil die beiden Sues sich darum gezankt hatten, und die Druckerschwärze von schwitzigen Fingerabdrücken verschmiert. Was die Schäferhund-Passage betraf, hatten wir gemischte Gefühle. Ihre neue Offenherzigkeit war ganz klar das, wofür wir gebetet hatten, aber je mehr sie sich änderten, desto mehr schienen sie uns zu entgleiten.

16

ENDE JUNI WURDE DAVID wieder zum Telefondienst herangezogen. Meine neue englische Brieffreundin Brenda, eine achtzehnjährige Londonerin, die immer an Emma geschrieben hatte, bis die zu viel mit ihrem neuen Freund beschäftigt war – dem Typ mit den Samtjacketts –, um die Korrespondenz weiterzuführen, schickte mir eine Telefonnummer, die angeblich die von Pat McGlynn sein sollte. Davids Mission bestand darin, mit McGlynn ein ›Interview‹ über die Hintergründe seines Ausstiegs bei den Rollers zu führen. Er rief die Nummer unter seinem Alias Bill Hodgson vom fiktiven New York Herald an. Er bekam tatsächlich McGlynn an die Strippe, der sich wunderte, dass ein amerikanischer Reporter mit ihm reden wollte. Ja, er war bereit, ein Interview zu geben. Auch jetzt gleich, wenn es sein musste.

»Oh ... oh, schön«, sagte David überrumpelt. Mit solchem Entgegenkommen hatte er nicht gerechnet und daher auch keine Fragen zurechtgelegt. Machte nichts, denn McGlynn übernahm gerne das Reden.

Er behauptete, gefeuert worden zu sein, weil er sich über seine Bezahlung beschwert hatte, die sich, wie er sagte, auf fürstliche zwanzig Pfund die Woche belief. »Das war alles, was ich bekommen habe«, sagte er. »Die anderen machten Tausende, und ich musste mit zwanzig Pfund auskommen.«

Darüber hinaus – an der Stelle redete er sich richtig in Rage – waren seine Gesangsparts und seine Gitarrentracks angeblich von der immer noch nicht veröffentlichten LP *It's a Game* entfernt worden, und sie hatten ihn nicht in den Credits für einen Song genannt, den er angeblich geschrieben hatte, »Sweet Virginia«.

Das war besser, als ich zu hoffen gewagt hätte. Ich platzte vor Neugier und klebte mit meinem Kopf direkt an Davids, um mitzuhören.

»Nachdem sie mich gefeuert hatten, wollte ich die Musik ganz aufgeben«, erzählte McGlynn weiter. »Eric hat es mir am Telefon gesagt. Warum konnte er mir das nicht persönlich sagen? Es ist schon irgendwie mies, so was am Telefon zu erfahren.«

»Haben Drogen irgendeine Rolle bei deinem Rausschmiss gespielt?«, fragte David, jetzt genauso gespannt wie ich.

»Nein, nein«, antwortete er entgeistert. »Ich nehme keine Drogen, ich habe schwaches Blut.« Dann kam er auf das langweilige Thema neue Band, die sich Pat McGlynn's Scottie nannte. Ich erlauschte die Satzfetzen »Viel besser als die Rollers ... wirklich glücklich ... Oktober nach Amerika«.

Bei Letzterem spitzte ich kurz die Ohren. Ich war so pietätlos, dass ich hingegangen wäre, wenn es eine Amerikatour gegeben hätte. Glücklicherweise war das nicht der Fall, und von Scottie hörte man nie wieder. McGlynn selbst verschwand für die nächsten zwanzig Jahre in der Versenkung und tauchte erst 1997 bei einer Roller-Convention in Las Vegas wieder auf.

Eine Stunde nach dem ›Interview‹ sagte der Portier durch, ein Mr. Barbarino sei auf dem Weg nach oben. Im nächsten Moment stand er schon vor der Tür und sabberte vor Erregung, denn er hatte ein Rezensionsexemplar von *It's a Game* ergattert und war zu mir gekommen, weil ich die am schnellsten erreichbare Person mit einem Plattenspieler war. Ich legte sie auf, und wir machten es uns mit dem Rest einer Familienpackung Hostess Snowballs, kleinen Schokoladenkuchen mit einem Kokosnuss-Marshmallow-Überzug, der wie Kaninchenfell aussah, auf dem Boden bequem. Ich schlang einen Snowball im Ganzen runter, schnappte mir das Cover und studierte es, als die Platte anlief.

»Die Fotos sind phantastisch, und das von Eric ist atemberaubend«, kritzelte ich an diesem Abend lüstern. »Es ist wahrscheinlich das beste, das ich je von ihm gesehen habe. Er trägt Leder und guckt sehr nachdenklich zur Seite, und er sieht zum ersten Mal erwachsen aus und nicht wie ein süßes kleines Knuddeltier.«

Bei den anderen konnte man ebenfalls nur mit offenem Mund staunen – Leslie in einer Jeans, die bis ganz auf die Knöchel reichte – es hatte immer noch den Reiz des Neuen, sie in normalen Hosen zu sehen –, Woody, der neckisch mit seinem Bass posierte, Derek, der aussah wie ... na ja, Derek.

Und die Musik! Vom ersten Stück, »Love Fever«, einer gespenstischen Nummer über eine berückend schöne Japanerin, bis zum rauen, unverfälschten »Rebel Rebel« war das ganze Teil so verblüffend erwachsen – für ihre Verhältnisse –, dass Barbarino und mir die Spucke wegblieb. Die Rollers hatten endlich eine Platte vorgelegt, die sogar gegen Alben von ›richtigen‹ Bands bestehen konnte. Selbst David war milde beeindruckt.

»›Love Fever‹ erstaunt mich auch nach dem fünfzehnten und zwanzigsten Hören noch. Alles, von Erics framptonesker Gitarre bis zu Leslie, der einige Strophen auf Japanisch singt, ist hervorragend. Es ist einfach ein unglaublicher Fortschritt. (Man erkennt schon die zukünftige Rockkritikerin, die sich hier Bahn bricht.) Bei ›Sweet Virginia‹ singen sie: ›Is it really such a crime to be loving your own kind/she blew her mind out in the rain.‹ Heavy, zumindest für sie.«

Es *war* heavy. Um einen ihrer früheren Songs zu zitieren:

What happened to the boys we used to know? Es wurde immer offensichtlicher, dass sie nicht mehr die kleinen Kuschelhäschen waren, die wir vergöttert hatten; das waren Testosteron strotzende, tiefer gelegte Männer, die sich vermutlich mindestens zweimal die Woche rasieren mussten.

Wir wussten nicht, was wir davon halten sollten. Wenn man der Theorie glaubt, dass Teenager Teenbands anhimmeln, weil sie unerreichbar sind, wird man unseren Zwiespalt begreifen. Diese neue Inkarnation der BCRs grenzte schon gefährlich an Erreichbarkeit. Wenn sie jetzt über asiatische Sirenen und Lesbierinnen sangen, durfte man annehmen, dass sie auch andere verbotene Früchte kosteten – Sex, Alkohol – Drogen? – und möglicherweise sogar aufblieben, wenn sie längst im Bett liegen sollten.

Wir konnten uns kaum vorstellen, wie ihre nächste Tour aussehen würde, aber sie würde unbestreitbar interessant sein.

17

DIE SCHROTTMÜHLE gab den Geist auf. Cathy, Sue P und ich waren auf dem Heimweg von der Abschlussparty einer Roller-Freundin in New Jersey, als wir in der Nähe des Flughafens Newark auf ein rutschiges Straßenstück gerieten. Der Wagen knallte gegen die Leitplanke und schüttelte uns ein bisschen durch, aber wir blieben unversehrt, was man von der armen Schrottmühle nicht sagen konnte. Die treue alte Kiste war ein Wrack.

David nahm die Neuigkeit mit bemerkenswertem Gleichmut hin, wenn man bedachte, dass es sein Auto gewesen war. »Dann werdet ihr euch in Zukunft wohl ein Auto mieten müssen, um die Rollers zu jagen«, sagte er, und ich hätte schwören können, dass er ein spöttisches Lachen unterdrückte.

Wie das Schicksal es wollte, wurde wenige Tage später, Anfang Juli, eine Tour angekündigt. Sie war für August angesetzt und würde die Rollers zu einigen Open-Air-Konzerten in den Süden und Mittelwesten führen. In New York gab es kein Konzert (ihr Auftritt in der Academy of Music im Januar 1977 sollte tatsächlich das einzige Konzert bleiben, das sie während ihrer erfolgreichen Jahre in New York gaben), und der nächstgelegene Auftrittsort für uns war Youngstown, Ohio. Wir kratzten unser letztes Geld zusammen und kauften Karten für die drei letzten Termine, Youngstown, Detroit und Charlotte, New Carolina, am 25., 26. und 27. August. Das würde eine ganze Menge Fliegerei bedeuten, aber es gab keine Alternative. Keine Alternative zum Hingehen, meine ich. Wir wären nie auf die Idee gekommen, nicht hinzugehen. Wir hatten zu viel investiert, besonders jetzt, wo man ihnen etwas mehr Spielraum ließ; wir hatten das Gefühl, wenn wir je an sie herankommen würden, dann diesmal. Wie Recht wir hatten.

Bis es so weit war, stellte sich die Frage des Lebensunterhalts. Mitte Juli, beinahe zwei Monate nachdem ich bei ASCAP gefeuert worden war, war ich immer noch arbeitslos. »Ich habe nicht die geringste Lust, mich nach einem Job umzusehen«, schrieb ich. »Ich muss zu den Menschen gehören, die sich an Routine und Disziplin einfach nicht gewöhnen können. Wahrscheinlich, weil ich verwöhnt und unreif bin.«

Die Arbeitslosigkeit an sich störte mich natürlich nicht, aber mir ging das Geld aus, und ich wollte nicht die tausend Dollar angreifen müssen, die ich auf der Bank hatte, weil ich sie für die Tour aufhob. Etwas zu versetzen, schien da die einfachste Lösung zu sein. Das einzige Schmuckstück in meinem Besitz, das mehr als ein paar Dollar wert war, war eine goldene Halskette, die David mir zum Geburtstag geschenkt hatte. Mit Bedauern ging ich zur Fourtyseventh Street in den Distrikt der Juweliere und betrat den erstbesten Laden.

Der Betrüger hinter dem Ladentisch gab mir neun Dollar, etwa ein Zehntel von dem, was die Kette wert war, aber ich war zu abgebrannt, um zu nörgeln. Ich muss ganz schön armselig ausgesehen haben, als ich den Fünfer und die vier Einer in mein Portemonnaie steckte, weil er sich über die Theke lehnte und seine Stimme zu einem Flüstern senkte. »Falls du wirklich Geld brauchst, könnte ich vielleicht helfen«, flüsterte er wie in einem Schundroman. »Ich kann dich den richtigen Leuten vorstellen.«

»So verzweifelt bin ich nicht«, sagte ich schnippisch, drehte mich um und ging mit, wie ich hoffte, hoch erhobenem Haupt.

Die Begegnung war deprimierend; mir war nicht nur ein

unsittliches Angebot gemacht worden, ich hatte auch nicht mehr als neun Dollar dabei rausbekommen. Um mich aufzuheitern, kaufte ich mir drei englische Musikzeitschriften, und in jeder war eine Besprechung von Alan Longmuirs erster Solo-Single. Ja, der alte Junge – ihr erinnert euch? – langweilte sich im Ruhestand und strebte eine neue Karriere an. Barbarino hatte mir die Single, betitelt »I'm Confessing«, bereits vorgespielt, sie war grauenvoll. Der arme Alan war nie einer der Inspiriertesten gewesen, aber bei diesem lendenlahmen kleinen Liedchen war seine praktisch nicht existente Stimme so müde, dass man sich fragte, wie er bis zum Ende des Songs überlebt hatte. Für eine Chartsplatzierung reichte es nicht, sie kam noch nicht mal in die Top 75. Falls es je eine Nachfolgesingle gab, ist sie mir entgangen.

Ein paar Tage später verschaffte mir die zufällige Begegnung mit einem Freund aus Millburn einen Job als Bedienung in einem kleinen Schuppen in Newark, New Jersey. Die Bar, die ich El Tackio taufte, lag im portugiesischen Viertel, und daher stand ich bei den Besuchern hoch im Kurs. Südländer stehen auf Hüften und Hintern, und ich war in beiden Abteilungen reich gesegnet – so sehr, dass ich am ersten Abend fünfunddreißig Dollar Trinkgeld verdiente. Unglücklicherweise gab ich das meiste davon für das Taxi nach Hause aus – genau in der Nacht gab es im gesamten Stadtgebiet von New York einen Stromausfall, und die Bahnen fuhren nicht. Immerhin war es ein legendärer Blackout. Die Stromversorgung wurde erst nach fast vierundzwanzig Stunden wieder hergestellt, und in der Zwischenzeit brannte in den Geschäften Kerzenlicht, Autos knallten an Kreuzungen aufeinander, und der Ausfall der Aircondition machte sich durch einen unverkennbaren Duft bemerkbar.

Meine Karriere im El Tackio war nur von kurzer Dauer. Die Arbeit selbst war leicht – meine Kunden waren nicht pingelig und wollten meistens Miller-Bier –, es war der Stress, für die ganzen portugiesischen Kerle, die ein Nein nicht akzeptierten, die Liebesgöttin zu spielen. Es kam mir vor, als würden mir die vielen Male, an denen ich mich bei Cathy oder Emma ausgeheult hatte, weil ich keinen Freund fand, jetzt heimgezahlt. Jeder einzelne dieser Kerle hätte mich dafür gerne entschädigt. »Mama, mama! *Mira, mira*«, zischten sie, wenn ich ihnen ihr Miller's brachte. »Schöne feeette Arsch. Ich liebe deine feette Arsch!« Wie hübsch gesagt, meine Herren.

Am ersten Abend folgte einer von ihnen meinem Taxi die ganze Strecke bis nach Manhattan, und ich konnte ihn nur abhängen, weil die Straßen wegen des Stromausfalls stockdunkel waren. An meinem dritten und letzten Abend bot mir ein Kunde an, mich in die Stadt zurückzufahren, und ich glaubte, es annehmen zu können, weil er so viel kleiner war als ich.

Als wir auf den Zubringer zum Holland Tunnel fuhren, sagte er plötzlich: »Du giiebs mir was, oder ich bring dich nicht nach Haus.« Er musste mir nicht erklären, was ›was‹ war. Ich stieg auf der Stelle aus, mitten auf der hoch gelegten Autobahn, und ging zu Fuß weiter. Der Widerling entdeckte etwas spät seine ritterlichen Instinkte und bot mir verlegen an, mich zum Zug zu fahren, was ich, wenn auch misstrauisch, annahm. Ich setzte mich so weit wie möglich von ihm weg, und er versuchte nichts mehr – zum Glück, denn ich war darauf vorbereitet, ihm die Hand abzubeißen.

Ich kehrte nicht mehr ins El Tackio zurück, sondern beschloss, mich erst nach der Rollers-Tour um einen neuen Job zu bemühen. Meine Finanzlage war also äußerst prekär, und gleichzeitig stand es zu Hause nicht zum Besten. David und ich kamen nicht besonders gut miteinander aus, hauptsächlich wegen der unvermeidlichen Reibereien, die entstehen, wenn sich zwei Menschen mit entgegengesetzten Absichten – ich wollte unsere Freundschaft platonisch halten, er nicht – seit fast einem Jahr ein winziges Zimmer teilen.

Im Juli zog er wieder zu seinen Eltern und hinterließ mir einen Zettel, auf dem er mir kurz angebunden mitteilte, dass er nicht die Absicht habe, seinen Anteil an unserer Miete weiterhin zu bezahlen. Als ich ihn anrief, um ihm zu sagen, was ich davon hielt, schlug er zurück, indem er das Telefon abmeldete. Die Telefongesellschaft war so nett, mich zu informieren, dass sie es am selben Tag gegen neunzehn Uhr abstellen würden, und ich führte den ganzen Nachmittag lang Ferngespräche mit jedem, der mir einfiel, um die Telefonrechnung hoch zu treiben. Dann ließ David mich wissen, dass er für den Rest des Sommers bei seinen Eltern leben würde und mich bei seiner Rückkehr nicht mehr in der Wohnung sehen wollte, die technisch gesehen seine war. Nach diesem Gespräch redeten wir sechs Wochen lang nicht mehr miteinander.

Und um das Maß voll zu machen, erfuhr Barbarino Ende Juli, dass die Rollers für ihre Tour einen Privatjet charterten, was unsere Pläne durchkreuzte, bei ihren Flügen mitzureisen. Ich war besonders enttäuscht, weil es mir in einer meiner brillantesten detektivischen Leistungen gelungen war, ihre vermeintlich kompletten Reisearrangements aufzudecken.

Eigentlich war es der reine Zufall. Ich rief Eastern Airlines an, um für Sue P, Cathy und mich Plätze in einer Maschine von Detroit (wo sie am 26. August spielen würden) nach Charlotte (27.) zu reservieren. Zufälligerweise war Sues Nachname identisch mit dem eines Roadies der Rollers, und die Angestellte der Fluglinie hatte etwas falsch verstanden. Sie dachte, ich wollte eine bereits existierende Buchung überprüfen und nicht eine neue vornehmen. Darum gab sie Sues Namen in den Computer ein und sagte einen Moment später: »Ja, wir haben sie für diesen Flug gebucht. Sie reist zusammen mit Mr. Duncan, Mr. Allen, Mr. Fuson ...?« – lauter Namen, die ich als BCR-Roadcrew wieder erkannte.

»Ja, das ist sie«, zirpte ich. »Sie könnten mir wohl nicht noch einmal den Rest ihrer Reisetermine durchgeben?« Und das tat sie und las mir sämtliche Flugtermine für die vier Tourwochen vor. Wären die Fluggesellschaften doch heute noch so entgegenkommend.

Es war ein hübscher Erfolg, denn wir gingen noch davon aus, dass die Band gemeinsam mit den Roadies reisen würde. Folglich hatte ich uns Plätze in der Detroit–Charlotte-Maschine und von Charlotte nach New York am 28. August, dem Tag nach ihrem letzten Gig, gebucht. Aber wenn Barbarino mit seinem Privatjet Recht hatte, waren unsere Reservierungen jetzt nutzlos. »Jetzt fliegen wir also bloß mit den Roadies, was ganz toll wäre, wenn ich in einen von ihnen verliebt wäre«, schrieb ich sauer.

Jeder Tag war noch heißer als der Tag davor, und die Zeit zog sich hin. Die Wohnung, in der ich die meiste Zeit meiner Tage verbrachte, weil es zu schwül war, um rauszugehen, war so stickig, dass ich schon von der Anstrengung, mich anzuziehen, klatschnass war. Ich ging morgens, wenn es am kühlsten war, raus, um eine Zeitung und meine kärgliche Lebensmittelration für den Tag zu kaufen – ich lebte von Snowballs, Kaffeekuchen und Pizza. Wenn ich wieder oben war, glotzte ich entweder den neu eingeführten Kabelkanal oder las kraftlos in der Zeitung, die voll war von den Umtrieben eines Serienmörders, den sie Son of Sam getauft hatten. Etwa drei Wochen später wurde er durch reinen Zufall geschnappt und war, wie sich herausstellte, ein nichts sagender jüdischer Typ namens David Berkowitz, der genau wie die Hand voll Jungen aussah, die mich in der Schule gemocht hatten.

Gelegentlich raffte ich mich auf und ging in die Stadt zu Bleecker Bob's, wo ich den *Melody Maker* las. Die Briten waren alle völlig aus dem Häuschen wegen des fünfundzwanzigsten Thronjubiläums ihrer Queen. »God Save the Queen«, die Jubilee-Single der Sex Pistols, war ein Riesenhit geworden – Nummer zwei in den Charts, um genau zu sein –, aber »Top of the Pops« weigerte sich, sie zu spielen, wegen des angeblich beleidigenden Textes. Ich kapierte nicht, wo das Problem lag. Das ganze Zeug über ›Debile‹ und ›H-Bomben‹ bezog sich doch wohl weniger auf das alte Mädchen selbst als auf ihre Untertanen?

Der amerikanische Musikmarkt brachte nichts auch nur halb so Aufregendes zustande. Disco dominierte die Charts – Platzhalter wie »I Feel Love« von Donna Summer oder »The Shuffle« von Van McCoy, dem Nachfolger seines anderen Hits, »The Hustle«. O Mann. Shuffle wie Hustle waren Tänze, aber mich hätte man nicht dabei erwischt, sie zu tanzen. Wie beinahe alle Mittelstandskinder verabscheute ich Disco und hielt die einfachen Rhythmen und die hedonistische Philosophie dem komplexeren Gegrummel weißer Gitarrenbands für weit unterlegen. Ich trug sogar stolz ein T-Shirt mit dem Aufdruck »Shoot the Bee Gees«. Wir ahnten ja nicht, dass zwei Jahrzehnte später jedes einzelne dieser Mittelstandskinder, mich eingeschlossen, plötzlich zu der Erkenntnis kommen würde, dass diese schlicht gestrickten Songs immer schon epochale Meisterwerke gewesen seien. Ich besitze sogar eine Compilation-CD mit dem Titel *The Old Skool Reunion*, auf der achtunddreißig Titel vertreten sind, die ich 1977 nicht angehört hätte, wenn ich dafür bezahlt worden wäre. »Ja, die habe ich geliebt, als ich jünger war«, erzähle ich heute ohne jeden Anflug von Scham.

Ende Juli riss mich ein umwerfender Kerl namens Michael aus meiner Apathie. Gott hatte endlich meine Gebete erhört. Er war ein Engländer, den ich ein paar Monate zuvor bei irgendeinem Prog-Rock-Konzert in der Academy kennen gelernt hatte. Sue J war mit mir da gewesen, und ihr Radar hatte seinen Londoner Akzent gepeilt, noch ehe wir ihn gesehen hatten. Wir hatten uns die ganze Nacht lang wunderbar unterhalten, und als sein Urlaub zu Ende war, hatten wir uns ein paarmal geschrieben. Ich war insgeheim ein bisschen verliebt in ihn und daher überaus erfreut, als er im Juli anrief, um mir zu sagen, dass er in New York zu tun hätte und für ein paar Tage herüberkommen würde.

Aber er traf während einer besonders Roller-lastigen Woche ein, in der ich oft *It's a Game* gehört und von einer Privataudienz bei Leslie geträumt hatte. Der arme Michael konnte es nicht mit meinen Phantasien aufnehmen. Ich war unaufmerksam und eine ziemlich schlechte Gesellschafterin – und fühlte mich daher doppelt schuldig, als er mir am Ende des dritten Tages verlegen eröffnete: »Weißt du, ich hatte nicht wirklich hier zu tun, ich bin hergekommen, um dich zu sehen.« Welcher Funke auch immer zwischen uns geglüht haben mochte, war bis dahin erloschen, zumindest auf seiner Seite, und ich konnte mich nur selbst ohrfeigen, dass ich nicht erkannt hatte, dass er was für mich übrig hatte, irgendwie. Hätte ich es erkannt, hätte ich mich vielleicht mehr mit ihm beschäftigt, und der definitive Roller-Moment, der zum Greifen nah bevorstand, wäre nie Wirklichkeit geworden.

18

ICH WEISS NICHT, WOHER ich die Chuzpe nahm, aber während des gesamten Sommers hatte ich, wenn auch halbherzig, gegen ASCAP eine Klage wegen unrechtmäßiger Kündigung betrieben. Ich wusste, dass sie mich mit gutem Grund gefeuert hatten – meine Arbeitsleistung war mehr als unterdurchschnittlich, wovon Stapel mit Tippex voll gekleckster Karteikarten beredtes Zeugnis ablegten. Und selbst wenn ich kompetenter gewesen wäre, konnte auf Grund der vielen Rollers-bedingten Fehltage von regelmäßigem Erscheinen auch nicht die Rede sein. Ich hatte also keinerlei Aussicht auf Erfolg und kann nur die Frechheit bewundern, mit der ich glaubte, die hätte ich doch. Aber ich verfolgte die Sache weiter, weil ich auf eine Abfindung hoffte, mir ging nämlich das Geld aus. Nachdem ich die Flugtickets bezahlt hatte, blieben mir nur knapp über fünfhundert Dollar, von denen ich jeden Penny für die Tour brauchte.

Natürlich wurde meine Klage vor Gericht abgeschmettert. Aber da war es bereits August und nur noch wenige Wochen bis zur Tour. Bis ich wieder zurück war, hatte es keinen Zweck, dass ich mich nach einem Job umsah. Die Tour nahm meine Gedanken so in Anspruch, dass es nicht schwer war, die Sorgen ums Geld beiseite zu schieben.

Von Freunden, die es zu einigen der frühen Termine geschafft hatten, liefen alle möglichen faszinierenden Berichte ein. Eine

Postkarte vom ersten Gig in Montana brachte die Neuigkeit, Eric trüge als Bühnenoutfit ein Fußballtrikot und Shorts, auf die hinten »Spank Me« aufgestickt war. Na, wenn das kein verlockendes Angebot war …

Ich konnte mir das Spektakel selbst ansehen, als sie bei »The Midnight Special« auftraten – einer ›ernsthaften‹ Rocksendung, in der sie noch Monate zuvor nicht willkommen gewesen wären. Es änderte sich *tatsächlich* etwas.

»Sie waren erstaunlich«, schrieb ich um zwei Uhr morgens, weil an Schlaf nicht zu denken war:

»Sie sangen und spielten live (eine Premiere) und sahen zum Anbeißen aus. Auch wenn Eric mit leuchtend blauem Lidschatten, Lederjacke, Shorts und Fußballstutzen ein bisschen lächerlich wirkte, besonders, wenn er mit dem Fuß tappte und man den Pudding an seinen Beinen schwabbeln sah. Er und Leslie (in sehr enger Jeans) alberten rum und sangen ein paar Takte von ›Deep in the Heart of Texas‹, und dann sagte Leslie vor einer Werbepause: ›WEHE, es geht jemand weg!‹, und die Kamera schwenkte auf Eric, der dabei war, den Reißverschluss an seiner Hose auf- und wieder zuzuziehen. Hahaha! Ich finde, es war der beste Fernsehauftritt, den sie je hatten.«

Die freudige Erregung über die engen Jeans und offenen Reißverschlüsse wurde natürlich durch das Erstaunen verstärkt, sie wie Erwachsene handeln zu sehen, die erwachsene Persönlichkeiten, erwachsenen Humor und andere Erwachsenenattribute besaßen. Es war ein Eindruck, an den man sich in den letzten Monaten mehr und mehr gewöhnt hatte, aber er war trotzdem jedes Mal wieder unglaublich. Dennoch wirkten sie trotz ihres zunehmend draufgängerischen Benehmens immer noch nicht ganz real auf uns.

Ich bin mir nicht sicher, was mit ihnen oder uns passiert wäre, wenn die Rollers an ihrem alten sexlosen, saftlosen Image festgehalten hätten. Kommerziell hätten sie als karierte Kleinmädchenidole nicht mehr lange überleben können. In England hatte Punk süße Toy-Boys über Nacht obsolet gemacht. (Die einzige britische Single der Rollers in diesem Sommer, »You Made Me Believe In Magic«, erreichte nur Platz vierunddreißig in den Charts, die niedrigste Platzierung ihrer Karriere – und war die letzte BCR-Single, die es überhaupt noch in die britischen Charts schaffte.) Durch die vorsichtig vorangetriebene Imagekorrektur hielten sie sich wahrscheinlich länger, als es normalerweise der Fall gewesen wäre.

Und die Tacky Tartan Tarts? Wir hätten sicher irgendwann im Laufe dieses Sommers das Interesse verloren, hätte die Band nicht begonnen, erwachsen zu werden. Nach mittlerweile zwei Jahren intensivster Anbetung, die hinter uns lagen und in denen wir allen anderen entsagt hatten, hätte es sich unausweichlich totgelaufen, wenn sie weiter so mönchisch aufgetreten wären.

Ich hatte andere Interessen, die mit den Rollers zu konkurrieren begannen, meine Punk-Rock-Sammlung etwa, die mittlerweile die meisten der wichtigen Bands, die Platten veröffentlicht hatten, umfasste – Pistols, Damned, Clash, The Jam. Auch wenn die politischen Ideen von Punk mich nicht berührten – Forderungen nach Anarchie in Großbritannien ließen mich kalt –, liebte ich die verrückte, weiß glühende Energie. Darüber hinaus war es die erste Bewegung, die jemals von Leuten in meinem Alter für Leute in meinem Alter erfunden wurde. Ich ließ mich nicht einmal beirren, als ich erfuhr, dass Joe Strummer von The Clash 1977 schon fünfundzwanzig wurde.

Die anderen Tarts suchten sich ebenfalls Nebenbeschäftigungen. Emma verbrachte viel Zeit mit ihrem Freund, Cathy dachte nur noch daran, ihren öden Job bei einer Spedition gegen einen besseren einzutauschen, Sue J durchlief eine ihrer immer wiederkehrenden Phasen von Rollers-Indifferenz. Ohne diese faszinierende neue Facette der Band hätten wir es bis

Mitte 1977 längst hinter uns gehabt. Aber so waren wir dabei, unsere bisher größte Expedition zu planen.

Ich war sogar fasziniert genug, um mir etwas zu kaufen, das bei uns ›Debbie-Bottom-Mantel‹ hieß – ein langer, weißer Pullover-Mantel, wie ihn das Mädchen getragen hatte, das Leslie in Pittsburgh abgeschleppt hatte. Die gab es in diesem Sommer in jedem Laden der Stadt, und obwohl sie bei Menschen mit Hüften extrem unvorteilhaft aussahen, kaufte ich mir einen, weil ich, wie ich schrieb, »unbewusst glaube, wenn Leslie sie wollte, muss alles, was sie getragen hat, okay sein«. Ich schämte mich für diese Schwäche.

Mitte August zog ich aus der Wohnung aus, die ich mir mit David geteilt hatte. Dass meine Mutter gerade von Millburn in ein Studioapartment an der Fifth Avenue gezogen war, beschleunigte meinen Abgang. Ich rief sie eine Woche vor ihrem Umzug an und eröffnete ihr, dass ich mit einziehen würde. Ihre Reaktion kann ich in einem Buch für die ganze Familie nicht wiedergeben. Nach neunzehn Jahren Vorstadtleben hatte sie sich darauf gefreut, ihre kleine Junggesellinnenwohnung in der City für sich zu haben, und nicht damit gerechnet, dass noch jemand da sein würde. Ich setzte mich über ihre vehementen Einwendungen hinweg und versprach: »Du wirst mich kaum bemerken, ich schwöre es.«

Eine Woche später zog ich ein. Ma sah mit undurchdringlichem Gesicht zu, wie sich nach und nach Kartons im ganzen Zimmer stapelten. »Ich muss nur noch schnell die Stereoanlage reinholen, dann bin ich fertig«, rief ich ihr aufmunternd über die Kartons zu. »Oh, und kann ich deine Platten beiseite stellen? Sonst hab ich für meine keinen Platz.«

»Wie lange hast du vor zu bleiben?«, fragte sie leise.

»Weiß nicht. Bis ich mir eine eigene Wohnung leisten kann, würde ich sagen. He, soll ich im Bett oder hier auf der Couch schlafen?«

Ein Glück, dass an diesem Tag keine von uns beiden wusste,

dass ich zweieinhalb Jahre bleiben würde. Anfangs waren wir beide davon ausgegangen, ich würde ausziehen, sobald ich einen Job hatte, und klammerten uns weiter an diese Fiktion, während aus den Wochen Monate und aus Monaten Jahre wurden. Das war die einzige Weise, auf die wir es miteinander aushalten konnten. Ich kann aus Erfahrung sagen, dass Zusammenleben auf engstem Raum einer guten Eltern-Kind-Beziehung nicht förderlich ist. Ich bekam übrigens die Couch.

Trotzdem hatte es auch Vorteile, mit seiner Mutter zusammenzuleben – sie verhätschelte mich, wenn ich krank war, und brachte mir Hühnersuppe an die Couch, und als ich endlich doch einen Job gefunden hatte, war sie normalerweise bereit, anzurufen und mich krankzumelden. Als Gegenleistung hielt ich die Bude relativ sauber und verbreitete eine muntere Teenageratmosphäre. Das war jedenfalls das, was ich ihr sagte, wenn sie mich alle paar Wochen wieder fragte, wann ich auszöge.

Aber die ersten Wochen vertrugen wir uns gut, nachdem sie sich einigermaßen von dem Schock erholt hatte. Ich war so damit beschäftigt, Pläne für die Tour zu machen, dass ich keine Zeit hatte, ihr den letzten Nerv zu töten. Ma dachte sich ihren Teil und schwieg, außer bei den neuen Klamotten, die ich mir für die Tour gekauft hatte. Sie kosteten mich hundert Dollar, die ich nur schwer entbehren konnte, aber wenn sie die Aufmerksamkeit eines Rollers wecken würden, war das Geld gut angelegt.

»Und das willst du wirklich anziehen?«, wollte sie wissen, als ich ihr meine Neuerwerbungen vorführte.

»Was willst du damit sagen?«, fragte ich eingeschnappt. Diesmal hatte ich mir ein paar scharfe Teile zugelegt – silberne Sandalen, ein ›ironisches‹ Betty-Boop-Shirt, ein weißes Westentop mit einem großen, silbernen Metallstern (unheimlich Studio 54) – und zwei Jeans mit riesigem Schlag und witzigen Reißverschlüssen an den Taschen. Oh, ja, und eine überdimensionale Sonnenbrille, auf deren Gläsern winzige Glitzersterne klebten.

Ich war mit allem sehr zufrieden. Meiner Meinung nach sah ich damit so sexy aus wie nie in meinem Leben – ich war mir sicher, dass ich einem Roller ins Auge fallen würde, wenn ich nur nahe genug herankam.

In diesem neu erstarkten Selbstvertrauen rief ich David an – wir hatten zaghaft angefangen, wieder miteinander zu reden – und fragte ihn, ob er mir etwas Geld für die Tour leihen könnte. ›Leihen‹ bedeutete eigentlich ›geben‹, weil ich keine Möglichkeit sah, ihm je etwas zurückzuzahlen, aber als gute Seele, die er war, stimmte er zu. Ich ging in seine Wohnung, quatschte eine Weile mit ihm und sackte dann fünf Zwanzigdollarnoten ein.

Und dann tat er, als ich gehen wollte, etwas, das überhaupt nicht zu ihm passte. Ich ging ins Bad, und als ich wieder herauskam, hatte er sich bis auf die Unterhose ausgezogen, die sehr knapp saß und Tigerstreifen hatte. Er kam mit einem fröhlichen Lächeln näher, und ich kreischte: »Was *fällt* dir ein!«

Ich brach überstürzt auf und ging völlig verstört nach Hause – weniger wegen des Ausziehens als wegen des möglichen Motivs. Er hatte mir damit offensichtlich etwas heimzahlen wollen – aber warum?

Mir fielen ein Dutzend gute Gründe ein. Weil ich ihn als Pfandleihe betrachtete, weil ich von ihm erwartet hatte, in unserem gemeinsamen Haushalt sämtliche Ausgaben zu bestreiten, weil ich die Schrottmühle kaputtgefahren hatte, weil ich ihn jedes Mal einspannte, wenn wir ihn bei unseren Roller-Eskapaden brauchten (obwohl ich das Gefühl hatte, dass sie ihm insgeheim Spaß machten), weil ich mich weigerte, die Tatsache ernst zu nehmen, dass er mich ›mochte‹ …

Es dämmerte mir, dass ich möglicherweise kein wirklich netter Mensch war. (»Nein, warst du nicht«, hat Emma mir kürzlich gesagt. »Du warst wirklich egoistisch, und wir haben immer darüber geredet, wie mies du ihn behandelst.«)

Die Vorstellung, dass ich auf seinen Gefühlen herumgetrampelt hatte, gefiel mir nicht, besonders, da ich meinen eigenen Gefühlen immer schrecklich viel Gewicht beimaß. Da hatte ich die unangenehme Wahrheit – ich war nicht so nett, wie ich gedacht hatte. »Na immerhin«, dachte ich, »Selbsterkenntnis ist der erste Weg zur Besserung.« Und ich hätte sicher an mir gearbeitet, wäre ich nicht anderweitig so beschäftigt gewesen.

Am Tag nach Davids Stripeinlage starb Elvis Presley. Das Hinscheiden des King beherrschte die Titelseiten der Abendzeitungen, die Oldiesender spielten für den Rest des Tages seine Platten, aber davon abgesehen nahm New York es relativ ungerührt auf. Elvis hatte die Party endgültig verlassen, aber … na ja, es gab so viele andere Dinge zu erledigen.

Das widerspricht allem, was in den zahllosen Nachrufen, die seit 1977 erschienen sind, geschrieben wurde, in denen behauptet wird, sein Tod habe in Amerika eine ungeheure Nachwirkung gehabt. Dabei wird gerne übersehen, dass Elvis damals für kaum jemanden, der jünger war als er selbst, überhaupt eine Rolle spielte – ich hatte zum Beispiel nicht mal gewusst, dass er in der Woche nach seinem Tod eigentlich im Madison Square Garden hätte auftreten sollen. Als sein Ableben in einem Londoner Punk-Club bekannt gegeben wurde, soll es angeblich laute Hochrufe gegeben haben. In Manhattan würdigte man ihn nicht mal dieser Reaktion.

Ein deutlicher Unterschied zur Reaktion auf John Lennons Tod drei Jahre später. Die aufrichtige Trauer damals hatte auch damit zu tun, dass Lennon ein immer noch aktiver Künstler war, der gerade anfing, sein altes Feuer wiederzugewinnen. Die schrecklichen Begleitumstände schockierten viele, die Presleys letztlich selbst verschuldeter Tod kalt gelassen hatte; am nächsten Tag waren alle in der U-Bahn totenstill, vertieft in die *Daily News* mit der Schlagzeile »John Lennon Shot Dead In New York« und dem Bild von Yoko Ono, die sich auf den Arm von David Geffen stützt.

Für mich verflog der Tag, an dem Elvis Presley starb, in einem hektischen Wirbel von Telefonaten, mit denen ich Barbarino aufzuspüren versuchte. Vor zwei Tagen waren er und seine Freundin Kim, ein Eric-Fan aus der rivalisierenden Clique, nach Columbus, Ohio, gefahren, weil sie vorhatten, dort und bei der nächsten Tourstation, Louisville, Kentucky, die Rollers zu sehen. Er hatte versprochen, mich aus Columbus anzurufen, es aber nicht getan. Ich war *mucho* sauer, weil ich darauf brannte, das Neueste zu erfahren.

Obwohl wir die ganze Tour ziemlich gut mit Informanten bei Auftritten im ganzen Land abgedeckt hatten – in Montana, Toronto, Milwaukee, Des Moines –, war der Rücklauf an Klatsch bisher enttäuschend gering. Aber ich wusste, Barbarino würde Unmengen zu erzählen haben.

Wie genau er an seine Informationen kam, wussten wir nie. Er war nicht der Typ, den die Rollers ins Vertrauen gezogen hätten, nicht mit diesem dünnen Winselstimmchen, das uns alle schon dazu getrieben hatte, ihm mit Mord zu drohen, wenn er nicht sofort die Klappe hielte. Und seine Nervkapazität war immens. Seit er beim Anstehen für die Karten im Dezember Emma angemacht hatte, war er so kühn geworden, dass er uns regelmäßig anbettelte, ihm in seinem Kampf gegen die Unberührtheit beizustehen. Wir gaben nie nach, aber das hielt ihn nicht davon ab, es weiter zu versuchen.

Ich konnte ihn weder in Columbus noch in Louisville auftreiben, darum konzentrierte ich meine Aufmerksamkeit darauf, den Tagesplan der Band für den 24. August herauszukriegen, den Tag, bevor wir zu unserem ersten Konzerttermin flogen. Wir wussten bereits, dass sie nach Bay City, Michigan, wollten, um dort die Schlüssel der Stadt entgegenzunehmen (ihren Namen hatten sie wahrscheinlich gefunden, indem sie mit einer Nadel in eine Landkarte stachen und dann auf besagter kleiner Stadt bei Detroit gelandet waren. Ich glaube, deren einziger anderer Anspruch auf Berühmtheit ist, dass Madonna dort aufwuchs. Ich frage mich, ob sie auf die Rollers stand). Aber es würde hilfreich sein, in Erfahrung zu bringen, was sie anschließend machten – würden sie in Bay City übernachten oder gleich zu ihrer nächsten Station, Youngstown, weiterreisen?

Ich rief Peckers Reisebüro in Kalifornien an – die Nummer hatte ich von Barbarino – und gab mich als seine Frau aus. Anschließend schrieb ich beschämt in mein Tagebuch: »Pecker muß da ein wirklich fetter Kunde sein, weil das Mädchen, das dranging, direkt wusste, wer er war, und mich zu einer Schlampe namens Deborah durchstellte, die ihn betreut. Ich sagte, ich wäre Liz Packer, und die Schlampe sagte: ›Ich kenne seine Frau, und so heißt sie nicht.‹ Schlampe.«

Am nächsten Tag erwischte ich Barbarino endlich. Er war wieder zu Hause in Queens, und er hatte eine Geschichte auf Lager. O ja.

Er war in Columbus und Louisville gewesen und hatte die Rollers oft gesehen. Er erzählte mir genüsslich, dass Leslie in Louisville die meiste Zeit mit einem einheimischen Mädchen namens Candy in einem Cutlass Supreme herumkutschiert war. Einer der anderen hatte offensichtlich geprahlt, er wollte ausprobieren, wie viele Frauen er im Leben ins Bett kriegen würde, und ein anderer Roller hatte gesagt, er wollte seinen Rekord brechen, wie oft er in einer Nacht könnte.

»Haben sie alle so was geredet?«, fragte ich atemlos, während ich nach einem Stift tastete, um alles aufschreiben zu können. Er kicherte sein dünnes Barbarino-Kichern und weigerte sich, mehr zu erzählen.

Ich rief seine Freundin Kim an, eine Labortechnikerin, die in Barbarinos Nachbarschaft in Far Rockaway lebte. Sie gehörte nicht zu unserem Kreis, darum standen wir nicht offiziell auf Klatschgeschichten-Fuß, aber in dieser Situation konnte man auf das Protokoll keine Rücksicht nehmen.

Sie bestätigte alles, was Barbarino gesagt hatte, und fügte noch hinzu: »Sie ficken ziemlich offen in der Gegend rum, so viel steht fest.«

»Mein Gott.« Ich ließ mir die damit verbundenen Implikationen einen Moment durch den Kopf gehen, dann fiel mir noch ein zu fragen: »Und was machte Eric?« Es folgte ein Schweigen, und dann wechselte sie das Thema. Die Gigs selbst seien hervorragend gewesen, sagte sie, und die Band sei auf der Bühne zu einer kompakten, tighten Einheit geworden. Das war fast so schwer zu glauben wie alles andere.

»Aber nach dem Konzert gestern Abend waren alle irgendwie müde und genervt«, erzählte sie weiter. »Sie sind jetzt einfach so ... so anders. Kein richtiger Spaß mehr.«

»Aber«, bohrte ich nach, weil ich spürte, dass ich an etwas dran war, »was war mit Eric?«

Sie schien etwas sagen zu wollen, dann seufzte sie: »Ich sag's dir, wenn wir uns sehen.«

Das alles wiederzugeben, füllte zwei eng beschriebene Tagebuchseiten. Ich war nicht ganz glücklich. Ihr liederliches Benehmen, ihre Vulgaritäten, Kims Ausweichen bei der Erwähnung von Eric (»Wahrscheinlich hat sie von ihm bekommen, was sie wollte«, schrieb ich und konnte selbst nicht glauben, dass ich über ein Mädchen sprach, das ich persönlich kannte), nichts davon war so, wie ich es erwartet hatte.

Meine Fresse, war das ihr wahres Gesicht? Hatten in diesen Karo-Anzügen Rockbestien vom Schlage Led Zeppelin gesteckt? Oder war das alles nur eine überzogene Reaktion darauf, dass man sie endlich vom Gängelband ließ?

Nachdem ich alles niedergeschrieben hatte, wählte ich mir die Finger wund, um die anderen Tarts anzurufen, die ebenso schockiert waren.

»Was erwartest du? Sie sind normale Jungs, und die Mädchen werfen sich ihnen an den Hals«, war Davids mitleidlose Einschätzung am nächsten Tag. Das war eine Woche nach seiner improvisierten Stripeinlage, über die wir in stillschweigendem Einverständnis nie ein Wort verloren hatten. Wir führten zwei Kunden aus, die gerade bei Davids Versicherungsgesellschaft einen wichtigen Vertrag abgeschlossen hatten, zuerst zum Abendessen und dann zu einem Footballspiel im Meadowlands-Stadion auf der anderen Seite des Flusses. David hatte mich gebeten, seine Freundin zu spielen, aber wie es sich ergab, redete ich dann in der Hauptsache mit dem zwölfjährigen Sohn von einem der beiden Kunden, weil wir uns im Alter am nächsten standen.

»Muss ich wirklich zu dem Footballspiel?«, hatte ich gemault. »Denk einfach an die hundert Dollar«, war seine Antwort gewesen. Ergo fand ich mich zum ersten und letzten Footballspiel meines Lebens im Stadion wieder und sah das Match New York Jets gegen Pittsburgh Steelers. Der Zwölfjährige versuchte, es mir zu erklären, aber ich kapierte überhaupt nichts.

Wenigstens war es der letzte Tag vor der Tour. Wir verbrachten ihn auf ganz unterschiedliche Weise. Barbarino trieb sich vor dem Madison Square Garden rum und verkaufte Karten für den Gig von Peter Frampton am selben Abend für den dreifachen Preis. Kim, die mit uns reisen würde, verbrachte ihn auf dem Dach ihres Mietshauses und arbeitete an ihrer Bräune. Sue P blieb zu Hause in Brooklyn und versuchte sich zu entscheiden, welche von ihren drei Dutzend Outfits sie einpacken sollte. Und Sue J und ich telefonierten noch ein bisschen in der Gegend herum.

Der Plan sah vor, dass wir uns alle am nächsten Morgen, dem 24. August, am Flughafen La Guardia treffen würden. Ich verbrachte die Nacht bei Sue P, die dem Flughafen am nächsten wohnte. Wir waren noch bis zwei Uhr morgens auf, redeten und diskutierten lüstern Pläne, die wir mit unseren jeweiligen Rollers hatten. Ich war richtig energiegeladen, weil ich mich auf Sues Waage gewogen und zu meiner überschwänglichen Begeisterung festgestellt hatte, dass ich seit Anfang des Sommers sieben Kilo verloren hatte, weil ich zu abgebrannt gewesen war, um zu essen. So dünn war ich nicht mehr gewesen, seit ich fünfzehn war.

»Schon gut, schon gut«, sagte Sue, nachdem sie meine Freudenschreie eine Zeit lang ertragen hatte. »Schlafen wir noch eine Runde.« Sie machte das Licht aus, und wir lagen hellwach da und warteten auf die Morgendämmerung.

19

UM SIEBEN UHR DREISSIG am nächsten Morgen trafen wir – Sue P, Barbarino, Kim und ich – uns am Eastern Airlines Terminal von La Guardia. Ich hatte lange darüber nachgedacht, was ich an diesem ersten Tourtag anziehen sollte, und schließlich das Betty-Boop-T-Shirt, Jeansshorts und Plateauschuhe gewählt. Die Shorts waren ziemlich kurz und die Hochhackigen ziemlich hoch, und ich sah, na ja, alles andere als spröde aus. Sue machte in der Abfluglounge ein Foto. Ich stehe da und lächle verführerisch, während ein Geschäftsreisender im Hintergrund auf meinen frisch verschlankten Körper stiert.

Zwei Stunden und einmal Umsteigen in Pittsburgh später waren wir in Youngstown. Obwohl wir nicht viel sahen und ich nie wieder dort gewesen bin, erinnere ich mich an die Stadt seither in einer gewissen nostalgischen Verklärung. Ich glaube, sie wurde in einem Bruce-Springsteen-Song mal wegen ihrer Bergbauvergangenheit erwähnt, aber für uns sah sie wie die typische Kleinstadt im Mittelwesten aus, mit einer baumbeschatteten Fußgängerzone in der Innenstadt und öden Einkaufszentren in den Außenbezirken.

Vom Flughafen, wo man von einem großen Schild gewarnt wurde, jeder, der Witze über Flugzeugentführungen mache, würde festgenommen, bis zum Veranstaltungsort Idora Park war es so weit, dass wir ein Auto mieten mussten. Wir bekamen einen schicken neuen Chevy, und nachdem die ›eingetragene Fahrerin‹ Kim (die als einzige alt genug war, ein Auto zu mieten) endlich rausgekriegt hatte, wie man das Ding in Bewegung setzte, ging es los. Es dauerte noch Stunden bis zum Auftritt, der für sechzehn Uhr angesetzt war, darum machten wir uns – das Wichtigste zuerst! – auf die Suche nach den Rollers.

Nachdem wir eine Stunde lang ergebnislos alle Holiday Inns und Day's Inns abgefahren hatten, begannen wir, uns Sorgen zu machen. Es war nämlich diesmal tatsächlich entscheidend für uns, sie zu finden, weil unser nächster Schritt davon abhing, was sie tun würden. Sollten sie direkt nach dem Auftritt in die nächste Stadt aufbrechen, wie sie es zu bevorzugen schienen, mussten wir das wissen, und wenn sie in Youngstown bleiben wollten, mussten wir das ebenfalls wissen.

Uns blieb jetzt nur noch die Möglichkeit, ihnen nach dem Konzert zu folgen, also machten wir uns, nachdem wir die Sache im Coffee Shop eines Day's Inn diskutiert hatten, auf den Weg zum Idora Park.

Wer den 1984 gedrehten Film *This Is Spinal Tap* gesehen hat (eine Fake-›Rockumentary‹ über eine fiktive englische Rockband), erinnert sich sicher an die Szene, in der die ziemlich abgehalfterte Band zum Konzert in einem Vergnügungspark im Mittelwesten eintrifft und auf der Anzeigetafel »Puppentheater/Spinal Tap« lesen muss. Als ich den Film sah, fühlte ich mich sofort an Idora Park erinnert – dort stand auf dem Schild »Donnerstag Rollers/WHOT Tag/Freitag Buddy Rich«. Die armen Irren – wurden noch nicht mal mit einer eigenen Anzeigetafel gewürdigt.

Ich freute mich nicht besonders auf das Konzert – es war eher ein Hindernis, das es zu überwinden galt, um mit unserem eigentlichen Geschäft, der Jagd auf die Rollers, fortfahren zu können. Es würde mein neunter BCR-Gig sein, und wenn man die Rollers neunmal gesehen hat, weiß man langsam, worum es geht. Als wir uns vor dem Stadion anstellten, plante ich bereits die anschließende Verfolgungsjagd. Ungeachtet der Tatsache, dass nur Kim versichert war, war ich zur Post-Gig-Fahrerin gewählt worden, weil sie sich nicht zutraute, sie zu verfolgen. Durch diese Verantwortung fühlte ich mich gleich etliche Zentimeter größer – obwohl ich die Plateauschuhe, weil ich darin Blasen bekam, gegen silberne Sandalen getauscht hatte.

Der Auftritt war seit Mai das erste Wiedersehen mit ihnen, darum waren wir neugierig auf ihren neuen Look. Eric trug tatsächlich Shorts, so knappe, dass es fast schon Hot Pants waren, und Leslie war nackt bis auf eine weiße Kordelzug-Hose. Seufz. Was immer man über ihn sagen mochte, er wusste wirklich, wie man eine Hose trägt. Woody und Derek trugen irgendwas; ich war von Leslie zu gefesselt, um genauer hinzusehen. Was mir auffiel, war Woodys neuer Bass in Pferdeform, eine Rockstar-Affektiertheit, die mir sehr uncharakteristisch für ihn zu sein schien.

Ich hatte wie üblich meinen Kassettenrecorder mitgebracht, der in diesen Lo-Tech-Tagen noch an die fünf Pfund wog. Es war trotzdem gut, dass ich ihn mitgeschleppt hatte, denn bei »Rebel Rebel« rastete Eric plötzlich aus. Als er zur letzten Zeile kam, änderte er sie in »Hot tramp, suck my toe« um und unterstrich das mit einer wilden Grimasse. Gott sei Dank habe ich es auf Tape, weil mir zu Hause sonst niemand geglaubt hätte.

Ich stand neben dem Mischpult etwa in der Mitte zwischen der Bühne und dem hinteren Ende der Arena, wo ein Soundtechniker sich vergeblich abmühte, die schrängelnden Laute, die aus den Instrumenten der Band kamen, wie Musik klingen zu lassen. Er sah meinen Kassettenrecorder und machte die Bemerkung, ich müsste schon großes Glück haben, um nachher irgendwas anderes als Knistern und Publikumslärm drauf zu haben.

»Oh, du arbeitest für die Rollers?«, fragte ich unschuldig. Das sich daraus entwickelnde Gespräch erbrachte zwei wertvolle Informationen: dass die Road Crew in einem etwa eine Meile entfernten Holiday Inn nächtigte und dass die Rollers in einem anderen Holiday Inn außerhalb der Stadt untergebracht waren. »Warum kommst du nicht mit deinen Freundinnen später noch auf einen Drink rüber?«, schlug er mit einem zweifellos unschuldigen Zwinkern vor. Ich verbuchte das unter ›mögliche Alternative‹ – falls wir es nicht schafften, die Band einzuholen, konnten wir immer noch mit diesem Typ rumhängen und jede Menge Klatsch aufschnappen.

Als die ersten Töne ihres traditionell letzten Stücks, »Saturday Night«, über das Spielfeld wummerten, flitzten wir aus der Arena zum Parkplatz. Wir hatten vor, uns am Backstage-Tor zu postieren, um sofort losfahren zu können, wenn sie vorbeikamen. Nur wollte der Wagen, als wir alle eingestiegen waren, nicht anspringen. Ich drehte den Schlüssel, und der aktuelle Foreigner-Hit »Cold As Ice« dudelte aus dem Radio, aber der Motor sagte keinen Ton. Ich versuchte es erneut, und dann versuchte ich es noch einmal. Nichts. Wir saßen schweigend da. »Der Song ist gleich aus«, konstatierte Kim, als der letzte Refrain von »Saturday Night« auf den Parkplatz herauswehte. Als Leslie »Saturday …« sang, ergänzten wir automatisch »Night!«.

Ich versuchte es noch einmal, mit ganz durchgetretenem Gaspedal. Der Motor gab ein höfliches Hüsteln von sich und verstummte dann wieder.

»Scheiße«, sagte Sue.

»SCHEISSE!«, sagte Barbarino etwas lauter. Ein Wohnmobil schoss durchs Backstage-Tor und aus dem Park heraus. Wir mussten ihm hilflos nachsehen. Es war wie in irgendeiner dämlichen Sitcom – die Beute rast davon, während die Jäger wutschnaubend im verreckten Chevy hocken.

»Ich hab den Soundmixer kennen gelernt, und er hat uns

eingeladen, auf einen Drink rüberzukommen«, versuchte ich uns trotz unserer Hilflosigkeit aufzumuntern. »Ich häng doch nicht mit irgendwelchen Scheiß-Roadies rum«, knurrte Kim aus dem Mundwinkel, wie ein Gangster.

Das Auto sprang endlich an, aber als wir die Hauptstraße erreichten, waren sie nicht mehr zu sehen. Ich stieg aufs Gas, und wir rasten mit quietschenden Reifen die baumbeschatteten Straßen entlang, an jeder Kreuzung kurz stoppend, um in die Seitenstraßen zu sehen. »Gottverfluchte rote Ampeln!«, zischte Kim und grub ihre Fingernägel in meinen Hals, als könnte ich was dafür. »Was ist los mit diesen dreckigen Wichsern?«

Plötzlich kreischte Barbarino, der, um besser sehen zu können, halb aus dem Rückfenster hing: »Da sind sie!!!« Und da waren sie, etwa eine Viertelmeile die Straße runter, eine Abgaswolke hinter sich herziehend, während sie an kleinen Läden und einstöckigen Häusern vorbeirasten.

Wir schlossen auf, indem wir jede rote Ampel überfuhren, bis das Wohnmobil nur noch wenige Autolängen entfernt war. Gott sei Dank war praktisch jeder Polizist der Stadt im Idora Park, um dort nach dem Konzert den Verkehr zu regeln.

Der Camper bog nach links in eine Mall am Highway ab und hielt vor einem kleinen Pizzaladen. Leslie, Eric und ein beleibter Kerl sprangen aus dem Wagen und gingen in das Restaurant. Der große Dicke war ihr Leibwächter, Big Bob – Kim hatte uns am Morgen von ihm erzählt. Anscheinend hatten sie sich vor einer Woche beim Konzert in Columbus kennen gelernt, und er hatte irgendwie einen Narren an ihr gefressen, wahrscheinlich, weil sie ihre Standard-Sommer-Uniform getragen hatte, Gymnastiktop mit Spaghettiträgern und knackenge Jeans. Er hatte sich als wertvoller Alliierter erwiesen, der nicht nur in Columbus, sondern auch in Louisville verraten hatte, wo sie untergebracht waren.

Barbarino sprang raus und rannte auf die Pizzeria zu, und nach einer Millisekunde des Zögerns stieß ich die Tür auf. »Kommt ihr nicht mit?«, fragte ich Sue und Kim. Kim schüttelte vehement den Kopf. »Ich gehe nirgendwohin, nicht mit meinen fetten Beinen.« Sie waren keineswegs fett, sondern beneidenswert dünn. Mir wurde plötzlich klar, dass sie nur nicht von Eric gesehen werden wollte.

Es hatte da in der letzten Woche nämlich wirklich ein kleines Intermezzo gegeben. Sie hatte mir im Flugzeug davon erzählt. Sie waren in Columbus und auch in Louisville zusammen gewesen, und obwohl sie nicht ins Detail gehen wollte, war sie eindeutig verknallt. Darum wollte sie ihm nicht in die Pizzeria folgen, ein weiser Entschluss angesichts dessen, was passierte, als Barbarino und ich reingingen.

Eric und Leslie standen an der Theke und warteten auf Stücke einer viereckigen Pizza Siciliana, und man konnte in ihren Gesichtsausdruck unmöglich Begeisterung hineininterpretieren. Barbarino schoss schnell ein paar Fotos, und ich peilte die Lage. Hier waren sie, und meilenweit kein Tam, kein Pecker, kein anderer Fan. Das war meine große Chance. Darum sprach ich Leslie an und sagte das Erstbeste, was mir einfiel. »Ich hoffe, es stört euch nicht, wenn wir euch folgen«, sagte ich mit vorsichtigem Lachen und hoffte, er würde zurücklachen. Stattdessen verschwendete er nur einen einzigen eiskalten Blick an mich und sagte schneidend: »Was du für einen Scheiß machst, interessiert mich nicht.«

Nicht ermutigend. Da stehe ich, kann endlich mit Leslie von Mensch zu Mensch reden, und er schnauzt mich an und lässt keinen Zweifel daran, dass er uns für Idioten hält. Korrektur, dass er *mich* für eine Idiotin hält. Gar nicht gut.

»Öh … Entschuldigung. Aber wir sind den ganzen weiten Weg von New York gekommen«, brabbelte ich, als könnte unsere Einsatzbereitschaft ihn beeindrucken. Er rollte die Augen, ging nach draußen und überließ es Eric und Bob, die

Pizza mitzubringen. Abscheulich. Meine Welt lag in Trümmern. Ich habe Leslie genervt, und er hält mich für bescheuert. Zwei Jahre der Ergebenheit, und er schnauzt mich an und sagt, ich solle verschwinden.

Ich stürzte zum Auto zurück und heulte mich bei Sue und Kim aus: »Ich kann nicht glauben, wie er mit mir geredet hat! Er hat gesagt ›Was du für einen Scheiß machst, interessiert mich nicht‹! Ich kann es nicht glauben!«

Barbarino glitt wieder ins Auto, und wir fuhren dem Wohnmobil nach, das auf den Highway zurückfuhr. Ich erzählte noch mal die ganze Geschichte, aber Barbarino unterbrach mich. »Sie sind nur müde«, tröstete er mich. »Bob hat gesagt, sie hätten letzte Nacht nicht viel Schlaf bekommen.« Das war wenigstens ein kleiner Trost. Oder, bei nochmaligem Nachdenken, nein, war es nicht.

Wir hatten keine Schwierigkeiten, an ihnen dranzubleiben, während sie durch die üppigen Felder im Osten von Ohio fuhren. Einige Minuten später dirigierte ein Holiday-Inn-Schild uns auf einen Parkplatz rechts von der Straße. Diesmal blieben wir brav im Wagen sitzen, bis die Band aus dem Wohnmobil gestiegen und ins Hotel gegangen war. »Und was nun?«, wollte Sue wissen.

»Ich würde sagen, wir nehmen uns ein Zimmer.« Wir konnten nicht geschlossen da einmarschieren, darum blieben Sue und Barbarino freiwillig im Wagen. Ich kauerte mich dahinter und schlüpfte aus meinen Shorts in eine etwas respektabler aussehende hellblaue Cordhose, und Kim und ich gingen hinein. Es war eine typische Motel-Lobby, mit einer kleinen Rezeption, ein paar Sofas und einer spärlich beleuchteten Bar. Leslie und Bob waren in der Bar und spielten Pool. Ich hatte nicht die Absicht, sie noch einmal anzusprechen, darum ging ich direkt an die Rezeption, als Bob Kim sah und zu sich winkte.

Ärgerlicherweise hatten sie kein Zimmer frei. Als ich Kim

gerade suchen gehen wollte, kam sie zurück, und ich teilte ihr die schlechte Nachricht mit. »Das macht nichts, weil sie gar nicht hier übernachten. Sie fliegen nach Detroit, und Bob hat mir das Hotel gesagt«, sagte sie mit triumphierendem Kichern.

Hasta la vista! Rock 'n' Roll!

Minuten später waren wir am Flughafen und versuchten, einen Flug nach Detroit zu ergattern. Aber es gingen keine direkten von Youngstown, und wie sich herausstellte, bestand die einzige Möglichkeit, heute noch nach Detroit zu kommen, darin, entweder nach Pittsburgh oder Cleveland zu fahren – beide Strecken würden etwa anderthalb Stunden dauern – und von dort zu fliegen. Wir entschieden uns für Cleveland, weil es näher an Detroit lag, und fuhren auf die Interstate. Die Sonne ging gerade unter, als wir Youngstown verließen, und es war dunkle Nacht geworden, bis wir am Flughafen in Cleveland eintrafen, von wo aus es nur ein zwanzigminütiger Katzensprung nach Detroit war.

Wir konnten kaum unser nervöses Lachen unterdrücken, als das Taxi uns am St. Regis rausließ, einem altmodischen Luxushotel im Stadzentrum. Wir wussten, dass uns etwas Unvergessliches bevorstand. Gefolgt waren wir ihnen zahllose Male, aber zum ersten Mal stand uns niemand im Weg. Tam war nicht mit bei der Tour, Pecker war zwar dabei, hielt sich aber im Hintergrund. Und hinzu kam, dass der einzige Leibwächter uns freundlich gesinnt war. Nach zwei Jahren schien es endlich aufwärts zu gehen.

Bob war in der Lobby, als wir eintrafen, und schien sich zu freuen, uns zu sehen, oder vielmehr, Kim zu sehen. Sue und ich checkten in ein Zimmer im fünften Stock ein, eine Tür neben Barbarino und Kim. Barbarino wurde zum Bierholen geschickt, und als er mit zwei Sixpacks Bud zurückkam, versammelten sich alle, Bob eingeschlossen, in Sues und meinem Zimmer. Barbarino, Gott segne ihn, schlug sofort vor: »Warum bittest du nicht ein paar von den Jungs hier rauf zur Party?« Bob, Gott segne ihn zweimal, nahm den Hörer ab, wählte eine Zimmernummer und sagte: »Les – fünf-eins-vier, hopp, hopp!«

Weniger als eine Minute später hörten wir es klopfen. Ich machte auf, und da war er. Leslie. Er stand im Flur und wartete darauf, reingelassen zu werden, lässig eine Zigarette rauchend. Er trug einen braunweißen Starsky-und-Hutch-Cardigan und lehnte dort mit einer katzenhaften Schläfrigkeit, die mir den Atem verschlug.

Das war der Moment, auf den ich gehofft hatte, seit ich ihn zum ersten Mal sah, und dieser Moment war so überwältigend, dass mein Bewusstsein – tja, einfach gefühllos wurde, man kann es nicht anders beschreiben. Ich sog die Tatsache seiner Gegenwart in mich auf, bat ihn ins Zimmer und schloss die Tür, aber eine undurchdringliche Membran hatte sich zwischen mich und meine Emotionen geschoben. Wo war die überschäumende Freude, die ich für genau diesen Moment aufgespart hatte?

McKeown begrüßte alle im Zimmer mit einem kurzen Kopfnicken und sank mit einer einzigen graziösen Bewegung neben Bobby auf den Boden. Er ließ sich abwesend von Barbarino ein Bier reichen und konzentrierte sich dann auf den Fernseher, in dem gerade ein Horrorfilm lief. Barbarino begann, von dem Dopevorrat, den er extra für diese Gelegenheit mitgebracht hatte, einen Joint zu drehen, und wir Mädchen schwatzten mit Bob, der sehr viel gesprächiger war als sein Schützling. Der hatte noch nicht mal nach unseren Namen oder irgendwas anderem gefragt und sprach erst, als Barbarino ihm den Joint zur Begutachtung rüberreichte.

»Danke«, sagte er und nahm einen tiefen Zug, der in einem Hustenanfall endete. Als er sich erholt hatte, sagte er zu Barbarino: »Du solltest mehr Tabak nehmen.« Barbarino fragte ganz verwirrt zurück: »Wieso, wie meinst du das? Ich hab doch gar keinen Tabak benutzt.« Daraufhin folgte ein langer Gedankenaustausch über die Unterschiede zwischen britischem und amerikanischem Jointrollen. Leslie bot den Joint Bob an, der ablehnte. Dann gab er ihn an mich weiter.

»Ich wusste gar nicht, dass du kiffst«, sagte Kim an meine Adresse. »Na ja, hm, manchmal, ja«, murmelte ich. Wie demütigend – und typisch – von ihr, das gerade in Leslies Beisein anzuschneiden. Pot hatte ich das letzte Mal vor drei oder vier Jahren auf einer Party in Millburn geraucht, und ich hatte es, weil es keinerlei Wirkung zeigte, seitdem nie wieder versucht. So was wie ›high sein‹ hatte ich eigentlich nie erlebt, abgesehen von dem einen Mal, als ich ein paar von Davids Diätpillen genommen hatte. Aber ich war bereit, es noch mal zu probieren, weil Leslie es machte. (Und, nein, es zeigte immer noch keine Wirkung.)

Meine Nikotinsucht war allerdings voll ausgeprägt, so viel hatte ich mit Leslie gemeinsam. Niemand sonst rauchte, darum akzeptierte er eine von meinen Benson & Hedges und grummelte dabei irgendwas von »Mentholscheiße«. Wir kamen uns näher!

Dann fiel ihm etwas ein. »Ich rufe einen Freund von mir an«, gab er bekannt, griff nach dem Telefon und wählte drei Nummern.

»Willst du raufkommen und einen durchziehen?«, fragte er die Person am anderen Ende. Ooooh! Mit wem redete er wohl? Selbstverständlich beteten Kim und Sue, dass es Eric sein würde, während ich fand, es könnte amüsant werden, wenn Derek hier oben röchelnd an Barbarinos tabakfreiem Joint zog.

Eine Minute später hörte man leises Klopfen. Ich öffnete und sah zwei Gestalten, von denen eine Woody war, die andere war Lauren, eine Fan-Rivalin aus New York. Was machte *sie* denn in Detroit? Sie stand ein paar Meter den Flur runter und spionierte, an welche Tür Woody klopfte. Sie entdeckte mich, sah, wie ich Woody am Arm packte und nach drinnen zog, und beobachtete wie vom Donner gerührt, wie ich die Tür schloss.

Mein kleiner Triumph war vergessen, als ich mir Woody genauer ansah, der offensichtlich schon ein paar Bier getrunken hatte, ehe er die Dose annahm, die Barbarino vor seinem Gesicht schwenkte. Er trug ein dünnes, schwarzes, anorakartiges Ding ohne Hemd drunter und Jeans mit extremem Schlag. Trotz der Schlaghose war seine Garderobe sehr viel vorteilhafter als das, was er am Nachmittag auf der Bühne getragen hatte, ein gestreiftes Westen-Top und eine bauschige Pumphose.

Woody murmelte irgendwas, trank einen Schluck Budweiser, um einen klaren Kopf zu kriegen, und ließ sich neben Leslie auf den Boden fallen. Sue reichte ihm ein Kissen rüber, und als er halb aufstehen wollte, um es anzunehmen, stieß er einen Stuhl um. Immer noch völlig unbeteiligt, weil Glück und Erregung durch diese seltsame emotionale Glaswand abgetrennt waren, sah ich zu, wie Woody den Stuhl zurechtrückte und Leslie etwas Unverständliches zumurmelte, worauf der grinste und nickte. Wie zur Hölle verstanden sie einander?

Das war der Moment, in dem ich in meiner Tasche nach dem Kassettenrecorder zu kramen begann, weil ich irgendeinen Beweis haben musste, dass nicht alles hier nur ein bizarrer Traum war. Schließlich fand ich ihn und drückte auf die Aufnahmetaste, dabei ließ ich die Tasche unauffällig offen auf der Bettkante liegen, damit der Recorder alles mitbekam.

Woodys Gegenwart schien Leslie zu noch großkotzigerem Benehmen uns gegenüber anzuspornen. Was war er bloß für ein komischer Kerl, wie er ausgestreckt dalag, Barbarinos Notration M&Ms aufaß und alle Versuche, ihn in ein Gespräch zu ziehen, vereitelte. Gelegentlich machte er eine unentschlüsselbare Bemerkung zu Woody, den Rest von uns sprach er gelegentlich in einer Art an, die gleichzeitig herablassend und vulgär war. Wie das zum Beispiel: die Asche von meiner Zigarette fiel mir in den Schoß, und Les, dieser Mann von Welt, sagte zu mir: »Verbrenn dir nicht die Fotze.« Er brachte solche ordinären Sprüche so genüsslich, als müsste er verlorene Zeit aufholen.

Was hatte er eigentlich für ein Problem? War es so wichtig für ihn, unwürdige Fans auf Distanz zu halten (nicht, dass es ihn davon abhielt, sich an unserem Dope und Bier zu bedienen)? War er betrunken und/oder stoned? Oder war er einfach immer so?

Nach etwa einer Stunde dieses seltsamen Geplänkels begann Kim sich zu langweilen, und ihr Entschluss, Eric nicht zu erwähnen, kam ins Wanken. »Ich wünschte, er wäre hier«, flüsterte sie mir und Sue vernehmlich zu, »ich hab Strapse und Netzstrümpfe dabei.«

»Strapse und Netzstrümpfe?«, sagte Leslie, der plötzlich die Ohren spitzte. »Wer hat Strapse und Netzstrümpfe?«

»Ich.« Sie sah ihn hoffnungsvoll an, als könnte ihn das dazu verführen, Eric anzurufen. Aber das tat er nicht; nach wenigen Augenblicken milden Interesses lehnte er sich zurück und stopfte sich weiter mit M&Ms voll.

Kurz darauf entschied er dann, damit sei es genug, stand auf und zerrte Woody am Arm hoch (keine besondere Leistung; dem Annual von 1977 zufolge wog Woody ganze 55 Kilo). Bob stand ebenfalls auf, dankte uns für unsere Gastfreundschaft, und dann waren sie weg. Sie waren einfach weg.

Aber zumindest hatte ich mein Souvenir in Form einer Kassette. »Ich hab das aufgenommen«, sagte ich zu den anderen, die »Was?« jaulten und »Du willst mich verarschen!« (das war Barbarino). Aber die freudige Erregung währte nicht lange. Wir drängten uns zusammen, ich drückte auf Play, und … nichts. Nichts Verständliches jedenfalls. Tuscheln, Kichern und ein paar Wortwechsel zwischen Woody und Leslie, aus denen wegen ihres Akzents niemand von uns irgendwas entnehmen konnte. Wir konnten nur heraushören, wie Leslie sagte, ich solle mir nicht meine F***e verbrennen, das war's.

Phantastisch.

Sehr, sehr ernüchtert ließ ich mich auf eins der Betten fallen. Wir fühlten uns alle vier seltsam desorientiert, Partygänger, die nach einer durchgemachten Nacht in die Sonne blinzeln. Barbarino und Kim wünschten Sue und mir niedergeschlagen gute Nacht und gingen in ihr Zimmer. Sue ging ins Bad, und ich legte mich auf meinem Bett lang und ließ den Anblick von Bierdosen und überquellenden Aschenbechern auf mich wirken. Die seltsame Empfindungslosigkeit war mit den Rollers zusammen verschwunden, und ich war verzweifelt. Nachdem wir ihnen endlich so nahe gekommen waren, erschien es mir unzumutbar, sie wieder in der Ferne verschwinden zu sehen. Bis zum Morgen, das wusste ich, würde es mir wie ein Traum vorkommen, der sich langsam aufzulösen begann, bis nichts mehr davon real erschien.

Ich dachte darüber nach, während Sue sich das Gesicht wusch und die Zähne putzte, dann hob ich den Telefonhörer ab und wählte drei Nummern. Es wurde beinahe sofort abgehoben. »Hallo?«, sagte die leise Stimme. »Hier ist Caroline«, sagte ich. »Ich wollte nur gute Nacht sagen.« Ein kurzes Schweigen folgte. Dann sagte er: »Warum kommst du nicht rüber?«

Ich ging rüber.

20

DU GLAUBST NIE, was gestern Nacht passiert ist«, sagte ich zu David. Es war zehn Uhr am nächsten Morgen. Ich war gerade in mein Zimmer zurückgekommen und hatte ihn angerufen, weil er unerklärlicherweise der Einzige war, mit dem ich sprechen wollte. Nachdem ich ihm alles erzählt hatte, flüsternd, um Sue im Bett nebenan nicht zu wecken, blieb er stumm. »Tja«, sagte er, »tja, ja.«

»Ja.«

Wie er mir irgendwann erzählte, hatte er nachher noch lange dagesessen und ins Leere gestarrt. »Du klangst so glücklich, dass ich mich gegen meinen Willen für dich freuen musste«, sagte er. »Obwohl ich es nicht wollte.«

Dafür, dass ich seit rund achtundvierzig Stunden nicht geschlafen hatte, war ich erstaunlich munter. Die Ereignisse der letzten Nacht waren so bemerkenswert gewesen, dass Adrenalin durch meine Adern schoss, als hätte ich Koffein injiziert. Ich konnte nicht genau sagen, ob ich verrückt vor Glück war oder nur unter Schock stand, aber der Morgen-danach-Frust, für den ich mich innerlich gewappnet hatte, blieb aus. Ich fühlte mich beschwingt und verführerisch.

Er war so lieb gewesen, wie ich es mir nur wünschen konnte, und süß und lustig. Er war alles gewesen. Und all das hatte sich auf mich konzentriert in den langen, schwelgerischen

Stunden, in denen keiner von uns geschlafen hatte. Ich fühlte mich, als würde ich nie wieder schlafen können.

Ich beschloss, etwas von meiner Energie bei einem Spaziergang abzureagieren. Der Kassettenrecorder gab mir eine Entschuldigung, weil die Batterien beinahe verbraucht waren und ich nicht riskieren wollte, dass er es nicht tat, wenn sich mir noch eine Chance bot, Leslies Grobheiten aufzunehmen. Ich ließ Sue in ihrem Halbkoma zurück – sie wurde lange genug wach, um zu grunzen: »Na, dann herzlichen Glückwunsch« –, und ging nach unten. Ich wollte gerade in einen, wie es aussah, glühend heißen Tag hinaustreten, als ich Lauren im Coffee Shop des Hotels entdeckte, und beschloss, sie zu fragen, ob sie einen Spaziergang machen wollte.

Ein Wort über Lauren. Nur Barbarino und Kim kannten sie näher; für die Tacky Tartan Tarts war sie einfach eine Rivalin, die gelegentlich vor den Hotels auftauchte und die irritierende Angewohnheit hatte, die Band stets ›die Jungs‹ zu nennen. Ich war gestern Abend überrascht gewesen, sie auf dem Flur zu sehen, da es darauf schließen ließ, dass irgendwer (und wahrscheinlich nicht Bob) ihr gesagt hatte, wo sie übernachten würden.

Ich war nicht unbedingt begeistert, sie zu sehen, und zwar aus einem simplen, niederen Beweggrund: Sie war extrem hübsch, auf eine zarte Art, ganz Englische Rose, und auf solche Konkurrenz konnte ich verzichten. Wir anderen waren passabel, aber Lauren spielte in einer ganz anderen Liga – so anders, dass ich mich oft gewundert hatte, warum sie sich damit abgab, vor Hotels und an Bühneneingängen herumzulungern.

Und als ich den Coffee Shop betrat, war nicht zu übersehen, dass zumindest einem der Rollers ihre Reize nicht entgangen waren. Denn an ihrem Tisch saß Leslie, und der treue Bob leistete ihm Gesellschaft. Und es war sonnenklar, dass Leslie sie gefragt hatte, ob er sich zu ihr setzen könnte, und nicht umgekehrt. Die drei bemerkten mich im gleichen Augenblick, aber ihre Reaktionen hätten nicht unterschiedlicher sein können. Bob schenkte mir ein fröhliches Lächeln, McKeown hatte einen völlig leeren Blick, und Lauren kreischte: »Um Himmels willen, verpiss dich, Sullivan!« Tatsächlich sagte sie es nicht laut, aber genau das schoss ihr durch den Kopf.

Zu ihrem großen Missfallen lud Bob mich ein, mich dazuzusetzen, was ich auch tat. Mir doch egal, wenn ich mich dazwischendrängte. Ich hatte nicht vor, die Chance, in Leslies Nähe zu sein, verstreichen zu lassen. Und obwohl er eindeutig entschlossen war, sich mit Lauren zu unterhalten, die mit kaum verhohlener Feindseligkeit begonnen hatte, einen Teller Kalbsmedaillons zu verzehren, war ich genauso entschlossen, mit ihm zu reden. Das tat ich auch, den Kassettenrecorder zum Vorwand nehmend. Ich setzte alles auf die Karte hilfloses Weibchen und fragte: »Weißt du, welche Batterien ich nehmen sollte?« Er wusste es, sagte es mir und nahm sein Gespräch mit Lauren wieder auf.

Bob war höflicher – immerhin hatte er mich aufgefordert, mich dazuzusetzen – und fragte, wie wir zum Gig kommen wollten, der um siebzehn Uhr in den State Fairgrounds auf der anderen Seite von Detroit stattfinden würde. Aber nach einigen Minuten steifer Konversation entschied ich mich doch, Laurens stummen Winken, mich zu verpissen, Folge zu leisten. Das hatte nichts mit Freundlichkeit ihr gegenüber zu tun. Im Gegenteil, ich fing an, eine ausgesprochene Abneigung gegen sie zu entwickeln, teils wegen ihres Aussehens, das in peinlichem Gegensatz zu meiner eigenen Verschwitztheit kühl und strahlend frisch blieb, und teils wegen ihrer höchst unamerikanischen Zurückhaltung. Letzteres nagte besonders an mir. Sie war fast englisch in ihrer Reserviertheit, eine reife Leistung, wenn man aus der Bronx stammte. Ich hasste diese kühle Gelassenheit, die sie Leslie vorzuspielen schien. Erst eine ganze Weile später erkannte ich, dass das einfach ihr Naturell war, was es für mich noch schlimmer machte.

Nein, ich verließ den Coffee Shop, weil irgendein wohlgesinnter Neurotransmitter in meinem Gehirn pausenlos funkte, wenn ich wollte, dass Leslie mich mochte (ihn dazu zu bringen, mich zu lieben, schien jetzt nicht mehr in Frage zu kommen), sollte ich mich lieber rar machen, oder er würde mich als unverbesserliche Nervensäge im Gedächtnis behalten. Ich hielt es für besser zu verschwinden, solange mir noch ein Fünkchen Selbstachtung blieb, und ging zu Sue, Kim und Barbarino in die Halle.

Durch diese Erfahrung wenn auch nur kurzfristig zur Einsicht gelangt, widerstand ich ihren neugierigen Fragen danach, was gestern Nacht passiert war, nachdem ich unser Zimmer verlassen hatte. Ich hatte mittlerweile richtig Publikum bekommen, weil noch andere Fans aus New York da waren und die Neuigkeit sich schnell verbreitet hatte. Da waren wir also, ich in der Mitte des Sofas thronend, umringt von einem halben Dutzend Mädchen und Barbarino, die alle darauf brannten, dass ich auspackte. Normalerweise hätte ich es genossen, im Mittelpunkt zu stehen, aber diesmal riet mir mein Instinkt, nichts herumzutratschen, weil es der einzigen Person zu Ohren kommen könnte, von der ich nicht wollte, dass sie es erfuhr.

Wir fuhren früh genug zum Michigan State Fairground, um das Terrain zu sondieren. Es war die Art von Jahrmarkt, die man nur im Mittelwesten findet, mit einem breiten Hauptweg in der Mitte und Fahrgeräten, Ausstellungen preisgekrönter Rüben und Buden, an denen man sein Alter schätzen lassen konnte. Ich ließ den Kerl mein Alter schätzen und erfuhr zu meiner Überraschung, dass ich wie zwanzig aussah. Weil er falsch geraten hatte, gewann ich einen Spiegel, auf dem ein Bild von Deep Purple war.

Das Gelände war riesig, und das Stadion, in dem die Rollers

auftreten würden, lag genau in der Mitte, in einiger Entfernung der Hauptstraße. Das bedeutete, wir würden ihnen nicht folgen können, wenn sie abfuhren, aber ausnahmsweise machte das nichts. Wir wussten bereits, wo sie übernachteten, und hatten nach dem Konzert nichts weiter zu tun, als gemütlich ins St. Regis zurückzufahren und uns in der Lobby breit zu machen.

Dann ging der Gig endlich los. Barbarino war die Hälfte der Zeit verschwunden, weil er erfolglos versuchte, einen Backstage-Pass zu ergattern. Irgendwann kam er wieder zu uns auf die Zuschauerränge, verbittert darüber, dass er im Publikum sein musste, anstatt da, wo die Action war. Man wurde nie ganz schlau aus dem alten Barbster. Sein richtiger Name war Howie; Kim hatte ihn Barbarino getauft, weil er so großspurig war wie John Travolta in der Fernsehserie »Welcome Back Kotter«. Keine von uns war sich ganz sicher, welcher Art sein Interesse an den Rollers war. Er war eins der wenigen männlichen Wesen, die sie mochten, und davon praktisch der einzige Volljährige, den wir kannten. Wir beschuldigten ihn, scharf auf sie zu sein, was er jedoch immer abstritt, und wahrscheinlich sagte er die Wahrheit, denn sein Interesse an Mädchen war ebenso konstant wie unersättlich.

Andererseits hing er auch nicht im Dunstkreis der Rollers herum, um Mädchen kennen zu lernen, weil er außer mit uns kaum jemals mit Frauen sprach. Anscheinend wollte er einfach nur mit der Band befreundet sein und sich im Abglanz ihres minimalen Ruhms sonnen. Dieses Ziel vor Augen, tat er alles, um sich bei den Rollers und ihrem Management beliebt zu machen, machte kleine Besorgungen, lernte die Mitarbeiter von Arista kennen, alles, was ihm so einfiel.

Unglücklicherweise zahlten sich seine Mühen nie wirklich aus. Obwohl er sich mit den Leuten im Umfeld der Band anfreundete, die es ihm mit Klatsch und Vorabpressungen der LPs dankten, stieß er nicht in den inneren Kreis vor, zu den

Rollers selbst. Das war verständlich; warum sollten die Rollers – die schließlich eine professionelle Pop-Band waren – sich mit einem Jungen aus Queens abgeben wollen?

Gelegentlich wechselten sie ein paar Worte mit ihm, die er uns blumig ausgeschmückt, bis es alle Proportionen sprengte, wiedergab, und offensichtlich hatten sie keine Skrupel, seinen Pot zu rauchen. Aber was das Anfreunden betraf, dazu kam es nie. Er kam nie über die Grenze zwischen Fantum und Freundschaft hinaus und blieb immer Fan – einer von uns, niemals einer von ihnen.

Trotz seiner unangenehmen Eigenschaften mochten wir Barbarino. Seine unangenehmen Eigenschaften *waren* extrem unangenehm, und eine seiner liebsten Aktionen war, dir zu erzählen, einer der Rollers hätte gesagt, du wärst völlig unmöglich, und du wusstest nie, ob er log oder nicht. Aber er hatte auch eine herzensgute Seite. Wenn man sich mies fühlte, kam er manchmal rüber und flüsterte: »Les hat mir gesagt, es gefällt ihm, wie du dein Haar trägst« –, und natürlich entschied man sich dann, ihm zu glauben. Ich bin mir nicht sicher, was es ihm brachte, mit uns herumzuziehen, weil wir ihn immer gnadenlos verarschten, aber er war immer mit dabei. Nach einiger Zeit wurde er unsere erste und einzige männliche Tacky Tartan Tart.

Und diesmal standen wir wirklich in seiner Schuld. Nur weil er daran gedacht hatte, für fünf Dollar Pot mitzubringen, hatte er die Rollers zu uns gelockt und uns geholfen, die lang ersehnte Verbindung anzubahnen.

In der Zwischenzeit begann der Gig, richtig interessant zu werden. Leslie muss der Hafer gestochen haben, er wandelte die Texte zu extrem unsubtilen Eindeutigkeiten ab. Bei »Don't Stop the Music« wurde aus der Faulkner/Wood-Zeile »How can I tell her that I really love her« »How can I tell her that I wanna get right into her?«, und Eric ging sogar noch weiter. »Hot tramp, fuck me so«, keuchte er ins Mikro, woraufhin sich Kim in ihren Sitz zurückfallen ließ und die Hand aufs Herz presste.

Dann ließ Leslie zwischen zwei Nummern beiläufig fallen: »Woody möchte euch etwas über letzte Nacht erzählen.« Wir warteten wie vom Donner gerührt. Woody trat lediglich ans Mikrophon und sang »Eagles Fly«, die eine Nummer, auf der man ihm erlaubte, die Leadstimme zu singen. (Es war ein kleines Liedchen von Faulkner und Wood über die schlichte Freude, sich aufs Motorrad zu schwingen – das war der »eagle« – und einfach loszudonnern: »Ride on the highway/ Hear the engines scream/Eagles in motion/A thousand CC dream.« Selbst wenn einer von ihnen ein Motorrad gehabt hätte, war es extrem unwahrscheinlich, dass er den Mut aufbringen würde, irgendeinen Highway runterzu›screamen‹. Ein typisches Beispiel für BCR-Wunschdenken.)

Das Konzert endete wie immer mit »Saturday Night«, danach fuhren wir ins Hotel zurück. Es war achtzehn Uhr, und wir hatten die Wahl, entweder zur zweiten Show um einundzwanzig Uhr wiederzukommen oder im Hotel zu warten, bis sie für die Nacht zurückkamen. Die Sache war entschieden, als Barbarino mit einem Soundtechniker redete, dem herausrutschte, dass die Band im Anschluss an den zweiten Set gleich in die nächste Stadt, Charlotte, weiterfliegen würde.

Bis wir im Hotel unseren Kram zusammengesucht und ein Taxi zum Flughafen genommen hatten, war Lauren als Reisegefährtin zu uns gestoßen. Sie wollte auch nach Charlotte, vermutlich, um das Gespräch mit ›Les‹, wie sie ihn nannte (echte Fans wussten, dass Leslie ihm lieber war), fortzusetzen, das sie heute Nachmittag im Coffee Shop begonnen hatte. Am Detroit Metro stellten wir zu unserem Ärger fest, dass der einzige Direktflug nach Charlotte ausgebucht war. Der einzige Weg, noch in derselben Nacht hinzukommen, war, Standby auf einen Flug nach Atlanta zu warten und von dort wieder Standby auf einen Anschluss nach Charlotte.

Für den ersten Teil der Strecke bekamen wir gerade noch Plätze, was uns ungeheuer zu Kopf stieg. Junge, wie ich diese Selbstgefälligkeit bereute, als wir irgendwo über dem Norden von Tennessee in ein Gewitter kamen. Das Flugzeug schaukelte beängstigend, während es sich durch die Gewitterfront kämpfte und die Spitzen der Tragflächen als Blitzableiter für die vielen elektrischen Entladungen um uns herum herhalten mussten. Auf der anderen Seite des Ganges begann eine Frau zu weinen und kramte in ihrer Tasche nach einem Rosenkranz, den sie zitternd umklammerte. Das Flugzeug wurde durchgeschüttelt und schien an Höhe zu verlieren. Was für eine Art zu reisen – und falls wir es bis Atlanta schaffen sollten, erwartete uns beim zweiten Flug dasselbe noch mal.

Aber wir schafften es und erreichten um zwei Uhr dreißig morgens endlich Charlotte, um von einem guten Dutzend Fans begrüßt zu werden, die die Rollers auf diesem Flug erwartet hatten. Was dachten ihre Mütter sich dabei, sie zu so nachtschlafender Zeit einfach rauszulassen?

Die feuchte Hitze, selbst zu dieser Stunde, war überwältigend. Sobald wir den klimatisierten Terminal verließen, schlug südliche Sommerhitze über uns zusammen, die etwas völlig anderes war als die Hitze in New York. Diese Hitze lastete schwer in der Atmosphäre, drang bis in die letzten Winkel, klebte an dir wie eine zweite Haut. »Hier wird es mir nicht gefallen«, quengelte Kim, die sich bereits Sorgen um ihre Haare machte, die sie jeden Morgen stundenlang glatt fönte. »Können diese Wichser nicht einfach in New York spielen?«

Das Hotel für diese Nacht, das Radisson Plaza, war bei weitem das netteste Hotel, in dem die Rollers auf dieser Tour abgestiegen waren. Es war modern und mit vielen Grünpflanzen eingerichtet, die Möblierung war wohltuend kissenreich, und es war so abgesichert, dass hiesige Fans praktisch keine Chance hatten, hereinzukommen. Ausgezeichnet. Doch als wir reingingen, warteten dort zu unserem Entsetzen bereits zwei Fans aus New York, Susie und Robyn, die wir zuletzt vor acht Stunden auf dem Jahrmarkt gesehen hatten. Wie es schien, hatten sie die beiden letzten Plätze des Direktfluges von Detroit aus bekommen, in dem wir nicht mehr mitgekommen waren. Verdammte Schlampen.

Und dort, auf einem üppig gepolsterten Sofa, saß mit alles andere als glücklicher Miene Cathy, die kurz nach Susies und Robyns Ankunft aus Detroit, aus New York eingetroffen war. »Ihr glaubt nicht, was mir passiert ist«, sagte sie zu uns, oder vielmehr zu Sue, Kim und Barbarino. Mich übersah sie geflissentlich. Susie und Robyn fingen an zu lachen. »Die Polizei hat hier auf sie gewartet, als sie ankam«, sagte Robyn und grinste breit bei der Erinnerung, »und zwar wegen dem, was sie heute Nachmittag am Telefon zu Sue gesagt hat.«

Sue hatte Cathy angerufen, um ihr zu erzählen, was letzte Nacht vor sich gegangen war. Natürlich hatte sie erwähnt, dass ich nicht in unserem Zimmer geschlafen hatte, und Cathy – geschockt, von den Socken, was auch immer – hatte hervorgesprudelt: »Ich bringe Caroline um!« Sue hatte das beim Gig lachend gegenüber Robyn erwähnt, und Robyn hatte es Susie weitererzählt, als sie ins Radisson Plaza eincheckten.

Tut mir Leid, wenn das etwas kompliziert wird. Jedenfalls machte Robyn den Fehler, es so zu formulieren: »Cathy hat gesagt, sie tötet Caroline, wenn sie hier ankommt«, was jemand an der Rezeption mithörte, der es wörtlich nahm und glaubte, es käme wirklich jemand, der Mordabsichten hatte. Als Cathy etwa eine Stunde später eintraf, erwarteten sie an der Rezeption zwei Polizisten. Cathy hatte offensichtlich eine ganze Weile gebraucht, um sie zu überzeugen, dass sie keine bezahlte Killerin war.

Sie war daher wenig erfreut, mich zu sehen, und ignorierte mich, als Sue und ich eincheckten und mit dem Aufzug in das Zimmer hochfuhren, das wir uns mit ihr teilten. Sie war wirklich sauer, weil tatsächlicher Kontakt mit einem Roller, wie ich ihn gehabt hatte, gegen die Spielregeln verstieß. Bis zu einem bestimmten Punkt konnte man ihnen nahe kommen, aber nicht weiter. Wir hatten uns hundertmal ausgemalt, mit ihnen bis zum Äußersten zu gehen, aber das Tacky-Tartan-Gesetz schrieb vor, dass die Band in sicherer, schattenhafter Distanz zu bleiben hatte. Trotz unserer ganzen wilden Aufschneidereien, was wir mit ihnen tun würden, wenn wir irgendwann allein mit ihnen wären, wussten wir, dass der Fall wahrscheinlich nie eintreten würde, und genau so wollten wir es. Sie mussten Phantasiegestalten bleiben, unberührt, unversehrt und unentweiht, weil wir fürchteten, sonst die Magie zu zerstören. Das war der Grund, warum die von Mal zu Mal ausschweifenderen Eskapaden während der letzten Monate – von Debbie in Pittsburgh bis zu Kims Geschäker mit Eric in Louisville – uns zugleich faszinierten und ärgerten. In Cathys Augen hatte ich uns alle verraten – ich war eine Nestbeschmutzerin. Debbie Bottom und Kim, das konnte sie verkraften, aber eine Schwester-Tart – das war zu viel.

»Yo«, rief Barbarino durch die Tür, dass wir zusammenfuhren – wir saßen neben dem Badezimmer auf dem Boden, tranken Tab und versuchten, unsere Unstimmigkeiten auszuräumen. Wir ließen ihn rein, und er nahm sich ein Tab, bevor er mit wichtiger Stimme bekannt gab: »Die Jungs sind gerade angekommen.« Wir begannen uns automatisch hochzurappeln. »Vergesst es, sie sind schon in ihre Zimmer gegangen«, unkte das kleine Monster mit ekligem Triumph. »Sie sahen richtig müde aus.« Nicht gerade überraschend – es war drei Uhr morgens.

Wir waren auf derselben Etage wie Kim und Barbarino, Susie und Robyn sowie Lauren, die ein Zimmer für sich allein hatte. Da die Rollers drei Etagen tiefer sicher in ihren Betten schlummerten, hatten wir nichts anderes zu tun, als uns gegenseitig in unseren Zimmern zu besuchen, lärmend die Zeit totzuschlagen und in regelmäßigen Abständen zum Getränkeautomaten zu gehen. Lauren hatte sich mit dem gemurmelten Hinweis, sie wolle in der Lobby ein Buch lesen, nach unten abgesetzt. Typisch – es war ihr wohl peinlich, in unserer Gesellschaft zu sein.

Aber sie hatte noch einen Hintergedanken, wie wir herausfanden, als Sue dreißig Minuten später von einem Erkundungstrip in die Lobby zurückkam. Lauren saß immer noch unten, berichtete sie, aber sie war nicht allein mit ihrem Buch – Leslie war dort, und sie unterhielten sich angeregt. »Schlampe, Schlampe, Schlampe«, stöhnte Cathy leise.

Das musste ich sehen. Ich griff mir eine Hand voll Münzen für den Zigarettenautomaten und ging nach unten. Lauren sah mich für den Bruchteil einer Millisekunde an – sah ich da Schadenfreude bei dem Miststück? – und wandte dann ihre volle Aufmerksamkeit wieder Leslie zu, der ihr mit kurzen, hektischen Handbewegungen etwas beschrieb. Er saß neben ihr auf einem knuffigen Sofa, und die Körpersprache war unmissverständlich intim.

Vom Zigarettenautomaten, wo sie mich nicht sehen konnten, musterte ich sie genau. Krank vor Neid, verglich ich Laurens Aussehen mit meinem eigenen. Sie schlug mich in fast jeder Beziehung mit links, außer in der Größe vielleicht. Aber was hatte ich davon, einssechsundsiebzig zu sein, wenn ich gleichzeitig mit plump gelocktem Haar gestraft war, das sich jedem Versuch, es zu stylen, widersetzte? Und warum musste Mutter Natur mich, wenn sie mir einen schlanken Oberkörper geschenkt hatte, dafür doppelt und dreifach in der unteren Körperhälfte entschädigen (die, obwohl ich so viel abgenommen hatte, immer noch viel zu ausladend war)? Und wenn wir schon dabei waren – ich steigerte mich so richtig schön in Selbstmitleid hinein –, hätte ich auch auf die unverkennbar jüdische Nase verzichten können, und war es nicht ein bisschen unfair, dass ich, wenn schon alles andere gegen mich arbeitete, ohne meine Kontaktlinsen praktisch blind war?

Lauren dagegen sah aus wie Jean Shrimpton zirka 1964. Sie hatte glattes blondes Haar mit Ponyfransen, große blaue Augen, und obwohl sie auch Jüdin war, war ihr die Nase erspart geblieben. Kein Wunder, dass Leslie sich von ihr angezogen fühlte, sagte ich mir, in Eifersucht schwelgend. Wahrscheinlich faszinierte ihn auch ihre Unnahbarkeit. Von absoluten Krisen abgesehen, hielt sie sich immer etwas abseits von uns anderen, als wollte sie sagen: »Ich gehöre nicht zu denen, ich bin nicht wie sie.« Sich abzusondern, um zu lesen, während wir oben Partys feierten, war echt Lauren. Sie hielt sich unaufdringlich bereit (aber woher hatte sie gewusst, dass er nach unten kommen würde??), und er schnappte nach dem Köder.

Angelte man sich so einen Roller?, fragte ich mich. Einfach im Hintergrund halten und warten, bis einer dich bemerkt? Bei mir hatte es nicht funktioniert – in der letzten Nacht war die ganze Lauferei an mir hängen geblieben. Ich beobachtete sie noch eine Weile und suhlte mich in meinem Elend.

Als ich wieder nach oben kam, stand Cathy kurz vor einem Schlaganfall. »Haben sie sich berührt oder Händchen gehalten oder so was?«, fragte sie mich aus. Nein, nein, sie redeten nur, konnte ich ihr versichern. »Trotzdem bringe ich sie um«, sagte sie wutschnaubend. Ein Glück, dass keine Cops in der Nähe waren und sie hörten. Nachdem sie ein paar Minuten vor sich hin gebrütet hatte, befand sie es für notwendig, alles mit eigenen Augen zu sehen. Wenige Augenblicke später war sie zurück und verkündete: »Sie sind nicht da.«

»Tja, wir hätten sie zurückkommen hören«, sagte irgendjemand. »Sie muss in Leslies Zimmer sein.«

»Ich bringe sie um, ich bringe sie um«, winselte Cathy, während sie wütend an ihrem Tab nuckelte. Wir diskutierten Laurens Perfidie, bis wir lange nach Sonnenaufgang endlich einschliefen.

21

IRGENDEINE INNERE UHR weckte Sue, Cathy und mich etwa drei Stunden später. Es war zehn Uhr am Samstagmorgen, und seit ich am Mittwochmorgen aufgestanden war, hatte ich etwa fünf Stunden Schlaf bekommen. Aber wer hatte Zeit zu schlafen, wenn es so viel Rollerbusiness zu tun gab?

Schlaf ist was für Schwächlinge, sagte ich mir, und seltsamerweise fühlte ich mich recht gut. Ich summte sogar eine kleine Melodie unter der Dusche, während ich mir die Haare mit Gee, Your Hair Smells Terrific wusch, das die Haare tatsächlich hinreißend riechen ließ.

Cathy schlurfte nach mir ins Bad, und Sue ging zum Getränkeautomaten am Ende des Flurs, um unsere Frühstücks-Tabs zu holen. Während die beiden beschäftigt waren, verspürte ich den plötzlichen, unwiderstehlichen Drang, den Roller anzurufen, den ich als ›meinen‹ zu betrachten begann. Ich war guter Stimmung – mein Haar war frisch gewaschen, und der Schlafentzug machte mich euphorisch. Es schien mir einfach das Passende zu sein. Ich war mir sicher, dass er sich über meine Spontaneität freuen würde.

Rasch, ehe Cathy aus der Dusche kam, rief ich die Rezeption an und fragte nach dem Pseudonym, unter dem er sich eingetragen hatte. Barbarino hatte einen seiner Kontakte benutzt, um die ›Tournamen‹ der Band herauszubekommen, unter anderem waren das Rikki Fender für Eric, Johnny Noname für Derek und S. Pine für Woody.

Eine Pause, dann ein Klingeln. Zweimal, dreimal, sechsmal klingelte es, und ich wollte gerade auflegen – schlief er noch? war er im Bad? –, als er abnahm. Er klang groggy – Gott, ich *hatte* ihn aufgeweckt –, und mein erster Gedanke war, aufzulegen, aber dann entschied ich mich für die Flucht nach vorn.

»Hi, ich bin's«, sagte ich und modulierte die Stimme irgendwo zwischen kess, melancholisch und anzüglich, damit sie zu jeder Stimmung passte, in der er möglicherweise war. Der einzige Laut war der des Hörers, der leise aufgelegt wurde.

Er hatte einfach aufgelegt. Mich packte blankes Entsetzen. Hatte er meine Stimme nicht erkannt und mich für einen Fan gehalten? Hatte er meine Stimme *erkannt* (was tausendmal schlimmere Schlüsse zuließ)? Ich war auf so etwas nicht vorbereitet gewesen und saß jetzt starr vor Beschämung auf dem Bett. Er musste gewusst haben, dass ich es war, sagte ich mir selbst wütend und angewidert. Er muss mich für völlig unmöglich halten, wenn er mir nicht mal hallo sagen will.

Ich hätte mir wohl noch geraume Zeit weiter in den Arsch getreten, wäre Sue nicht mit den Tabs zurückgekommen. Tab war ein offizielles Tart-Getränk, weil es ebenso viel Koffein enthielt wie Cola, aber keine Kalorien. Es war gut gegen jedes Wehwehchen, und wir tranken es kistenweise.

Auch an diesem Morgen wirkte es – nach anderthalb Dosen war ich nicht mehr ganz so von Gram zerfressen und empfand sogar ein Aufflackern von Befriedigung, als ich mich in meinem Silberstern-T-Shirt und der Schlaghose mit den Reißverschlusstaschen sah. ER wollte nicht mit mir reden – na und? Es gab jede Menge Typen, die es tun würden. Wir waren im Süden, der letzten Hochburg der Ritterlichkeit – irgendein Südstaaten-Romeo würde wahrscheinlich meinem Zauber verfallen und mich mit Goo Goo Clusters überhäufen, einer Schokoladenköstlichkeit, die man nur jenseits der Mason-

Dixon-Linie fand. Dann würde der kleine Mr. Roller sehr bereuen, dass er so uncharmant gewesen war.

Das einzige Problem war – es war Mr. Roller, den ich wollte. Ich blies während des ganzen Frühstücks Trübsal, obwohl es das Blue-Plate-Spezialfrühstück des Coffee Shops gab: Waffeln, Bratkartoffeln, Grütze und Speckgrieben-Soße – lecker, lecker. Jetzt konnte ich nachvollziehen, warum Elvis bei seinem Tod beinahe 120 Kilo gewogen hatte. Um auf andere Gedanken zu kommen, wollte ich auf die Suche nach Goo Goo Clusters gehen und mir gleichzeitig die Stadt ansehen.

Als ich den Coffee Shop verließ, kam ich an Leslie und Big Bob vorbei, die auf einen Tisch warteten. Ich beherrschte mich und wünschte Leslie keinen guten Morgen, und das war gut so, denn seine dünnen Lippen waren zusammengekniffen, und er machte einen aggressiven Eindruck.

Die Hitze änderte meinen Entschluss, spazieren zu gehen, bereits nach fünfzig Metern, und ich schlurfte triefend nass ins Hotel zurück. Cathy und Sue waren in der Lobby, ebenso wie Lauren, die so weit wie möglich entfernt von allen anderen saß und ihr Buch las. »Und was hast du gesagt?«, fragte Cathy Sue gerade, als ich kam. »Was konnte ich denn sagen? Ich bin einfach rausgegangen«, sagte Sue augenrollend.

Wie ich dann erfuhr, war Sue, während ich draußen gewesen war, zum Frühstück in den Coffee Shop gegangen, hatte Leslie dort gesehen und ihn gegrüßt. Seine Reaktion war ein sprödes »Verpiss dich« gewesen.

»Mein Gott, was ist denn mit dem los?«, wunderte sich Cathy und schüttelte verständnislos den Kopf.

»Ich glaube, er hat das ganze Ding einfach satt«, mutmaßte Sue, und wahrscheinlich hatte sie den Nagel auf den Kopf getroffen. McKeowns Verhalten während der gesamten zwei Tage, in denen wir uns in der Nähe der Rollers aufgehalten hatten, ließ darauf schließen, dass er tatsächlich alles satt hatte – die Gigs, die Fans, die Einschränkungen, die Unmöglichkeit, ohne erkannt zu werden, auf die Straße zu gehen, nicht dass er in Charlotte Lust dazu gehabt hätte …

Sogar dass sie endlich ein bisschen Freiraum bekamen und im Stillen trinken, rauchen und poppen durften, schien es nicht besser zu machen. Eher schien die neu gewonnene Freiheit Verbitterung und Selbstekel Tag für Tag zu verschlimmern. Dieser Mann hatte die Schnauze voll.

Die einzigen Momente, in denen er sich halbwegs wohl zu fühlen schien, waren die mit Lauren. Es tat mir weh, es zuzugeben, aber bei ihr taute er auf – sie brachte ihn sogar zum Lachen. Ihre Gegenwart stillte irgendein Bedürfnis in ihm, selbst wenn es nur das nach einer Frau war, die ihn nicht wie einen Popstar behandelte. Ich wusste aus erster Quelle von Kim und Barbarino, dass Lauren ein genauso besessener Fan wie wir sein konnte – sie hatte sogar Sammel- und Fotoalben –, aber sie strahlte eine innere Ruhe aus, die auf jemanden, in dessen Innerem Chaos regierte, unwiderstehlich gewirkt haben muss. Wie ich schon sagte, hatte ich keine Ahnung, wie man kühle Gelassenheit ausstrahlte. Ich war unaussprechlich eifersüchtig.

Meine Eifersucht wurde vorübergehend dadurch gemildert, dass Leslie im Coffee Shop und Lauren hier draußen in der Lobby saß. Wenn er sie so furchtbar mochte, hätte er sie dann nicht an seinen Tisch gebeten? Das sagte ich auch den anderen, und wir kicherten gehässig, gerade laut genug, damit Lauren merkte, dass wir über sie redeten. Ihre einzige Reaktion war, mit schmalen Augen in ihr Buch zu starren. Wir waren ja solche Kindsköpfe.

Als wir sie lange genug böse angesehen hatten, fuhren wir los zum Veranstaltungsort. Es war ein Vergnügungspark namens Carowinds, zehn Meilen entfernt an der Grenze zu South Carolina. Die Band hatte wieder zwei Auftritte, und bei den Venues, in denen sie spielten, hatte man damit rechnen können.

Ihr Programm zweimal am Tag abspulen zu müssen muss ermüdend für sie gewesen sein, vor allem aber eine ständige unliebsame Erinnerung an ihren unbedeutenden Status in der Rockwelt. Zwei Shows pro Abend war bis in die frühen Siebziger für viele Bands die Norm gewesen, und Läden wie die Academy of Music in New York erwarteten, dass die Bands nach dem üblichen Auftritt um einundzwanzig Uhr noch einen um Mitternacht folgen ließen, weshalb die Bands erst in den frühen Morgenstunden wegkamen. Mit vierzehn war es mein größter Wunsch gewesen, nach Manhattan zu ziehen, damit ich einmal zur Late Show gehen konnte, was unmöglich war, wenn man den letzten Zug nach Millburn erwischen musste.

Aber 1977 gehörten solche arbeitsintensiven Touren längst der Vergangenheit an – außer für Bands wie die Rollers, die nicht nur zweimal pro Tag auftreten mussten, sondern noch dazu auf beschämend uncoolen Festplätzen und in Freizeitparks. Selbst Peter Frampton hätte man nie an Orten wie Carowinds getroffen, einer blitzsauberen, kindgerechten South-Carolina-Ausgabe von Disneyland (nur ohne die sprechenden Mäuse). Zweifellos ein weiterer Grund für Leslies Verbiesterung.

Die armen, alten Rollers spielten im Palladium-Amphitheater des Parks, das aus etlichen Reihen von Bänken bestand, die sich fächerförmig um eine große weiße Bühne ausbreiteten, die blendend weiße Vorhänge, ein kunstvolles Dach und zwei von der Decke hängende Glitzerkugeln zierten. Sie war für Country-Acts konzipiert, und tatsächlich kündigte das Transparent gleich für den nächsten Tag ein Konzert der Starland Vocal Group an, eines unbeschreiblich gekünstelten Mädchen/Jungen-Quartetts à la Nashville, das mit etwas namens »Afternoon Delight« im Jahr zuvor einen Zufallshit gelandet hatte. Die Rollers müssen überglücklich gewesen sein, ihnen die Bühne vorwärmen zu dürfen.

Als wir eine Stunde vor dem ersten Auftritt eintrafen, verschwand Barbarino mit einem Grunzen, dem man entnehmen konnte, dass er Bobby suchen wollte. Wir sahen ihn fast eine Stunde lang nicht wieder, hielten uns in der Zeit aber mit reichlich Fruchtpunsch und Hot Dogs in dicker Panade, die man hier Corn Dogs nannte, bei Kräften. Zumindest lernte ich die Südstaaten-Küche lieben.

Er tauchte schließlich mit zwei Backstage-Pässen wieder auf, von denen einer bereits an der Brusttasche des karierten Overalls steckte, den er bei allen Konzerten trug. Den zweiten gab er Kim und lächelte uns andere entschuldigend an. »Es tut mir Leid, mehr konnte ich nicht bekommen«, sagte er und klang dabei kein bisschen bedauernd. Wir ärgerten uns, aber nicht halb so sehr wie kurze Zeit später, als wir Lauren mit einem eigenen Backstage-Pass ganz vorne sitzen sahen. »Na, wer hat ihr den wohl gegeben?«, fragte Cathy säuerlich.

Das war der letzte Tag der Tour, und sobald sie ihren zweiten Set hinter sich hatten, würden sie fast einen Monat lang Urlaub haben. Dementsprechend gute Laune hatten sie während des Auftritts, und Leslie änderte die Texte mit dem Übermut eines Menschen, der die Freiheit bereits wittern konnte. »I only wanna do it with you«, kreischte er bei »I Only Wanna Be With You«, während Eric sein übliches »Hot tramp, suck my toe« krächzte, dass es im ganzen Palladium widerhallte. Sogar der alte Derek war gut drauf und bearbeitete sein Schlagzeug mit atypischem Enthusiasmus.

Es war ein rauschendes Finale, und wir grölten und johlten jedes Wort von jedem Refrain mit. Ein Glück, dass wir ihnen einen würdigen Abschied bereiteten, denn wie wir damals nicht wissen konnten, sollte das für zwei Jahre ihre letzte Tour gewesen sein.

Nach dem Auftritt verdrückten sich Barbarino und Kim, vermutlich, um ihre gottverdammten Backstage-Pässe zu benutzen, und Cathy, Sue und ich blieben zurück und standen da wie die Mauerblümchen, mit denen keiner tanzen will. Platzanweiser begannen den Laden für den nächsten Auftritt zu räumen, für den wir keine Karten hatten, und wir hatten keine andere Wahl, als ins Hotel zurückzukehren. Das Tageslicht verabschiedete sich gerade, als wir wieder dort ankamen. Der zweite Auftritt würde nicht vor zehn zu Ende gehen, und damit würde die Band nicht vor elf wieder im Hotel sein. Wir parkten uns in der Lobby, um unsere Möglichkeiten durchzuspielen. Im Radisson fand eine Friseur-Tagung statt, die gerade zu Ende gegangen war. Die Lobby war voll von Frauen mit Bienenkorbfrisur, die aussahen, als hörten sie auf Namen wie Arlene oder Mary Beth.

»Im schlimmsten Fall können wir uns immer noch die Haare machen lassen«, schlug Cathy vor.

»He, wo kann ich eins von den Outfits bekommen?«, quatschte Sue dazwischen und zeigte auf eine fahrbare Kleiderstange, die von einem Hotelpagen hereingeschoben wurde. Darauf hingen ein halbes Dutzend identische weiße Anzüge, deren Revers und Ärmelaufschläge üppig mit roten Pailletten verziert waren. Vielleicht fand hier auch noch ein Bad-Taste-Wettbewerb statt. Als die Kleiderstange an mir vorbeikam, fragte ich den Pagen, wem die Anzüge gehörten. »Den Commodores, Ma'am. Die Soulgruppe, wissen Sie?« Allerdings wusste ich das. Die Commodores waren gerade mit der kitschigen Ballade »Easy« in den Charts. Wie halbwegs, wenn auch nicht übertrieben amüsant, dass eine der von mir im Moment am wenigsten favorisierten Gruppen in unserem Hotel übernachtete.

Wir diskutierten, ob wir zum Essen gehen sollten, zählten unser Geld und stellten fest, dass wir alle zusammen weniger als vierzig Dollar besaßen. Damit hatten wir nur noch die Auswahl, in der Lobby oder auf unseren Zimmern herumzuhängen. Wir entschieden uns für die zweite Möglichkeit, damit wir uns ein bisschen schön machen konnten, ehe die Band zurückkam.

Als wir auf unsere Etage kamen, schien fast vor jeder Tür ein Servierwagen zu stehen, der darauf wartete, vom Zimmerservice eingesammelt zu werden. Auf einigen davon war noch jede Menge übrig – so gut wie unberührte Hamburger und Ähnliches. Das brachte mich auf eine Idee. Ich war am Verhungern, und es wäre unmoralisch gewesen, diese Gaben Gottes umkommen zu lassen. Ich nahm mir schamlos einen Teller, auf dem sich ein intakter Hamburger mit Salat befand, und pirschte dann durch den Flur, um mir eine passende Beilage zu suchen. Fünf oder sechs Türen weiter hatte jemand eine Folienkartoffel mit dick Butter übrig gelassen, darum kniete ich mich hin, um sie auf meinen Teller zu schaufeln, und gerade da ging eine Tür auf. Ein großer Schwarzer in einer roten Hose mit gigantischem Schlag und ich sahen einander an, er mit Erstaunen, ich mit wachsender Verlegenheit.

»Kann ich dir helfen?«, fragte er.

»Nein, ist schon gut, danke«, murmelte ich.

Er grinste und machte die Tür weiter auf. »Wenn du Hunger hast, nimm dir ruhig die Kartoffel, Mädchen«, ermutigte er mich und kniete sich hin, um mir zu helfen, sie auf meinen Teller zu bugsieren. »Ich könnte dir beim Zimmerservice auch eine neue bestellen, eine schöne heiße.«

»Wirklich, ist schon gut, danke«, wiederholte ich, stand auf und ging betont lässig zu unserem Zimmer zurück, wo Cathy und Sue sich bereits am Boden kugelten.

»Das war einer von den Commodores«, schnaufte Cathy. »Du hättest dir von ihm eine Kartoffel bestellen lassen sollen.«

»Ach was, Kartoffel, der kann es sich leisten, ihr ein Steak zu bestellen«, blubberte Sue halb wahnsinnig vor Lachen. Ja, jaa, wie irrsinnig lustig. Ich aß meinen Hamburger mit Würde und gab den beiden Schlampen nichts davon ab.

Barbarino und Kim kamen einige Stunden später schließlich zurück und platzten ganz aufgekratzt in unser Zimmer. Zumindest Barbarino war aufgekratzt, weil die Band zur

Party in unser Zimmer kommen wollte, wenn sie zurück war.

»Bob sagte, er würde sie raufbringen«, sprudelte es aus ihm heraus, und er klang tatsächlich überzeugend. Jedenfalls so überzeugend, dass jeder von uns fünf Dollar für Getränke ausspuckte. Er schleppte ein paar Six-Packs Budweiser, zwei Flaschen Wild-Irish-Rose-Erdbeerwein und eine Flasche Wodka an, die wir im Bad ins Waschbecken legten, um sie zu kühlen.

Eine Stunde und den größten Teil einer Flasche Wein später wurden wir langsam nervös. »Wo zum Teufel bleiben die?«, fragte Kim vom Boden, wo sie sich langgelegt hatte. Sie hatte sich umgezogen und trug nun Seidenstrümpfe, Strapse und ein blaues, schulterfreies Spitzenkleid mit weit schwingendem Rock, und einer der Strümpfe hatte eine Laufmasche bekommen, als sie sich im Bad ein Bier hatte holen wollen und über Barbarino gestolpert war. »Wo zum Teufel bleiben die, Howie?«, wiederholte sie, und einer ihrer Füße wippte drohend. Barbarino sah sie ängstlich an. Sie nannte ihn nur bei seinem richtigen Namen, wenn sie kurz davor war auszurasten, und jetzt war sie kurz davor.

»Bob sagte, sie würden kommen ...«, winselte er. Wir anderen sahen mit trübem Blick zu und warteten neugierig ab, ob sie ihn schlagen würde. Es gab einen kritischen Moment, in dem es aussah, als würde sie sich in den Kragen seines Overalls verkrallen, aber er ging vorüber. »Ach, Scheiße«, sagte sie plötzlich. Sie rappelte sich mühsam hoch und verließ das Zimmer. Sekunden später folgte ihr Barbarino, winselnd und protestierend.

Es sah nicht so aus, als würden wir an diesem Abend noch viel von der Band sehen, also konzentrierten wir uns darauf, den Wein auszutrinken. Nach einer halben Stunde waren wir hackedicht, und Cathy und Sue fanden, sie müssten runter in die Lobby gehen und dort warten, bis sie einen Roller vor die Nase bekamen – »oder einen Commodore«, wie Cathy hinzufügte. Als sie weg waren, rief ich Big Bob an, um ihm zu sagen, wenn er Barbarino sähe, von dem ich vermutete, dass er irgendwo auf der Rollers-Etage auf der Lauer lag, könnte er ihm ausrichten, dass ich ihn hasste. »Er ist direkt neben mir«, sagte Bob lachend. »Warum kommst du nicht runter und sagst es ihm selbst?«

Das brauchte er mir nicht zweimal zu sagen. Ich fuhr mir mit einem Lippenstift über die untere Gesichtshälfte, für den Fall, dass ich einem Roller über den Weg lief, und marschierte los zur Etage der Rollers. Ein unappetitlicher Anblick erwartete mich dort. Eric, ein Sicherheitsmann des Hotels und eine Polizistin saßen im Flur auf dem Boden und tranken Sangria aus Pappbechern, Kim lag, eine Dose Bier in der Hand, halb auf und halb unter einem Klappstuhl, und Barbarino versuchte erfolglos, sie aufrecht hinzusetzen. Er war zu erbärmlich, um meinen Schwall von Kraftausdrücken auf ihn zu verschwenden, darum blieb ich stehen und lehnte mich leicht bedröhnt an die Wand. Plötzlich sah Eric mich, rappelte sich mit erschrecktem Blick hoch und verschwand in sein Zimmer. Wovor hatte er Angst, der große Meister, dass ich ihn um ein Autogramm bitten würde?

Aber ich vergaß ihn sofort, weil plötzlich Bob auftauchte und mich ansprach. Ich hörte mit halbem Ohr zu und schnappte das Ende eines Satzes auf: »... und er hat gefragt, wo du wärst, da habe ich gesagt, wenn ich dich sähe, würde ich dich zu ihm schicken.«

Was? Wer hatte gefragt, wo ich war? Wer wollte, dass ich zu ihm geschickt würde? Bob roch meinen Wild-Irish-Rose-Atem und schrak zurück. »Du hast ein bisschen was getrunken, oder, Süße?«, merkte er an und trat ein Stück zur Seite, um gegen den Wind zu stehen. »Nur eine Sekunde.«

Er ging den Flur entlang, klopfte an eine Tür und wechselte ein paar Worte mit der Person, die geöffnet hatte. »Geh rein, er möchte dich sehen.« Er lächelte ermutigend.

Ich näherte mich der Tür, die halb offen stand; der Raum dahinter lag in kühlem Dunkel. Er wartete auf mich, jung, samthäutig und herzzerreißend schön. »He, du«, sagte er, und ich wusste mit absoluter und vollkommener Sicherheit, dass ich nie wieder im Leben so glücklich sein würde wie in dieser Sekunde. »Ich bin mir sicher, wir kennen uns von irgendwoher«, antwortete ich mit schwacher Stimme, ergoss mich durch die Tür und zog sie hinter mir zu.

22

DREI SEKUNDEN SPÄTER war Morgen, und Bob klopfte, um ihm zu sagen, er solle sich beeilen, weil sie in einer Stunde abfahren wollten.

Mein Roller bestellte Kaffee, den ich trank, obwohl mir nicht danach war, und ich überlegte, ob ich ihm meine Telefonnummer geben sollte. Der Instinkt sagte nein. Es war klar, dass er nicht anrufen würde.

Ich wusste nicht, ob er eine Freundin hatte, weil unausgesprochene Einigkeit darüber bestanden hatte, dass persönliche Dinge nicht erwähnt werden würden. Nicht, dass er nicht über sich selbst geredet hätte, wozu ich ihn mit so diskret wie möglich gestellten Fragen ermuntert hatte; ich wusste, dass ich nie eine bessere Gelegenheit bekommen würde, einige Sachen zu klären, die ich schon immer hatte wissen wollen. (Hatten sie es satt, eine Teen-Band zu sein? Ja. Verstanden sie sich gut mit Tam? Einigermaßen.)

Er hatte auch über seine Familie gesprochen und über ein Wochenende in den Highlands, das er kürzlich mit Freunden verbracht hatte. Ich hungerte danach, mehr zu hören – ich wollte jede noch so unbedeutende Kleinigkeit über ihn wissen –, schaffte es aber, mich zu bremsen. Er wusste, dass ich ein Fan war, aber es gab einen Unterschied zwischen Fan *sein* und sich wie ein Fan *benehmen*. Es war wichtig, dass er mich als ebenbürtig betrachtete, und dazu musste ich dem Impuls widerstehen, ihm zu sagen: »Ich kann nicht glauben, dass du keinen Meter von mir entfernt bist, mit mir redest, mich anlächelst.«

Komischerweise war es leicht, eine normale Unterhaltung zu führen. Tatsächlich mit einem Roller zusammen zu sein war so lächerlich unwahrscheinlich, dass einem nichts anderes einfiel, als ihn wie einen x-beliebigen anderen zu behandeln. Darum war ich in der Lage, so mit ihm zu plaudern, als wären wir zwei Leute, die sich zum Beispiel in einem Club getroffen hatten. Hätte durchaus sein können – er war nur ein paar Jahre älter, wir hatten offenbar denselben Humor, wir mochten sogar dieselbe Band, in der er zufällig mitspielte …

Er selbst war damit zufrieden, nicht zu viel über mich zu wissen. In Detroit hatte er mich gefragt, wie alt ich sei – wohl für den Fall, dass ich am Ende erst vierzehn war –, und er hatte höflich gefragt, was ich beruflich machte. Das war es gewesen – er hatte die Kennenlern-Phase einfach übersprungen. Aber es hätte mir nicht gleichgültiger sein können, ob es ihn interessierte, wer ich war, solange er da war und mit mir redete.

Er tapste ins Bad, um zu duschen, und ich war für ein paar Minuten allein und sah mir die herumfliegenden Sachen an. Es war typischer Jungenkrempel – T-Shirts, Jeans, dreckig aussehende Unterhosen –, der aus einem riesigen Metallkoffer herausquoll. Eine der Socken, die er getragen hatte, war unter den Frisiertisch geraten und dort zusammengerollt so liegen geblieben, dass man gerade noch die sportlichen Streifen am Beinabschluss sehen konnte. Es war nicht viel, aber immerhin. Ich steckte sie unauffällig in meine Tasche, und im selben Moment wurde die Dusche abgestellt.

»Zehn Minuten!«, bellte Bob durch die Tür, als wollten wir gleich im London Palladium auf die Bühne gehen. Ein flüchtiger Kuss auf die Wange, und ich ging; ich wusste, dass die Post-Passions-Depression nicht mehr lange auf sich warten lassen würde, aber ich war noch zu euphorisch, um jetzt daran zu denken.

In unserem Zimmer hatten Sue und Cathy bereits die ersten Tabs angebrochen. »Und?«, fragten sie. Also erzählte ich es ihnen.

»Was ist aus Kim geworden?«, fragte ich, als sie mir wieder einfiel. »Sie hat völlig breit im Flur gesessen und sich noch mehr betrunken, weil Eric sie ignorierte«, sagte Cathy.

»Und Lauren?«

»Nichts von ihr gesehen.«

»Und Leslie?«

»Auch nicht.«

»Hmm.«

Die Band reiste um elf Uhr ab, und wir marschierten geschlossen nach unten, um sie abfahren zu sehen. Dieses eine Mal versuchte ich, mich unauffällig zu verhalten, weil ich nicht von ihm dabei gesehen werden wollte, dass ich mich wie ein Fan benahm – was ich natürlich schon damit tat, dass ich hier herumstand und zusah, wie sie eine Limousine bestiegen.

Unser eigener Flug ging erst am späten Nachmittag, und wir hatten geplant, uns in den Stunden bis dahin Charlotte anzusehen. Zumindest bis Robyn keuchend von draußen hereinkam.

»Ich glaube, Kim und Barbarino haben sich abgesetzt – sie sind gerade mit ihrem Gepäck in ein Taxi gestiegen.« Wir wussten sofort, was das bedeutete – diese verräterischen Schlangen wollten versuchen, in der Rollers-Maschine nach New York mitzukommen. (Später erfuhren wir, dass Kim den Flug geschafft hatte, aber das nützte ihr nichts, weil keiner der Rollers ein Wort mit ihr sprach. Barbarino, der keinen Platz mehr bekommen hatte, nahm allein den nächsten Flug nach Hause.)

Obwohl wir den Rest des Nachmittags noch vor uns hatten, war uns nach dem Verrat von Kim und Barbarino die Lust auf

Sightseeing in Charlotte vergangen, und wir schoben ab zum Flughafen, wo wir die Stunden bis zu unserem Abflug totschlugen. Lauren gesellte sich zu uns. Jetzt, wo ›die Jungs‹ fort waren, war sie plötzlich wieder sehr freundlich.

Wie sich herausstellte, hatte sie die letzte Nacht wieder mit Leslie verbracht. Nur mit Reden, behauptete sie. »Er ist ein wirklich netter Mensch, sehr tiefgründig und nachdenklich«, behauptete sie steif und fest.

Wir schauten sie ungläubig an. Wenn er in den vergangenen zweiundsiebzig Stunden eins nicht gewesen war, dann nett. Oder nachdenklich. Tiefgründig, das schon eher. Es war offensichtlich, dass hinter dieser trotzigen Fassade andere Dinge vor sich gingen. Vielleicht war er ein wundervoller Mensch, wenn man ihn näher kannte.

Perverserweise verbrachten wir unseren Flug zum JFK aufgekratzt und mit schmutzigen Witzen, und wir sechs – Cathy, Sue, Lauren, Robyn, Susie und ich – trennten uns am Flughafen unter hysterischem Gelächter.

Eine Stunde später kam ich in die Wohnung meiner Mutter geschlurft – die auch meine Wohnung war, wie ich mir niedergeschlagen ins Gedächtnis rief. »Hast du dich gut amüsiert?«, fragte Ma aus der Küche, wo sie mit einem Salat beschäftigt war. »Es war ganz nett«, antwortete ich, während mir plötzlich die Winzigkeit der Wohnung zu Bewusstsein kam. Als ich eingezogen war, war mir das nicht so aufgefallen, weil ich in Gedanken ganz bei der bevorstehenden Tour gewesen war.

»Wo warst du?«, fragte sie weiter. Ihre Neugier war gerechtfertigt, schließlich war ich vor vier Tagen sang- und klanglos verschwunden und hatte nicht mehr gesagt, als dass ich übers Wochenende wegführe.

»Oh … Detroit und so … ein paar Rollers-Konzerte mit Cathy und Sue«, murmelte ich und ließ mich auf das Sofa sinken, das, wie mir einfiel, gleichzeitig mein Bett war. Ich steckte mir eine Benson & Hedges an – die Mentholzigaretten, die Leslie so geschmäht hatte – und stellte das Radio an. »… Stevie Wonders neue Single«, sagte der DJ. Es folgte ein Schlagzeugplätschern, dann ein heiterer weiblicher Chor, der trillerte: »La la la la la la la«, dann kam Wonders Stimme dazu. Es war ein Liebeslied an ein Mädchen, dessen Gedanken irgendwo anders waren – bei einem »anderen Stern« –, während seine noch immer um sie kreisten.

Ich hatte in der immer schlimmer werdenden Depression auf dem Weg vom Flughafen ähnlich empfunden, und meine Gefühle so präzise auf den Punkt gebracht zu hören traf mich wie ein Schock. Die Trostlosigkeit überwältigte mich, und ich heulte so leise wie möglich, damit Ma mich nicht von der Küche aus hörte. Ich brauchte eine halbe Stunde und zwei weitere Zigaretten, ehe ich auch nur ans Auspacken denken konnte.

23

ICH KANN MEINE GEFÜHLE gar nicht in Worte fassen«, schrieb ich am 2. September. »Ich fühle mich irgendwie leer, und ich vermute, die Illusion verschwand in dem Moment, als Leslie in Detroit unser Zimmer betrat.«

Es war vier Tage später, und ich hatte die ganze Zeit trübsinnig im Haus herumgesessen. So wie ich es sah, hatte ich mehr als genug Gründe, trübsinnig zu sein. Der Dreh- und Angelpunkt meines Sommers, die Tour, war vorbei. Ich war rasend verliebt in meinen Roller, aber ich wusste, dass ich ihn wahrscheinlich nie wieder sehen würde.

Es war eine Verkettung von Umständen, auf die ich nicht vorbereitet gewesen war. Wie hätte ich diese Schwermut und dieses Bedauern vorausahnen sollen? Nicht Bedauern über das, was geschehen war, sondern darüber, dass die Verbindung viel zu schnell abgerissen war – denn es schien mir, als sei alles, was ich je gewollt hatte, mit ihm verschwunden, als sie aus Charlotte abreisten.

In der kühlen Neutralität seines Zimmers hatte ich die Kluft zwischen Phantasie und Realität überbrückt. Dort hatte ich alles anders sehen können, nicht nur ihn, sondern auch mich, weil ich zu mir selbst plötzlich weniger selbstkritisch stand. Wenn er mich gewollt hatte, musste ich begehrenswerter sein, als ich es mir selbst je zu glauben gestattet hätte. Er selbst war in meinen Augen so begehrenswert, dass er mich dadurch, dass er mich wollte, bestätigte, mir einen Wert verlieh. Es mag nach einem eklatanten Mangel an Selbstwertgefühl klingen, aber so empfand ich es eben. Für mich war die Bindung real und dauerhaft, was mir ein wenig Trost gegen das schmerzliche Wissen war, dass er wahrscheinlich keinen Gedanken an mich verschwendet hatte, seit er am Sonntag nach Schottland zurückgeflogen war.

Es war so ziemlich der einzige Trost, den ich in dem Moment hatte. Sue J, die nicht freibekommen und deshalb nicht mit auf die Tour gekonnt hatte, war eifersüchtig, weil sie alles verpasst hatte, und gab sich alle Mühe, möglichst gehässig zu mir zu sein. Der Herbst lag schon in der Luft, und ich musste mir einen Job suchen. Das Leben war zum Kotzen.

Etwas in der Art sagte ich am Samstag zu Sue P und Barbarino, als wir drei uns bei mir zu Hause zu ein paar Flaschen Wild Irish Rose trafen, die ich gekauft hatte, weil er mich an Charlotte erinnerte. »Ich werde nie wieder glücklich sein können«, verkündete ich, zumindest dem Sinn nach, weil sechs Gläser von dem Fusel mich an den Rand der Bewusstlosigkeit gebracht hatten.

»Doch, das wirst du«, sagte Barbarino tröstend, lehnte sich auf meinem Sofa-Bett über Sue hinweg und tätschelte meine Schulter. »Ich kann dir wahrscheinlich einen Job im Radio City verschaffen.« Die Radio City Music Hall, das berühmte Art-déco-Kino, war sein Arbeitsplatz, seit er im Juni die Schule abgeschlossen hatte. Er war nur Popcornverkäufer, doch offenbar konnte man blitzschnell Karriere machen und zum Manager der Süßigkeitentheke aufsteigen, zweifellos ein erstrebenswertes Ziel.

»Du bist so lieb«, schniefte ich und kotzte auf mein Kissen. Ich drehte es um und sank in bleiernen Schlaf, aus dem ich nur einmal mitten in der Nacht erwachte, als ich spürte, wie Barbarino versuchte, zu mir unter die Decke zu kriechen. »Mach dich nicht lächerlich«, murmelte ich und kratzte ihm mit meinen Fingernägeln, die gewachsen waren, weil ich extra für die Tour das Nägelkauen aufgegeben hatte, durchs Gesicht. Ich schlief wieder ein, während sein Schrei noch in meinen Ohren gellte.

24

BARBARINO STAND zu seinem Wort. Drei Tage später fand ich mich neben ihm hinter der Popcorntheke wieder und erklärte meinem ersten Kunden, dass er keine Butter auf seinem Popcorn entdecken konnte, weil es bereits ›vorgebuttert‹ sei. Das sollten wir sagen, wenn jemand fragte, und sie fragten alle.

Sein Boss hatte mir den Job schon so gut wie versprochen, als ich zum Vorstellungsgespräch eintraf, und mir wurde bald klar, warum. Blaue Polyesteruniform, minimale Bezahlung, Sieben-Stunden-Schichten und nur eine halbe Stunde Pause – nicht gerade ein Arbeitsplatz, um den sich die Leute rissen. Mir kam er jedoch ganz recht, weil er nicht sehr anspruchsvoll war und man sich den ganzen Tag mit Süßigkeiten voll stopfen und wehmütig an die Rollers denken konnte, ohne dass es jemandem auffiel.

Ich mochte die meisten meiner Popcornverkäufer-Kollegen, die fast alle zu intelligent für diesen Job waren. Der Einzige, mit dem ich nicht auskam, war Griffin, ein junger Cary Grant, dessen gutes Aussehen die Polyesteruniform nur geringfügig schmälerte. Er war angehender Schauspieler und hatte so eine herablassende Art, einen fühlen zu lassen, dass er bald berühmt sein würde, während wir anderen dazu bestimmt waren, im Radio City zu versauern. Zur Hälfte hatte er damit sogar Recht. Er wurde mittel-berühmt – ich erinnere mich gut an meine Bestürzung, als ich zum ersten Mal ein Filmplakat mit dem Namen Griffin Dunne sah – aber keiner von uns blieb sehr lange im Radio City. Es war einfach zu langweilig.

Kurz nachdem ich dort angefangen hatte, kam Emma von ihrem Sommeraufenthalt bei Verwandten in Buckinghamshire zurück. Neben anderen Rollers-Devotionalien brachte sie auch die Ausgabe eines britischen Boulevardblattes mit, in der berichtet wurde, die Band plane angeblich, nach Los Angeles umzuziehen. Davon hörten wir zum ersten Mal, und wir fanden die Vorstellung ganz schrecklich. L. A. war eine widerliche, kulturlose, kokszerfressene Lasterhöhle, und der Gedanke, dass sie dort leben und sich noch mehr verändern könnten, als sie sich ohnehin schon verändert hatten, war unmöglich zu akzeptieren. (Sie zogen tatsächlich dorthin, allerdings erst im Sommer 1978.)

Aber für eine Karriereauffrischung wurde es definitiv Zeit. Das wurde von der Oktoberausgabe von *16*, die gerade an die Zeitungsstände gekommen war, schlagend bewiesen. Auf dem Titel, der in den letzten beiden Jahren von den Rollers dominiert worden war, prangte ein großes Foto von David Cassidys jüngerem Halbbruder Shaun. Und die Rollers? Nichts außer einem kleinen Foto ganz unten, was nichts Gutes verhieß, denn schließlich hatten sie gerade erst eine Tour abgeschlossen, von der man doch annehmen durfte, dass Fans darüber lesen wollen würden.

Ein paar Tage später starb Marc Bolan, eins der Teen-Idole, die von den Rollers verdrängt worden waren, bei einem Autounfall. Bei der Erinnerung an mein ›Interview‹, das ich vor achtzehn Monaten in London mit ihm geführt hatte, fühlte ich eine milde Traurigkeit. Neben anderen Dingen bestätigte auch sein Tod, dass die relative Unschuld der Musik der frühen Siebziger für immer dahin war, entthront von Punk und, in Amerika, von Disco.

Disco hatte eine gnadenlose Nachtclubszene hervorgebracht,

deren Inbegriff das Studio 54 war, der berühmteste Club in Manhattan, der offenbar nur Prominente einließ. Jede Nacht wurde er von Leuten wie Bianca Jagger und Andy Warhol frequentiert, und der Kokainkonsum dort soll legendär gewesen sein. Dafür hasste ich Disco umso mehr – das, wozu ekelhafte Schickeria wie Warhol und Konsorten tanzte, musste ja beschissen sein.

Von Marvin Gaye, den man an diesem Punkt seiner Karriere definitiv Disco zurechnen konnte, hielt ich ebenfalls nicht viel. Er trat in dieser Woche an drei aufeinander folgenden Abenden mit insgesamt sechs Shows im Radio City auf, und ich hörte alle sechs, während ich Popcorn ausgab. Ich erwähne es nur, weil Gaye seit seinem Tod 1984 eine solche Ikone geworden ist, dass die Leute meistens beeindruckt sind, wenn ich sage, dass ich ihn nicht nur ein-, sondern sechsmal gesehen habe.

»Er trug einen weißen Anzug, und sobald er auch nur die Hand hob, wurden die Mädchen hysterisch. Es war süß, besonders nach ›What's Going On‹«, schrieb ich nach dem ersten Abend. Ich brauchte Jahre, um »What's Going On« als das Meisterwerk zu erkennen, das es ist.

Wenige Tage nach Gaye kam David Soul für einige Konzerte. Soul war natürlich Hutch von Starsky & Hutch, der definitiven, coolen, rockenden Polizeiserie der Siebziger. Irgendwann zwischendurch hatte er einen schlecht beratenen Ausflug ins Gesangsfach gemacht und konnte nun drei Hits vorweisen, unter anderem »Silver Lady«.

Ich konnte seine romantiktriefenden Schmachtfetzen nicht ertragen, und da ich an den Abenden, an denen er auftrat, nicht arbeitete, gab es für mich eigentlich keinen Grund, ihn mir anzusehen. Trotzdem ging ich zu einem seiner Konzerte, um mich von den Rollers abzulenken, die, wie ich Ende September schrieb, »mein gesamtes Denken beherrschen«. Soul war grausig. Bei seiner reizlosen Balladensülze sehnte ich mich danach, ihm einen Kopfhörer an die Ohren zu kleben und ihn einem auf volle Lautstärke gedrehten Clash-Album auszusetzen.

Barbarino arbeitete an diesem Abend und sagte, während er Hot Dogs in die Brötchen klatschte und Colas einlaufen ließ, er müsste mir etwas Wichtiges erzählen. Also blieb ich bis ganz zum Schluss, und dann erzählte er mir stolzgeschwellt, dass er vor ein paar Tagen seine Unschuld verloren hatte. Passiert war es mit einer älteren Frau von einundzwanzig, in dem Zimmer, das er sich mit seinem Bruder teilte. Wie er sie rumgekriegt hatte, werde ich wohl nie erfahren.

Diese unheimliche Neuigkeit ließ mich wieder einmal darüber nachdenken, wie sehr sich alles veränderte. Die Rollers-Tour war eine Zäsur gewesen und hatte ein Schisma unserer Gefühle bewirkt. Sie aus nächster Nähe zu erleben, aus erster Hand mitzubekommen, wie gelangweilt und frustriert sie waren, war eine traurige und desillusionierende Erfahrung für uns gewesen. Unsere Phantasien hatten immer auf der Überzeugung aufgebaut, die Rollers seien glücklich mit ihrem Los – dieses unentwegte Lächeln! – und in ihrer Sonnenscheinwelt, in der das Erwachsenwerden auf unbestimmte Zeit verschoben war. Wenn *sie* nicht länger daran glaubten, wie sollten wir es dann können?

»Es kommt mir vor, als wäre seit der Tour nichts mehr so, wie es war«, klagte ich in meinem Tagebuch. Dieser Eindruck drängte sich wirklich langsam auf. Wir begannen alle, wenn auch im Kleinen, eigene Wege zu gehen. Cathy, Emma und Sue P hatten neue Jobs, und Sue hatte außerdem gerade ihren ersten Freund an Land gezogen, einen rundlichen Brooklyner namens Mike.

Ich war nicht unbedingt begeistert. Ich ahnte die Bedrohung hinter diesen neuen Interessen, von denen jede Einzelne dem Netz unserer Freundschaft einen Riss zufügte. Ein realer Freund musste Eric aus Sues Herz verdrängen, und tatsächlich traf sich Sue wenige Wochen, nachdem sie ihn kennen gelernt hatte, beinahe jeden Abend mit ihm und erklärte sich für »total angeödet von den Rollers«. Und Cathys neuer Job als Empfangsdame bei einer Juweliersfirma nahm sie zu sehr in Anspruch für zweistündige Tart-Telefonate.

Ich war wahrscheinlich die Einzige von uns, die die neue Single kaufte, als sie Anfang Oktober erschien. Es war eine Auskopplung von *It's a Game*, »The Way I Feel Tonight«. Nicht gerade eine ihrer Sternstunden – eigentlich gehörte diese leblose Ballade zu ihren schwächsten Songs seit Jahren. Allerdings hatte Arista auch nicht viel Auswahl gehabt. Die letzte Single, »You Make Me Believe in Magic«, war eingängig und flott gewesen, hatte aber in den Charts nichts ausgerichtet. Eine Ballade schien die sicherste Wahl zu sein, weil eine gute, solide Schmusenummer sich fast immer verkauft (siehe den Erfolg von Schmalz wie Whitney Houstons »I Will Always Love You« und Bryan Adams' »Everything I Do« in den Neunzigern).

Außerdem blieben auf *It's a Game* nicht viele potenzielle Alternativen. Der Song »Sweet Virginia« zum Beispiel – ziemlich catchy, aber Amerika war einfach noch nicht reif für Liedchen über unklare sexuelle Orientierung. Und was verworrene Konzeptnummern wie den Titeltrack betraf, besonders einen Refrain wie: »There are faces all around me, they were running everywhere/But everywhere is nowhere, and nowhere isn't there«, das konnte man vergessen. Da blieb nicht mehr viel anderes übrig als »The Way I Feel Tonight«. Und ratet mal? Es wurde ein Flop, verkaufte sich schlechter als jede andere Single, die sie in Amerika veröffentlicht hatten.

Konfrontiert mit dieser Massendesertion in den Reihen der Tarts, unternahm ich einen Versuch, die rollersgroße Lücke in meinem Leben auszufüllen. An einem Abend lud Robyn mich zu einem Vierer-Date ein. Unsere Verehrer waren Al, ein DJ der lokalen Pop-Radiostation WXLO, und sein Freund

Paulie. »Wir holten Al am Sender ab, dann fuhren wir zum Fulton Fish Market, um Paulie abzuholen, und dann zu Paulie nach Hause in Flatbush. Die Wohnung war sehr hübsch eingerichtet für jemanden, der im Fischmarkt arbeitet«, schrieb ich. Paulie, mein Date, war zwar sehr nett, aber ich interessierte mich mehr dafür, mich mit Al zu unterhalten, der mal ein Radiointerview mit den Rollers gemacht hatte. »Seine Eindrücke von ihnen waren lächerlich. Gegen Woody scheint er eine besondere Abneigung zu haben.«

Armer Al, er war gezwungen, sein heißes Date mit Gesprächen über die Bay City Rollers zu verbringen. Es war sonnenklar, dass ich nie über sie hinwegkommen würde.

Genau um diese Zeit begann ich auch, Millburn zu vermissen. In dem Jahr, seit ich nach New York gezogen war, war ich nicht mehr oft dort gewesen – ein ganzes Jahr, in dem ich so lange weggehen konnte, wie ich Lust hatte, ohne mir Sorgen zu machen, ich könnte den letzten Zug verpassen. Ich hatte die Vorteile, mitten im Zentrum von Manhattan zu leben, weidlich ausgekostet. Es war, als wäre man auf einer unaufhörlichen Party, überall boten sich Gelegenheiten für grandiosen, cholesterinbombigen Spaß. Ich schwelgte nur so darin.

Und dann begannen meine Gedanken ganz plötzlich, nach Millburn zurückzuwandern. Ich musste immer wieder an die stillen Straßen und die Bäume denken, die eine immer stärker werdende Anziehung auf mich ausübten. Nach einer Weile ließ sich die Sehnsucht nach Millburn nicht mehr unterdrücken, und David und ich – wieder gut Freund – fuhren eines Tages nach der Arbeit mit dem Zug dorthin.

Es war Mitte Oktober, Herbstlaubsaison, und der South Mountain erglühte im Rot und Goldgelb der Ahorn- und Hickorybäume. Wir aßen im Pancake House an der Millburn Avenue zu Abend – die erste Addresse für einen Post-Date-Imbiss der Pärchen von der Millburn High –, und mir wurde klar, wie sehr ich Hausmannskost, Natur und die Beständigkeit von Suburbia vermisst hatte.

Vom Pancake House aus riefen wir unsere Freundin Marcy an, die immer noch in Millburn lebte, um in Erfahrung zu bringen, ob an diesem Abend irgendetwas los war. »Ihr könnt zu einem Liederabend der Folk Society mitkommen«, schlug sie vor. Ich rollte die Augen und gab würgende Laute von mir. Sie war Mitglied der Folk Music Society von New Jersey Nord, die regelmäßig Jam-Sessions zu Hause bei den Mitgliedern abhielt. Bei einigen davon war ich gewesen, darum kannte ich deren bärtige, naturfaserige Grundstimmung.

Wir gingen trotzdem hin, und es war genau so, wie ich es erwartet hatte. Marcy hatte ihre Gitarre dabei und stand bald im Zentrum der Aufmerksamkeit, als sie einem begeistert mit den Füßen stampfenden Publikum alte Work Songs aus den Appalachen zum Besten gab. Wir waren bis zwei Uhr morgens dort, David aus voller Brust mitsingend, ich mürrisch in einem Schlafzimmer nebenan, wo ich mich in eine Zeitschrift vertiefte, die ich extra für diesen Fall mitgebracht hatte.

Als ich wieder in New York war, schrieb ich: »Alle Mädchen dort waren schauderhaft – die meisten waren fett. Keine von ihnen war geschminkt oder hatte sich die Augenbrauen gezupft; und für die Augen einer Frau hatten sie alle langes, strähniges Haar. Es war deprimierend, sich unter ihnen aufzuhalten. Ich kam mit einem Mädchen ins Gespräch, das irgendwo auf einer Farm lebte. Sie war deprimiert, weil eins ihrer Ferkel gerade gestorben war. Ha!«

Ich gebe das nur wieder, um Abbitte dafür zu leisten, dass ich so gemein und selbstgefällig war. Es sollte viel Zeit vergehen, bevor ich mich an den Gedanken gewöhnte, das Mädchen mit dem Ferkel sei möglicherweise ein netterer Mensch gewesen als ein kratzbürstiger Teenager, der sie herablassend auslachte. Ich wünschte, ich hätte nicht gelacht. Ich bin froh, dass das Ferkelchen nicht unbeweint dahingeschieden ist.

Weil ich immer noch Punkbands sammelte, war ich aufgeregt, als ich hörte, dass The Jam in der nächsten Woche nach New York kommen sollten, um im CBGB's, dem ersten Punk-Venue der Stadt, aufzutreten. Die einzige Single von ihnen, die ich besaß, »In The City«, hatte mich nicht sehr überzeugt. Für mich klang das wie unmelodisches Geschepper, aber sie waren eine englische Punkband, darum brannte ich darauf, sie zu sehen. »Sie sind alle ungefähr in meinem Alter und sehr hübsch, aber Paul Weller, der Sänger, hüpft nur auf der Stelle ohne großen Effekt«, lautete meine Einschätzung. »Die Musik war ziemlich durchschnittlich. The Jam sind die Lieblinge der englischen Kritiker (zusammen mit The Clash), und es ist nicht leicht zu erkennen, wieso. Die Kritzeleien auf dem Frauenklo zu lesen hat mehr Spaß gemacht, als ihnen zuzusehen.«

Was Weller betrifft, hat sich meine Meinung seither nicht geändert. Ich mochte ihn nicht bei The Jam, mochte ihn nicht bei seinem Jam-Nachfolgeprojekt Style Council und mag ihn auch jetzt noch nicht, wo er einer von Großbritanniens wichtigsten Soloacts ist. Aber dafür mag er mich auch nicht, wie ich Jahre später merkte, nachdem ich Rockjournalistin geworden war.

Er ist bekannt dafür, dass er Rockkritiker hasst und ihnen lange böse sein kann, und 1986 nahm er Anstoß an einer Kritik, die ich über eine Platte seiner damaligen Freundin und späteren Ehefrau, der Popsängerin Dee C. Lee, geschrieben hatte. Einige Monate nachdem die Kritik erschienen war, befanden er und ich uns zufällig in derselben Bar in London. Jemand sagte ihm, dass ich dort war, und Sekunden später war ich mit einem wutschnaubenden Weller konfrontiert, der mir laut und lange erklärte, was er von mir und meiner Rezension hielt. Ein Glück, dass er nie gesehen hat, was ich 1977 über ihn in mein Tagebuch schrieb...

25

IST DAS JOHN LENNON?«, flüsterte ich meinem Freund Andy zu. Er schaute von der Bronzeschale auf, die er sich näher angesehen hatte, und spähte kurzsichtig durch den Raum. »Muss er sein«, sagte er, »denn da ist Yoko.« Wie eindrucksvoll, einen Beatle bei einer Ausstellung von Kultgegenständen aus Irland im Metropolitan Museum zu sehen.

Dass Andy, ein Popcorn-Kollege, und ich an diesem Tag im Museum waren, war Teil meiner Kampagne, neue, rollerfremde Interessen zu entwickeln. Bis jetzt war ich nicht sehr erfolgreich gewesen. Wir hatten mit Museen angefangen, und so hatte ich das Met, das Whitney, das Museum of Modern Art und die Frick-Sammlung besucht, aber so viel Kultur machte mich immer nur hungrig. Jedenfalls endete jeder unserer Museumsbesuche damit, dass ich ein paar Hamburger verschlang, vielleicht, um mich für die Mühe zu belohnen. Wahrscheinlich war es eine Reaktion auf Ma, die Opern-Fan war und bis in mein Teenageralter keinen Pop im Haus geduldet hatte.

Was also machte Lennon hier, fragte ich mich, und beobachtete heimlich, wie er Kelche und reich bebilderte Manuskripte in Augenschein nahm. Er sah in Tweed und mit seiner kleinen Brille sehr nach englischem Landedelmann aus, das absolute Gegenteil von dem, was man sich unter einem Rock-Superhelden vorstellt. Er und Yoko wirkten, als seien sie ernsthaft an den Exponaten interessiert, was mich verblüffte. Ich fand die Ausstellung öde und wenig spannend und fragte mich, was Lennon darin sah, das ihn bewegte, Yoko am Arm zu nehmen und zu einer Urne zu ziehen, die sie bewundern sollte.

In letzter Zeit hatte ich mich gefragt, ob ich nicht doch besser aufs College gegangen wäre. Mir schwante undeutlich, dass meine ästhetische Entwicklung auf allen anderen Gebieten als der Popmusik stark verkümmert war. Ich machte mir Sorgen.

Aber die Museumsphase dauerte nicht lange; ebenso wenig ein ergebnisloser Versuch, mich durch die Lektüre der Colette-Sammlung meiner Mutter mit französischer Literatur bekannt zu machen. Ich kehrte bald wieder zum Popkonsum zurück und fraß mich mit Rockmusik voll, bis für nichts anderes mehr Platz war. Sogar meine wachsende Zwiespältigkeit gegenüber den Rollers hielt mich nicht davon ab, ihre *Greatest Hits* zu kaufen, als das Album im November erschien. »Woodys Mitesser haben sie kunstvoll mit Airbrush verschwinden lassen«, notierte ich dazu.

Ich teilte diesen Gedanken mit meiner neuen Brieffreundin Tracy, zu der ich eine lohnende Beziehung anzuknüpfen begann. Ich hatte ihre Adresse von Kim, die sie kennen gelernt hatte, als die Rollers bei ihr zu Hause in Columbus, Ohio, spielten. Ich fühlte mich ihr verbunden, weil sie Kim zufolge ebenfalls eine kleine Affäre mit einem Roller gehabt hatte.

Tracy bestätigte das in ihrem ersten Brief an mich – verflixt, sie ließ wirklich kein intimes Detail aus. »Er zog seine Socken nicht aus, weil ihm kalt wäre, sagte er«, schrieb sie und verwendete drei Seiten darauf, mir ihren Beischlafakt von Anfang bis Ende zu beschreiben. Sie war vielleicht offenherziger, als gut für sie war, aber ihre Herzlichkeit war sehr anziehend, besonders in dieser melancholischen Zeit, in der die Tarts sich auseinander zu leben schienen.

Etwa eine Woche später hatte ich ein Vorstellungsgespräch für einen Job, der mein Leben verändert hätte, wenn ich ihn bekommen hätte. Es ging um eine Praktikantenstelle bei Howard Bloom, einer der größten Musik-PR-Agenturen. Ich wollte sie unbedingt haben, weil ich dann endlich richtig im Musikgeschäft gewesen wäre, mit einem richtigen Beruf, und nicht mehr nur am Rande herumhängen und jede Woche verzweifelt die britischen Musikzeitschriften kaufen müsste. Ich bekam die Stelle nicht, weil sie jemanden fanden, der »besser qualifiziert« war. Ich war erbost. Welche bessere Qualifikation konnte man haben, als praktisch alles über Popmusik zu wissen, wie ich? Es war zum Kotzen.

Genauso wie am gleichen Wochenende auf dem Weg zu einem Ramones-Gig in Passaic, New Jersey, auf der Straße ausgeraubt zu werden. David, Marcy-aus-Millburn und ich hatten gerade in einer schlecht beleuchteten Seitenstraße geparkt und gingen die drei Blocks zum Veranstaltungsort. Im Gehen brachte Marcy, der Folk-Fan, uns bei, unseren Lieblings-Ramones-Song, »Beat on the Brat«, als Madrigal zu singen. Wir waren gerade bis zum Refrain »Beat on the brat, beat on the brat, beat on the brat with a baseball bat« gekommen, und Marcys Stimme erhob sich engelsgleich, als wir von hinten geschubst wurden.

Plötzlich umringten uns vier Kerle, schubsten und begrapschten uns. Einer von ihnen riß Marcy die Handtasche aus der Hand, während ein anderer auf David einzuprügeln begann und ihm seine Brieftasche abzunehmen versuchte. Meine Tasche ignorierten sie, denn ich hatte nur eine Plastiktüte dabei, weil ich fand, das sähe punkig aus. Die Räuber dachten wahrscheinlich, es wären Cornflakes drin.

Während sie mit Marcy und David beschäftigt waren, entschied ich mich für die nobelste Alternative und rannte um mein Leben. Ein paar Blocks weiter rannte ich in zwei Cops – manchmal *sind* sie da, wenn sie gebraucht werden –, und wir rannten zurück dorthin, wo meine Freunde noch standen, wie ich sie verlassen hatte, und sich zitternd wieder zu beruhigen versuchten. Die Straßenräuber waren natürlich weg. Die Cops warfen einen schnellen Blick in die Seitenstraßen, aber wie man sich denken konnte, hatten die Arschlöcher sich verzogen. Um ihre Zeit nicht komplett verschwendet zu haben, nahmen sie trotzdem jemanden fest, einen Jungen, der zufällig auf der anderen Straßenseite vorbeischlenderte und einen Polizei-Gummiknüppel bei sich hatte. Er war keiner von unseren Räubern, aber ihn festzunehmen heiterte die Polizisten auf.

Danach war keiner von uns mehr in der Stimmung für die Ramones, darum kehrten wir, nachdem wir Marcy abgesetzt hatten, wieder in die Stadt zurück. Es war nicht gerade ein viel versprechender Auftakt für das Wochenende, und der nächste Tag brachte keinen besseren Ausklang. Cathy hatte Geburtstag, und zur Feier des Tages hatte sie einen Tisch im Maxwell's Plum reserviert, der Single-Bar an der East Side, in der die Rollers im letzten Mai am ersten Abend ihrer Tour gewesen waren. Sämtliche Tart-Mitglieder waren eingeladen, aber nur Emma, Barbarino und ich erschienen.

»Tja, jetzt weißt du wenigstens, wer deine wahren Freunde sind«, setzte Emma einer ausgesprochen enttäuschten Cathy auseinander. »Immerhin hast du noch deine Gesundheit«, sagte ich. »So versuche ich es auch zu sehen«, sagte sie kurz.

Dieser Abend war wirklich typisch für den ganzen Herbst. Die großen Erwartungen vom Beginn des Jahres verblassten und wichen einem Gefühl von Bedauern und Verlust, das über allem hing und einfach nicht weggehen wollte. Ich hatte noch nie eine so triste Zeit erlebt. Später sah ich sie als Omen, denn ein paar Tage nach Cathys Party veränderte sich das Leben, so wie ich es kannte, für immer.

26

AM LETZTEN DIENSTAG im November ging ich ins CBGB's, um mir eine Reggaeband anzusehen. Ich wusste nicht viel über Reggae – ich war mir nicht mal ganz sicher, wie man es aussprach –, aber meine Nicht-Roller-Freunde Brian und Karen versicherten mir, es sei die hippste Musik überhaupt. Wir gingen also hin, sahen eine Band, die mir im selben Moment entfallen war, in dem ich sie wahrnahm, und gingen, als wir um drei Uhr morgens rausgeschmissen wurden, zu Brians Wohnung an der Eighth Avenue. Das war nur ein paar Blocks vom Radio City, und ich dachte mir, ich könnte ein paar Stunden schlafen und dann zu Fuß zur Arbeit gehen.

Sobald wir zu Hause waren, fielen Brian und Karen übereinander her und kauten keinen Meter neben mir wild aneinander herum. Sie schienen kurz davor zu sein, ihre junge Liebe zu vollziehen (ihre sehr junge Liebe, denn sie hatten sich gar nicht gekannt, bis ich Beziehungsstifterin sie an diesem Abend zusammengebracht hatte).

O Gott, sie gingen wirklich aufs Ganze, mit viel Gesabber und Geschwitze. Dann einige Minuten lang quietschende Geräusche und ein Brunftschrei von Brian, und sie waren durch. Wenige Augenblicke später waren beide eingeschlafen, und nur Brians fleischige Arschbacken guckten aus der Bettdecke wie Brötchenteig.

Ihre Vorstellung hatte mich derart angewidert, dass ich keinen Schlaf mehr fand. Darauf kam es allerdings auch nicht mehr an, denn ich musste schon in zwei Stunden aufstehen und um sieben Uhr bei der Arbeit erscheinen. Richtig gehört, sieben – die Vorweihnachtszeit hatte begonnen, die hektischste Zeit im Radio City. Wir zeigten einen Film, und die Popcorn-Crew musste im Morgengrauen antreten, um sich auf den Ansturm um neun vorzubereiten. Ihr wolltet noch nie um neun Uhr morgens ins Kino gehen? Ihr würdet euch wundern, wie viele Leute es taten.

Also wälzte ich mich aus dem Bett, nachdem ich zwei Stunden lang dagelegen hatte und am liebsten in Brians fetten Hintern gebissen hätte, um auszuprobieren, ob das seine Schnarcherei abstellen würde. Ich fühlte mich erbärmlich, aber ich schaffte es, mich zum Radio City zu schleppen, wo ich mir zuallererst einen schwarzen Kaffee in den Hals kippte. Dem ließ ich gleich noch einen Kaffee folgen, und dann, als der mich auch nicht munter machte, eine Hallo-Wach-Koffeintablette. Kurz bevor wir öffneten, trank ich noch einen letzten Kaffee und nahm, nur zur Sicherheit, zwei weitere Hallo-Wachs. Das war das Äußerste, was ich je an Drogen konsumierte – die Tarts nahmen Hallo-Wach gelegentlich bei ihren Nachtwachen, weil es einem einen leichten Kick gab und einen gleichzeitig munter hielt.

Die drei Hallo-Wachs, die ich eingenommen hatte, entsprachen etwa zehn Tassen Kaffee, und dazu hatte ich noch drei Tassen echten getrunken. Mit irgendeiner Reaktion hätte ich da eigentlich rechnen müssen. Aber als ich etwa eine Stunde später begann, mich eigenartig zu fühlen, kam mir nicht in den Sinn, das mit dem Koffein in Zusammenhang zu bringen. Ich dachte einfach, ich würde den Verstand verlieren.

Was passierte, war Folgendes: Ich arbeitete an der unteren Theke in der goldverzierten Art-déco-Lounge und haute in einem umnebelten Tran die üblichen Sodas und das vorgebutterte Popcorn raus. Dann begann ich mich weniger umnebelt zu fühlen und empfand stattdessen eine eigenartige Losgelöstheit. Das Gefühl ließ sich mit nichts vergleichen, was ich bisher gekannt hatte. Es war wie eine Abtrennung des Bewusstseins vom Körper; ich tippte wie ein Roboter weiter Colas und Milk Duds ein, aber ich schien alles von außerhalb meiner selbst zu beobachten.

Und als wäre das nicht schon schlimm genug, setzte sich in mir die Idee fest, dass jeder Dritte oder Vierte, den ich bediente, auf irgendeine Art sonderbar zu sein schien. Ein Typ war so klein, dass er kaum über die Theke sehen konnte, ein anderer sah mich mit offen hängendem Mund an, der aussah, als sei er so geschmiedet worden, eine Frau zuckte ununterbrochen, während sie auf ihr Popcorn wartete. Fellini filmte nicht in der Lounge, soweit ich wusste, darum konnte ich nicht verstehen, wo diese ganzen Leute hergekommen waren. Und es mischten sich immer wieder normale Leute zwischen sie. So hatte ich drei normale Leute bedient, dann jemanden, der mich wütend mit seinen Zähnen anklapperte, dann vier Normale, dann eine alte Frau, die eine Kinderhalskette aus Plastik trug und kaum lange genug zu kichern aufhören konnte, um eine Tafel Hershey-Schokolade zu verlangen.

Hätten sich alle brav hintereinander aufgestellt, wäre mir klar geworden, was sie wirklich waren, eine Patientengruppe aus Willowbrook, der psychiatrischen Klinik in der Nähe, die einen Ausflug machte. Aber da sie so tröpfchenweise auftraten, fragte ich mich, ob ich Halluzinationen hatte. Das verstärkte das unheimliche Gefühl, das ich ohnehin schon durch den Kaffee hatte. Also geriet ich in Panik.

Jahre später fragte mich jemand: »Aber wie kamst du auf die Idee, du würdest den Verstand verlieren?«, worauf ich nur antworten konnte, dass er wahrscheinlich nie mit einem Dutzend geistig Behinderter konfrontiert gewesen war, während er von einer Überdosis Koffein das Flattern hatte. (Ja – ich wurde von Koffein verrückt. Ist das sexy? Nicht Acid, das Syd Barrett von Pink Floyd ruinierte, nicht Alkohol, der dasselbe bei Ernest Hemingway erledigte, sondern Koffein, »ein weißes, kristallines bitteres Alkaloid, das für die stimulierende Wirkung von Tee, Kaffee und Kakao verantwortlich ist«.)

Aber ich wusste nicht, was vor sich ging, und nahm einfach an, ich sei dabei, verrückt zu werden, was mir kein bisschen gefiel. Ich wusste nur noch, dass ich nach Hause musste, um dort ein paar Sachen einzupacken, ehe ich mich ins nächste Krankenhaus begab. Ich sagte meinem Thekenkollegen Marty, ich sei krank und müsste gehen. Ein Blick auf mein kalkweißes Gesicht überzeugte ihn davon.

Nach Hause – das war das Einzige, woran ich denken konnte, und der schnellste Weg dorthin war die U-Bahn. Schwerer Fehler, wie ich erkannte, sobald die Türen sich geschlossen hatten und wir an der Fiftieth Street in den Tunnel rumpelten. Eine Panikattacke, wie ich sie hatte – obwohl ich es damals nicht wusste und mit dem Begriff nichts hätte anfangen können – und eine mit Pendlern brechend volle U-Bahn ist die schlimmste Kombination, auf die ich hätte kommen können.

Auweialiebergott, ich werde verrückt und bin in dieser Bahn mit Millionen Menschen eingequetscht, dachte ich hysterisch und hätte einen Schreikrampf bekommen, wäre die Bahn nicht in genau diesem Moment an meiner Haltestelle angekommen. Ich hastete mit großen Schritten die Treppe zur Fourteenth Street hoch und zwang mich, nicht zu rennen, weil ich wusste, wenn ich der Panik nachgäbe, würde ich gleich hier an Ort und Stelle ausrasten.

Bis ich die fünf Blocks nach Hause gelaufen war, war ich so weit, das Sachenpacken zu vergessen; ich wäre in dem, was ich gerade am Leib hatte, in die Klinik gegangen. Nach einer endlosen Fahrt mit dem Aufzug in den elften Stock war ich in meiner Wohnung.

David, dachte ich. Er wird wissen, was zu tun ist. Vielleicht kann er mich über seinen Vater, den Blaukreuzler, in ein anständiges Krankenhaus bringen.

»Du wirst nicht verrückt, du Schmock, du hast bloß zu viel Kaffee getrunken«, seufzte er, als ich ihn endlich am Telefon hatte.

»Was?«

»Du hast mir gerade erzählt, du hättest drei Tassen Kaffee und drei Hallo-Wachs intus. Denk doch mal vernünftig nach. Das ist nur eine Überreaktion auf das ganze Koffein.«

»Hab ich die?«

»Genau.«

»Ich werde nicht verrückt?«

»Nein.«

»Oh.«

Schon begann ich mich besser zu fühlen. Am Abend ging es mir wieder wunderbar. Ich hatte Tags darauf einen schon länger angemeldeten freien Tag, und als ich am Freitag zur Arbeit zurückkam, war ich in Topform und hatte mein beunruhigendes Erlebnis hinter mir gelassen.

Ich war putzmunter bis zum Mittag, als sich das Kino für die Ein-Uhr-Vorstellung zu füllen begann. Dann begann die Angst ganz langsam, fast unmerklich, irgendwo weit hinten in meinem Verstand ihre Fühler auszustrecken. Natürlich hatte ich diesmal keinen Kaffe getrunken, und darum verstand ich nicht, was los war. Ich schaffte es, die unangenehmen Gefühle abzuwehren, indem ich mich darauf konzentrierte, Getränke auszugeben, aber ich war beunruhigt.

Einige Tage später wurde ich noch unruhiger. David hatte mich zum Abendessen mit einem Kunden eingeladen, und es war geplant, in einem italienischen Restaurant in der Nähe des Madison Square Garden zu essen und sich dann im Garden ein Basketballspiel anzusehen.

Aber ich kam nie bis zum Spiel, denn mitten während des

Abendessens in diesem großen, gut besuchten Restaurant wurde ich plötzlich von Angst überrollt. Ich war schon zu Beginn des Essens nervös gewesen, weil ich mich an unserem großen Tisch mitten im Saal beobachtet und unwohl fühlte, aber ich hatte gedacht, ich könnte diese seltsamen Gefühle unterdrücken. Plötzlich flammten die kleinen, störenden Anwandlungen zu einer ausgewachsenen Panik auf. Sie war so schlimm wie am ersten Tag bei der Arbeit. Und wie am ersten Tag konnte ich an nichts anderes denken, als nach Hause zu fahren. Ich entschuldigte mich, so gut ich konnte, indem ich eine Migräne vorschützte – gesellschaftlich akzeptabler als zu sagen: »Sorry, aber ich werde von unkontrollierbarer Angst beherrscht und gehe besser, ehe ich anfange zu schreien.«

Mit am meisten bedaure ich, dass ich nicht wusste, was mit mir los war. Hätte ich es gewusst, wären die folgenden Monate sehr viel unproblematischer für mich verlaufen.

Eine erste Panikattacke erfordert zumeist einen Katalysator, zum Beispiel Kaffee, Drogen oder ganz einfach guten alten Stress, aber die anschließenden Attacken können dann ohne jeden ›Grund‹ auftreten. Das erste Mal präpariert das Gehirn für das nächste Mal, das oft am selben Ort auftritt, weil die Umgebung den initialen, Angst machenden Schwindel wieder aufleben lässt. Nachdem das einige Male passiert ist, wird die Panik zu einem festen Verhaltensmuster und tritt an allen möglichen Orten auf, die mit der ursprünglichen Umgebung nichts mehr zu tun haben. Wenn nicht irgendetwas unternommen wird, um den Zyklus zu durchbrechen, kann sie schließlich dein ganzes Leben beherrschen. Mein Leben beherrschte sie.

Als die Tage vergingen und die Angst blieb (zumeist in weniger heftiger Form, die ich gerade noch ertragen konnte, solange ich nicht in der U-Bahn oder in einem überfüllten Geschäft war), war ich mir sicher, dass ich einen Nervenzusammenbruch erlebte. Ich erzählte keinem meiner Freunde davon, weil ich wusste, dass keiner von ihnen je so etwas erlebt hatte und sie mir nicht würden helfen können. Die Einzigen, die es wussten, waren David und Marty von der Arbeit. Beide waren das personifizierte Mitleid, ich erlebte sie nie anders als freundlich und aufmunternd. Im Dezember 1977 war es eine ziemliche Belastung, mit mir befreundet zu sein, da meine Konversation sich hauptsächlich auf: »Glaubt ihr, ich werde verrückt? Was ist los mit mir? Ich habe solche Angst«, beschränkte.

Und ich fürchtete mich, entsetzlich sogar, weil ich keine Kontrolle über die Angst zu haben schien, die sich in Minuten von einer kleinen schwarzen Wolke in einen Hurrikan verwandeln konnte. Ich wusste nie, wie ich mich von einer Stunde auf die andere fühlen würde. Es war so, als ob die erste Episode einen Hahn aufgedreht hätte, den ich nicht mehr schließen konnte. Ich hätte nie gedacht, dass man solche Angst empfinden könnte – wo kam die her?

»Aber wovor fürchtest du dich?«, fragte David geduldig.

Wenn ich es nur gewusst hätte. Ich fürchtete mich nicht vor etwas Bestimmtem, zum Beispiel meinen Job zu verlieren oder immer Single zu bleiben. Ich hatte einfach Angst davor, verrückt zu werden. Mir graute vor den Panikattacken aus Angst vor dem, was sie möglicherweise ankündigten, dem Wahnsinn. Ich konnte mir nichts Schlimmeres vorstellen, als verrückt zu werden. Wie es wohl war, verrückt zu sein, konnte ich mir auch nicht vorstellen, aber ich dachte mir, dass damit wahrscheinlich Selbstgespräche auf der Straße, Wühlen in Abfalltonnen und unkontrollierbare Schreianfälle einhergehen würden. Bei der Vorstellung wurde ich krank vor Entsetzen. Ich wollte einfach aufwachen und wieder mein normales, furchtloses Selbst sein. Dieses Selbst verkümmerte in rapidem Tempo, und das furchtsame Etwas, zu dem ich wurde, widerte mich an.

Außerdem wurde die Kommunikation mit meinen Freunden unmöglich. Ihre Probleme schienen so ... na ja ... so normal zu sein, an meinem gemessen. Cathy hatte sich vor kurzem in einen Jungen namens Mark verliebt und rief mich fast jeden Abend an, um mir von ihren Fortschritten bzw. deren Ausbleiben zu erzählen. Wenn ich ihr zuhörte, ging es mir noch schlechter, weil ihre Sorgen mir so trivial erschienen. Was hätte ich dafür gegeben, wenn so ein Mark mein größtes Problem gewesen wäre – wenigstens war er ein konkretes Problem, für das es – vermutlich – eine konkrete Lösung gab.

Aber noch inmitten von all dem hatte ich die Rollers im Kopf. In der ersten Dezemberwoche berichtete Barbarino, dass sie bei irgendeinem großen, einmaligen Megaevent am 17. im Boston Garden auftreten würden, als Stars eines Konzerts, bei dem außerdem noch Andy Gibb, der jüngere Bruder der Bee Gees auftrat, der in diesem Sommer mit »I Just Want to Be Your Everything« (oder »Your Hairy Thing«, wie wir es nannten) einen Riesenhit hatte.

Bis zur Show waren es nur noch zwei Wochen, und ich stand vor einem Dilemma. Die einzige andere Person außer Barbarino, die Lust hatte, mitzufahren, war Lauren, die darin eine Gelegenheit sah, ›Les‹ wieder zu treffen, woran ihr wohl dringend gelegen war. Sie hatte die letzten paar Monate ständig geseufzt: »Ich muss einfach mit ihm sprechen«, und las sogar ein Buch über Telepathie, weil sie versuchen wollte, telepathisch Kontakt mit ihm aufzunehmen. Sie wurde putzmunter, als sie von Boston hörte, und war sofort bereit mitzukommen.

So würde ich wenigstens Gesellschaft haben, aber ich wusste nicht, ob es meinem Gemütszustand zuträglich war, sich die 250 Meilen bis nach Boston zu schleppen. Was, wenn ich in einer fremden Stadt gaga wurde? Ich wusste außerdem, dass so gut wie gar keine Chance bestand, die romantischen Begegnungen vom August zu wiederholen. Stattdessen, sagte ich mir, würde ich wahrscheinlich nicht mal mit meinem Roller reden können. Dann stieg Lauren wegen einer Familiensache aus, und Barbarino sagte, er könnte nicht mit mir zusammen fahren, weil er aus mysteriösen Gründen am Tag vorher da sein ›musste‹. Und zu allem Überfluss hatte ich keine Ahnung, wie ich die Band aufspüren sollte.

Nichts davon war ein gutes Vorzeichen. Ich fuhr trotzdem, nahm ganz allein an einem eisigen Samstag eine Woche vor Weihnachten einen Trailways-Bus nach Boston. Als wir am frühen Nachmittag in Boston einrollten, wurde mir erst klar, welche Idiotie mein Trip hierher war. Der Gig war ausverkauft, ich wusste nicht, wo die Band abgestiegen war, ich wusste ja nicht mal, wo Barbarino war. Es war eine Herausforderung.

Aus langer Gewohnheit suchte ich eine Telefonzelle, sah in den *Gelben Seiten* nach und schrieb mir die Adressen von in Frage kommenden Hotels raus, beziehungsweise die der besseren Ketten. Dann klapperte ich methodisch alle ab und überprüfte sie. Als ich die meisten auf meiner Liste durchhatte, ging die Sonne beinahe unter. Bis zum letzten, dem Sonesta, war es dann ziemlich weit von dort, wo ich gerade war, darum entschied ich mich, es für den Moment aufzugeben und mich in der Hoffnung, von einem Schwarzhändler eine Karte zu bekommen, zum Garden zu begeben. Zu meiner Erleichterung gab es an der Kasse noch ein paar reguläre einzelne Plätze, und ich ging rein, dankbar, dem kalten, düsteren Nachmittag zu entkommen.

Zu unserer beiderseitigen Verwunderung saß ich in der Reihe hinter Barbarino, Kim und Diane, einem Fan, den wir in Charlotte kennen gelernt hatten. Ich war besonders überrascht, Kim zu sehen. Soweit ich gewusst hatte, war sie auf ihrem halbjährlichen Trip nach Florida und arbeitete hart daran, ihre Haut mahagonibrauner zu rösten, als sie ohnehin schon war. (Damals wusste natürlich noch niemand von Hautschäden durch Sonnenlicht, und ich habe micht oft gefragt, wie Kims Haut wohl ausgesehen hat, als sie dreißig war.)

Sie musste extra für dieses Konzert zurückgeflogen sein. Na, jedenfalls, zu sagen, dass sie nicht erfreut war, mich zu sehen, wäre eine Untertreibung. Sie sah aus wie ein Mafiaboss, der gerade das Brooklyner Hafengebiet verloren hatte. Wären wir nicht Freundinnen gewesen, hätte ich mich vor ihr gefürchtet.

Ich hatte nichts getan, um sie gegen mich aufzubringen, das war einfach ihr Naturell. Wenn man sie an einem guten Tag erwischte, war sie ein reizender Mensch, solange man nicht versuchte, das Gespräch auf sich selbst zu bringen, oder einen ihrer Monologe über Eric unterbrach. An einem schlechten Tag, und davon gab es viele, behandelte sie dich wie einen üblen Geruch. Darum überraschte es mich also nicht, dass sie nicht begeistert war, mich zu sehen – warum sollte sie? Noch ein Mädchen bedeutete nur zusätzliche Konkurrenz. Aber ich hatte so einen scheußlichen Tag, dass ein freundliches Gesicht mir viel bedeutet hätte.

Während der nächsten Stunden taute sie langsam auf, und als die Rollers zum Abschluss des Abends aufliefen, waren wir so weit, vorsichtig freundliche Bemerkungen auszutauschen, hauptsächlich darüber, wie beschissen unsere Plätze waren. Wir waren so weit weg von der Bühne, dass wir eine andere Postleitzahl als die Rollers hatten, aber das spielte keine Rolle, da die Band eine der uninspiriertesten Shows hinlegte, die wir je von ihnen gesehen hatten. Warum? Wahrscheinlich aus demselben Grund, aus dem wir mürrisch und melancholisch waren – es war eiskalt draußen, und sie wollten eigentlich nicht hier sein.

Ich betrachtete sie mit einem Desinteresse, das mich vor wenigen Monaten noch erstaunt hätte. Sogar der Anblick meines persönlichen Rollers ließ mich kalt, obwohl ich, wenn ich meine Gefühle genauer analysiert hätte, sicher irgendwo Sehnsucht und Traurigkeit aufgespürt hätte – und die quälende Gewissheit, dass ich ihm nie wieder so nahe sein würde wie in diesen beiden Nächten im August.

Nachher schlurften wir auf den Parkplatz. Diane hatte ein Auto, und ihren Gesprächen war zu entnehmen gewesen, dass die drei wussten, wo die Rollers übernachteten, und dorthin fahren würden. Als wir ans Auto kamen, gab es einen peinlichen Moment, als alle außer mir einstiegen. Sie hatten mich nicht offiziell eingeladen, mitzukommen, aber sie würden mich ja nicht einfach stehen lassen, oder? Glücklicherweise taten sie das nicht, obwohl ich mir sicher bin, sie hätten es getan, wenn es nach Kim gegangen wäre. »Steig ein«, befahl sie mir ungeduldig, und ich quetschte mich auf den Rücksitz, während die anderen drei die Show diskutierten.

Sie ignorierten mich völlig, lachten und sangen laut den diesmonatigen Queen-Hit »We Are The Champions« mit, der aus dem Radio plärrte. Ich fühlte mich ziemlich elend. Ich hatte so einige Gedanken zur Show, die ich gerne mit jemandem geteilt hätte – warum trug Woody einen karierten Schlips zum nackten Oberkörper, zum Beispiel –, aber niemand fragte mich nach meiner Meinung. Darum drückte ich mich so dicht wie möglich ans Fenster, bis wir auf den Parkplatz des Sonesta fuhren. Es war das einzige Hotel, das ich am Nachmittag nicht überprüft hatte. Typisch.

Wir stiegen in den Aufzug, ich immer noch bemüht, Kims Warum-verpisst-du-dich-nicht-Caroline-Blick zu ignorieren. Die drei hatten zusammen ein Zimmer im zehnten Stock, fünf Etagen über der Band. Tatsächlich sah der ganze zehnte Stock wie ein Rollerfans-Heerlager aus, denn mindestens acht Zimmer wurden von Leuten bewohnt, die ich aus New York, New Jersey, Philadelphia und Ohio kannte. Es war so was wie eine Party zum Ferienanfang, bei der Leute sich lärmend gegenseitig besuchten, mit Eiskübeln hin und her liefen und laut debattierten, wie sie zur Band vordringen könnten.

Die Antwort darauf war, dass es unmöglich war. Auf ihrer Etage gab es einen Aufpasser – nicht Bob, unglücklicherweise –, und wir konnten nichts weiter tun, als in der Lobby herumzuhängen und abzuwarten, ob einer von ihnen herunterkam. Etwa um Mitternacht erschien Leslie, von einigen Mitgliedern der Road Crew begleitet. Barbarino schoss rüber zu einem der Roadies, während sie auf ein Taxi warteten, und kam wichtig grinsend zurück. »Sie fahren in einen Club, aber der Roadietyp hat gesagt, sie würden zur Party in unser Zimmer kommen, wenn sie wieder da sind.«

Das hatte ich doch schon mal gehört, in Charlotte, darum nahm ich es nicht ganz ernst. Etwa um drei Uhr morgens, als wir in unserem Zimmer herumsaßen, rauchten und fernsahen (Kim schien nichts dagegen zu haben, dass ich blieb – zumindest traf sie keine aktiven Maßnahmen, um mich herauszuwerfen), kam der Roadie, Greg, mit einem Crewmitglied namens Jake vorbei. Kein Leslie traurigerweise – er war ins Bett gegangen, dieses Fliegengewicht. Aber Roadies waren besser als nichts, und wir hießen sie mit den Resten einer Pizza vom Pizzadienst willkommen.

Andere Fans tauchten auf, als sie BCR-Witterung aufgenommen hatten, und das Zimmer war bald so voll, dass weder auf den Betten noch auf dem Fußboden mehr Platz war. Wir plauderten alle fünfzehn oder so eine halbe Stunde lang über nichts, um unseren Gästen gegenüber cool und gleichgültig zu wirken. Dann schleuderte Greg plötzlich ohne Vorwarnung eine Lampe durchs Zimmer. Kims kostbare Kaninchenfelljacke wäre hinterhergeflogen, aber Kim klammerte sich mit aller Kraft daran, während Jake seinen plötzlich wahnsinnig gewordenen Freund aus dem Zimmer schob und sich über dessen Schulter weg entschuldigte.

»Gott, was war denn mit *dem*?«, fragte jemand. »Tourkoller«, sagte Barbarino wissend. Eine Diskussion über ›Tourkoller‹ entspann sich, und ich fragte mich, ob und wann ich in dieser Nacht noch Schlaf finden würde. Dann bemerkte ich, dass Jakes Jacke zerknüllt in einer Ecke des Bettes lag, vergessen in dem ganzen Wirbel. Ha! Ein guter Vorwand, um in die Rollersetage runterzugehen. Ich klemmte sie mir unter den Arm und verließ leise das Zimmer.

Der Aufpasser erhob sich, um mich aufzuhalten, als ich im fünften Stock aus dem Aufzug trat, aber ich schwenkte die Jacke und sagte ihm, worum es ging. Der Aufpasser zeigte mir eine Tür am Ende des Flurs, und Jake öffnete sie. Ich gab ihm die Jacke, und er sah mich einen Moment lang an, etwas unschlüssig, wie gastfreundlich er sein sollte. »Möchtest du schnell was trinken?«, sagte er schließlich. Genau das, worauf ich gehofft hatte. Nein, eigentlich hatte ich gehofft, er würde sagen: »Dein persönlicher Roller vermisst dich – ich sage ihm, dass du hier bist«, aber ein Drink mit einem Roadie war besser als nichts.

Wie sich herausstellte, war Jake mehr als nur ein Roadie. Als einziger Schotte in der Crew hatte er seit Jahren mit den Rollers gearbeitet und war ihre rechte Hand. Es war also schon ein kleiner Coup, mit einem Glas Leitungswasser in der Hand in seinem Zimmer zu sitzen, während er es sich in einem Sessel gemütlich machte und mich schweigend inspizierte. Ich hoffte, er würde massenhaft Klatsch über die Band auspacken, und versuchte, das Gespräch in diese Richtung zu lenken.

»Sie haben jetzt viel mehr Freiheiten, oder?«, fragte ich. »Da geht es wohl manchmal ziemlich wild zu, hm?« Es war halb vier Uhr morgens, und es war mir egal, wie unsubtil ich war.

Er sah mich nur an und versuchte sich zu erinnern, wo er mich vor heute Abend schon gesehen hatte. »Ich dachte, ich hätte dich wieder erkannt«, sagte er nach einer Weile. »Du bist einem aus der Band sehr nahe gekommen. In Ohio oder irgendwo da.« Ich lächelte mit leisem Stolz über seinen gentlemanliken Euphemismus, ehe mein Hirn ansprang und ich mich zu fragen begann, woher er davon wusste. Hatte ihm mein Roller in einem Anfall kumpelhafter Mitteilsamkeit davon erzählt? Sicher nicht.

»Das warst du, oder?« Sein Tonfall war nicht besonders angenehm, und wie er mich ansah … war es mit Verachtung? Ehe das Gespräch in ein noch fruchtloseres Fahrwasser geriet, fand ich, es sei Zeit, in mein eigenes Zimmer zurückzukehren. »Na dann, danke für den Drink«, sagte ich.

»Tu nichts, was ich nicht auch tun würde«, lautete seine Antwort.

Als ich auf den Knopf des Aufzugs drückte, fing ich bereits an, mir wegen meiner Dummheit Vorwürfe zu machen. Ich wünschte, ich wäre nie in sein Zimmer gegangen. Er würde es bestimmt IHM erzählen, und ich konnte mir gut vorstellen, wie die zwei am nächsten Morgen von Mann zu Mann darüber lachten. Die Vorstellung war schrecklich. Mehr als schrecklich, weil sie die geheiligte Erinnerung an unsere zwei wundervollen Nächte zerstörte. Eins der Dinge, die mich den ganzen Herbst über aufrecht gehalten hatten, war der Glaube daran, dass ihm – so unwahrscheinlich das auch war – unsere beiden Nächte etwas bedeutet hatten. Die Möglichkeit, dass er es mit dem Rest der Band – und auch noch mit den Roadies, o Gott – diskutierte, war mir einfach gar nicht in den Sinn gekommen.

Aber was hatte ich erwartet, dachte ich verzweifelt, als der Aufzug kam. Sie sind eine Bande Jungs zusammen auf Tour in einem fremden Land. Natürlich reden sie über Mädchen. Trotzdem …

Als ich wieder im zehnten Stock war, legten die anderen sich gerade für den schäbigen Rest der Nacht aufs Ohr. Die Betten in unserem Zimmer waren belegt, darum rückte ich zwei Sessel zusammen und machte es mir darauf ›bequem‹. Ich schlief auch unter idealen Bedingungen schon schlecht, und ideal waren die Bedingungen hier wahrlich nicht, darum seufzte ich und zündete mir eine Zigarette an. Es war die letzte in der Packung, und die Packung war meine dritte heute gewesen, was bedeutete, dass ich in weniger als vierundzwanzig Stunden sechzig Zigaretten weggequalmt hatte. Ich hatte außerdem nichts gegessen, seit ich in New York losgefahren war, außer zwei Stücken Pizza, und ich hatte nicht geschlafen. Ich rechnete all das zusammen und wurde plötzlich unruhig. Es war keine Panik, mehr ein Mein-Gott-was-mache-ich-Hier. Wenn man alles zusammennahm, würde sich diese wohl als meine schlimmste Roller-Expedition herausstellen.

Wir wussten von Jake, dass sie mittags nach Los Angeles abreisen wollten, also warteten wir schon in Taxis, bereit, ihnen bis zum Flughafen hinterherzujagen. Warum wir uns das nach so einer deprimierenden Nacht noch antaten, weiß ich nicht – wahrscheinlich die Macht der Gewohnheit. Als wir am Logan Airport eintrafen, hielt ich mich im Hintergrund, während Barbarino und die anderen hinter der Band herpreschten, die in die VIP-Lounge gewinkt wurde, ehe der Barbster auch nur ein Foto machen konnte. Alles, was ich von meinem Roller sah, war sein knochiger Jeanshintern, als er davonhastete. Ihr Flug nach Los Angeles ging pünktlich, und das war's dann.

Und dann befanden wir uns allein im Terminal. Trüber, grauer Sonntagmorgen, nichts zu tun, da entschieden wir uns spontan, nach New York zurückzufliegen. Ich hatte vorgehabt, den Bus zu nehmen, aber die Vorstellung, fünf Stunden über die Highways von New England zu gurken, war plötzlich zu viel für mich.

Als wir in der Luft waren, war Kim plötzlich wieder meine dicke Freundin und entschuldigte sich für ihre Kälte während der letzten zwölf Stunden. »Ich bin bloß richtig fertig wegen Eric«, seufzte sie. »Ich mag ihn wirklich, und wenn das so weitergeht, werde ich nie wieder mit ihm reden.« Sie fuhr sich mit einer sonnengerösteten Hand über die Augen, und ihre Schultern zitterten unter dem Kaninchenfell. So fix und fertig war sie seit der letzten Nacht in Charlotte nicht mehr gewesen, als sie sich so zugeschüttet hatte, dass sie praktisch im Flur vor Faulkners Zimmer ohnmächtig geworden war.

Ich wusste, wie ihr zumute war. Näher als am Flughafen war ich meinem Roller bei dieser kleinen Tour nicht gekommen, und er hatte mich nicht mal gesehen. Und natürlich war er überirdisch schön gewesen, da er umso begehrenswerter wurde, je unerreichbarer er für mich war.

Die Verlorenheit dieses letzten Blickes auf sie begleitete mich noch auf dem ganzen Flug und der U-Bahn-Fahrt nach Hause. Er war so unerreichbar, als hätten wir uns nie getroffen, und ich war schon beinahe überzeugt, das hätten wir auch nicht. Die sanfte Intimität dieser beiden Sommernächte, die unangestrengte Süße waren keine klare Erinnerung mehr, sondern wurden bereits unscharf wie ein Traum. Ich konnte mich nicht mehr an alles erinnern, was er gesagt hatte, an jede Nuance seiner Stimme, die Konturen seines Akzents. Kleine sensorische Schnappschüsse wie der Geruch seiner Haut, die er mit dem Limonenduft von Yves St. Laurent for Men parfümierte, und der seidige Glanz seiner Haare verblassten. Ich hatte in letzter Zeit meine Tagebucheinträge aus den letzten Augusttagen zu Hilfe genommen (die Schilderung der zweiundsiebzig Stunden, die wir unterwegs gewesen waren, nahm ganze acht Seiten in Anspruch), und nur wenn ich das tat, war ich in der Lage, die Gefühle wenigstens für ein paar Sekunden wieder zum Leben zu erwecken.

27

ARBEITEN WAR WEITERHIN entsetzlich. Diese Angstzustände wollten gar nicht mehr weggehen, sie wurden zu einer ebenso verlässlichen Größe wie Barbarinos Quantum an Lügen über die Rollers (seine jüngste lautete, sie würden für März eine Küste-zu-Küste-Tour planen, was nicht stimmte).

Es verlief immer nach demselben Muster: aufwachen, Orangensaft, Zigarette, Angst. Die ersten Regungen von Angst traten auf, sobald meine Nerven erwachten, sich reckten und streckten und auf einen neuen Tag hektischer Fluktuation vorbereiteten.

Ich kam ins Radio City, machte meine Theke fertig und versuchte, mich zu entspannen. Nichts zu machen. Das zusehends vertrauter werdende angstvolle Flattern machte sich immer bemerkbar, gelegentlich von seltsamen Wahrnehmungsstörungen begleitet.

Die konnten einem richtig Angst machen. Dinge sahen abartig groß aus, oder so winzig, als schaute ich durch das falsche Ende eines Teleskops. Meine Hände, die auf der Theke lagen, schienen meilenweit entfernt zu sein. Oder sie hingen taub an meinem Körper herunter, und ich spürte sie zwar, kam mir jedoch seltsam abgetrennt von ihnen vor. Menschen nehmen Drogen, um genau diese Effekte zu erzielen, und ich bekam alles gratis. Das Schlimmste war, dass ich nie wusste, wann die Angstzustände auftreten würden. Ich begann, bestimmte Auslöser wieder zu erkennen – Radio City natürlich, dann große Kaufhäuser und praktisch alles, was groß und voll war und wo ich nicht mühelos herauskommen konnte. Aber manchmal gab es auch keinen erkennbaren Grund. Manchmal wachte ich einfach morgens auf und fühlte mich auf der Stelle ungut.

Den Ausdruck ›Angsterkrankung‹ hatte ich noch nie gehört und dachte einfach mit täglich wachsender Verzweiflung, dass mein Verstand aus den Fugen geriete. Also tat ich nach einem Monat das, was jedes bürgerliche jüdische Mädchen tut, das verrückt zu werden glaubt. Ich ging zum Psychiater.

Dr. Kalman war ein alter Jude, dessen Praxis auf der Upper West Side lag, aus dem Fenster sah man nur den Lichtschacht eines anderen Gebäudes. Das einzig schmückende Element im Zimmer war sein Diplom von der New York University, an der er irgendwann im achtzehnten Jahrhundert promoviert hatte. Er sah es nicht gerne, wenn man rauchte, und suchte nur sehr widerwillig in seinem Schreibtisch einen Aschenbecher, als ich kam.

Das einzig Gute an ihm war, dass er keine typische Psychiatercouch hatte – Gott sei Dank, denn auf der Couch zu liegen hätte mir das Gefühl gegeben, richtig krank zu sein. Das bedeutete allerdings, ich musste sitzen und ihn beschämt ansehen, während ich den Rauch von ihm wegzupusten versuchte.

Ich quasselte über meine Gefühle, und er machte sich Notizen, war aber sehr wählerisch mit dem, was er aufschrieb. Ich beobachtete ihn und fragte mich, warum er zum Beispiel etwas über die Rollers aufschrieb, aber nicht, dass ich vier Haltestellen früher aus der U-Bahn hatte aussteigen müssen, weil mir die Angst die Kehle zuschnürte.

Ich konnte mir allerdings vorstellen, wie die Rollers möglicherweise mit all dem zusammenhingen. Wenn ich den Verstand verlor, musste das einen Grund haben, und was konnte es für einen besseren Grund geben als meine intensive Beziehung zu ihnen? Sie waren zwei Jahre lang der Mittelpunkt meines Lebens gewesen, ich war ihnen näher gekommen, als ich es je erhofft hätte, und kaum war mir das gelungen, begann ich abzubauen. Dieser Verfall hatte den ganzen Herbst über angehalten und erschien mir jetzt, wo ich darüber nachdachte, als Vorbote dessen, was gerade mit mir passierte. Die erste Angstattacke, begann ich zu glauben, war nur ein Katalysator gewesen, und was da heraussprudelte, war aufgestauter Rollers-Irrsinn. Das war jedenfalls meine Theorie, und Kalman stimmte zu, sofern er überhaupt eine Meinung äußerte.

Okay, die Angst hatte also mit den Rollers zu tun, einigten Kalman und ich uns schließlich, und dann wollte er wissen, warum ich überhaupt diese enge Bindung an sie entwickelt hatte. Dazu waren viele öde Sitzungen über meine Kindheit, meine Eltern, Schule, Blablabla erforderlich. Kalman ermutigte mich, bis ins kleinste Detail von Dingen zu erzählen, die ich für trivial hielt – wie zum Beispiel, ja, ich wäre lieber mit glattem Haar geboren worden, aber das bedeutete nicht, dass ich ein Problem mit meiner ›jüdischen Identität‹ hatte, wie er andeutete. Es bedeutete nur, dass ich nicht mit dem Kamm durchkam.

Die Panikattacken wurden nicht besser. Sie wurden eher schlimmer, und das Gleiche galt für meinen Gemütszustand, weil alles im Leben, das ich als stabil und berechenbar gekannt hatte, jetzt instabil und chaotisch war. Die Panikattacken kamen aus Regionen meines Gehirns, deren Existenz ich nie geahnt hatte – und wenn es einem Gehirn möglich war, solche Angst zu produzieren, wozu war es dann noch fähig? Alles, was ich von mir selbst geglaubt hatte, konnte ich komplett vergessen. Ich fühlte mich orientierungslos, auf Gedeih und Verderb jedem Paniksignal ausgeliefert, das meine Synapsen entlanggeknistert kam.

Und wenn ich meinem eigenen Gehirn nicht trauen konnte, wie konnte ich dann der äußeren Welt trauen, die bis dahin ein sicherer, überschaubarer Ort gewesen war? Das ging so weit, dass ich mich an einem besonders tristen Winterabend fragte, woher ich wissen sollte, dass die ganze Welt nicht nur ein Produkt meiner Phantasie war? Ich hatte eine buchstäblich existenzielle Krise. David, der am College Philosophie belegt hatte, erzählte mir davon. »Woher soll ich wissen, dass du real bist?«, fragte ich ihn gequält. »Du klingst wie alle anderen in meinem Kurs«, sagte er grinsend.

Ich konnte die Panikattacken nicht abstellen, und ich konnte meine Phantasie nicht abstellen, und beide nährten sich gegenseitig, mit beängstigender Wirkung. Das Schlimmste war, dass ich mich damit total allein gelassen fühlte.

Erst etwa acht Monate später erwähnte Kalman, dass die Angst selbst mit Tranquilizern behandelt werden könnte. Was? Mir blieb die Spucke weg. Sollte das heißen, ich müsste diesen Terror gar nicht andauernd ertragen? Ich kann tatsächlich eine Pille nehmen, und es hört auf? Danke, dass Sie mir das jetzt schon sagen!!!

Er stellte mir ein Rezept aus. Ich löste es ein. Das war im September 1978, und ich hatte diese emotionale Zerrüttung seit fast einem Jahr erduldet. Innerhalb weniger Wochen war ich auf dem Weg der Besserung und sauer, dass er damit nicht früher rausgerückt war. Er erklärte mir, er hätte die Ängste ihren natürlichen Verlauf nehmen lassen wollen, der alle möglichen Einblicke in das ›innere Psychodrama‹ (seine Worte) gestatten würde, das mich dazu gebracht hatte, die Rollers zu lieben. Tja, hat es nicht, Arschgesicht.

Aber zurück zum Jahreswechsel 1977, den ich damit feierte, dass ich meinen Job kündigte. Das Radio City war unerträglich geworden, und Arbeitslosigkeit schien mir erstrebenswerter, als jeden Tag dorthin zu gehen. Ich hielt es nicht aus, jeden Tag in der City zu sein, überwältigt von den hoch aufragenden Wolkenkratzern und wie betäubt von dem ununterbrochenen Menschenstrom auf den Bürgersteigen, die mir so breit und ungeschützt vorkamen, dass mir ganz flau wurde.

»Deine Entscheidung war ganz richtig«, beschwichtigte mich Cathy am nächsten Nachmittag, am Neujahrstag. Wir waren in dem Kino in der Nähe ihrer Wohnung in Brooklyn und sahen uns den neuen John-Travolta-Streifen an, *Saturday Night Fever*. Wir hatten ihn uns nur angesehen, weil er in Brooklyn spielte – er war sogar in unmittelbarer Nähe von Cathys Wohnung in Bay Ridge gedreht worden.

»Ich hoffe, du hast Recht«, flüsterte ich, als John Travolta, beziehungsweise Tony Manero, wie er im Film hieß, in den lokalen Nachtclub stolzierte, 2001 Odyssey, der im wirklichen Leben nur sechs oder sieben Blocks von dort entfernt war, wo wir saßen. Er tanzte zu irgendeiner stampfenden Disconummer – Gott, nicht einmal im Kino ist man vor Disco sicher, dachte ich angewidert –, als er plötzlich auf der anderen Seite der Tanzfläche ein Mädchen sah, das seine Aufmerksamkeit fesselte. Es war eine ehrgeizige kleine Braut namens Stephanie, die nach Manhattan umgezogen war und sich für zu fein für Typen wie Travolta hielt, der sie für den Rest des Films umwarb.

Trotz des Discosoundtracks, der Stücke einiger meiner liebstgehassten Gruppen wie K. C. & The Sunshine Band und den Bee Gees enthielt, war der Film sehr aufbauend.

Als sich Tony und Stephanie zum Schluss in Weichzeichner umarmten, während über Manhattan der Morgen anbrach, fühlte ich mich verjüngt und hoffnungsvoll. Mit dieser Panikgeschichte würde ich fertig werden, sagte ich mir kämpferisch. Ich wusste, ich konnte es. Es würde nur ein bisschen Anstrengung erfordern. Ich verließ das Kino, den Abspann-Song des Films summend, »How Deep is Your Love«. Vielleicht konnte ich mich sogar mit Disco anfreunden.

28

1978

Erster Nr. 1 Hit 1978 (GB): »Mull of Kintyre«/Wings.
Größte Rollers-Hits (GB/USA): keine.

OH YEAH. Meine gehobene Stimmung hielt genau fünf Tage an, bis zu meiner nächsten Panikattacke. Eigentlich war es nicht direkt Panik, mehr ein Unwohlsein, das schwärzlich in mein Bewusstsein sickerte, während Cathy, Lauren und ich uns die Rollers in »The Midnight Special« ansahen, der Musiksendung, in der sie während des Sommers zuletzt aufgetreten waren. Mein Unwohlsein schien irgendwie mit Leslie verknüpft zu sein, der ein kettenverziertes schwarzes Shirt, schwarze Jeans und schwarze Stiefel trug. Er sah peinlich aus – eine Kreuzung zwischen Fetischist und SS-Mann –, aber dieser Flirt mit Tabus hatte etwas Beunruhigendes. Verdammt, er war ein Bay City Roller. Was dachte er sich dabei?

Ich nahm alles, was mit ihnen zusammenhing, in dieser Zeit sehr persönlich, und als ich ihn im Fernsehen sah, erinnerte ich mich plötzlich lebhaft an seine Unfreundlichkeit im August. Die Erinnerung daran in Kombination mit diesem billigen S&M-Look ließ ihn mir plötzlich extrem unheimlich erscheinen. Obwohl ich nicht wollte, erinnerte ich mich, wie ich ihn in die Pizzeria in Youngstown verfolgt hatte, und an seine verächtliche Abfuhr (»Was du machst, ist mir scheißegal«).

Wie hatte ich mich nur zu einem so verzweifelten Schritt hinreißen lassen können?, dachte ich, und Ärger auf ihn wie auf mich stieg in mir hoch. Es versaute mir wirklich den ganzen Rest der Woche.

Aber ich konnte nie lange auf Distanz bleiben. Ich nahm Leslies neuen Look mit derselben Schicksalsergebenheit hin, mit der ich zum Beispiel Debbie Bottoms und Kims kurze Episode mit Eric hingenommen hatte. Man passte nur jedes Mal seine Sichtweise von ihnen neu an. Es blieb einem nichts anderes übrig, wenn man die Verbindung nicht für immer kappen wollte, und dazu war ich noch nicht bereit.

Aber obwohl ich langsam jede kleine Änderung akzeptierte, wünschte ich insgeheim, dass sie zu ihrer früheren lächelnden Unschuld zurückkehren würden. In den zweieinhalb Jahren, in denen ich ihnen gefolgt war, hatten sich meine Bedürfnisse nie geändert. Auch nicht die der meisten anderen Fans, vermutete ich. Alles, was wir von ihnen wollten, war, dass sie uns nicht erwachsen werden ließen.

Die gesamte Karriere der Rollers war somit ein ewiges Zerren zwischen den Erwartungen der Fans und den Erwartungen der Band. Unsere hielten mit ihren niemals Schritt, und während ihre wuchsen, hatten wir nur die Wahl, entweder jede neue Version zu akzeptieren oder das sinkende Schiff zu verlassen. Aber ich schaffte den Absprung nicht, damals noch nicht. Durch die Angstzustände war das Leben zu qualvoll, um es ohne die Rollers durchzustehen. Rollers in SS-Stiefeln waren immer noch besser als gar keine Rollers.

Eine Woche später schwanden meine Bedenken kurzfristig, als Emma mir ein verfrühtes Geburtstagsgeschenk machte – eine Flasche von dem Parfüm meines Rollers, Yves Saint-Laurent for Men. Der Limonenduft brachte die kühle Dunkelheit unserer Liaisons in Detroit und Charlotte zurück. Ich wusste, dass ich sie, egal was ich tat, immer anbeten würde. Ich tränkte mich mit dem Duft.

Einen neuen Job zu finden wurde bald zwingend notwendig, nicht nur wegen des Geldes, sondern auch, damit ich nicht so viel Zeit hatte, herumzusitzen und die Panikspirale außer Kontrolle geraten zu lassen. Anfang 1978 war keine schlechte Zeit, um sich nach einem Job umzusehen. Es gab jede Menge Einsteigerjobs als Sekretärin oder Telefonistin in hochvornehmen Midtown-Büros, und trotz meines Mangels an Qualifikation und meines unterirdisch schlechten Schreibmaschineschreibens hatte ich innerhalb einer Woche eine Stelle gefunden.

Ich war mir nie sicher, was das International Council of Shopping Centers genau machte oder wie meine Pflichten als eine seiner Angestellten aussahen. Im Bewerbungsgespräch hatte der schicke Personalchef mir erklärt, es sei eine Handelsorganisation, die die Interessen von Einkaufszentren im ganzen Land verträte, und dass ich in der Mitgliederabteilung arbeiten und neue Aufnahmegesuche bearbeiten würde. Aber auch als ich den Job ein paar Tage später telefonisch annahm, wusste ich nicht, wozu ich ja sagte.

In den ganzen drei Monaten, die ich dort war, konnte ich nicht herausfinden, was irgendeiner von uns in diesem Chrom-und-Glas-Bau auf der East Fiftyfourth Street (das wir uns zu meiner freudigen Erregung mit Elektra, einer großen Plattenfirma, teilten) eigentlich tat. Ich saß an meinem Schreibtisch, nahm verwirrt Anrufe von den Betreibern irgendwelcher Einkaufszentren im Mittelwesten entgegen und versuchte zu kapieren, welchen Sinn das alles hatte.

Was ziemlich genau meinen Geisteszustand wiedergab. Welchen Sinn hatte überhaupt etwas? Ich konnte nichts weiter tun, als mich von der unablässigen inneren Spannung abzulenken. Ich ging so oft wie möglich aus, unter anderem, um die Soulstars Al Green (»Gab sich aber auch nicht das kleinste bisschen Mühe«, notierte ich übellaunig) und Barry White (»Wahnsinnig witzig – fett und glitzernd«) zu sehen. Ich sah mir David Cassidys wuschigen Bruder Shaun an, der das riesige Nassau Coliseum füllte – etwas, das die Rollers nie geschafft hatten –, und den grantigen schottischen Komiker Billy Conolly, der seine Zuschauer ebenso verwirrte wie sie ihn.

An einem Wochenende im Februar, an dem ich verzweifelt nach etwas suchte, das meine Gedanken vom Angsten ablenkte – ja, ich hatte ein eigenes Verb dafür erfunden, ›angsten‹ –, flog ich nach Columbus, Ohio, um meine Brieffreundin Tracy zu besuchen. Sie holte mich mit ihrem Ehemann (sie hatte einen Ehemann?), der offensichtlich nichts von ihrem One-Night-Stand mit Eric wusste, vom Flughafen ab. Ihr Mann war fast während meines ganzen Besuches um uns herum, darum konnten Tracy und ich nur über Eric diskutieren, als sie am Samstagnachmittag mit mir ins Einkaufszentrum ging.

Sie verzehrte sich nach Faulkner, und man konnte verstehen, warum. Er muss ihr als unglaublich glamouröse Alternative zu ihrem Leben in einem einstöckigen Haus in Columbus erschienen sein, besonders jetzt, wo sie und ihr Mann ein Baby erwarteten. Diese Neuigkeit hatte sie mir auf dem Weg vom Flughafen anvertraut und mit einem wehmütigen Flüstern hinzugefügt: »Ich wünschte, es wäre von Eric.« Sie wäre überrascht gewesen zu hören, dass ihr ereignisloses Leben mir, verglichen mit meinem, das von unvorhersagbaren Angsteruptionen heimgesucht wurde, hochattraktiv erschien. Ich hätte viel darum gegeben, mit ihr den Platz zu tauschen und für immer in ihrer stillen Vorortstraße zu leben.

29

DIE SEX PISTOLS TRENNTEN SICH. Sie kamen zu ihrer ersten Tour nach Amerika, spielten eine Hand voll Gigs vor aggressivem Publikum und hängten nach dem letzten Gig in San Francisco die Sache an den Nagel. Dann kollabierte Sid Vicious auf dem Weg zurück nach London im Flugzeug wegen eines kleinen Drogenmissgeschicks; solche Sachen passierten ihm ständig. Ich las davon mit einer gewissen Distanziertheit, da ich mittlerweile Ex-Punk-Fan war. Der Nihilismus und die Aggressivität des Genres waren in meinem Zustand zu viel für mich, darum griff ich lieber auf angenehm stumpfsinnige amerikanische Erzeugnisse zurück, um meine musikalischen Bedürfnisse zu befriedigen.

Nachdem ich sie jahrelang von ganzem Herzen gehasst hatte, sah ich plötzlich den Sinn hinter Acts wie Meat Loaf, Stadionrockern wie Styx und Dickey Betts, einem haarigen Südstaatenbubba, der früher Gitarrist bei den Allman Brothers gewesen war. Sie waren zwar nicht sexy, sie rissen nicht gerade alte Barrieren ein, aber sie waren solide und gaben einem Sicherheit. Bei Loaf wusste man immer genau, wo man dran war.

Es traf sich gut, dass ich plötzlich Meat Loaf und Freunde schätzen lernte, denn anderenfalls hätte es dünn für mich ausgesehen. In den ausgehenden Siebzigern hatte die amerikanische Rockmusik einen absoluten Tiefstand erreicht. Der etwas geschwollene Mr. Loaf, Styx und der Rest waren nur die Spitze des Müllbergs, und wenn ich euch sage, dass die große Hoffnung der Musikindustrie für 1978 die bärtigen Prog-Rocker Boston waren, könnt ihr euch ungefähr vorstellen, was ich meine.

Und aus der Popwelt kam auch keine Erlösung, denn sie wurde von Fliegengewichten wie Shaun Cassidy und David Soul beherrscht. Das einzige Gebiet amerikanischer Musik, auf dem sich wirklich etwas tat, war Disco, aber ich war immer noch überzeugt, das sei Gehirntoten vorbehalten, die vielleicht tanzen konnten, aber nicht in der Lage waren, anständige mittlere Achtel zu würdigen. *Saturday Night Fever* hatte meine gesamten Vorurteile gegenüber Disco bestätigt – diese Musik war nicht nur intellektuell zu vernachlässigen, sie verführte Männer auch, weiße Anzüge zu tragen. Erschwerend kam hinzu, dass anscheinend alle Disco-Fans in den äußeren Stadtbezirken lebten und einen schrecklichen Bronx-Akzent hatten. Hätte ich nur voraussehen können, dass ich zwanzig Jahre später einen großen Zeitungsartikel über *Saturday Night Fever* schreiben würde, der in der Zwischenzeit zu meinem Lieblingsfilm aller Zeiten geworden war!

Nein, ich konnte mich nicht mit Disco anfreunden, und ich konnte keinen Punk hören, darum blieb für mich nur grundsolider Rock. Ich kaufte sogar die Boston-LP.

Als nächsten Schritt meines Versuches, mich zu stabilisieren, wollte ich mir einen Freund an Land ziehen – einen richtigen, den ich ja eigentlich nie gehabt hatte. Wenn ich mich nicht von den Rollers losreißen konnte, wollte ich sie zumindest in den Hintergrund verbannen, was bedeutete, dass ich ein neues Objekt für meine Liebe brauchte. Zum ersten Mal in meinem Leben wollte ich mich ›verabreden‹. Ich war nicht wählerisch, ich beschloss, einfach mit dem ersten Menschen, der mich fragte, auszugehen, solange er etwas auf Hygiene achtete und zumindest ein paar Brocken Englisch sprach.

Ein Taxifahrer namens Scott war der Erste, der meinen Kriterien entsprach. Er gabelte mich eines Abends vor Dr. Kalmans Praxis auf, und als er mich an der Ninth Street absetzte, hatte er mich um meine Nummer gebeten.

Er war aus Brooklyn – dem Land von *Saturday Night Fever* –, aber ich versuchte, unvoreingenommen zu sein. So führte ein Date zum anderen und dann wieder einem anderen, nicht etwa, weil wir irgendetwas gemeinsam hatten, sondern weil er so beruhigend solide war. Er lebte bei seinen Eltern im Arbeiterstadtteil Bensonhurst, liebte die Jets und die Knicks und kannte sich selbst mit ruhiger Gewissheit. Er lag nachts nicht wach und fragte sich, ob er verrückt wurde. Seine Stabilität war unglaublich anziehend, und ich sagte jedes Mal reflexartig zu, wenn er mit mir ausgehen wollte.

Es endete beim vierten oder fünften Treffen, als wir in seinem Taxi herumfuhren, das er zu unseren Dates immer mitbrachte, weil es ihn anmachte, an Leuten vorbeizurasen, die ihn heranzuwinken versuchten. »Ich dachte, wir könnten nächste Woche vielleicht zu meinem Bruder«, sagte er, ehe er den Hals verdrehte, um einem Lieferwagen »Fick dich, Alter« nachzubrüllen. »Er ist im Urlaub, dann hätten wir das Haus für uns allein.« Er grinste in freudiger Erwartung. »Wir kennen uns jetzt schon einen Monat, und wir sind nie, na ja, intim gewesen.«

Ich stellte mir kurz bildlich vor, mit ihm ›intim‹ zu sein. »Ja«, stimmte ich mit flauem Gefühl im Magen zu. Als er ein paar Tage später anrief, um die Vereinigung unserer Körper zu arrangieren, kniff ich feige – ich überredete Ma, ihm zu sagen, ich wäre für ein paar Wochen weggefahren, um Freunde im Norden zu besuchen. Er rief nicht wieder an. Trotz meiner Erleichterung war ich ein bisschen beleidigt.

Dann war da Farrell, ein Profigolfer, den ich in der U-Bahn kennen lernte, und Mark, ein Rechtsanwalt, der bei mir im Haus wohnte. Es gab Clark, der am großen Zeitungsstand

Ecke Sixth Avenue und Eighth Street arbeitete – er versetzte mich –, und Ronnie, Teilhaber einer Shopping Mall in Nyack, New York.

Ron und ich lernten uns am Telefon kennen, als ich seinen Mitgliedschaftsantrag für das International Council of Shopping Centers bearbeitete, und telefonierten schließlich mehrmals pro Woche miteinander. Als er mich einlud, sein Einkaufszentrum zu besuchen und mit ihm zu Abend zu essen, und hinzufügte: »Und wenn es zu spät wird, um in die Stadt zurückzufahren, kannst du hier übernachten«, klang das nett.

Die Moral meines kleinen Abenteuers war: Frag immer nach dem Alter. Ich hatte es nicht getan, weil er jung geklungen hatte, und wie sich herausstellte, war er mindestens fünfzig. Ein Altersunterschied von plus-minus dreißig Jahren war einfach zu viel, selbst für den Vorzug eines fünfzehnprozentigen Rabatts in seinem Einkaufszentrum. Wir schliefen in getrennten Zimmern – denn es *war* zu spät, um in die Stadt zurückzufahren –, und am nächsten Tag fuhr er mich in eisigem Schweigen zum Zug. Danach sprach er immer mit dem anderen Mädchen in der Mitgliederabteilung, wenn er anrief.

Die unbehaglichste dieser ganzen Begegnungen war aber Steve aus San Francisco. Er war der Mitbewohner meines britischen Freundes Michael. Ihr erinnert euch, Michael, der nach New York geflogen war, um mich zu besuchen, während ich zu sehr auf die Rollers fixiert gewesen war, um es mitzukriegen? Michaels Büro hatte ihn mittlerweile nach San Francisco versetzt, wo er in ein freies Zimmer bei einem Kerl namens Steve eingezogen war.

Er rief mich an, um hallo zu sagen, und von da an plauderten wir alle paar Wochen miteinander. Irgendwann rief ich ihn an und hatte diesen Steve am Apparat, der so witzig und gesprächig war, dass wir fast eine Stunde lang telefonierten. Er rief mich am nächsten Abend wieder an, und innerhalb einer Woche redeten wir über unsere ›Beziehung‹, als hätten wir wirklich eine. (Ich fragte nach seinem Alter. Er war sechsundzwanzig.)

Sie waren unerhört aufregend, diese nächtlichen Anrufe, sie wurden zu Beichtstunden, und nicht selten knisterte es ziemlich zwischen uns. »Ich hab gerade Erdnussbutter auf Toast im Mund«, sagte ich in einer Nacht zu ihm, worauf er antwortete: »Ich hätte dich gern auf Toast«, und mir zieht sich alles zusammen, wenn ich daran denke, wie ich damals dahinschmolz. Es war so leicht, stundenlang ins Telefon zu flüstern, und mit ein bisschen Wunschdenken wurde aus den nächtlichen Telefonaten eine richtiggehende Romanze. Wir schickten uns Fotos, und obwohl sein Bart ein wenig irritierend war, glaubte ich, damit könnte ich leben. Um die Sache komplett zu machen, fehlte jetzt nur noch, dass wir uns tatsächlich trafen.

Also reiste ich im Juli nach San Francisco. Er war am Flughafen, um mich abzuholen. Wir warfen beide nur einen Blick auf den anderen und wussten schon bei der Begrüßungsumarmung, dass ›es‹ (was immer ›es‹ war) zwischen uns nicht stimmte. Die vielen Telefongespräche bedeuteten nichts gegen das, womit wir beide nicht gerechnet hatten – absolutes sexuelles Desinteresse aneinander. Die sofort einsetzende Abkühlung unserer brennenden Leidenschaft machte die Fahrt zu ihm nach Hause steif und unbehaglich, und noch schlimmer wurde es, wenn wir beide daran dachten (ich zumindest), dass ich ganze fünf Tage bleiben würde.

Glücklicherweise hatte Michael sich freigenommen. Er kam mit, wenn Steve und ich unsere Touristentouren absolvierten – die Golden Gate Bridge, Haight-Ashbury und den Hippie-Wanderweg –, und diente als Puffer zwischen zwei Menschen, denen ihre kichernden Telefonintimitäten jetzt mehr als peinlich waren.

Aber eigentlich war es gar kein übler kleiner Urlaub, sobald ich die Enttäuschung überwunden hatte, dass Steve nicht der Mann meines Lebens werden würde. Damit der Trip keine totale Fehlinvestition blieb, versuchte ich vorsichtig, die Romanze mit Michael wieder aufzufrischen, aber er war in ein Mädchen in England verliebt. Spaß hatte ich trotzdem, und als Steve mich am Flughafen absetzte, konnten wir uns fröhlich versprechen, in Kontakt zu bleiben, weil wir wussten, dass wir es nicht tun würden.

Und mehr Liebesleben kam damals unterm Strich nicht zusammen. Mitte 1978 war ich immer noch freundlos und ziemlich sauer darüber. Aus Resignation beschloss ich, wieder Interesse an den Rollers zu entwickeln, die den Sommer in Los Angeles verbrachten, um eine dreizehnteilige Fernsehserie zu drehen, die im Herbst ausgestrahlt werden sollte.

Kurz bevor sie nach Kalifornien reisten, stieg Alan wieder ein, nachdem seine zweijährige Solokarriere nichts außer einer gefloppten Single eingebracht hatte. Damit waren sie wieder bei ihrer klassischen Fünfer-Besetzung, allerdings etwas verspätet, da ihnen die Fans mittlerweile in Scharen wegliefen. Aber offensichtlich konnte das die Produzenten der Fernsehserie »The Krofft Superstar Hour« nicht schrecken. Die Sendung sollte am Samstagmorgen laufen, zur besten Teeniebopper-Zeit, also hatte offensichtlich noch jemand Vertrauen in ihre Fähigkeit, die Kids vor den Bildschirm zu locken. Aber wir Bodentruppen hätten ihnen sagen können, dass sich die Zeiten änderten, und zwar rapide.

Es war jetzt drei Jahre her, seit die Band in Amerika an den Start gegangen war, was nach Teenieband-Kriterien eine Ewigkeit ist. Die Fans von 1975 waren jetzt sechzehn oder siebzehn, hatten mittlerweile Freunde und Besseres zu tun, während die jüngeren Kids aus einer ganzen Palette von neuen Idolen wählen konnten, von Leif Garrett über Andy Gibb bis John Travolta. Die Rollers waren entschieden ein alter Hut gegen Garretts gesichtslos-blonden Charme, und ihr neues, erwachseneres Image hatte das reifere Publikum, hinter dem sie her waren, auch nicht gewinnen können. Damit hatten sie sich in eine Sackgasse manövriert und standen da mit einer ständig schrumpfenden Fangemeinde, die sich in rapidem Tempo anderweitig orientierte.

Und das war nur Amerika. In Großbritannien waren sie komplett abgemeldet, verdrängt von Pop-Punks wie Blondie und von Travolta, der *Saturday Night Fever* das immens erfolgreiche *Grease* folgen ließ. Sein Duett mit Olivia Newton-John, »You're The One That I Want«, stand im Sommer 1978 nicht weniger als neun Wochen an der Spitze der Charts. Der letzte Rollers-Hit dagegen, »You Make Me Believe in Magic«, hatte im Jahr davor gerade an die Top 40 gekratzt. Da war es kein Wunder, dass sie ihre gesamte Energie auf Amerika konzentrierten, weil sie korrekt erkannten, dass dort ihre letzte Chance lag.

Eine gewisse Jan, eine Freundin von Barbarino, die in Los Angeles lebte, schaffte es, sich in eine der Aufzeichnungen der »Krofft Superstar Hour« zu schmuggeln, und schrieb uns davon. »Es ist eine Sendung für kleine Kinder … die Jungs bringen ein paar Sketche, zum Beispiel spielen sie, sie hätten sich in einem Spukhaus verlaufen oder so. Es spielt noch ein Geschöpf namens Witchipoo mit (genau – eine Hexe), das immer wieder auftaucht, um die Handlung in Gang zu halten.«

Das klang schon verzweifelt. Aber es kam noch mehr. »Sie haben einen neuen Song gespielt, ›All of the World is Falling in Love‹, das Schrecklichste, was sie je verbrochen haben. Ich hoffe bloß, die neue LP ist besser.«

Ich hatte nicht mal gewusst, dass sie an einem neuen Album arbeiteten, aber Nachforschungen bei Arista erbrachten die Information, dass sie im Frühjahr eins aufgenommen hatten und noch letzte Hand anlegten für eine Veröffentlichung im September, synchron mit der Fernsehpremiere.

Jan schrieb ein paar Wochen später erneut. »Am Freitag war die Party zum Drehschluss, und Leslie bekam eine Torte ins Gesicht! Die Crew wollte ihm eine Lehre erteilen, weil er sich so aufgespielt hatte. Alle halten ihn für eine Pfeife. Er reiste direkt nach der Party nach Schottland zurück. Die Leute schließen schon Wetten ab, dass er die Band verlässt.«

Na, das *war* doch was. Als ich ihren Brief gelesen hatte, rief ich die neue Promo-Agentur der Rollers in Amerika an, eine New Yorker Firma, die sich Levinson Associates nannte, gab mich als Journalistin aus und fragte, ob es stimmte, dass McKeown rausfliegen würde.

»Pat, das Mädchen am Telefon, war ziemlich gesprächig«, notierte ich am 28. August, »und hat mir erzählt, dass die anderen ihn nach Schottland zurückgeschickt haben, weil er unerträglich schnöselig wurde, und dass die anderen im Moment ohne ihn für eine Japantournee proben. Wenn er nicht von seinem hohen Ross runtersteigt, werden sie ohne ihn fahren. Anscheinend hat er eine separate Garderobe und separate Fototermine verlangt. Schwachkopf!«

Während seines L. A.-Aufenthalts hatte er eine Promi-Freundin aufgerissen. Zumindest war er ein paarmal mit Britt Ekland, damals gerade die Ex-Freundin von Rod Stewart, gesehen worden. Was immer zwischen ihnen vorging – und McKeown deutete im Interview mit irgendeinem Boulevardblatt sehr unritterlich an, das sei eine ganze Menge gewesen –, ihre Liaison war ein weiteres Signal, dass er von den Rollers die Nase voll hatte. Seine Bockigkeit ließ darauf schließen, dass seine BCR-Tage gezählt waren, und das Mantra ›Solokarriere‹ muss ihm ständig im Kopf herumgegangen sein.

Ich schrieb lange Briefe an Jan – die um die fünfundzwanzig war und irgendeinen undefinierbaren Job hatte, der ihr viel freie Zeit ließ – und spekulierte über die Lage. Ich telefonierte auch mit ihr, wenn mein neuer Boss nicht hinsah. Denn ich hatte einen neuen Job gefunden, den in dem Einkaufszentrumsladen hatte ich nach drei Monaten aufgegeben. Ich hörte auf, weil ich immer noch nicht wusste, was ich eigentlich zu tun hatte, und weil mein Angst-o-Meter jeden Morgen, wenn ich zur Arbeit kam, weiter ausschlug. Mich jeden Tag mitten ins Herz von Manhattan zu wagen war hart genug, aber die Büros im zehnten Stock waren so gnadenlos geschäftsmäßig, vom beigefarbenen Teppichboden bis zu den ergonomisch geformten Drehstühlen, dass ich es kaum aushielt. Ich sehnte mich nach einer stillen, dunklen Ecke, weit weg von dem künstlichen Licht, das mich zittern ließ, und vom Rest der beängstigend effizienten Belegschaft. Wenn ich gedurft hätte, hätte ich mich unter den Schreibtisch gehockt. In der Mittagspause flüchtete ich mich immer in die presbyterianische Kirche auf der anderen Straßenseite, wo ich mich auf eine der hinteren Bänke setzte und versuchte, langsam zu atmen und mich zusammenzureißen, um dem Nachmittag trotzen zu können.

Eines Morgens beschloss ich, einfach zu kündigen, und tat es. Ich bot ihnen an, die übliche zweiwöchige Kündigungsfrist einzuhalten, aber man sagte mir, ich könne auf der Stelle gehen. Zweifellos eine glückliche Fügung, und ich verlor keine Zeit, meinen Schreibtisch zu räumen, was hauptsächlich bedeutete, Firmenmemos wegzuwerfen, die zu lesen ich zu verstört gewesen war.

Ich freute mich schon auf ein idyllisches Nichtstun, aber nur ein paar Tage später sagte Ma: »Ich glaube, ich weiß einen Job für dich.«

»Ach ja?«, antwortete ich misstrauisch.

»Mein neuer Freund Eddie sagt, er hätte vielleicht was für dich. Geh mal hin und red mit ihm.«

Mehr aus Neugier als aus Arbeitswut traf ich mich mit ihrem Freund Eddie. Er war ein rotgesichtiger Typ in den mittleren Jahren, der in einem Coffee Shop im Erdgeschoss des Empire State Building auf mich wartete und mir bei einem

Mineralwasser erzählte, er hätte eine Mid-market-Modefirma auf der Seventh Avenue, im Modedistrikt. Er brauchte eine Verbindungsperson zwischen seinem Büro in New York, wo die Kleider designt wurden, und der Fabrik in Kalifornien, in der man sie herstellte.

»Du würdest etwa viermal im Jahr nach Kalifornien fliegen und einfach ein Auge auf die Dinge haben, dafür sorgen, dass alles glatt läuft. Würdest du dir das zutrauen?« Er wartete auf meine Antwort.

Würde ich das? Tja, mal sehen. Ich hatte keine Erfahrung, weder in der Modeindustrie noch mit irgendeinem wie immer gearteten verantwortungsvollen Job, und ich war kaum alt genug, um zu wählen.

»Sicher!«, strahlte ich.

»Dann komm morgen ins Büro, du kannst gleich anfangen«, sagte er herzlich und schrieb mir eine Adresse und Telefonnummer auf einen Zettel, den er aus einem Spiralblock gerissen hatte. Es war schon eigenartig, dass er keine Visitenkarte hatte, aber, na ja ... Modeleute. Visitenkarten waren wahrscheinlich total von gestern.

Später am Nachmittag, nachdem ich nach Haus gekommen war und die Schadenfreude meiner Mutter, weil sie mir einen Job verschafft hatte, ertragen musste, wurde mir klar, dass ich vergessen hatte, Eddie zu fragen, um wie viel Uhr er mich erwartete. Ich rief die Nummer an, die er mir aufgeschrieben hatte.

»Empire State Building«, kam als Antwort – sonderbar, weil er gesagt hatte, sein Büro sei Ecke Seventh Avenue und Thirtyninth Street, also keineswegs in der Nähe des Empire State Building. Trotzdem fragte ich nach der Durchwahl 33. »Durchwahl 33 hat hier niemand, Ma'am«, antwortete die Telefonistin.

Wie überaus sonderbar. Irgendwas an der Sache stank, aber trotzdem ging ich am nächsten Morgen zu der Adresse, die er mir gegeben hatte. Es war definitiv so was wie ein Modehaus, dessen fünfundzwanzig Stockwerke sich mindestens drei Dutzend Designfirmen teilten, aber seine war nicht dabei. Ich nahm den Aufzug rauf in den achtzehnten Stock, wo sich angeblich sein Büro befand – und war keineswegs überrascht, dass dort niemand den Namen Eddie kannte.

Weder meine Ma noch ich hörten je wieder von Eddie, und ich kann mir nicht erklären, was hinter der Sache steckte. »Aber er machte so einen netten Eindruck!«, jammerte meine Mutter, ganz verzweifelt, weil sie sich einen allein stehenden jüdischen Mann hatte entgehen lassen.

So unwahrscheinlich es klingt, einige Monate später geschah etwas ganz Ähnliches. Wieder war es eine von Mas Liebschaften, diesmal hieß der Knabe Nat. Nachdem sie einige Wochen miteinander ausgegangen waren, lud er eines Abends uns beide zum Dinner ein. Er fragte mich, was ich arbeite. Arbeitslos, sagte ich. Er fragte, was ich gerne machen würde. Journalistin werden, sagte ich, es war das Erste, was mir einfiel.

»Na, das ist ja ein Zufall«, kicherte er ausgiebig. »Ich besitze eine Wochenzeitschrift in Philadelphia.«

»Ach wirklich?« Ich setzte mich aufrechter hin. »Brauchen Sie noch Schreiber?«

»Das könnte dein Glückstag sein, Süße, denn zwei aus der Redaktion haben letzte Woche gekündigt.« Er kicherte wieder und zeigte seine Zähne aus den Tagen der großen Depression.

»Wirklich?«, quiekte ich.

»Hast du irgendwelche Erfahrungen?«, fragte er ermutigend.

»Also, ich habe für ein Musikmagazin geschrieben«, äußerte ich – und das war noch nicht mal gelogen, wenn man *The Tartan Pervert* als Musikmagazin betrachtete.

Sein Lächeln wurde noch breiter. »Ich glaube, du könntest das sein, was ich suche.«

»Wirklich?«, hauchte ich.

»Wirklich«, sagte er nickend. »Was hältst du von Chefredakteurin?«

Ich musste mich schwer zurückhalten, ihm nicht quer über den Tisch um den Hals zu fallen, und kreischte: »Das wär toll!« Aber schon als ich meinen Dank heraussprudelte, schwante mir, dass dabei irgendwas faul war. Sogar ich wusste, dass eine Zeitschrift herauszugeben Erfahrung, Kontakte, jahrelange Plackerei erforderte und dass vierundzwanzig Ausgaben des *Tartan Pervert* nicht zählten.

Aber das sagte ich ihm nicht, weil ich instinktiv kapierte, dass sein phantastisches Angebot (und als das stellte es sich auch heraus, ein reines Phantasieprodukt; er besaß weder eine Zeitschrift, noch hatte er irgendwelche Kontakte zu einer) nur dazu gedacht war, meine Mutter zu beeindrucken. Ich muss zu ihrer Ehrenrettung sagen, dass sie ihn durchschaute und nicht wieder mit ihm ausging. Aber ich habe mich manchmal gefragt, was er gemacht hätte, wenn sie sich weiterhin gesehen hätten und er hätte zugeben müssen, dass er gelogen hatte.

Kurz darauf fand ich einen Job, der nicht halb so glamourös war wie die beiden, die mir von Mas Verehrern angeboten worden waren, aber den Vorteil hatte, dass er existierte. Daher arbeitete ich während des folgenden Jahres als Sekretärin in einem kleinen metallurgischen Labor im tiefsten Downtown, in Tribeca. Dass der Job grausam langweilig war, lag bestimmt nicht an den anderen Mitarbeitern, die der netteste Haufen Chemiker waren, den ich je kennen gelernt hatte, und immer einen Witz über die Dreckklumpen, die sie auf ihren Metallgehalt untersuchen mussten, parat hatten. Wenigstens war die Umgebung ruhig. In der Gegend gab es hauptsächlich Leichtindustrie – kleine Fabriken, die Büroklammern herstellten, und dergleichen –, und nach siebzehn Uhr war sie wie ausgestorben. Was genau das war, was ich suchte. Keine Menschenmassen, mit denen ich mich herumschlagen musste, wenn ich vorsichtig nach Hause schlich.

Manchmal begleitete mich Theresa, die andere Sekretärin, ein schwermütiges italienisches Mädchen aus Jersey City, zur U-Bahn. Sie war mindestens so neurotisch wie ich und neigte zu Monologen über ihr elendes Leben. Sie machte ständig Dinge, wie ihre Brille im Gulli verlieren oder sich mit ihrem Vermieter anlegen, der ihr daraufhin die Heizung abstellte. An einem Tag, auf dem Weg zur Chambers Street Haltestelle, blieb sie plötzlich mitten in einer ihrer Arien stehen, sah mich nüchtern an und setzte zu einer wichtigen Erklärung an.

»Ich hab dir gesagt, wie sehr ich meinen Job hasse, okay?«, fragte sie, worauf ich hätte antworten können: »Nur etwa eine Million Mal«, aber ich nickte einfach.

»Ich habe schon so lange vor zu kündigen, aber jetzt habe ich mich endlich entschieden.«

»Du kündigst also?«, fragte ich.

»Nein.«

»Nein?«

»Nein. Ich habe mich entschieden, hier zu arbeiten, bis ich sterbe.«

»Bis du stirbst?«

»Ja. Ich hab gestern Abend die Versicherungspolice der Firma gelesen, und da steht, wenn ich bei meinem Tod noch hier arbeite, bezahlen sie die Beerdigung.«

Ich lachte wie schon seit Monaten nicht mehr. Ich konnte nicht aufhören; jedes Mal, wenn ich es versuchte, musste ich beim Anblick ihres erbosten Gesichts wieder loslachen. Ich sank auf eine Bank, um mich zu beruhigen, und erlag dann einem neuen Anfall von Heiterkeit. Wahrscheinlich wäre es so weitergegangen, hätte Theresa mich nicht angefahren: »Oh, du kannst mich mal«, und wäre weggegangen. Ich lief ihr nach und entschuldigte mich, aber sie war noch mehrere Tage danach sehr kühl zu mir. Als ich wegging, arbeitete sie immer noch dort, und falls sie dort geblieben ist, hoffe ich, sie haben die Firmenpolitik nicht geändert.

30

KANNST DU EIN BISSCHEN saftigen Klatsch vertragen?«, fragte Lauren an einem Sonntag im August. Ich war bei ihr zu Hause in der Bronx zum gegenseitigen Strähnchen-Färben. Dazu musste man einzelne Strähnen mit einer kleinen Stricknadel durch Löcher in einer Plastikhaube ziehen, und die frei liegenden Haare wurden dann gebleicht. Die Prozedur sollte angeblich sonnige blonde Lichter ins Haar zaubern, und bei Laurens seidigem Haar funktionierte es perfekt. Aber bei meinen Locken kam ein wildes Orange heraus, vor dem selbst ein Zirkusclown zurückgeschreckt wäre.

Saftigen Klatsch konnte ich immer vertragen. Als müsste sie da erst fragen.

Sie hatte einen uncharakteristisch ambivalenten Gesichtsausdruck, als täte es ihr schon Leid, dass sie den Mund aufgemacht hatte. Sie ging in ihr Schlafzimmer und kam mit einem Buch in rotem Einband zurück, einem Tagebuch von 1977. Sie blätterte zu einer April-Seite und sagte: »Lies das.«

Als ich es getan hatte, fragte ich: »Willst du mich aufziehen?«

»Nein, ich schwöre«, sagte sie, und wenn sie log, war sie unverschämt überzeugend. Ihrem Tagebuch zufolge war sie den Rollers nach Deutschland nachgereist, als sie dort im letzten Jahr ein paar Auftritte gehabt hatten – und ich war der Meinung, ihnen nach Detroit zu folgen wäre schon was –, und in München hatte einer von ihnen sie entjungfert. »Er war so *romantisch*«, hatte sie geschrieben, und Wehmut tropfte in kleiner, präziser Schrift über die ganze Seite.

Ich hatte gedacht, mittlerweile könnte mich bei den Rollers nichts mehr überraschen, aber die Vorstellung, dass einer von ihnen eine meiner Freundinnen entjungfert hatte, tat es doch. Genauso schockierte mich, dass Lauren fähig gewesen war, das fast achtzehn Monate lang geheim zu halten. Wenn ich es gewesen wäre, hätte ich sofort mit Cathy, Emma und Sue J telefoniert, das wäre das Mindeste gewesen.

Nicht zum ersten Mal fragte ich mich neidvoll, wo man solche Selbstbeherrschung lernte. Als ›verschwiegen‹ beschrieben zu werden, hätte ich als großes Kompliment aufgefasst. Und wenn es dafür nicht reichte, hätte ich mich damit zufrieden gegeben, mein loses Mundwerk besser unter Kontrolle zu haben, das zwar großartig war, um Angestellten an den Buchungsschaltern von Fluggesellschaften detaillierte Reisedaten aus der Nase zu ziehen, aber weniger geeignet, um Männer Wachs in meinen Händen werden zu lassen.

O Mann, wie sehr ich mir das wünschte.

Ich schaffte es, Laurens Geheimnis nicht weiterzutratschen, als der Großteil der Tarts sich zwei Wochen später am Freitagabend in meiner Wohnung zusammenfand, um sich »The Bay City Rollers Meet the Saturday Superstars« anzusehen. Es war eine Pilotsendung zu ihrer Samstagsserie, der »Krofft Superstar Hour«, die am nächsten Tag anlief. Die ›Saturday Superstars‹ aus dem Titel, die sich das Produzententeam Sid und Marty Krofft ausgedacht hatten, waren irgendwelche kostümierten Gestalten, unter anderen Witchipoo und H. R. Pufnstuf. Die Rollers müssen gespürt haben, dass ihre Karriere einen Tiefstand erreicht hatte, als sie erfuhren, dass sie neben etwas spielten, das Witchipoo genannt wurde.

Die Tarts waren geteilter Meinung. »Es war zum Brüllen. Eric wird jetzt zum Casanova der Band hochgespielt«, schrieb ich, »und dank des Sprechunterrichts sind tatsächlich alle zu verstehen. Zum Finale gab es ein Medley mit Songs aus den Fünfzigern, bei dem sie alle Goldlaméanzüge trugen und pomadisiertes Haar hatten (was Erics Gesicht echt fett aussehen ließ). Es war absurd, aber lustig.«

Arme Rollers! Nicht nur Witchipoo, auch noch eine peinliche Nummer in Laméanzügen! Sie müssen wirklich verzweifelt gewesen sein. Wir nahmen es mit sadistischer Schadenfreude auf, und am nächsten Tag sahen wir uns alle bei Cathy die eigentliche Premiere an. Cathy hatte neben dem Fernseher ein Frühstücksbuffet aufgebaut, damit wir den Raum nicht verlassen mussten, und wir saßen wie gebannt mit unseren Bagels vor der Kiste.

Noch mehr von dem, was wir schon kannten – die Rollers sangen ein paar Songs, alberten mit Witchipoo und spielten einen Sketch, in dem Leslie, mit angeklebtem Schnurrbart, die Rolle eines Filmregisseurs hatte. Lauren erklärte die Sendung für ›würdelos‹, Cathy und Emma fanden, alle in der Band hätten das Zeug zu Schauspielern, und Sue J und ich erfreuten uns an der schieren Dämlichkeit der ganzen Sache. In einem waren wir uns einig – dass mit der »Krofft Superstar Hour« ihr endgültiger Abstieg begonnen hatte.

Aber das Schlimmste kam erst noch. Und zwar unter dem Titel *Strangers in the Wind* – ihr sechstes Album, das eine Woche, nachdem die Fernsehsendung angelaufen war, veröffentlicht wurde. Meine Herren, war das schlecht. Die Songs waren schrecklich, das Cover-Artwork war schrecklich, das ›Konzept‹ (das waaaahn-sinnig irre Leben einer Rock'n'Roll-Band auf Tour) war schrecklich.

Das Albumcover begeistert mich bis heute, also gönnt mir die Freude, es hier beschreiben zu dürfen: im Hintergrund die kindliche Zeichnung von einer eisbedeckten Bergkette, in unfreiwillig kubistischem Stil wiedergegeben. Im Vordergrund fünf Seifenblasen mit einem schlecht gemalten Rollerskopf in jeder Blase. Eiskristalle glitzerten an den Rändern der Blasen. Die Köpfe waren offensichtlich nach unscharfen Fotos gezeichnet, und man kann kaum erkennen, wer wer sein soll. Die Rückseite des Covers zeigt wieder die Blasen, diesmal kaum mehr als infantiles Gekritzel, die in einen blauen Horizont davontreiben. Es ist schwer zu glauben, dass jemand bei Arista Records wirklich geglaubt hat, dieses Cover würde in den Auslagen neben Bruce Springsteen und Elvis Costello bestehen.

Und die Musik ist noch besser. Eins muss zur Verteidigung von *Strangers in the Wind* gesagt sein, es war unbestreitbar ihr bislang musikalisch ausgereiftestes Album. Unter Ausnutzung sämtlicher Technologie hatten die Band und ihr Produzent, ein gewisser Harry Maslin, einen satten Sound hinbekommen, der in nichts mehr an ihre unbeschwerten, fröhlichen Anfangstage erinnerte. Sogar Leslies dünne Stimme, die lange einer der Schwachpunkte der Band gewesen war, wurde mit mehreren Lagen von Streichern, Bläsern und elektronischen Spielereien unterfüttert. Eric, der ernsthafteste Musiker der Band, erweiterte sein Spektrum um brandneue Spielereien wie die ›Synthi-Gitarre‹.

Alles in allem tat jeder der Rollers seinen Job nach besten Kräften, und ihr Können als Musiker konnte ihnen niemand absprechen. Es waren die eigentlichen Songs, die so abstanken. Sogar die Titel waren peinlich. Oft kann man schon dem Titel entnehmen, wie sich ein Song anhören wird, und nie traf das mehr zu als hier. Man musste sich »All of the World is Falling in Love« nicht erst anhören, um zu wissen, dass es eine windelweiche Nullnummer von Ballade sein würde, oder dass »Another Rainy Day in New York City« auf tonnenweise wimmernde Violinen aufbaute. »Back on the Street« war genau das, wonach es sich anhörte, ein Versuch in ›urban funk‹, der ungefähr so urban und funky wie Shaun Cassidy klang. Der Titelsong war allerdings eine Überraschung – statt der romantischen Schnulze, die ich erwartet hatte, handelte es sich um Soft Rock der Marke Doobie Brothers.

Und dann die Texte. Man darf nicht vergessen, dass dies das Album war, das ihnen den Durchbruch beim reiferen Publikum bringen sollte, darum hatten Eric und Woody vermutlich lange und gründlich über jedes Wort nachgedacht, das sie zu Papier brachten. Die Texte sollten der Welt die Bay City Rollers als erwachsene Männer vorstellen, denen Liebe und Herzschmerz nicht fremd waren. Sie mussten den Irrsinn und die geilen Momente im Leben einer Rockband einbauen, aber gleichzeitig ihre Erfahrungen als kulturelle Institution, als Idole einer Generation einflechten. Und das war ihnen dazu eingefallen:

What used to be an old apartement,
They've built a multi-colored jigsaw in the sky
And where the children would play
Well, they're not there any more
But the rooms are nice, with numbers on the door.

Bitte? Habe ich richtig gehört? Vielfarbige Puzzles am Himmel? Zimmer mit Nummern an der Tür ... Bei den herzigen Hasenzähnen von Stuart ›Woody‹ Wood, wovon in Gottes Namen faselten sie da? Es war entsetzlich. Es war grotesk. Und ehe jemand fragt, welches Recht *ich* habe, sie zu kritisieren, erkenne ich offiziell an, dass es höllisch schwierig sein muss, Songtexte zu schreiben, und ich bin mir sicher, Eric und Woody haben über jeder Zeile geschwitzt. Aber das war wirklich ein starkes Stück.

Zugegeben, Poptexte sind in ihrer großen Mehrheit leeres Blabla. Die guten alten Led Zep zum Beispiel mit ihrem Geraune von Treppen zum Himmel waren nicht unbedingt Wortschmiede von Weltformat, und sogar Lennon und McCartney hatten ihre uninspirierten Momente. Aber die Texte der Rollers taten doppelt weh, weil sich Faulkner und Wood so abmühten, von ihrem Teen-Pop-Image wegzukommen. Das hatten sie auf dem letzten Album, *It's a Game*, auch schon gemacht, das hatte sich aber wenigstens durch ein paar tolle Melodien ausgezeichnet. Die gab es auf *Strangers in the Wind* nicht. Als ich die LP vor einigen Monaten nach fünfzehn Jahren zum ersten Mal wieder spielte, konnte ich mich an keinen einzigen Song erinnern.

Besonders schwer verdaulich waren ihre Bemühungen, die körperliche Liebe in Worte zu fassen. Bei »If You were My Woman« von Faulkner und Wood ergab das einen Zusammenfluss solcher Weichzeichner-Euphemismen wie »Oh, baby, when I feel your touch/The magic of your fingers takes control of me«. Igitt. Es hat viel für sich, wenn man einfach geradeheraus sagt, was Sache ist, wie Robert Plant mit seiner unsterblichen Zeile von der Zitrone, die er auspresst, bis der Saft die Beine runterläuft.

Ich spielte David die LP irgendwann bei ihm zu Hause vor, und während wir ihre Vorzüge diskutierten – die, wie er fand, nicht existierten –, tauchte Sue J auf. »Tut mir Leid, dass ich zu spät komme«, entschuldigte sie sich, »aber ich hab gerade Sid Vicious und seine Freundin ins Chelsea Hotel taumeln sehen.«

Das verscheuchte für den Moment jeden Gedanken an die Rollers. Vicious und Nancy Spungen waren vor einem Monat ins Chelsea Hotel gezogen, gleich neben Davids Haus auf der Twentythird Street. Nancy spielte Managerin, und Vicious versuchte eine Solokarriere in Gang zu bringen, die sich bisher auf zwei nicht gerade umjubelte Gigs im Punk-Club Max's Kansas City beschränkte. Seitdem, wurde berichtet, hatte das Pärchen die meisten Tage im Bett verbracht und die Nächte auf der Lower East Side, um Drogen zu kaufen. David hatte sie verschlafen vor dem Chelsea nach Taxis winken sehen, Vicious jedes Mal in immer verdreckter aussehendem Leder, seine bessere Hälfte in irgendwas, das kurz und eng war.

Wegen der Verbindung mit den Sex Pistols galt Vicious bei Typen aus dem Manhattaner Nachtleben als cool, und ihr Zimmer im zweiten Stock war ein Mekka für Trittbrettfahrer. Zu den Dauergästen zählte auch die Creme der lokalen Drogendealer, die bei guten Kunden wie den Vicious-Spungens liebend gerne ins Haus lieferte. Das Paar und sein Gefolge wurden in der Gegend bald zur Legende. Gerüchteweise sollte Nancy sogar in unserer Lieblingspizzeria, Luv 'n' Oven, gesehen worden sein, aber das war wahrscheinlich apokryph, weil sie nicht so aussahen, als ob sie jemals äßen.

Ich hatte sie bisher noch nicht in Fleisch und Blut gesehen, darum lockte es mich, runterzugehen und einen schnellen Blick zu riskieren, als Sue berichtete, dass sie just in diesem Moment unten vor dem Haus standen.

»Warum rufst du nicht stattdessen an, schlug Sue vor. Wir entschieden uns, anzurufen und Vicious auf einen Drink einzuladen (und Nancy ebenfalls, wenn's sein musste). Wenn sie ja sagten, na ja, dann würden wir mit ihnen etwas trinken gehen. Aber als ich anrief, ging ein Amerikaner ans Telefon, der sagte: »Sid ist nicht in der Verfassung zu reden – ich versuche gerade, ihn wieder zu sich zu bringen.«

Cool! Er war offensichtlich ohnmächtig geworden oder so was. Tief beeindruckt von diesem Rock-'n'-Roll-Drama, das sich nur ein paar Meter entfernt abspielte, gaben wir ihnen eine Stunde Zeit, dann riefen wir wieder an. Diesmal nahm Sid selbst ab. Sie hatten es geschafft, ihn ›wieder zu sich zu bringen‹, und er klang gar nicht so fertig. Wie befohlen lud ich ihn zu einem Drink ein.

»Ich weiß nicht«, gähnte der Held zahlreicher Punk-Schlachten mit hörbar knirschender Jacke. »Frag meine Freundin.«

»Was für 'n Arschloch ist denn da?«, raunzte Nancy, die weniger komatös als ihr Gatte klang. Schon nicht mehr ganz so tapfer, wiederholte ich meine Einladung. »He, Sid, willst du mit der Braut was trinken gehen?«, brüllte sie, obwohl er nur ein paar Zentimeter von ihr entfernt gewesen sein kann. »Nee«, hörte ich ihn sagen. »Haha, du blöde Idiotin«, meckerte sie triumphierend und knallte dann den Hörer auf.

»Cool«, hauchte Sue, als ich ihr das Gespräch wiedergab. »Arschlöcher«, war Davids Kommentar.

Er sollte Recht behalten. Weniger als zwei Wochen später erstach Sid ja dann Nancy in ebendiesem Hotelzimmer unter immer noch ungeklärten Umständen. David verließ gerade das Haus, als er das Polizeiauto vor dem Chelsea halten sah. »Wenn ich gewusst hätte, was da los ist, hätte ich gewartet«, sagte er. So verpasste er, wie Nancy in einem Leichensack herausgefahren wurde und man Vicious, mit ausdruckslosem Gesicht und in Handschellen, auf den Rücksitz des Polizeiwagens stieß. Er trug seine Lederjacke und fluchte leise die Fernsehcrews an, als er einstieg.

Der Mord wurde von der Downtown-Clique eigenartig ungerührt hingenommen. Man dachte sich wohl, so selbstzerstörerisch, wie das Paar gewesen war, sei ein solcher Ausgang unvermeidlich gewesen. In einigen Kreisen fand Sid eher Zustimmung, weil er etwas so interessant Punkiges getan hatte. Die *Village Voice* brachte sogar einen Artikel über ›Die widerliche Nancy‹. Der arme, dumme Vicious, gegen Kaution auf freien Fuß gesetzt, starb ein paar Monate später an einer Überdosis Heroin.

Und mittlerweile hatte Leslie die Rollers verlassen, und deren Karriere bekam einen weiteren Knick. Alles in allem harte Zeiten für Popstars.

31

DASS LESLIE FÜR die (Rollers-)Welt verloren war, wurde klar, als das Teen-Magazin *Tiger Beat* im Oktober 1978 Leslie mit einer Torte im Gesicht auf dem Titel brachte. Ihr erinnert euch, dass Leslie die Torte bei der Party zum Drehschluss ihrer Fernsehsendung ins Gesicht bekommen hatte, als kleines ›Dankeschön‹ von der Crew, weil er während der gesamten Dreharbeiten den Superstar hatte raushängen lassen. Die Zeitschrift hätte das nie gebracht, wenn McKeown nicht schon so gut wie draußen gewesen wäre, und bis November war er dann tatsächlich ausgestiegen.

Es war das Ende einer Ära – nicht nur für die Band, sondern auch für die Tarts. Ein Alan konnte kommen und gehen, wie er Lust hatte, aber Leslie war der Dreh- und Angelpunkt, derjenige, der das Rollertum schlechthin verkörperte. Sein Ausstieg tat uns weh, um unseretwillen genauso wie um seinetwillen. Sein Rücktritt, der angeblich auf ziemlich erbitterte Auseinandersetzungen gefolgt war, zerriss abrupt und endgültig die letzte Verbindung zwischen den Tarts und den glücklichen Tagen der Rollersjagd.

Kaum war McKeown beleidigt abgerauscht, irgendwas von Soloplatten murmelnd, ersetzten ihn die Rollers durch einen gewissen Duncan Faure.

Als blondes Babyface sah Faure zwar aus wie ein richtiges

Teenidol, aber er hatte nicht das Zeug zum Roller. Er war ausgerechnet aus Südafrika, und daher ging ihm dieses gewisse unterernährte schottische Etwas völlig ab. Und was noch schlimmer war, es gab keine Persönlichkeitsnische für ihn. Er war kein verletzlicher Eric-Typ, kein weiser Alan, kein possierlicher Woody oder treuer alter Derek. Er war nur blond und forsch und sah aus wie alle anderen. Sein Aufstieg verlief ohne Spuren, er schlüpfte in die Lücke, die Leslie hinterlassen hatte, schaffte es aber nie, der Rolle seinen eigenen Charakter aufzuprägen.

Das konnte ich bezeugen, denn im Dezember, nur wenige Wochen nachdem Faure eingestiegen war, durften die Tarts ihn aus nächster Nähe in Augenschein nehmen. Die Band kam zum ersten Mal seit über einem Jahr nach New York, und keine von uns konnte dem Wunsch widerstehen, zum Flughafen zu fahren und sie zu empfangen.

Das ehemalige Spice Girl Geri Haliwell sagte einmal sinngemäß: »Die Spice Girls sind wie Heroin. Auch wenn man sie nicht mag, ist man süchtig.« Mit den Rollers war es dasselbe. Im Dezember 1978 hatten beinahe alle Tarts ihnen abgeschworen, aus Gründen, die von echten Freunden bis zu simplem Angeödetsein reichten, aber die emotionale Hingabe war nicht so leicht auszuradieren. Als Jan, unser Maulwurf in Los Angeles, uns mitteilte, dass die Band irgendwann um den 10. Dezember von L. A. nach New York fliegen würde, um eine Fernsehshow aufzuzeichnen, dachte ich nicht zweimal nach.

Ich borgte mir von meinem Boss den Official Airline Guide, kopierte mir alle Flüge am 9., 10. und 11. Dezember und checkte automatisch die Reservierungen für alle davon. Schließlich spürte ich sie auf; es war ein American-Airlines-Flug mit Ankunft am Abend des Zehnten, einem Sonntag. Ich konnte selber kaum glauben, dass ich es für der Mühe wert hielt, andererseits wäre es undenkbar gewesen, es nicht zu tun.

Sie waren die Rollers, Teil meiner DNS, und solange sich aus ihnen noch ein einziges Atom Vergnügen herauspressen ließ – auch wenn dieses Vergnügen hauptsächlich nostalgischer Natur war –, würde es mir der Mühe wert sein.

Die anderen Tarts schlossen sich wie eine Schafherde an, und am betreffenden Sonntag klemmten wir uns alle in ein gemietetes Auto und fuhren zum Kennedy Airport. Wir versicherten uns gegenseitig, dass es uns nur um den Jux ging, aber wir alle waren viel aufgeregter, als wir zugeben wollten. Der idiotische Thrill einer Verfolgungsjagd vom Flughafen genügte immer noch, um uns in unserem besten Sonntagsstaat nach draußen zu locken.

Ich kleidete mich sorgfältig in dem Sekretärinnenlook, den ich seit kurzem kultivierte – Bundfaltenhose aus Tweed und ein flauschiger Rolli in Mauve –, und machte das Beste aus meinem orangeroten Haar. Die anderen waren ähnlich geschniegelt und gestriegelt, und Sue P hatte von ihrer neuen Flasche Charlie reichlich Gebrauch gemacht.

Ich hatte zudem noch einen ernsten Brief für meinen persönlichen Roller verfasst, den ich ihm am Flughafen überreichen wollte. Den Inhalt habe ich glücklicherweise vergessen. Ich kann nur hoffen, dass er nichts im Stil von ›ich liebe dich‹ oder ›ich vermisse dich‹ enthielt, obwohl beides zutraf. Ich hatte mich damit abgefunden, dass wir wahrscheinlich nie wieder zusammenkommen würden, aber ein Brief schien mir ein Weg zu sein, das Band zu erneuern, und sei es auch nur für einen noch so flüchtigen Moment. Vielleicht würde es ihn daran erinnern, dass es irgendwann ein Band *gegeben* hatte.

Wir waren überrascht, unsere alten Rivalen, Joey und Anhang, am Flughafen anzutreffen. Wir waren also nicht die Einzigen, die sich noch etwas aus ihnen machten. Die alten Rivalitäten lösten sich in nichts auf, als wir uns zusammenschlossen, ein bemitleidenswert überaltertes Grüppchen von bald Zwanzigjährigen, die immer noch im Bann einer unwichtigen schottischen Popband standen. Wir lachten, weil wir uns dessen bewusst waren, und Sue J war sogar generös genug, Joey zu sagen, dass sie gerade Mick Jagger und seine neue Freundin Jerry Hall (groß, blond, wunderschön – was wollte sie von einem fünfunddreißigjährigen alten Knacker wie Mick Jagger?) für einen Flug nach London hatte einchecken sehen.

Jagger war vergessen, als die Rollers plötzlich in der Ankunftslounge auftauchten. Es war das erste Mal seit einem Jahr, dass wir sie aus solcher Nähe zu sehen bekamen, und wir zückten unsere Kameras. Vorbeigehende müssen sich über den Wirbel gewundert haben, denn die Rollers sahen so unbedeutend aus, dass man in ihnen kaum eine Band vermutet hätte. Sie hatten versucht, sich einen leicht rockigen Anstrich zu geben, Woody hatte sich zu dem Zweck eine Pilotensonnenbrille ausgesucht, Alan hatte Strähnchen im Haar, und Eric – der ganz schöne Hängebäckchen bekommen hatte – trug einen knöchellangen Pelzmantel. Davon abgesehen unterschied sie nichts von x-beliebigen anderen Passagieren. Kein Karo, keine Bodyguards, keine kreischenden Fans, außer man zählte uns mit.

Ich beeilte mich, meinen Roller einzuholen, und hielt ihm den Brief hin, was ihn dazu zwang, mich einen Moment anzusehen. »Danke«, sagte er und steckte ihn in seine Jackentasche. War da ein Funke von Wiedererkennen aufgeblitzt? Schwer zu sagen, weil er mich nach dem ersten Blick nicht wieder ansah, sondern weiterging. Ich war enttäuscht, sagte mir jedoch stoisch, dass er wahrscheinlich nur möglichst schnell zum wartenden Auto wollte. Ich hatte nicht erwartet, dass er stehen bleiben und sich unterhalten würde. Oder etwa doch?

Und so folgten wir ihnen in die Stadt, sahen sie in ein Hotel in der Nähe des Central Park einchecken und hingen noch eine Stunde draußen in der Dunkelheit rum, bis eindeutig klar war, dass sie an diesem Abend nicht mehr rauskommen würden. »Sieht man sich morgen?«, fragte Joey, und wir bejahten, nicht länger Rivalen, sondern durch gemeinsame Tristesse zusammengeschweißt.

Während der vier Tage, die sie in New York verbrachten, waren zumindest einige von uns nie weit entfernt. Als sie am Montagmorgen mitten auf der Fiftyeighth Street eine Kindersendung aufnahmen, waren Kim und ich da und sahen zu, wie das Scriptgirl bei jeder winzigen Pause im Dreh zu Eric flitzte, um ihn in seinen Pelzmantel einzuhüllen.

Als sie am Dienstagabend in einem italienischen Restaurant aßen, waren Barbarino und ich da und wachten in einem Café auf der anderen Seite der Mulberry Street. Ich hatte gerade ins Bett gehen wollen, als Barbarino anrief; innerhalb von zehn Minuten war ich angezogen und in einem Taxi unterwegs nach Downtown und fragte mich, ob ich verrückt geworden war. Zumindest folgte ich der Band nicht, als sie das Restaurant verließ – Barbarino tat es und berichtete, dass sie alle zurück ins Hotel gefahren waren, bis auf Eric, der das Scriptgirl vom Vortag zu einem Drink eingeladen hatte und erst gegen vier Uhr morgens zurückkam.

Außerdem waren Sue J, Barbarino und ich auch dabei, als die gesamte Band ins Bottom Line ging, um die viel versprechende junge Countrysängerin Tanya Tucker zu sehen. Es gelang uns, einen Tisch direkt hinter ihnen zu bekommen, wodurch wir sie beobachten konnten, während wir so taten, als schauten wir auf die Bühne (Miss Tucker führte sich übrigens gut ein, und wenn einer von uns auf Countrymusik gestanden hätte, hätten wir es vielleicht genossen).

Die Band wusste, dass wir da waren, und ignorierte uns entschlossen. Man konnte es ihnen kaum übel nehmen. In den letzten paar Tagen waren wir beinahe überall aufgetaucht, wo sie waren, und es muss entsetzlich nervend für sie gewesen sein, jedes Mal, wenn sie aufschauten, unsere Gesichter zu sehen. Trotzdem muss ich sagen, dass wir uns immer mustergültig betrugen, auf Distanz blieben und nicht versuchten, sie anzusprechen, wenn sie beschäftigt waren. Verdammt, wir hatten uns ein bisschen Respekt verdient. Wer außer uns hätte ihnen so lange die Stange gehalten?

Als sie auch weiterhin so taten, als seien wir Luft, wurden Sue, Barbarino und ich sauer. Na schön, sie wollten abends ausgehen und hatten uns nicht eingeladen, sie zu verfolgen. Und, na schön, wir waren nicht ihre besten Freunde, sondern nur Fans. Mit diesem untergeordneten Status hatte ich mich abgefunden, nachdem mein Roller mich an keinem der Orte, an denen ich ihn während der letzten paar Tage gesehen hatte, zur Kenntnis genommen hatte. Bei einigen Gelegenheiten hatte er nur wenige Meter neben mir gestanden, schaute aber irgendwie immer in die andere Richtung, wenn wir vorbeigingen. Ich hatte es geschafft, ihn nicht anzusprechen, aber seine Gleichgültigkeit kränkte mich tief.

Wir wollten doch einfach nur bemerkt werden, und in vier Tagen waren sie nicht einmal stehen geblieben, um wenigstens hallo zu sagen. Es würde immer unwahrscheinlicher werden, dass sie uns ansprachen, je mehr wir sie belauerten, so viel war uns klar, aber damit brachen sie ihren Teil des Prominenz-Vertrags, den, der das Nettsein zu Fans regelte – selbst zu Leuten wie uns, die zu alt waren, um Fans zu sein. Während Tanya Tucker sang und die Rollers sie gebannt anstarrten – wer hätte geahnt, dass sie Country-Fans waren? –, wurde ich so richtig sauer. »Ich schreibe ihm einen Zettel, für wen zum Teufel er sich hält«, flüsterte ich Sue zu und deutete mit dem Kopf zu meinem Roller.

Das tat ich, ich verfasste ein wehleidiges kleines Sendschreiben, in dem ich fragte, was ich getan hätte, »um diese Zurückweisung zu verdienen«. Mit angehaltenem Atem tippte ich ihm auf die Schulter und gab ihm den Zettel in die Hand. Als Strategie war das ein Flop. Eigentlich mehr als ein Flop, es war grässlich erniedrigend. Er las ihn, während ihm zwei der anderen über die Schulter schauten, dann zeigte er ihn der ganzen Runde. Für den Rest des Abends sah er mich nicht wieder an. Bevor ich das geschrieben hatte, hatte ich mich immerhin noch an ein letztes Zipfelchen Stolz klammern können – jetzt hatte ich es nicht nur hingegeben, sondern ihn praktisch eingeladen, noch darauf herumzutrampeln. Die Moral: Gib nie etwas schriftlich, besonders dann nicht, wenn ein halbes Dutzend Freunde des Adressaten mit dabei ist.

Trotzdem brachte ich, als sie am nächsten Tag New York verließen, um Gott weiß wo hinzufahren, ein wenig Sympathie für sie auf. »Heute habe ich über sie nachgedacht und empfand plötzlich eher Mitleid als Wut«, schrieb ich. »Sie müssen unter horrendem Druck stehen, und kein Privatleben zu haben muss mörderisch sein. Kein Wunder, dass sie in dieser Woche nicht gerade übers ganze Gesicht strahlten. Ich frage mich, ob dieser Duncan weiß, was er sich antut.«

Das frage ich mich wirklich. Vielleicht hatte Faure (»ganz süß bis auf die kahle Stelle«) nicht mitbekommen, dass er der Gruppe beigetreten war, nachdem sie ihren Zenit weit überschritten hatte. Andererseits muss eine erfolgreiche Band jenseits ihres Zenits immer noch attraktiver gewirkt haben als eine südafrikanische Band, die nie einen Zenit gehabt hatte. Faures vorherige musikalische Gehversuche, wie immer sie gewesen sein mögen, hatten außerhalb Südafrikas nicht das leiseste Interesse gefunden, darum muss er in den Rollers die Chance seines Lebens gesehen haben. Traurigerweise (für ihn) waren sie das nicht. Er machte nie die Erfahrung, wenigstens auf einer Hitsingle zu singen, denn als er einstieg, waren Hits längst ferne Vergangenheit. Aber wie Robert DeNiro in dem Film *King of Comedy* sagt: »Lieber König für einen Tag als ein Leben lang Schmock.« Ich bin mir sicher, das trifft es irgendwie.

32

1979

Erster Nr. 1 Hit 1979 (GB): »YMCA«/Village People.
Größte Rollers-Hits (GB/USA): keine.

DAS JAHR 1978 endete so schmählich, wie es begonnen hatte. Ausgerechnet am Silvesterabend versuchten zwei Freundinnen und ich, in Manhattans versnobteste Disco, das Studio 54, eingelassen zu werden. Es war mittlerweile so berüchtigt – wie man hörte, sollten prominente Stammgäste wie Andy Warhol und Halston mitten auf der Tanzfläche Sex haben und Drogen nehmen –, dass wir fanden, wir müssten es mal von innen gesehen haben.

Wir wussten, dass man sich kreativ kleiden musste, um an den Türstehern vorbeizukommen, die so berüchtigt wählerisch waren, dass, als einmal zwei nackte Mädchen auf einem Pferd angeritten kamen, nur das Pferd eingelassen wurde. Also trugen wir unsere Version von Kreativität: Ellen war von Kopf bis Fuß in Pailletten, Sandra trug eine Farmer-Latzhose und hatte eine Heugabel dabei, und ich trug nichts bis auf einen Slip (ziemlich kühn, wenn man bedenkt, dass wir Dezember hatten). Wir kamen nicht rein; die Türsteher bemerkten uns in der wimmelnden Menge gar nicht.

Dabei hatte ich die Idee mit der Heugabel für so genial gehalten.

Nachdem wir uns noch eine Zeit lang die Beine in den Bauch gestanden hatten, um zu sehen, ob irgendwelche Promis kämen (es kamen keine), begrüßten wir das neue Jahr schließlich in einem Coffee Shop um die Ecke. »Ich wollte da sowieso nicht reingehen«, sagte Ellen hoch erhobenen Hauptes, und wir stimmten energisch zu.

Mein wichtigster guter Vorsatz für die ersten Wochen von 1979 war, nicht mehr zu Dr. Kalman zu gehen. Ich war jetzt ein Jahr lang jede Woche in seine trostlose Praxis marschiert, aber das stundenlange Reden und Reden hatte nichts dazu beigetragen, die Ängste abzumildern. Nur Valium, das mir vorzuschlagen ihm erst nach acht mehr als schrecklichen, furchtgepeinigten Monaten eingefallen war, brachte Besserung. Sobald mir klar geworden war, dass Tranquilizer die Ängste kontrollierbar machten, indem sie der Panik die Spitze nahmen, war ich wieder in der Lage aufzuwachen, ohne mich schon beim Gedanken, einen neuen Tag bewältigen zu müssen, elend zu fühlen. Nachdem ich sie ein paar Tage lang genommen hatte, konnte ich Dinge tun, um die ich mich seit Monaten herumgedrückt hatte, zum Beispiel die U-Bahn besteigen oder in große Kaufhäuser gehen.

Kalman stellte mir einmal pro Monat ein Rezept aus, und ich hatte immer eine Flasche Valium bei mir. Nur zu wissen, dass es da war, verhinderte oft, dass Nervosität in Panik ausuferte. Verantwortungsloserweise verordnete Kalman mir keine bestimmte Menge, sondern sagte mir nur, ich könnte so viele nehmen, wie ich brauchte, wenn ich sie brauchte. Es war praktisch eine Einladung zum Missbrauch, aber komischerweise ließ mich gerade das vorsichtig dosieren – worauf Kalman vielleicht gesetzt hatte –, und ich nahm sie nur, wenn es sich nicht vermeiden ließ.

Das war, wie sich herausstellte, beinahe jeden Tag bei der

Arbeit, aber nie an Wochenenden der Fall. Das Fünf-Tage-drauf-zwei-Tage-abstinent-Modell war sowohl beruhigend wie Besorgnis erregend – da ich sie an den Wochenenden nicht brauchte, konnte ich mir sicher sein, dass ich nicht süchtig war, aber ich merkte schnell, dass kaum ein Wochentag verging, ohne dass ich mich an den Wasserspender schlich und ein paar Valium einklinkte, wenn gerade niemand hinsah. Trotzdem, die Ängste besserten sich so deutlich, dass Semi-Abhängigkeit dafür kein zu hoher Preis zu sein schien.

Jedenfalls hatten die Tabletten nach mehreren Monaten mein Selbstvertrauen so weit wieder hergestellt, dass die Trennung von Dr. Kalman sich als nächster Schritt aufdrängte. Nie wieder in seinem kahlen Raum sitzen, nie wieder seine Missbilligung spüren, wenn ich mir eine Zigarette anzündete (man konnte seine Begeisterung geradezu mit Händen fühlen, als ich es gegen Ende unserer gemeinsamen Zeit endlich aufgab). Nie mehr dem trockenen Kratzen seines Stiftes lauschen, während er meine Gedanken niederschrieb, nie wieder unabsichtlich bei anderen Patienten mithören. Ein Kerl schrie irgendwann mal so laut, dass er bis in den Vorraum, wo ich wartete, zu hören war: »Als ich meinen Nervenzusammenbruch hatte, war ich so steif wie ein Brett, aber sie hätten mich nie in die Klinik bringen dürfen«, was mich entsetzte. Passierte einem das, wenn man verrückt wurde? Wurde man dann steif wie ein Brett? Ich wollte es gar nicht wissen.

Und nie wieder verwirrende Warnungen, nur ja nicht schwanger zu werden, solange ich Valium nahm. Davor warnte er mich jedes Mal, wenn er mein Rezept erneuerte, als würden die Pillen mich derart enthemmen, dass ich mit jedem Erstbesten ins Bett sprang.

Er schien mich nicht ungern ziehen zu lassen, was ich als Zeichen dafür wertete, dass es mir wieder besser ging, und im Januar verabschiedete ich mich sehr erleichtert von ihm und seiner Sprechstundenhilfe, deren Name Ethel Frump hätte sein müssen, falls er es nicht ohnehin war. Unsere Wege trennten sich nicht ganz, weil er eingewilligt hatte, mir trotzdem einmal im Monat ein Rezept auszustellen, aber abgesehen davon waren wir geschiedene Leute. Hurra.

Ich weiß nicht, ob die Rollers Anfang 1979 Psychiater konsultierten, aber der Gedanke könnte ihnen durch den Kopf gegangen sein, weil sie zu dieser Zeit keine sehr glücklichen jungen Männer waren. Angeschlagen durch das Floppen von *Strangers in the Wind*, die es nicht mal bis in die Top 100 geschafft hatte, begannen sie zwar, Songs für ihr neues Album zu schreiben, aber die Zweifel nagten an ihnen. Trotz des frischen Blutes in Gestalt von Duncan Faure dachten sie daran, alles hinzuschmeißen.

Das wusste ich, weil Leslies Bruder Hari es mir erzählte. Ich hatte seine Nummer in Edinburgh von meiner Londoner Brieffreundin Brenda bekommen, die mir noch immer alle paar Monate schrieb. »Er ist ganz freundlich«, sagte sie, und das war alles, was ich hören musste, um ihn alle vierzehn Tage anzurufen.

Ich hätte lieber mit Leslie gesprochen, aber sein Bruder tat es auch, besonders, da er sich immer zu freuen schien, von mir zu hören, und meistens länger als eine halbe Stunde plauderte. Er fand es nicht im mindesten sonderbar, von einem fremden Mädchen angerufen zu werden, denn er bekam, wie er sagte, »Anrufe und Briefe aus aller Welt, aber du bist die Erste, mit der ich mich richtig unterhalten habe, weil die anderen immer nur was über Leslie wissen wollen«.

Wie der Zufall so spielte, wollte auch ich nur etwas über Leslie wissen, aber ich war clever genug, ihn nie zu erwähnen, was dazu führte, dass Hari oft über ihn sprach. Aber als wir uns näher kennen lernten, begann ich, auch Hari selbst recht nett zu finden, der unter dem Namen Jamie Wild einen erfolglosen Anlauf zum Popstar-Dasein unternommen hatte. Mittlerweile arbeitete er als DJ in irgendeiner Edinburgher Disco und schien da eine markante Figur zu sein. Nach einigen Monaten bot ich ihm als kleinen Freundschaftsdienst an, ihm ein paar topaktuelle amerikanische Dance-Platten zu schicken, die er in seinem Club spielen konnte.

*Disco*platten. Gott, wozu ich mich erniedrigte, um einen Jungen zu beeindrucken. Ich musste einen Experten konsultieren – den Typen unten im Zeitungsladen – und kaufte dann folgsam »I'm Every Woman« von Chaka Khan, »To Be Real« von Cheryl Lynn und ein paar andere, von denen ich nie gehört hatte. Ich wartete zehn Tage ab, nachdem ich sie weggeschickt hatte, dann rief ich an, um zu fragen, ob er sie erhalten hätte. Ein Mädchen – Londoner Akzent, schnippisch – nahm ab. Sie sagte, Hari sei weg, und er war auch weg, als ich am nächsten Tag wieder anrief. Ende der Woche erreichte ich ihn endlich, aber die Wärme war aus seiner Stimme verschwunden. Hatte wohl was mit dem Mädchen zu tun, das anscheinend bei ihm wohnte, mutmaßte ich.

Ich rief ihn nicht mehr an, aber das war mittlerweile sowieso unwichtig geworden. Brenda hatte das Eigentliche aufgetrieben – Leslies Nummer. Im selben Brief vom April 1979 hatte sie noch einiges mehr zu berichten. Erstens, Leslie hatte eine Wohnung in London, die er sich mit einem anderen Schotten namens Scobie teilte, der McKeowns erstes Soloalbum produzierte. Er hatte seit seinem Abgang bei den Rollers keine Zeit verloren – er hatte nicht nur eine neue LP in Arbeit, sondern auch eine neue Gruppe, die sich Leslie McKeowns Ego Trip nannte (»Passt wie die Faust aufs Auge«, meinte Brenda). Das Album sollte *All Washed Up* betitelt werden, und die Coverillustration zeigte Leslie, wie er aus einem Flugzeug kletterte, das in den Ozean gestürzt war. Auf dem Heck des Flugzeugs stand 1X-BCR. Man musste McKeown dafür bewundern, wie gründlich er alle Brücken hinter sich abbrach.

Der Titel erwies sich als prophetisch, denn dieses autobiographische Stück Synthi-Pop versenkte buchstäblich McKeowns Karriere. Während er daran arbeitete, war er für ein Jahr aus den Augen der Öffentlichkeit verschwunden, und als die Platte im Frühjahr 1980 endlich erschien, ging sie einfach unter, trotz eines beachtlichen Erfolges in Japan. Heute findet man sie nicht mal mehr in den Ramschkisten.

Aber im April 1979 war er zuversichtlich, wenn man diesem Scobie glauben durfte, der ans Telefon ging, als ich den Nerv aufbrachte anzurufen. Cathy war bei mir; wir hatten uns eine Flasche Amaretto geteilt und uns gegenseitig angestachelt, bis ich schließlich die Nummer wählte. Eine schottische Stimme schnaufte in den Hörer: »H'llo?«, und ich meldete mich mit frisch-fröhlichem Selbstbewusstsein, das ich nicht empfand: »Hi! Du musst Scobie sein.«

»Wer ist denn da?«, fragte er, beim Klang einer weiblichen Stimme hellhörig werdend.

»Caroline«, sagte ich, erleichtert, dass er freundlich klang.

Ein flirtbereiter Ton stahl sich in seine Simme. »Und was kann ich für dich tun, Caroline?«

Schaff mir deinen Brötchengeber ans Rohr, hätte ich gerne geantwortet, sagte aber stattdessen, meine Freundin Cathy und ich seien Fans, die gerne wissen wollten, was Leslie so plane. Das war die einzige Referenz, die er brauchte. Für die nächsten zwanzig Minuten redete er ununterbrochen über die Songs, die er und McKeown gerade schrieben, und dass die das nächste Rollers-Album so verweichlicht wie Art Garfunkel klingen lassen würden (der gerade mit »Bright Eyes« in den Charts war). Na, das wird aber hart, dachte ich.

Irgendwann fragte ich dann ganz beiläufig: »Tja, und, hm, ist Leslie auch da?«

»Er ist nicht zu Hause, Kätzchen, aber ruf uns morgen um dieselbe Zeit an, dann müsste er da sein.«

Ich wiederholte Cathy das ganze Gespräch, einschließlich des »Kätzchen«, und sie war sehr beeindruckt. »Wir müssen sie morgen anrufen«, sagte sie entschlossen. Daher riefen wir fast auf die Minute genau vierundzwanzig Stunden später wieder an, und diesmal war Leslie wie versprochen zu Hause.

»Haben wir uns mal getroffen?«, wollte er sofort wissen. Ich hätte ihm antworten können: Na ja, vor ein paar Jahren hast du meine Freunde und mich in Detroit die ganze Nacht lang angepöbelt.

»Sozusagen«, antwortete ich.

»Haben wir miteinander geschlafen?« Cathy, deren Kopf sich neben meinem befand, war entzückt, als Loverboy ›miteinander geschlafen‹ sagte, und begann, sich Luft zuzufächeln, als hätte sie die *vapeurs*. »Nein, wir haben nicht miteinander geschlafen«, sagte ich Leslie und presste Cathy meine Hand auf den Mund, damit sie nicht »Ich schlafe mit dir« rufen konnte, wie sie es vorhatte.

»Na, dann, haben wir gefickt?«, fragte er hartnäckig, Kotzbrockentum in seiner gewinnendsten Ausprägung. Irgendein im Embryonalzustand befindlicher feministischer Teil von mir befahl mir aufzulegen, und wäre es irgendein anderer als McKeown gewesen, hätte ich es getan, aber es war nun mal McKeown, und sein Zauber wirkte immer noch auf mich.

»Nein, nein«, kicherte ich.

»Und was *haben* wir dann gemacht, verdammt noch mal?«, sagte er darauf.

»Oh, wir haben uns auf der letzten Tour kennen gelernt ... Detroit ... du warst in unserem Zimmer. Ich war mit Barbarino, Kim und Lauren zusammen ... erinnerst du dich?« Während er noch einmal nachdachte, hörte ich ihn Kaugummi kauen, und dann zündete er sich eine Zigarette an. Gleichzeitig rauchend und kauend, gab er einen erkennenden Seufzer von sich. »Oh, Lauren! Hübsches Mädchen aus New York, richtig?«

Cathy, die es nie verwunden hatte, dass Lauren auf dieser

Tour seine gesamte Aufmerksamkeit gepachtet hatte, machte Kotzgeräusche.

»Wer ist das?«, fragte er, jetzt hellwach. Es sei Cathy, sagte ich ihm, ohne hinzuzufügen, dass sie kotzte, weil sie ihn seit Jahren liebte und die Vorstellung nicht ertrug, dass die Einzige von uns, an die er sich erinnerte, Lauren war.

»Dann gib mir doch mal Cathy«, sagte er großmütig. Sie nahm den Hörer, und ich überprüfte noch mal, ob der Kassettenrecorder auch alles mitbekam. Wir hatten heute Nachmittag unser Geld zusammengeschmissen, um ein kleines Saugnapf-Aufnahmedings zu kaufen, das man ans Telefon pappen konnte, damit wir unser Gespräch mit Leslie später wieder und wieder erleben konnten.

Cathys Gesichtsausdruck änderte sich langsam von ekstatisch zu unentschlossen. »Mm-hm ... ist das so? ... Mal sehen, was ich tun kann ... ja, du auch ... bye.«

Sie rollte die Augen und schüttelte sich wie eine nasse Katze. »Zuerst war er richtig nett, aber dann hat er angefangen, so was zu quatschen, dass er und ›Scobe‹ bald nach New York kommen wollen, und hat gefragt, ob wir eine Party für sie organisieren und viele Mädchen einladen könnten!«

»Wie viele Mädchen?«, fragte ich.

»Viele, hat er nur gesagt. Und dann hat er gesagt: ›Warum fliegt ihr, du und deine Freundin, nicht rüber und vertreibt uns die Zeit?‹«

Und zu meinem Bedauern muss ich gestehen, dass wir es in Betracht zogen. Anstatt Leslie und ›Scobe‹ mit dem wohlverdienten Tritt in den Arsch zum Teufel zu schicken, saßen wir da und beratschlagten allen Ernstes, ob es machbar wäre, nach London zu fliegen. Hätten wir mehr Erfahrung mit Männern – Männern, die keine Rollers waren – gehabt, hätten wir es keine Sekunde lang erwogen. Wir kamen zögernd zu dem Ergebnis, dass wir es uns nicht leisten könnten, aber wenn wir ein paar hundert Dollar übrig gehabt hätten, wären wir schneller drüben gewesen, als McKeown sagen konnte: »Deine ehelichen Dienste sind gefragt, und bring mir auf dem Weg ein Bacon-Sandwich mit.«

Und wahrscheinlich hätten wir jede einzelne Minute davon genossen. In unserer Vorstellung wäre das keine Servilität gewesen, sondern eine unbezahlbare Chance, Leslie in seinem natürlichen Lebensraum zu beobachten (wer Scobie bekommen sollte, diskutierten wir nicht, dafür war noch Zeit genug, wenn es so weit war). Wir hätten ein wildes Wochenende erlebt und wären dann wieder heimgeflogen. Es ist traurig, aber so bescheiden waren unsere Ansprüche. Jede noch so erniedrigende Beachtung von McKeown war besser als überhaupt keine Beachtung; seine Charmelosigkeit war eher noch sonderbar erregend.

Natürlich riefen wir wieder Chez McKeown an. Mehrere Male sogar. Als wir uns das nächste Mal unterhielten, war er sauer über eine Story in der *Sunday People* von dieser Woche. Unter dem Titel »Fünf Jahre leben mit der Lüge« brachten sie einen Schmutzige-Wäsche-Artikel über angebliche Sex- und Drogen-Eskapaden der Rollers.

Der Informant war allerdings kein verärgerter Ex-Angestellter, der auf die Schnelle abkassieren wollte, es waren die Rollers selbst. In einem letzten verzweifelten Versuch, sich ein neues Image zu geben, ließen sie richtig die Sau raus, Derek erzählte von seinen vielen Frauen, Eric von dem einen Mal, als er Acid genommen und »eine ganze Packung Cornflakes auf einmal gegessen« hatte und Ähnliches. Es sei schrecklich, dass sie so etwas nötig hatten, sagte ich zu McKeown, der mir zustimmte: »Ich habe gerade an die Zeitung geschrieben, um mich von diesem idiotischen Schwachsinn zu distanzieren«, sagte er giftig.

Cathy und ich hätten mit unseren Anrufen wahrscheinlich weitergemacht, wäre uns nicht die Telefonrechnung dazwischengekommen. Sie belief sich auf 337 Dollar für nur einen

Monat – natürlich riefen sie uns nie an –, und es war klar, dass unsere kleinen Schwätzchen, die wir sowieso meistens mit Scobie führten, aufhören mussten. Als ich das Geld zusammenkratzte, um die Rechnung zu bezahlen, wurde mir ebenfalls klar, dass ich von dem Gehalt in dem metallurgischen Labor nicht leben konnte.

Da ergab sich wie gerufen ein neuer Job – irgendein Tippsenjob in einer kleinen Probenstudio-mit-Instrumentenverleih-Firma in Uptown. Ich bewarb mich, bekam den Job, verdiente auf einen Streich 25 Dollar die Woche mehr und arbeitete, was noch besser war, *endlich in der Musikindustrie*! Endlich, nach Jahren des Sehnens und Trachtens, hatte ich einen wirklichen, echten Job im Music-Biz, mit Studios, Kontakt zu Bands, allem.

Der eigentliche Job, der darin bestand, den Kunden Rechnungen für Studiozeit und Instrumentenleihgebühr auszustellen, war nicht besonders glamourös. Ebenso wenig das Studio, das in den damals recht runtergekommenen West Thirties lag. Ebenso wenig meine neuen Kollegen – ein abgewichster Büroleiter namens Don, die noch abgewichstere Besitzerin, die hinter ihrem Rücken respektlos Mama genannt wurde, ein mürrischer schwarzer Buchhalter und eine hochnäsige Chefsekretärin, die Mamas Liebling war und die einzige elektrische Schreibmaschine benutzen durfte. Und eigentlich war keiner von ihnen überhaupt Musikfan. Ich hatte mir vorgestellt, wir würden über Platten diskutieren, die wir gekauft hatten, und über die Gigs, auf denen wir waren, kapierte aber schnell, dass ich die Einzige war, die tatsächlich ein Interesse an solchen Dingen hatte.

Außerdem stellte sich bald heraus, dass die Probenstudios nicht von coolen Rockbands wie z. B. The Clash, sondern von Schnulzensängern wie Barry Manilow oder Dionne Warwick frequentiert wurden.

Der Instrumentenverleih war schon interessanter. Es gab

einen regen Strom von Gitarren, Verstärkern und was weiß ich noch, die an Topkünstler in Aufnahmestudios und Konzerthallen gingen, und ich fand es toll, Namen wie David Bowie auf die Rechnungen zu schreiben. Aber ich begann mich zu fragen, warum sie immer nur ein oder zwei Sachen gleichzeitig ausliehen. Erst da entdeckte ich, dass unsere Firma, die ich mal Mama's nennen will, mit deutlichem Abstand die Nummer zwei im Verleihgeschäft war – fast alle Bands holten sich das meiste, was sie brauchten, bei einer anderen Firma ganz in der Nähe und kamen nur zu uns, wenn bei den anderen etwas nicht zu haben war.

Aber hey, was soll's. Ich war im Musikgeschäft. Ich war ein offizieller Insider. Es war berauschend.

Und ein paar Wochen nachdem ich bei Mama's angefangen hatte, angelte ich mir endlich einen Freund. Einen richtigen, der mehr als ein paar Dates lang hielt. Er hatte einen Akzent, den ich fälschlicherweise für englisch hielt, der sich aber als australisch herausstellte, und war dunkel und grüblerisch, der Anthony-Perkins-Typ. Sein Aussehen trug viel dazu bei, einen damit zu versöhnen, dass er mit Computern arbeitete und unaufhörlich darüber reden konnte und dass sein Lieblingsschimpfwort ›hündische Nachgeburt‹ war. Die anderen Tarts waren tief beeindruckt. Australier! Das war ja praktisch dasselbe wie Schotte.

Na bitte, im April 1979 hatte ich's geschafft, ich hatte einen Freund und einen Job im Musikgeschäft. Endlich ein zwingendes Interesse an etwas anderem als den Rollers. Das Leben war herrlich, und es war ein wunderschöner, milder Frühling mit Spaziergängen durchs Village und Abendessen in italienischen Restaurants.

Trotz endloser, in schleppendem Melbourner Zungenschlag gehaltener Vorträge darüber, wie Computer in ›Basic‹ und ›Cobal‹ genannten Sprachen miteinander redeten, war ich überzeugt, verliebt zu sein. Traurigerweise war es auf Seiten meines schneidigen Kavaliers keine Liebe, und nach zwei Monaten mit hündischen Nachgeburten und Softwarepalaver verschwand er aus meinem Leben.

Er bedachte mich mit einem Album der Skyhooks, der damals erfolgreichsten australischen Band. Sie waren eine erbärmliche Comedy-Rock-Truppe, die in dem irrigen Glauben lebte, Narrenkappen und falsche Titten könnten ihren eklatanten Mangel an Talent wettmachen. Das Highlight des Albums, eine Skifflenummer mit dem Titel »You Just Like Me 'Cos I'm Good in Bed«, gestattete wahrlich tiefe Einblicke in den aktuellen Stand der antipodischen Musik.

»Denk an mich, wenn du die Platte hörst«, sagte er augenzwinkernd (diese Augen, dieses Haar ...) von hinter seinem Computer. Er war der Einzige in meinem Bekanntenkreis, der einen Computer in der Wohnung hatte. Verdammt, zu der Zeit hatten die meisten Büros nicht mal einen – Mama's jedenfalls nicht.

Ich dachte an ihn. Wenn auch wahrscheinlich nicht so, wie er es gerne gehabt hätte.

33

ABER – NEVER MIND the boyfriend. Selbst als er mich für seine wahre Liebe, das binäre System, verließ, warteten schon andere Interessen darauf, seinen Platz einzunehmen. Mama's hatte gerade eine Phase, in der Equipment an viele Punk- und New-Wave-Bands ausgeliehen wurde, und alle paar Tage kam ein neuer Schwung röhrenbehoster Roadies, um Gitarren und Drumkits abzuholen. Die Bands selbst bemühten sich selten in unsere bescheidene Hütte mit ihren Sperrholzwänden, aber schon irgendeinem Technikertyp in den Diensten von Magazine, Iggy Pop oder The Damned zu begegnen machte mich für eine Woche glücklich. Es war nicht viel nötig, um mich zu begeistern, Hauptsache, sie waren jung und punk, denn nachdem ich ein Jahr lang nur Meat Loaf und Konsorten gehört hatte, um meine Angstzustände zu dämpfen, war ich jetzt wieder bei Punk gelandet.

Traurigerweise war ich viel aufgeregter, als The Damned, die denkbar primitivsten Sex-Pistols-Imitatoren, einen Monitor mieteten, als beim Besuch von Stevie Wonder persönlich – ein Ausnahmetalent und damals auf der Höhe seines Könnens –, der eins unserer Probenstudios benutzte. Allerdings hatte ich von Wonder auch nicht viel gesehen, nur eine kurz sichtbar werdende große Gestalt in einem Ring von Aufpassern, die ihn vorsichtig durch unseren engen Flur geleiteten. Dann ein unterdrücktes Aufjaulen, als er sich die Schulter am Münzfernsprecher stieß, und damit verschwand er in den Aufzug und war noch oben, als ich Feierabend machte.

Gleichzeitig erreichten uns Neuigkeiten über eine anstehende Rollers-Tour. Sie war für Juli und August 1979 geplant und sollte wie 1977 aus Open-Air-Konzerten bei Landwirtschaftsmessen und in Vergnügungsparks bestehen. Und als wäre das nicht schon Bankrotterklärung genug, kamen sie diesmal noch nicht mal in die größeren Städte. O nein. Von einer Show in Philadelphia abgesehen, wurden sie in verschlafene Nester wie Pensacola, Florida, Greenville, South Carolina und Portland, Maine, gebucht.

Die Tour war ein Fiasko. Gigs wurden abgesagt, weil der Vorverkauf so mies lief, und in Pensacola wären sie wegen einer Ungenauigkeit im Vertrag beinahe noch vor Gericht gelandet.

So erzählte es uns ein Roadie, den wir in Greenville anriefen. Cathy und ich hatten nicht widerstehen können, ihr Hotel anzurufen, wo Cathy von dem Mann an der Rezeption forsch verlangte, zu »einem Mitglied der Bay-City-Rollers-Tourgruppe« durchgestellt zu werden.

Zehn Sekunden später hatten wir einen verpennten Roadie am Apparat, der nur »Äh« sagte, worauf Cathy sich mit unserem üblichen Spruch: »Du kennst uns nicht, aber wir sind Fans und wollten nur hören, wie die Tour läuft«, vorstellte. Sobald er ganz wach war, hatte der Typ nichts dagegen, ein bisschen zu tratschen. Er zeichnete das traurige Bild einer Busodyssee durch den Süden – Privatflugzeuge waren nur noch Erinnerung – und in weitem Bogen um Städte, in denen sie einst Triumphe gefeiert hatten, weil sie größere Hallen nicht mehr voll bekamen, auf billige Motels zurückgeworfen, und manchmal schliefen sie sogar im Bus.

Ein dermaßenes Elend mussten wir unbedingt selbst miterleben. Nur wenige Tage vor dem Gig gab es immer noch Karten für das Konzert in Philadelphia. Barbarino, Kim und ich richteten uns darauf ein hinzufahren.

Am Tag des Konzertes wurde es ohne Erklärung abgesagt. Das wäre es gewesen, hätte Barbarino nicht herausbekommen, dass hastig ein Ersatzkonzert organisiert worden war, in einem Safaripark in New Jersey, der sich Great Adventure nannte, eins von diesen Dingern, wo man mit geschlossenen Autofenstern rumfährt und wilde Tiere dazu provoziert, an der Motorhaube herumzuschnüffeln. Der Gig war allerdings erst am Montag, und heute war Freitag. Die Band wollte die Nacht in einem Dörfchen namens Bordentown verbringen, das nur ein kurzes Stück den Highway runter vom Park entfernt lag, und da gab es natürlich nichts anderes, als in unser Auto zu steigen, das wir sowieso schon gemietet hatten, und nach Bordentown zu fahren.

Der 3. August war, wie sich später zeigte, das letzte Mal, dass wir über die Stadtgrenzen von New York hinausfuhren, um die Rollers zu sehen, denn die Tour sollte ihre letzte in Amerika sein. In Zukunft würden sie in kleinen Clubs spielen, sich aber nie wieder an eine ausgewachsene US-Tour wagen. Das lag hauptsächlich am Misserfolg ihrer neuen LP, *Elevator*. Die Tour fiel mit deren Veröffentlichung zusammen, und wenn das Album eine gute Chartsplatzierung erreicht hätte, hätte die Band Grund gehabt, ihre jährlichen US-Touren beizubehalten. Wenn nicht – Bye Bye Baby.

Die LP war ein großartiger Flop. Und das zu Recht, denn es war ihre bisher dümmste. Sie war sogar idiotischer als *Strangers in the Wind*. Der Himmel allein weiß, was sie sich dabei gedacht haben, aber auf *Elevator* zogen sie wirklich alle Register. Bei Gott, sie waren erwachsene Rocker mit behaarten Pranken, und sie würden sich Gehör verschaffen.

Ihre erste und drastischste Maßnahme war, das ›Bay City‹ fallen zu lassen. Dieses Sakrileg begingen sie wahrscheinlich in der Hoffnung, man würde sie irgendwie nicht mehr mit den karierten Weichlingen in Verbindung bringen, bei denen Zwölfjährige nasse Höschen bekommen hatten. Ladies and Gentlemen: »The Rollers«.

Es wäre aufschlussreich gewesen, wenn man die Planung dieses Albums hätte belauschen können. Ich stelle mir immer vor, dass sie ungefähr so ablief:

Alan als Ältester ruft die Versammlung zur Ordnung: »Na schön, jetzt setzt euch bitte alle und hört zu. Wir müssen heute einiges erledigen. Nehmen wir uns zuerst das Albumcover vor. Irgendwelche Ideen?«

Eric (guckt gierig zu dem Teller mit saftigen Puddingteilchen auf dem Tisch): »Die Namensänderung war eine Spitzenidee. Längst fällig. Und jetzt müssen wir uns fürs Cover was genauso Radikales einfallen lassen, und ich hab da 'ne Idee. Also, nehmt es mir nicht übel, aber im Moment würde es vielleicht mehr schaden als nützen, wenn unser Foto vorne drauf ist. (Allgemeiner Chor: »Machst du Witze?«, und »Aber ich hab mir extra die Haare schneiden lassen!«) Nein, nein, lasst mich erst mal ausreden. Also, das ist bis jetzt unser erdigstes, schmutzigstes Album, und dafür brauchen wir ein Bild, das sich sofort einprägt. Also, was haltet ihr von (einmal tief Luft holen) einem Aufzug mit offener Tür, und an der Wand lehnt eine große rote Pille. Versteht ihr, eine Pille, die ›die Stimmung hebt‹. Kapiert?« (Alle: »Genial«!)

Woody: »Aber sollen unsere Fotos denn überhaupt nicht drauf sein?«

Eric (schiebt sich ein ganzes Puddingteilchen in den Mund): »Dazu komme ich gerade. Wir drehen also das Cover um, und wir sind auf der Rückseite. Aber statt der üblichen gestellten Studiofotos nehmen wir Livefotos. Die uns zeigen, wie wir auf Tour unser Ding bringen. Die Fotos werden ein bisschen dunkler als üblich sein, damit wir härter aussehen. Mein Schnurrbart passt da perfekt.« (Streicht sich stolz über den frisch gewachsenen Schnurrbart, neidisch beobachtet von den anderen. Von allen außer einem.)

Derek: »Meinst du nicht, mit dem Schnurrbart siehst du wie ein Pizzabote aus?«

Alan: »He, he, jetzt mal langsam. Los, kommen wir zu den Texten. Eric, wie ich höre, hast du hart gearbeitet. Was hast du denn bis jetzt?«

Eric (steht auf und blättert in einem Wust von Zetteln): »Ich lese euch den mal vor. Er heißt ›Instant Relay‹. Ich sehe ihn als solide Nummer in der Mitte der zweiten Seite. Also dann …« (dramatische Pause und ein Räuspern; dann verliest er eine Strophe, in der es um Transvestiten und den Ayatollah geht. Allgemeines Gemurmel: »Sehr schön« und »He, da schnallt ihr ab, Rolling Stones!«).

Duncan Faure (erhebt sich schüchtern): »He, Jungs … Jungs? Darf ich mal einen von meinen vorlesen? Auf den bin ich ziemlich stolz.«

(Stimmengewirr verstummt, als Faure liest, die Worte ›cocaine‹ und ›backstage pass‹ mit einer schüchternen Handbewegung unterstreichend.)

Faulkner (baut sich wichtig auf, tritt vor Faure, der hastig einen Schritt zurück macht): »Tja, wenn du Drogen willst, hör dir das mal an.«

(Nimmt Churchill-Pose ein und beginnt mit sonorer Stimme vorzulesen. Zwirbelt verschmitzt seinen Schnurrbart, als er zu der Stelle mit den ›Ludes‹ kommt.)

Derek (guckt als Einziger beunruhigt, während die anderen wieder »Einmalig!« und »Wahnsinn!« rufen): »Äh … also hört mal, Jungs. ›Kokain‹? ›Ludes‹? Wem wollen wir was vormachen? Und was *sind* überhaupt ›Ludes‹? (Verlegene Blicke. Faulkner vorlaut: »Das hat doch was mit Drogen zu tun, oder?«) Und Eric, was soll dieser lächerliche zweiteilige Song, ›Stoned Houses Nummer 1 und 2‹? Worum geht es da eigentlich?«

Faulkner (jetzt mit ärgerlich gerötetem Gesicht): »Na, als wir mit dem Album angefangen haben, waren wir uns doch alle einig, dass wir mit der Zeit gehen müssen, und das schien mir da … ich meine, Drogensongs sind immer hip – seht euch doch Lou Reed an.«

Derek: »Aber er ist Lou Reed! Und wir sind die Bay City Rollers!«

Alan (sehr ernst): »Das verflixte ›Bay City‹ haben wir gekippt, vergiss das nicht.« (Die Debatte tobt bis tief in die Nacht. Band fällt im Morgengrauen todmüde in die Betten.)

Dass *Elevator* so enttäuschend abschnitt, erklärte vielleicht die miese Laune der Band, als Barbarino, Kim und ich an diesem Freitagabend in Bordentown ankamen. Sobald wir ins einzige Hotel am Ort eingecheckt hatten, gingen wir in die Cocktail Lounge, und da waren sie alle, standen mit dem Bauch zur Theke und tranken in düsterer Stimmung doppelte Schnäpse. Sogar Babyface Faure sah wie gerädert aus und kratzte sich geistesabwesend unter dem Haaransatz, als suchte er nach irgendwas.

Zu unserer großen Überraschung hellten sich ihre Mienen auf, als wir hereinspazierten. Eric warf Kim sogar eine Kusshand zu. Das hatte es definitiv noch nie gegeben. Wir setzten uns an die andere Seite der runden Theke, und sie begannen, sich über die Entfernung hinweg mit uns zu unterhalten. Bitte festzuhalten: *Sie* sprachen *uns* an. Auch das hatte es noch nie gegeben. Immer, immer hatten sie uns – bestenfalls – als Fans behandelt; schlimmstenfalls als Landplage. Und jetzt plauderten sie plötzlich nett wie alte Freunde.

Nach einigen Minuten rutschte mein Roller von seinem Barhocker und kam, seinen Drink in der Hand, zu meinem herüber. Er beugte sich herunter und sagte leise: »Für das, was im Bottom Line passiert ist, möchte ich mich wirklich entschuldigen.« Hä? Was war im Bottom Line passiert? Dann fiel es mir wieder ein – der Zettel, den ich ihm geschrieben hatte, als sie das letzte Mal in New York gewesen waren, und den er bei den anderen herumgezeigt hatte. Aber jetzt sah er mich mit derart cockerspanielhafter Aufrichtigkeit an, dass ich wusste, er gab sich ganz in meine Hände.

»Oh, mach dir darüber keine Gedanken«, sagte ich großmütig.

Nach akzeptierter Entschuldigung beugte er sich dichter heran. »Hast du später irgendwas vor?«

Hatte ich was vor? Klar, ich war wegen des Nachtlebens nach Bordentown gekommen. Ich schüttelte den Kopf.

»Wir gehen noch was rauchen. Hast du auch Lust?« Ich sah, wie einer seiner Bandkollegen zur Tür ging und uns fragend ansah. Ich wollte zwar nichts rauchen, aber das würde mich nicht hindern, dabei zu sein, wenn sie es taten. Also gingen wir alle nach oben ins Zimmer des anderen Rollers, wo die beiden sich bäuchlings auf ein Doppelbett fallen ließen und einen Joint hin und her wandern ließen. Na, das war doch was – das letzte Mal, als ich die Bay City Rollers Dope hatte rauchen sehen, hatte Barbarino es mitgebracht. Anscheinend hatten sie diesmal ihren eigenen Vorrat dabei.

Die beiden begannen übers Fernsehen zu kichern – Johnny Carson schüttelte einem Affen mit Babymützchen die Hand oder so was –, und mein Roller lachte so heftig, dass er beinahe erstickte. Er japste nach Luft und trampelte in einem Lachkrampf gegen das Kopfbrett. Mann, war ich froh, dass ich bei Ginger Ale geblieben war.

»Komm«, keuchte er und nahm meine Hand, »ich brauch frische Luft.«

Wir trotteten vor das Hotel, und er setzte sich, immer noch kichernd, auf den Bordstein. Ich war etwas unschlüssig, was ich mit ihm anfangen sollte. Schließlich fragte ich, ob er mit dem Auto rumfahren wollte.

»Ja, solange ich fahren darf«, sagte er kichernd.

Ich schüttelte den Kopf. »Du bist viel zu fertig.«

Das schien ihn nüchtern zu machen, und er stand freiwillig auf und schaute mir in die Augen. »Mir geht's gut.«

Ich gab ihm die Schlüssel. Warum? Weil ich *wollte*, dass er fuhr, damit ich mir vorstellen konnte, er wäre mein Freund und wir hätten ein Date. Ich hatte noch nie mit ihm im Auto gesessen – eigentlich war ich mit ihm noch nirgendwo gewesen, außer in Hotelbars und Hotelzimmern, und im hermetisch verschlossenen Innenraum des gemieteten Chrysler würden wir uns fühlen, als hätten wir ein richtiges Date, oder zumindest irgendwas nah dran.

Also ließ ich ihn fahren – in Wirklichkeit war er wesentlich klarer im Kopf, als er sich anhörte –, und wir tuckerten die Route 206 entlang und suchten nach den heißen Adressen von Bordentown. Ich hoffte, wir würden eine Bar oder einen Club finden, damit ich in den Genuss der Ekstase kommen würde, mit ihm hineinzugehen wie ein Pärchen, aber die 206 war eine bessere Landstraße, und alles hatte für die Nacht geschlossen. Nachdem wir eine Weile ziellos herumgefahren waren, machte er schlingernd einen U-Turn, und kurz darauf waren wir wieder im Hotel.

Ich trottete folgsam hinter ihm her zum Aufzug, und aus dem Augenwinkel sah ich Kim mit Jim Duncan, dem Ex-Roadie, der jetzt ihr Manager war, an der Theke sitzen. Sie hatte irgendwo zwei hawaiianische Blumenkränze aus Plastik aufgetrieben und trug sie um den Hals, und ihre Schuhe waren verschwunden. Sie hatte ganz rote Augen, wahrscheinlich hatte sie wieder geheult, mutmaßte ich, und es war nicht schwer zu erraten, was sie diesmal zum Weinen gebracht hatte. Eric hatte vorhin mit ihr geflirtet und war jetzt nirgendwo mehr zu sehen. Er hatte offensichtlich Hoffnungen in ihr geweckt und war dann verschwunden. Und Kim, die ihre feuchten Augen mit einer Cocktailserviette betupfte, erzählte Jack offenbar gerade davon. Wenn ich seinen Gesichtsausdruck richtig deutete, lauschte er ihr schon seit Stunden.

Das Geheimnis um Erics Verbleib löste sich, sobald mein Roller und ich nach oben kamen. Während er seinen Schlüssel suchte, ging auf der anderen Seite des Flurs eine Tür auf, und da war Faulkner, der den Türknauf umklammerte wie ein Betrunkener einen Laternenpfahl. Als mein Roller seine Tür aufschloss, folgte er uns ins Zimmer, ging mit langen Schritten zu der Lücke zwischen beiden Betten und blieb dort breitbeinig stehen, wie ein Kapitän auf hoher See. Mein Roller stöberte noch in der Minibar, und Faulkner sah ihm eine Weile zu, ehe er seinen Blick mit etwas Mühe auf mich konzentrierte.

»Du hast meine Freundin Sheryl angerufen«, sagte er zur Begrüßung.

»Ich hab deine Freundin Sheryl angerufen?«

»Das sagte ich ja gerade.« Sein Ton war nicht eben herzlich.

»Tut mir Leid, dich zu enttäuschen, aber ich kenne deine Freundin Sheryl nicht«, antwortete ich. Er machte einen Schritt nach vorn, und ich machte instinktiv einen zurück. Er reckte so den Hals, dass sein Gesicht nicht mehr als ein paar Zentimeter von meinem entfernt war, und man sah sein Doppelkinn herunterhängen. Er hat noch immer so schöne Augen, dachte ich automatisch, als er sein Gesicht in Falten legte und sich angestrengt konzentrierte, um seine Worte richtig auszusprechen. »Meine Freundin Sheryl ist eine Freundin von mir«, sagte er mit kurioser Logik, »und sie hat Anrufe von irgendeinem Mädchen bekommen, das sie bedroht hat, und ich weiß, dass du es bist.«

»Du weißt, dass ich es bin?« Ich hatte irgendwo gelesen, dass es erboste Menschen angeblich beruhigt, wenn man ihre eigenen Worte wiederholt. Bei diesem klappte es nicht.

»Tu nicht so scheiß-unschuldig«, blaffte er mit verkniffenem, bösartigem Gesicht. »Ich will wissen, warum du sie angerufen hast, und ich will wissen, wann.«

»Oh, ich rufe sie normalerweise dienstags an«, parierte ich

und hoffte, ihn damit zum Schweigen zu bringen. »Manchmal auch donnerstags, wenn ich mich langweile.«

Er griff sich den Briefblock des Hotels, der auf dem Nachttisch lag, und kritzelte mit übertriebener Geduld in Blockbuchstaben ›DIENSTAGS UND DONNERSTAGS‹ darauf. Dann sah er mich erwartungsvoll an und wollte den nächsten Teil meiner Beichte hören. Er zeigte mit dem Stift auf mich, wie ein Perry Mason mit Latin-Lover-Schnurrbart.

Ich warf meinem Roller einen flehenden Blick zu, mich von seinem durchgeknallten Freund zu befreien. Er zuckte nur die Achseln und steckte seinen Rüssel tiefer in die Dose Pepsi, die er in der Minibar gefunden hatte.

»He, pass auf, ich mache nur Spaß, klar? Ich kenne deine Sheryl nicht, ich hab sie nie angerufen, ich will sie nicht anrufen. Woher soll ich überhaupt ihre Nummer haben? Sei bitte nicht blöd, okay?«

Aber es war nicht okay. Er zeterte weiter, bis mein Roller ihn nach draußen führte und mit Gewalt in sein eigenes Zimmer schubste. Er schlurfte weg, immer noch den Zettel mit den Worten ›DIENSTAGS UND DONNERSTAGS‹ in der Hand, den er zu einer feuchten Kugel zusammengerollt hatte. Sein Gesicht hatte einen verlorenen Ausdruck, aus der Streitsucht war jetzt Verwirrung geworden. Ironischerweise hatte ihn sein Instinkt gar nicht mal getrogen. Ich kannte diese Sheryl nicht, aber wenn ich sie gekannt hätte, wäre ich mir vielleicht für ein wenig Telefonterror nicht zu schade gewesen. Aber in diesem Fall war ich unschuldig.

Unglücklicherweise hatte dieses Zusammentreffen die romantische Atmosphäre zerstört. Als mein Roller und ich endlich allein waren, konnte man seine Kühle beinahe greifen. Ich wusste, er fragte sich, ob an Faulkners Anschuldigungen irgendetwas dran war. Man konnte es ihm kaum übel nehmen – der ganze Zwischenfall hatte mich nicht gerade im besten Licht erscheinen lassen.

Er schaltete den Fernseher ein, setzte sich ans Fußende von einem der Betten, das Kinn auf die Hand gestützt, und war bald ganz vertieft in die Wiederholung von »I Love Lucy«, die monochrom über den Bildschirm flimmerte. Seine Körpersprache schrie förmlich: »Hau ab!« Aber das konnte ich nicht. Das hier war meine wunderbar aufregende Rollerbeute, mein Schwarm, an dessen warmer Haut der Duft von Limonen-Aftershave hing. Er roch essbar. Er *war* essbar. Gehen? Nicht, bis er mich rauswarf.

Was er nicht tat. Es war zwei Uhr morgens, eine Stunde, zu der Männern der Gedanke kommt, wenn sie noch länger aufblieben, könnten sie das auch in liebenswerter weiblicher Gesellschaft tun. Auf dem Bildschirm arbeiteten Lucy und Ethel an einem Fließband und stopften Schokoladenkonfekt in ihre Blusen. Eine meiner absoluten Lieblingsepisoden, aber ich schaltete mann- beziehungsweise frauhaft aus, und in der Dunkelheit existierten nur noch Haut und der Duft nach Limone, heimtückisch und hartnäckig.

34

AM MORGEN WAR ER irgendwie komisch. Das Gefühl von Nähe war fort, und die Intimität sechs Stunden zuvor hätte genauso gut ein Traum gewesen sein können. Es war Samstag, und die Band hatte einen freien Tag, aber daran, dass er sofort den Fernseher einschaltete und seine gesamte Energie darauf verwandte, brüllend über die Zeichentrickfilme zu lachen, merkte ich, dass er ihn nicht mit mir verbringen würde.

Das Telefon klingelte. »Alles klar?«, begrüßte er den Anrufer, der so laut sprach, dass ich ihn als Faulkner erkennen konnte. »Hast du Channel Two an? Da läuft Daffy Duck«, konnte ich ihn sagen hören. Mein Roller schaltete um, und tatsächlich, da war Daffy Duck. Ich glaube, Elmer Fudd war auch dabei. Faulkner redete lauter weiter: »Und du rätst nie, was danach kommt, Mann, ›Nummer sechs‹!«

Bitte nicht »Nummer sechs«. Diese öde Kultserie kannte ich von meinem australischen Ex, der, in schöner Eintracht mit jedem männlichen Wesen britischer Herkunft auf der ganzen Welt, absolut süchtig danach war. Der Australier zitierte immer gerne einen angeblich legendären Dialog, der ungefähr lautete: »Wer sind Sie?« – »Sie sind Nummer sechs.« – »Nein, das bin ich nicht. Ich bin ein freier Mensch.« – »Nein, das sind Sie nicht, Sie Schwanzkopf, Sie sind Nummer sechs«, und so weiter und so fort. Ich hasste die Serie. Mein Roller wand sich mittlerweile schon vor Glück, weil er, wenn Daffy Duck vorbei war, »Nummer sechs« sehen konnte. Ich wusste, wann ich mich geschlagen geben musste.

»Vielleicht sieht man sich später«, sagte ich und zog mir mein überdimensionales Jam-T-Shirt über. Ich hatte es vor der Abfahrt nach Bordentown aus einem Impuls heraus gekauft – ich war kein Jam-Fan, aber ich wollte die Rollers mit meinem musikalischen Durchblick beeindrucken. Eric war der Einzige gewesen, der davon Notiz genommen hatte. »Du stehst doch nicht auch auf diese Punk-Scheiße, oder?«, hatte er geknurrt. ›Diese Punk-Scheiße‹ – als wäre sie gerade erst erfunden worden.

Man brauchte die Rollers nur anzusehen und wusste, dass sie mit ›dieser Punk-Scheiße‹ ein Problem hatten. Sie trugen ihre Haare noch immer lang, und einige von ihnen liefen sogar noch in Schlaghosen rum, als hätten wir 1975. Ihre Haltung war echte Maschinenstürmerei, denn Punk war mittlerweile so etabliert, dass bereits eine zweite Welle neuer Bands daraus hervorgegangen war, Bands wie Magazine, Ultravox und Joy Division. Und die Rollers behandelten das noch immer wie eine vorübergehende Modeerscheinung. Kein Wunder, dass sie seit zwei Jahren keinen Sichtkontakt mit den Charts mehr gehabt hatten.

Mein Roller unterbrach sein Gegacker über Daffy Duck, der sich gerade im Schönheitssalon die Federn fönen ließ, gerade lange genug, um mir zum Abschied kurz zuzuwinken. Er schien mich schon vergessen zu haben, ehe ich die Tür hinter mir zugezogen hatte. Draußen im Flur konnte ich ihn noch immer kichern hören. Ich stellte mir vor, wie sein kleiner ›Pinselhaarschnitt‹ vor Heiterkeit zitterte. Wenn es je einen bedeutungslosen One-Night-Stand gab, dann diesen.

Barbarino, Kim und ich trafen uns in unserem Zimmer wieder. Er kaute an den letzten tropfenden Krümeln eines French Toast vom Zimmerservice, und sie saß am Fenster und schnitt

Fotografien der Rollers zu Kreisen von fünf Zentimeter Durchmesser. Das war eine von Barbarinos ›Geschäftsideen‹ – er hatte kürzlich in einen Apparat investiert, mit dem man aus Fotos ganz professionell aussehende, laminierte Buttons machen konnte, die er bei den Gigs an die Kids verkaufen wollte. Kim arbeitete an einem Stapel von Alan-Fotos, die Barbarino selbst geschossen hatte.

Ein langer Tag lag vor uns. Was sollten wir machen? Wieder die Route 206 runter, um im örtlichen K-mart einzukaufen? Draußen am Pool rumhängen und darauf warten, dass vielleicht ein Roller auftaucht und sich uns auch noch anschließt? Alles abhaken und nach New York zurückfahren, um den ersten Amerika-Gig von Magazine zu sehen (über die ich nichts wusste, außer dass sie von einem Ex-Buzzcock gegründet worden waren und in der englischen Musikpresse überschwänglich gelobt wurden)?

K-mart, entschied ich, und zwar von der Überlegung ausgehend, ich könnte vielleicht einen schicken Fummel finden, der aus meinem One-Night-Stand noch einen Two-Night-Stand machen würde. Beim Hinfahren machte ich mir Vorhaltungen. Warum war ich noch immer so auf einen Kerl fixiert, dem eine Zeichentrickente mehr bedeutete als ich? Allein die Tatsache, dass er Daffy so faszinierend fand, hätte ihn in meinen Augen diskreditieren müssen. Es war ja nicht so, dass ich irgendeinen Anspruch auf ihn gehabt hätte. Wir hatten im Laufe von zwei Jahren nur achtzehn Stunden miteinander verbracht. Er kannte weder meinen Familiennamen, noch wusste er, wo ich arbeitete. Er hatte mich nie nach meiner Nummer gefragt oder irgendein Interesse bekundet, unsere Beziehung zu vertiefen. Sieh's ein, sagte ich mir niedergeschlagen, als ich am K-mart in eine Parklücke fuhr, er ist nicht dein Freund, und du bist ganz bestimmt nicht seine Freundin. Das alles bedeutet ihm gar nichts. Und selbst wenn es so gewesen wäre, hätte das noch nicht bedeutet, dass wir die Richtigen füreinander waren. Er nahm blöde Showbiz-Gewohnheiten wie Kiffen und Saufen an, hinter denen die Jungenhaftigkeit, die ich geliebt hatte, verschwand.

Was hatte ich also im K-mart verloren, bei den Stangen mit Polyester-Discoklamotten? Warum gab ich achtzehn Dollar für eine schwarze Stretchjeans aus, in der ich wie die Stammkundin eines Nachtclubs in der Bronx aussah? Und warum fuhr ich zum Hotel zurück, stieg sofort in meine neuen Ausgehfetzen und ging dann geradewegs zum Pool, um mich nach Rollers umzusehen?

Sie waren da draußen; Woody, Eric und Alan lagen schlapp auf Liegestühlen und ließen Sonne an ihre kalkweißen Hühnerbrüste. Wie das Protokoll es vorschrieb, hielt sich unser Grüppchen in diskretem Abstand auf der anderen Seite des Pools. Jan, unsere kalifornische Freundin, war zu uns gestoßen – ja, manche Menschen flogen immer noch dreitausend Meilen, um sie zu sehen –, und als ich ankam, steckten wir die Köpfe zusammen und besprachen unsere Taktik. Im Wesentlichen: Wäre es allzu uncool, beiläufig zu ihnen rüberzuschlendern und sie anzusprechen, wie wir es letzte Nacht in der Bar gemacht hatten?

Dann kam Barbarino, der seine Zehen ins Wasser hängen ließ, eine Idee, um ihre Aufmerksamkeit zu wecken. »Yo, Caroline, sieh dir das an«, rief er und zeigte auf irgendwas im Wasser. Ich ging neugierig rüber, und mit einer Wendigkeit, die ich bei ihm nie vermutet hätte, sprang er auf die Füße und schubste mich ins Wasser.

Ma hatte mich immer gedrängt, schwimmen zu lernen. Jetzt wünschte ich, ich hätte auf sie gehört. Wild strampelnd kam ich mit einem Bums auf dem Beckenboden auf, versuchte, nach oben zu sehen, und stellte fest, dass der blöde Sack mich ins tiefe Ende geschubst hatte.

Ich ertrinke, dachte ich, beziehungsweise hätte ich gedacht, wäre ich nicht vollauf damit beschäftigt gewesen, um Hilfe zu kreischen. Nach etwa dreißigsekündigem hysterischem Geplansche trieb ich an die Wasseroberfläche und wurde von Jan aus Kalifornien rausgefischt, wahrscheinlich aus Dankbarkeit, weil ich ihr irgendwann mal ein wirklich süßes Foto von Leslie geschickt hatte. Während ich dalag und japste wie ein frisch gefangener Lachs, warf ich einen Blick zu den Rollers. Sie krümmten sich vor Lachen. Barbarino und Kim ebenfalls. He, wirklich nett von euch, Leute.

Sehr widerwillig stimmte ich in die allgemeine Erheiterung ein. Es brachte nichts, wenn ich den Eindruck hinterließ, ich könnte keinen Spaß vertragen. Und innerhalb weniger Minuten hatte die kleine Szene den gewünschten Erfolg – ein Roller bequemte sich aus dem Liegestuhl und kam uns an unserem Tisch besuchen. Fabelhaft!

Weniger fabelhaft war, dass es sich um Alan handelte, auf den keine von uns stand. Das hatte seine Gründe: Mit einunddreißig war er praktisch ein alter Mann, er hatte Altmänner-Hobbys wie Angeln, und er war zur Band zurückgekrochen gekommen, nachdem er seine Solokarriere in den Sand gesetzt hatte. Aber trotzdem, ein lahmer Roller war besser als gar kein Roller, und wir hießen ihn willkommen; Barbarino räumte sogar seinen Stuhl, damit Alan seinen Altmännerhintern parken konnte.

Eins muss ich dem alten Al zugestehen, er bewies wirkliches Interesse an uns. Er fragte nach unseren Namen, wo wir lebten und arbeiteten, wie wir das neue Rollers-Album fanden. »Super!«, logen wir. Vielleicht war er netter als seine Bandkollegen, vielleicht war er einfach nicht so daran gewöhnt, uns immer in der Nähe zu sehen, aber er saß für eine Stunde bei uns, quasselte und zeigte ungeheuchelten Gefallen an unserer Gesellschaft. Er fand sogar Barbarinos selbst gebastelte Buttons amüsant. Barbarino konnte es sich, typisch, nicht verkneifen, sich ein paar davon von ihm signieren zu lassen, um ihren Wert zu steigern. Als er schließlich wieder zu den anderen zurückschlurfte, deren fahle Haut auf der anderen Seite des Pools schön kross gebraten wurde, konnten wir uns nicht genug über seine für einen Roller ungewöhnliche Herzlichkeit wundern.

Sein Verhalten war so uncharakteristisch, dass ich ebenfalls etwas Uncharakteristisches tat. Obwohl es erst Samstagnachmittag war und die Band noch bis Montag bleiben wollte, beschloss ich, nach Hause zu fahren.

Im Ernst. Ich, Caroline Sullivan, schlug freiwillig eine Gelegenheit aus, zwei ganze Tage im Dunstkreis der Rollers zu verbringen. Ich weiß nicht, was damals in mich gefahren ist – vielleicht war es nur der Anblick dürrer schottischer Ärsche, die vergeblich versuchten, hautenge Speedo-Badehosen auszufüllen. Aber plötzlich hatte ich die Rollers satt. Es schien mir, als hätte ich mich für den Rest meines Lebens an den Rollers überfressen. Ich wrang noch eine Tasse Wasser aus meiner Stretchjeans, sagte Barbarino und Kim, ich würde sie ja später wieder sehen, und fuhr zurück nach New York.

35

1980

Erster Nr. 1 Hit 1980 (GB): »Another Brick in the Wall«/
Pink Floyd.
Größte Rollers-Hits (GB/USA): keine.

KÖNNTE ICH DOCH NUR sagen, meine Liebesaffäre mit den Bay City Rollers sei damit beendet gewesen. Aber das war sie nicht, wenn auch nach der langen Pause bis zu unserem nächsten Zusammentreffen ihre Macht über mich merklich abgenommen hatte.

Mittlerweile waren die achtziger Jahre angebrochen und mit ihnen der Wunsch nach Veränderung. Zu Mas unverhohlener Erleichterung zog ich endlich doch noch bei ihr aus und mit drei anderen Mädchen in ein großes Loft an der Twentysixth Street.

Das erschien mir als passender Zeitpunkt, auch das Valium abzusetzen, und zu meiner nicht geringen Überraschung schaffte ich es tatsächlich. Eines Tages ging ich zur Arbeit und beschloss einfach, mindestens bis zur Mittagspause ohne Pillen zurechtzukommen. Der Mittag kam und mit ihm der erste, noch verhaltene Stolz darauf, dass ich der Versuchung widerstanden hatte, mich mit meinem Vorrat nach draußen zum Wasserspender zu schleichen. Als ich um fünf ging, lag mein erster tranquilizerfreier Arbeitstag seit achtzehn Monaten hinter mir. Es war, als würde man sich das Rauchen abgewöhnen, und wie beim Zigarettenentzug fiel es mir am zweiten Tag schon leichter, und am dritten konnte ich mir bereits ein Leben ohne Glückspillen vorstellen. Ich fand es verblüffend einfach. Allerdings fiel es mir hauptsächlich deshalb so leicht, weil ich die Valium-Dröhnung ohnehin nicht sieben Tage in der Woche gebraucht hatte.

In dem Fall hätte es nicht genügt, einfach den Entschluss zum Aufhören zu fassen und es dann durchzuziehen. Damals war gerade ein Buch erschienen, *I'm Dancing as Fast as I Can*, das die schaurige Beschreibung eines albtraumhaft langwierigen Entzugs enthielt, die mir lange nicht aus dem Kopf ging. Darin beschließt eine junge Valiumkonsumentin – genau wie ich! –, die Pillen abzusetzen, spült alle im Klo runter und endet prompt in der geschlossenen Abteilung.

»Glauben Sie, dass mir das auch passieren könnte?«, fragte ich Dr. Kalman, den ich nach wie vor einmal im Monat aufsuchte, um mein Rezept erneuern zu lassen. Er zuckte die Achseln – typisch! – und trug etwas in mein Krankenblatt ein, wahrscheinlich einen Klugscheißer-Kommentar wie »Patientin hat das zwanghafte Bedürfnis, beruhigt zu werden«. Dann erklärte er mir unwillig, in Anbetracht meiner relativ geringen Dosierung und der Tatsache, dass ich immer schon einige Tage in der Woche ohne ausgekommen sei, hätte ich wahrscheinlich keine Probleme zu erwarten. Er klang enttäuscht.

Ein Haken bei Valium und anderen Old-School-Tranquilizern ist, dass sie im Gegensatz zu neuen Mitteln wie Prozac keine ›Halbwertzeit‹ haben, die sie noch eine Zeit lang nachwirken lässt. Anders gesagt: Während Prozac bis zu einer Woche nach Einnahme der letzten Tablette noch wirken kann, wirkt Valium nur für die paar Stunden, die es im Blutkreislauf ist. Daher gibt es keine Gnadenfrist, die einen behutsam aus der Bedröhntheit ins wirkliche Leben entlässt. Sobald die Wirkung aufhört, ist alles wieder so grell und harsch wie zuvor.

Das Erste, was ich nach dem Absetzen des Valiums registrierte, war, wie abscheulich es bei Mama's war. Das lag nicht nur an der primitiven Büroausstattung und den Pappmachéwänden oder an Mama selbst, diesem Gespenst mit grauem Damenbart, das ständig um meinen Schreibtisch herumschwebte, um zu verhindern, dass mir die Arbeit Spaß machte. Es war auch die Trostlosigkeit der ganzen Gegend – direkt nebenan war die Penn Station, Unterschlupf für jeden Penner und Luden im ganzen Umkreis – und die Zweitklassigkeit unserer Klientel.

Letzteres war besonders entmutigend. Am dritten valiumfreien Tag hörte ich, wie der Büroleiter die Jungs im Lager anwies, zwei Fender Stratocaster, einen Precision-Bass und ein Schlagzeug runterzubringen – Sachen, die offensichtlich für eine Rockband bestimmt waren. Noch aufgeregter wurde ich, als Mama meinte: »Ach, das ist doch für die englische Band, oder?« Ich guckte in der *Village Voice* nach, wer diese Woche spielen sollte. Die Pretenders kamen ins Palladium, Squeeze spielten im Bottom Line – oder war das Equipment etwa für Joy Division, die viel gepriesenen jungen Schwarzmaler aus Manchester, die in der Folgewoche ihr erstes Konzert in den Staaten hatten?

Ich verbrachte den ganzen Morgen in freudiger Erwartung, bis schließlich ein Kleinbus in unserer heruntergekommenen Straße hielt. Drei frettchenhafte Typen und ein Dicker stolperten heraus, gefolgt von einem undefinierbaren Kerl, der offensichtlich ihr Manager war. Einer der Hungerhaken, der eine schwarze Stretchhose trug, ganz ähnlich wie die, die ich in Bordentown gekauft hatte, räusperte sich dreimal hustend und brachte schließlich einen Rotzklumpen heraus, den er auf eine der Scheiben unserer Glastür spuckte. Das war, wie sich herausstellte, die englische Band The Lurkers, Möchtegernpunks der zweiten Generation, die es zu Hause nie über kleine Clubs hinaus geschafft hatten. Ich weiß nicht, wie sie sich die Reise in die Staaten leisten konnten, doch sie waren da und im Begriff, sich unsere besten Stratocasters unter den Nagel zu reißen. Ohne Valium war die Enttäuschung um den entscheidenden Tick schlimmer.

Ein paar Tage später kündigte ich bei Mama's. Ich will nicht behaupten, dass mir das leicht fiel – es kostete mich alle Kontakte im Musicbiz, die ich mir in dem Jahr dort aufgebaut hatte, und brachte mich um die Chance, vielleicht einen Rockstar zu heiraten. Vielleicht sogar einen Lurker. Aber die Stupidität der Arbeit und die Tatsache, dass Mama – um es mit ihren eigenen Worten zu sagen – ein hundsgemeines Aas war, gaben den Ausschlag.

Unseren letzten Krach hatten wir, als sie mich fragte, ob ich einen Schlüpfer trüge.

»Natürlich trage ich einen Schlüpfer«, sagte ich verstimmt.

»Ich kann doch durch deinen Rock sehen, dass du keinen trägst«, beharrte sie. Als ob sie das überhaupt was anginge. Aber ich war so entrüstet, dass ich meinen Schlüpfer am Rockbund herauszog, um es ihr zu beweisen. Aus Ärger darüber, dass sie klein beigeben musste, bestellte sie später Pizza für alle und bot mir bewusst kein Stück an. Die Frau war eine Zehnjährige mit Arthritis. Es wurde höchste Zeit abzuhauen.

Die Kündigung hatte natürlich auch ihre Nachteile. Nie mehr beobachten zu dürfen, wie Barry Manilow behutsam um die Penner auf dem Bürgersteig vor dem Büro herumlavierte. Auch die kostenlosen Platten und Konzertkarten konnte ich vergessen, genauso wie die bewundernden Blicke breitschultriger Roadies, die Equipment an meinem Schreibtisch vorbeischleppten.

Aber das war kein zu hoher Preis dafür, Mama nie mehr sehen zu müssen. Um das gebührend zu feiern, kaufte ich mir eine Karte für das bevorstehende Joy-Division-Konzert im

Hurrah's, einer New-Wave-Disco in Central Park West. Die Band wurde schon sehnlichst erwartet von der Downtown-Szene, die weniger von ihrer düsteren Musik beeindruckt war, welche die Psychodramen (wie Dr. Kalman es genannt hätte) des Sängers Ian Curtis atmete, als von der hemmungslosen Begeisterung der britischen Musikpresse. Der Beifall des *NME* genügte für uns New Yorker schon. Das Konzert war im Nu ausverkauft.

Natürlich fand es nie statt. Am Tag vor ihrem geplanten Abflug nach New York beging Curtis Selbstmord. Die Verzweiflung war wohl nicht gespielt gewesen. Die englische Presse reagierte erschüttert, ein Journalist ließ sich sogar zu der Aussage hinreißen: »Dieser Mann starb für euch.« Joy Division veröffentlichten noch eine letzte Single, die zugegebenermaßen klassische Nummer »Love Will Tear Us Apart«, und lösten sich dann auf (bevor sie – tätä! – einige Jahre später viel besser und mit dem neuen Namen New Order wieder auftauchten).

Curtis' Tod war in mehr als einer Hinsicht tragisch. 1980 herrschte in der amerikanischen Musikszene absolute Flaute; Disco war tot und Rap noch nicht in Sicht. Eine neue Stilrichtung musste sich erst noch durchsetzen, und in der Zwischenzeit fehlte es an innovativem Potenzial wie in der britischen Musikszene, die nicht nur Joy Division, sondern auch Electrorock-Exzentriker wie Gary Numan oder Human League hervorgebracht hatte. Deswegen war ich so versessen auf Joy Division als Vorreiter alles Neuen und Interessanten gewesen.

Hätte es der arme Ian Curtis in die Staaten geschafft, wäre er von dem, was man dort unter alternativer Szene verstand, wenig beeindruckt gewesen. Sie war trostlos, und die Geschichte hat dieses Urteil bestätigt, indem sie die meisten der damaligen Bands der Vergessenheit anheim fallen ließ.

Ich kann mit praktisch keinem der Bandnamen von der

langen Liste der Konzerte, auf denen ich 1980 war, noch etwas anfangen. Wer um Himmels willen waren Kongress, The Reators, Brenda & The Realtones, Ballistic Kisses, B-Girls, Willie Nile, Joey Balin (den ich offenbar zweimal gesehen habe) und Mofungo? Warum weiß ich nichts mehr von The Nothing? Wieso habe ich vergessen, dass ich am 21. Oktober ins Ritz gepilgert bin, um Blue Angel zu sehen, deren Sängerin Cyndi Lauper sich danach verbesserte? Totale Mattscheibe.

Das heißt, so nichts sagend amerikanischer Indie-Rock auch war, war er doch immerhin besser als … ääh, picken wir mal ganz willkürlich einen englischen Künstler heraus … Leslie McKeown. Dessen lang erwartetes Opus *All Washed Up* erschien endlich im Frühjahr 1980 und schaffte es nicht, ihn als Solokünstler zu etablieren. In den Staaten wurde es erst gar nicht veröffentlicht.

Seine ehemaligen BCR-Kumpels haben sich vielleicht insgeheim eins gekichert, als er mit *All Washed Up* baden ging. Aber wahrscheinlich waren sie sich ihrer eigenen prekären Lage zu deutlich bewusst, um sich der Schadenfreude hinzugeben. Als der Sommer den Frühling ablöste, waren sie zweifellos mehr mit ihrem nächsten Album beschäftigt, das ausgerechnet in New Jersey aufgenommen wurde.

Nicht bloß in New Jersey, sondern sogar genau in meiner alten Ecke, in West Orange, keine vier Meilen von Millburn. Warum zum Teufel hatten sie das nicht machen können, als ich noch dort wohnte? Aber vor allem: Was hatten sie ausgerechnet da verloren, in den House of Music Studios von West Orange, wo sie vermutlich überall, wo es ihnen gefiel, hätten ins Studio gehen können? Selbst ich als alte Lokalpatriotin musste einräumen, dass sich die Sehenswürdigkeiten von West Orange auf einen Diner namens Pals Cabin und den Streichelzoo von Turtleback beschränkten. Vielleicht standen die Rollers auf Modelleisenbahnen – im Turtleback gab es eine ganz tolle.

»Das liegt daran, dass sie gerade einen neuen Vertrag bei Epic Records unterschrieben haben und Epic wahrscheinlich nicht für ein teures Studio aufkommen will«, mutmaßte Barbarino. Das war's dann also – da sie die längste Zeit ein Topact gewesen waren, hatte man die armen Jungs nach Jersey verbannt, damit sie etwas fabrizierten, was ihre Karriere noch mal herumriss. Na schön, in West Orange würden sie sich konzentrieren können. Es war der Inbegriff der ruhigen, gutbetuchten Vorstadt und grenzte im Süden an die Wildnis der South Mountain Reservation. Vielleicht ließ sich die Band ja durch Waldspaziergänge inspirieren. Vielleicht würden sie ihre Tage ja mit einem großen Fruchteisbecher bei Gruning's oben auf dem Hügel krönen, was für mich mit elf Jahren immer ein unvorstellbar himmlischer Genuss gewesen war.

Um die Sache zu vereinfachen, mietete Epic für sie ein Gebäude in der Nähe des Studios. Es war ein einstöckiges Ziegelhaus im Farmstil in einem vornehmen Straßenzug, genau der Ort, an dem eine abgehalfterte schottische Popband auffallen würde wie ein Nackter im Nonnenkloster. Als fahrbaren Untersatz hatten sie einen unglamourösen Kombi gestellt bekommen, der zwischen den neuen Caddies und Lincolns in der Straße ebenfalls auffiel.

Ich weiß das alles, weil ich Barbarino in einem Anfall von Wahnsinn anrief und ihm vorschlug hinzufahren. An jenem Augustabend war ich erschöpft von meinem ersten neuen Job nach Mama's, Kellnerin in einer Cocktail-Bar (Spitzentrinkgelder, jämmerliche Olivia-Newton-John-Platten in der Jukebox), nach Hause gekommen. Ich brauchte dringend etwas, das mich über die Erkenntnis hinwegtröstete, dass ich eine mittelmäßige Sekretärin, aber eine noch viel schlechtere Kellnerin war. Die Arbeit machte mir nichts aus, aber die Berufskleidung mit hochhackigen Schuhen und Minirock. Ich hatte keine ideologischen Einwände, ich konnte auf Hochhackigen einfach nicht laufen und zog sie deswegen dauernd aus, nur um sie immer wieder anziehen zu müssen, sobald der Boss etwas merkte. Als ich an diesem Abend heimkam, war ich mieser Laune und stellte mir düster eine Zukunft auf immer höher werdenden Absätzen vor. Ich brauchte eine Aufheiterung.

Die Rollers, dachte ich. Und so saßen Barbarino und ich schließlich in einer Limousine vor ihrem Haus. Es war drei Uhr morgens. Wir waren seit einer halben Stunde da und fragten uns, was zum Teufel wir da trieben.

Die Limo, die uns achtzig Dollar die Stunde kostete, war kein Snobismus, sondern eine zwingende Notwendigkeit. Als ich Barbarino angerufen hatte, war es fast Mitternacht gewesen, und der öffentliche Nahverkehr war längst eingestellt. Die einzige Möglichkeit, dort hinzukommen, war, für achtzig Lappen die Stunde, Minimum vier Stunden, eine Limousine zu mieten, inklusive des angewidert aussehenden Fahrers. Barbarino hatte die Adresse durch den simplen Trick herausbekommen, bei den House of Music Studios anzurufen und zu behaupten, er müsse ein Paket zustellen. Voilá – so standen wir nun neben dem Kombi der Rollers, direkt vor ihrem Haus, in dem trotz der späten Stunde noch Licht brannte.

Wir stritten darüber, ob wir anklopfen sollten oder nicht. Ich war dafür, weil Barbarino hartnäckig behauptete, er hätte im Studio angerufen und mit diversen Rollers geredet, und diese wären ›froh‹ gewesen, von ihm zu hören. Diese angeblichen Gespräche waren für mich der Ansporn gewesen, überhaupt nach West Orange zu fahren.

»Schön, wenn sie froh waren, von dir zu hören, werden sie ja wohl nichts dagegen haben, wenn wir mal reinschauen, oder?«, argumentierte ich. »Und offensichtlich sind sie ja noch wach.« Tatsächlich konnte man aus einem der vorderen Zimmer Heavy Metal (ihr neuer Stil?) hören. »Ich weiß nicht«, murmelte Barbarino. »Vielleicht ist es doch zu spät.«

»Komm schon«, redete ich ihm zu. »Wahrscheinlich veranstalten sie da gerade eine Party. Mit Weibern, Wein und Gesang«, appellierte ich an seine niedersten Instinkte. Er schwankte für eine Millisekunde, kniff dann aber doch. »Ich möchte nicht.«

»Aber warum nicht?«, bestürmte ich ihn. »Du hast doch mit ihnen geredet, Barbarino, oder nicht?«

Er wich zurück, oder hätte das getan, wenn er sich nicht ohnehin längst in die entfernteste Ecke der Rückbank verkrochen gehabt hätte.

»Das ist doch wohl nicht wieder eine von deinen Storys, oder? Hast du mit ihnen gesprochen oder nicht?« Der Chauffeur wurde aufmerksam und lehnte sich neugierig herüber. Ich knallte die Trennscheibe zu.

»Du hast überhaupt nicht mit ihnen geredet, oder? Wir sitzen hier um drei Uhr morgens rum, weil du behauptet hast, du hättest mit ihnen gesprochen und sie wären froh gewesen, von dir zu hören, du blödes Arschloch.«

Er tat, was er immer tat, wenn er einer Lüge überführt worden war, er begann zu heulen. Aber ich war auf hundertachtzig und damit überhaupt nicht zu beeindrucken.

»Hör gut zu, du kleines Arschloch, ich bin hier nicht für nichts und wieder nichts rausgefahren. Klopf sofort an die Tür.« Ich muss bedrohlich geklungen haben – auf jeden Fall fühlte ich mich so –, denn er schluckte, setzte sich aufrecht hin und stieg aus.

Mit einem vorwurfsvollen Blick über die Schulter schlich er über den Rasen und pochte, als ich von meinem sicheren Platz auf dem Rücksitz »Drück auf die Klingel!« gezischt hatte, nach langem Zögern schüchtern an die Tür. Keine Reaktion. Er klopfte lauter. Keine Reaktion.

Ich gesellte mich zu ihm. Die Musik brach ab, und wir konnten Stimmen erkennen, aber nichts deutete darauf hin, dass sie das Klopfen gehört hatten. »Ruf durch den Briefkastenschlitz«, schlug ich vor. »Sag, dass du es bist.«

Darüber war er nicht besonders glücklich, aber er kniete sich pflichtschuldigst hin und murmelte: »He, Jungs, ich bin's, Barbarino.« Er sah mich flehentlich an. Ich pikste ihn in den Arm. Er stieß die Klappe des Briefkastens vollständig auf und rief erneut. »Jungs! Barbarino hier! Wir sind den ganzen Weg aus der Stadt rausgekommen!«

Das ließ sie drinnen erstarren. Die Gespräche verstummten, und es wurde totenstill; sie taten, als wäre niemand zu Hause. »Eric? Woody?«, bettelte Barbarino. Wir hörten ein hysterisches Kichern, das rasch unterdrückt wurde. Der Barbster klapperte noch ein letztes Mal am Briefkasten und stand dann wieder auf. Es war kein Platz in der Herberge.

Der Chauffeur hatte diesen Auftritt mit unergründlicher Miene verfolgt. Er war ein typischer Brooklyner, den nichts mehr überraschen konnte, aber so was hatte selbst er noch nicht erlebt. Wahrscheinlich konnte er es kaum erwarten, den anderen Jungs in der Zentrale zu erzählen, wie der Hänfling Barbarino vor der Tür winselte, während ihm das giftige Weibsbild Caroline den Arm umdrehte. Um unsere Demütigung perfekt zu machen, hatte unser Fahrer früher, als sie noch Limos benutzten, auch die Rollers gefahren. Das hatte er auf der Hinfahrt erwähnt, nachdem ihm Barbarino guten Mutes erzählt hatte, wir wären unterwegs zu einer Party bei den Rollers. Nun waren wir in der peinlichen Situation, mit ihm den ganzen Weg zurück in die Stadt fahren zu müssen. Ganz zu schweigen von der Qual, ihm dort einen Kreditkartenbeleg über 320 Dollar unterschreiben zu müssen, zuzüglich dreißig Eier Trinkgeld.

»Es hätte ihnen ja nicht wehgetan, die Tür aufzumachen«, brummte Barbarino, als wir auf der Twentysixth Street zu meiner Wohnung gingen, nachdem ich ihm verdrossen erlaubt hatte, den Rest der Nacht dort zu verbringen. »Schließlich haben sie heutzutage nicht gerade Millionen von Fans.«

»Es kann ja wohl nicht daran gelegen haben, dass wir um drei Uhr morgens auf ihrem Rasen standen und nach ihnen gerufen haben, oder?«, überlegte ich. Wir ließen uns das in der Fünf-Uhr-morgens-Stille durch den Kopf gehen, kamen dann aber überein, dass es daran nicht gelegen haben konnte.

36

TAGEBUCHEINTRAG vom 30. September 1980: »Vor fünf Jahren sind die Rollers in mein Leben getreten! Heute bedeuten sie mir weniger als nichts, doch in der heißesten Phase war ich in einem Maße von ihnen besessen, das mir heute unbegreiflich ist.«

Ach ja? Wenn sie mir ›weniger als nichts‹ bedeuteten, warum schrieb ich dann direkt in der nächsten Zeile: »Barbarino hat eine aktuelle Telefonnummer, aber ich habe sie noch nicht angerufen«?

Stimmt, ich hatte sie noch nicht angerufen, aber natürlich tat ich das bald. Als ich ›weniger als nichts‹ schrieb, meinte ich damit ›weniger als nichts, solange sie nicht in unmittelbarer Nähe sind‹. Waren sie das, konnte ich einfach nicht an mich halten. Obwohl ich mir ihre Platten nicht mehr anhörte und Zeitschriften nicht mehr nach Artikeln über sie durchforstete, hing ich noch immer an ihnen als Relikt aus unkomplizierteren Zeiten. Und diesmal waren sie wirklich in unmittelbarer Nähe. Sie hatten das Haus in West Orange aufgegeben und waren nach Maplewood gezogen, gleich neben Millburn. Die Idioten wohnten nun knapp eine Meile von der Stätte meiner Pubertät entfernt.

Da führte kein Weg daran vorbei. Wenn es um die Rollers ging, führte nie irgendein Weg daran vorbei. Ich musste einfach Nachforschungen anstellen.

Tagebucheintrag vom 4. Oktober: »Sue J und ich waren im Ritz, um die (Schmalspur-New-Waver) The Mo-Dettes zu sehen. Nicht übel. Nach dem Konzert hat Sue um zwei Uhr nachts aus Jux die Rollers angerufen. Sie hatte Fatboy (Eric) am Apparat, der uns sofort einlud, zu ihnen rauszukommen. Wir haben ungefähr vierzig Minuten mit ihm geredet, ich habe ihm sogar verraten, dass ich es bin (und er hat nicht aufgehängt!). Er drängte immer wieder darauf, wir sollten ein Taxi zu ihnen raus nehmen, er würde es bezahlen. Also machten wir es, und er hielt Wort – die Fahrt kostete sechzig Dollar! Er ist noch fetter geworden, aber er ist viel netter als früher, und wir haben bis in die Puppen dagesessen und uns unterhalten. Er war wirklich süß und gesprächig. Ganz unerwartet. Dann ist er in seinem kleinen Zimmer neben der Küche schlafen gegangen, und Sue und ich saßen noch alleine stundenlang im Wohnzimmer.«

›Ganz unerwartet‹ trifft es. Nach der Demütigung, nicht in ihr anderes Haus gelassen zu werden, hatte ich bestimmt nicht damit gerechnet, dass ein Rollers sechzig Dollar bezahlt, damit ich ihn besuchen komme. Nicht zu vegessen: Es war auch noch Eric, der mich bei unserer letzten Begegnung beschuldigt hatte, seine Freundin zu belästigen.

Und was noch seltsamer war, er war nicht mal scharf auf uns. Er schien völlig zufrieden damit zu sein, nur mit uns rumzusitzen und sich zu unterhalten, und als er müde wurde, trollte er sich ins Bett, ohne jede schlüpfrige Andeutung, wir sollten mitkommen (obwohl ich Sue im Verdacht habe, ihr wäre das gar nicht unangenehm gewesen). Vielleicht fühlte sich der alte Knochen einsam. Auch wenn sie einen neuen Plattenvertrag hatten, standen die Bay City Rollers – pardon, die *Rollers* – in der Hackordnung ihres neuen Labels ziemlich weit unten. In die Diaspora der Vororte Jerseys verbannt zu werden war dafür ein untrügliches Zeichen. Vielleicht waren sie nun zum ersten Mal dankbar, Fans zu haben.

Als Faulkner ins Bett geschlurft war, rundlich und pausbackig wie ein Barockengel, hatte er vorgeschlagen: »Warum kommt ihr Mädchen nicht morgen mit uns ins Studio?« Dann hatte er die Tür zugezogen und sich hörbar ins Bett fallen lassen, das nur eine Matratze auf dem Fußboden war. Sue und ich blickten uns skeptisch an. Hatte er das ernst gemeint? Das würde ja bedeuten, wir konnten nicht gehen, bevor er wieder aufwachte, wann immer das sein mochte. Ins Studio? Mit ihnen? Natürlich würden wir mit ins Studio kommen. Falls er das ernst gemeint hatte.

Während der langen Stunden, in denen wir darauf warteten, dass sie aufwachten, schnüffelten wir unten im Haus herum. Wir waren zu aufgeregt, um nach oben zu gehen, wo die anderen schliefen, aber unten war es interessant genug. Da lagen Gitarren herum, verschwitzte T-Shirts und versteckt unter einem TV-Guide auf dem Sofa eine *Penthouse*-Nummer. In der Küche fand sich ein Stapel Polaroids von der Band bei den Proben, unter anderem ein seltsam anrührendes Bild von Woody, der, Kippe im Mundwinkel, seinen Bass schwang – ganz der echte Rockstar, der er so gerne gewesen wäre.

Am faszinierendsten war der Kühlschrank. Er war voll, was in einem Haushalt von fünf Junggesellen ungewöhnlich war, enthielt jedoch ausschließlich Fast Food. Da gab es eine fast volle Palette Sara-Lee-Cakes, Unmengen tiefgekühlte Hamburger, Familienflaschen Coke, und irgendwer hegte eine Vorliebe für Kinder-Frühstücksfleisch, die Sorte mit dem aufgeprägten Teddy-Gesicht. Falls das ihre Ernährung war, kein Wunder, dass Eric aus dem Leim gegangen war.

Da sie den Verlust ohnehin nicht bemerken würden, machte ich uns einen Pecannuss-Plunder von Sara Lee warm, damit wir etwas im Magen hatten. Während der Morgen anbrach und Maplewood zum Leben erwachte, dösten wir auf dem Sofa und warteten darauf, dass sie auftauchten. Der Erste, der schniefend und stöhnend herunterkam – es war gegen Mittag – war mein persönlicher Roller. Ich wappnete mich innerlich und war daher nicht völlig am Boden zerstört, als er erstarrte, etwas murmelte, das wie »Oh, hi« klang, und direkt wieder nach oben verschwand, um erst wieder aufzutauchen, als sie alle ins Studio aufbrachen.

Und da dachte ich plötzlich: Das war's dann wohl. Ich schaute mich um und nahm wie zum ersten Mal die Sofas mit dem spießigen Blumenmuster und das dreckige Geschirr, das sich in der Spüle stapelte, wahr. Die Polaroids, auf denen sie als richtige Band posierten, lagen auf dem Küchentisch, und ich schaute sie noch einmal durch. Dann legte ich sie mit einem Gefühl wieder zurück, das von Mitleid nicht weit entfernt war. Ich fühlte mich wie eine Voyeurin an diesem Schauplatz ihrer Demütigung. So sah es also aus für meinen Roller. In diesem Augenblick fiel die ganze Last der drei Jahre, in denen ich ihn hoffnungslos geliebt hatte, von mir ab. Sein Pech.

Eric hatte das mit dem Studio ernst gemeint. Die komplette Band, die auf unsere Anwesenheit mit unterschiedlichen Graden von Gleichgültigkeit reagierte, trat um ein Uhr mittags im Wohnzimmer an und marschierte dann raus zum Kombi. Als Eric Sue und mir zuwinkte, einzusteigen, bekam ich mit, wie mein Roller flüsterte: »Kommen die etwa mit?«

»Da kannst du aber drauf wetten«, strahlte ich, herrlich ungerührt darüber, was er von mir denken würde.

Wir kamen nicht bloß mit ins Studio, wir saßen sogar zwei Stunden im Kontrollraum, während sich die Band durch einen Song mühte, unterbrochen von zahlreichen Zigarettenpausen und langen Diskussionen darüber, ob Dereks Snare Drum zu laut sei. Es war rührend, dass sie sich über solche Dinge den Kopf zerbrachen. Der Song, ein belangloser Midtempo-Rocker, machte ihnen jede Menge Mühe. Soviel ich mitbekam, lautete die erste Zeile: »She gets it off against the wall with her hand and she cries.« Duncan Faure erzählte uns stolz, dass er ihn geschrieben habe. Keine todsichere Nummer eins, dachte ich.

Gerade als wir überlegten, ob wir John, Paul, George und Derek mit dieser schweren Geburt allein lassen sollten, huschte Eric zu mir herüber. Abgesehen von ein paar hektischen, knallroten Flecken auf den Wangen, war er ganz blass und hatte zu schwitzen begonnen. Er sah elend aus. »Hast du mir letzte Nacht irgendwas ins Glas getan?«, fragte er mich eindringlich. Ich hatte ihm im Wohnzimmer einen Wodka-Tonic eingeschenkt, aber das war bereits zwölf Stunden her, und selbstverständlich hatte ich da nichts ›reingetan‹.

»Ich fühle mich komisch«, flüsterte er und zog seine Knie an die Brust. »So als käme man gerade auf Acid.«

Faure hörte das und witzelte: »Dann lass es einfach kommen, Alter.« Das konnte Faulkner nicht beruhigen. Er biss sich auf die Lippen und wiederholte, er sei extrem unruhig. Mir wurde klar, dass er alle Symptome einer Panikattacke zeigte; seiner Reaktion nach zu urteilen, passierte ihm das zum ersten Mal.

Während er weiter seine Knie umklammerte und die Panik wuchs, fand ich die Flasche Valium, die ich immer noch in meiner Tasche mitschleppte. Meine eigenen Angstzustände hatten sich gelegt, aber ich hatte die Flasche trotzdem behalten, für Gelegenheiten wie diese.

»Hör zu, du bist nicht auf Drogen, du hast eine Panikattacke«, erklärte ich ihm, während sich die anderen langsam um uns gruppierten. »Nimm eine von denen, und du beruhigst dich wieder.« Er weigerte sich, durchaus verständlich, denn wer würde schon eine unbekannte Tablette von jemandem nehmen, den er im Verdacht hatte, seinen Drink gepanscht zu haben? Glücklicherweise hatte auch einer der Tontechniker Beruhigungspillen gebunkert und zwang Faulkner, eine davon einzuwerfen. Zehn Minuten später begann er sich zu entspannen, die Panik nahm ab. Die anderen Rollers, die besorgt zugeschaut hatten, klopften ihm auf die Schulter, wie es sich unter Männern gehört. Der Moment erschien mir günstig, um zu verschwinden. Eric rang sich ein schwaches Lächeln ab, als wir uns verabschiedeten.

Er war besser gelaunt, als Sue und ich ihm und dem Rest der Band zwei Wochen später in einem Laden in Manhatten über den Weg liefen. Die Electro-Pop-Pioniere Ultravox spielten im Ritz, und die Rollers hatten den weiten Weg in die Stadt auf sich genommen, um sie zu sehen. Wer hätte gedacht, dass sie elektronische Musik mochten? Vielleicht dachten sie daran, sich selber darin zu versuchen.

Wir entdeckten sie erst am Schluss des Ultravox-Konzertes. »Das sind doch wohl nicht die Rollers, oder?«, lachte Sue ungläubig. Aber sie waren es. Sie hatten sich um einen großen Tisch in einer Loge gruppiert, alle fünf und dazu ein paar Typen von der Plattenfirma. Bevor ich Sue zurückhalten konnte, marschierte sie zu ihnen hin. In ihrem Kielwasser folgend, hörte ich sie fragen: »Ihr steht also auf Ultravox?«

»Yeah«, behauptete Woody nicht sehr überzeugend. »Wir wollen nur mal sehen, wie es Midge geht«, fügte Eric hinzu.

Es war verständlich, dass sie sich für Midge Ure, den Sänger von Ultravox, interessierten, denn der war früher bei der konkurrierenden schottischen Boygroup Slik gewesen. Ich selbst war neugierig, denn ich war Slik-Fan, seit ich deren PR-Manager auf meiner Londonreise 1976 kennen gelernt hatte. Als Slik sich auflösten, war Ure erst zu den Rich Kids, der Band von Ex-Sex-Pistol Glen Matlock, gegangen, bevor er sich Ultravox angeschlossen hatte. Durch eine bemerkenswert glückliche Fügung hatte er sich vom Makel der Teenie-Band reinwaschen können und galt nun als ernst zu nehmender Musiker. Die Rollers müssen vor Neid gekocht haben, als sie ihn vor genau dem reiferen Publikum spielen sahen, das ihrer Meinung nach ihnen zustand.

»Okay«, meldete sich einer der Typen von der Plattenfirma,

»wir gehen hinter die Bühne.« Die Band stand auf und trabte zur Backstage-Tür. Wie kurios, sie würden Ultravox treffen. Begierig, diesem Gipfeltreffen zwischen den Rollers und ihrem einstigen Rivalen beizuwohnen, mogelten Sue und ich uns in die ›Bay-City-Rollers-Gruppe‹, wie sie an der Bühnentür vorgestellt wurde: »Die Bay-City-Rollers-Gruppe ist da.«

Ures erschrockenes Gesicht verriet, dass er sie nicht erwartet hatte, aber er lächelte tapfer. Man begrüßte sich, und jemand machte ein Foto, als Midge und Eric sich die Hand gaben. Dann wandte sich Ure ab, um mit Bekannten zu reden, und die Rollers, die spürten, dass der Augenblick vorbei war, verdrückten sich aus dem Raum.

Alle bis auf Eric; nachdem er gerade erst Kontakt aufgenommen hatte, wollte er sich nicht schon wieder verabschieden. Er tippte dem kleineren Mann auf die Schulter und sagte, nachdem er Ures Aufmerksamkeit hatte: »Wie wär's mit einem Drink, wenn ihr hier fertig seid?«

Verlegen erklärte Ure, Ultravox würden zu einer Party gehen, die ihre Plattenfirma für sie arrangiert habe. »Prima«, meinte Eric erwartungsvoll. »Äh«, murmelte Ure und starrte auf seine Schuhspitzen: »Ich fürchte, das ist eher so im kleinen Kreis.«

»Die haben ja wohl nichts dagegen, wenn du ein paar Freunde mitbringst, oder?«, ließ Faulkner nicht locker. »Nur auf ein schnelles Bierchen.«

Ure sah sich verstohlen nach Hilfe um. »Ich glaube, das geht wirklich nicht. Die haben gesagt, die Gästeliste wäre voll. Du weißt ja, wie New York ist: lauter Schnorrer.«

»Lass mich mit ihnen reden«, insistierte Eric tapfer, doch dann dämmerte es ihm langsam. Eine zarte Röte begann sich von seinem Haaransatz bis zum Kragen seines T-Shirts auszubreiten, das auch schon bessere Tage gesehen hatte. Er trat von einem Fuß auf den anderen. Neben dem kleinen, adretten Ure, der eine halb mitleidige, halb betretene Miene machte, wirkte er wie ein schwerfälliger Tanzbär.

Faulkner quälte sich so etwas wie ein joviales Grinsen ab. »Das kenn ich. Alle unsere Partys auf der letzten Tour sind ausgeufert. Arista hat uns ständig die Leviten gelesen, weil wir das Budget gesprengt haben.« Er stieß ein kleines, bemitleidenswertes Lachen aus. Es war nicht schön, Zeuge seiner Demütigung zu werden.

Irgendwie gelang ihm noch ein würdevoller Händedruck, und Ure war nett genug, so zu tun, als habe der Wortwechsel nie stattgefunden. Er wandte sich wieder seinen Bekannten zu, während Eric die letzten Reste seiner Würde zusammenraffte und nach draußen ging, wo seine Bandkollegen darauf warteten, nach Maplewood zurückzufahren.

»Midge hat uns auf einen Drink eingeladen, aber ich hab ihm gesagt, dass wir ins verdammte New Jersey zurückmüssen«, berichtete er ihnen. »So ein Mist«, bedauerte Duncan.

37

1981

Erster Nr.1 Hit 1981 (GB): »There's No One Quite Like Grandma«/St Winifred's School Choir.
Größte Rollers-Hits (GB/USA): keine.

DIE ROLLERS BLIEBEN für den Rest des Jahres und bis zum Frühjahr 1981 in Maplewood. Die Kunde von ihrer Anwesenheit verbreitete sich unter den örtlichen Highschool-Kids, und ihr Haus wurde sozusagen zum Schauplatz einer Vierundzwanzig-Stunden-Party. Ständig hing eine Schar Sechzehn- und Siebzehnjähriger bei ihnen herum, die das Telefon der Rollers benutzten, ihre Lebensmittel aßen und ihr Bier wegtranken. Das waren keine Fans, sondern einfach Kids, die es cool fanden, dass eine Rockband in ihrer Nachbarschaft lebte, auch wenn es bloß die Rollers waren.

Eric hatte mich eingeladen, vorbeizukommen, wann immer ich Lust dazu hätte, und vier- oder fünfmal nahm ich ihn beim Wort. Das Haus wurde zu einer Touristenattraktion und ich zur Reiseleiterin, die am Wochenende kleine Grüppchen von Tacky Tartan Tarts herumführte. Zu dem Zeitpunkt, an dem die Band auszog, hatte jeder, der jemals Fan gewesen war, einen Nachmittag in der Küche in Maplewood verbracht, sich Twinkies einverleibt und Aufnahmen für das neue Album angehört, das kurz vor seiner Fertigstellung stand.

Die einheimischen Kids waren ebenfalls ständig vor Ort und musterten uns arrogante Städter mit kampflustigen Blicken. Einer von ihnen war eine jüngere Ausgabe von Barbarino und erzählte ständig, wie nah er und ›die Jungs‹ einander stünden. Er und der echte Barbarino hassten sich vom ersten Moment an und knurrten sich mit gebleckten Zähnen aus sicherer Distanz an.

Das Album mit dem Titel *Ricochet* war im Juni 1981 fertig, und die Band buchte Termine in ein paar kleineren New Yorker Clubs, um nach zwei Jahren Konzertpause wieder ›ein Feeling‹ für Liveauftritte zu bekommen. Das war jedenfalls ihre Entschuldigung dafür, in Läden wie dem Malibu auf Long Island und dem Beggar's Opera in Middle Village, Queens, aufzutreten – Schuppen, von denen ich noch nie gehört hatte, in den trostlosesten Gegenden, die man sich vorstellen konnte. Noch vor ein paar Jahren, als sie große, renommierte Hallen füllten, hätten sie sich wohl kaum träumen lassen, dass sie irgendwann mal an Donnerstagabenden in Queens aufspielen würden.

Sämtliche Tacky Tartan Tarts versammelten sich im Beggar's Opera, einer mittelgroßen Disco mitten in einer Einkaufszeile. Die Rollers waren mit Abstand die berühmteste Band, die je dort aufgetreten war, dennoch war der Laden nur halb voll. Die Jugend aus Middle Village, die sich in den Club traute, zählte zur New-Wave-Fraktion, alle in Leoparden-Tops und mit schmalen Krawatten. Für sie war das einfach ein Witz. Zu den alten Hits wackelten sie mit den Köpfen, zu den neuen Nummern grinsten sie höhnisch, sehr zur Verzweiflung von Duncan Faure, der sie wiederholt eindringlich ermahnte: »Los, alle mitklatschen – wooh!«

Auch die Tarts waren von den neuen Nummern nicht gerade hin und weg. Sosehr wir sie mögen wollten, es ging einfach nicht, und nachdem wir einen Moment ungläubig zugeschaut hatten (Warum brachte Eric ein Gitarrensolo à la Led Zeppelin? Warum warf Duncan das Mikro von einer Hand in die andere wie eine Sparausgabe von Rod Stewart?), wandte sich unser Interesse anderem zu. Es war das erste Mal seit vielen Monaten, dass wir alle wieder zusammen waren, und es gab jede Menge Neuigkeiten auszutauschen.

Zum einen verließen zwei Tarts die Gemeinde. Sue P war gerade die erste verheiratete Tart geworden, und ihr Ehemann war aus diesem freudigen Anlass direkt nach den Flitterwochen in die Navy eingetreten. Die Frischvermählten waren nach Virginia versetzt worden, wovon Sue nicht gerade begeistert war.

Und mein eigener getreuer David sollte in die Zentrale seiner Firma nach Louisville versetzt werden, worüber *ich* nicht gerade begeistert war. Seine bevorstehende Abreise zwang mich, mir einzugestehen, dass seine stumme Loyalität mir Trost und Zuflucht gewesen war und ich mir ein Leben ohne seine Freundschaft nicht vorstellen konnte. Ich wollte ihm eine Referenz für Louisvilles weibliche Bevölkerung mitgeben, etwas in der Art von: »Schnappt ihn euch – er ist ein Spitzentyp.«

»Was wirst du aus New Yorker Zeiten vermissen?«, fragte ich ihn, zart errötend vor Zuneigung.

»Die nicht«, meinte er mit einem spöttischen Blick zu den Rollers, die uns immer noch anbettelten, mitzuklatschen.

»Na gut« – schamloses Angeln nach Bestätigung –, »aber wirst du mich denn vermissen?«

»Vielleicht«, sagte er leichthin, »aber wahrscheinlich nicht.«

Und das tat er dann auch nicht. Nach seinem Wegzug schrieben wir uns einige Male, bis er ein Mädchen aus Kentucky kennen lernte, das er schließlich heiratete; dann sagte er mir in einem Telefonat, das er wahrscheinlich schon lange hatte führen wollen, dass ich mich nicht wieder bei ihm melden solle. Ich versuchte nicht, mich zu verteidigen. Er war völlig im Recht – ich hatte seine Großzügigkeit ausgenutzt, seine Nettigkeit auf die Zerreißprobe gestellt und war – wie Mama gesagt hätte – ein hundsgemeines Aas gewesen.

Wie auch immer, der ganze Verein war im Beggar's Opera: beide Sues, Emma, Cathy, Lauren, Barbarino, Kim, David, sogar Emmas Schwester, die 1975 vielleicht mal fünfzehn Minuten lang Fan von Derek gewesen war.

Wir waren sechs Jahre älter, Erwachsene mittlerweile, die Jobs und Kopfschmerzen und Miete zu bezahlen hatten. Die Rollers waren in unserem Leben auf ein seltener frequentiertes Nebengleis geschoben worden – ironischerweise gerade in dem Moment, als wir in ihrem Leben an Bedeutung gewannen. Wie es das ewige Gesetz zwischen Teen-Bands und ihren Fans wollte, brauchten wir sie schließlich nicht mehr. Bei uns hatte es nur etwas länger gedauert.

Wir saßen an unserem Tisch, voll getankt mit Tab, das wir den erwachseneren Drinks immer noch vorzogen, und sahen unseren ehemaligen Traumjungs zu, die nun gar keine Jungs mehr waren, sondern gestresste Männer Ende zwanzig. Als sie ihre Schlussnummer »Bye Bye Baby« anstimmten, schien ihnen einiges durch den Kopf zu gehen. »Sie haben eine große Zukunft hinter sich«, kalauerte jemand. Mir taten sie unendlich Leid.

Sue P erzählte der fasziniert lauschenden Emma von der Studiowohnung, die sie und ihr Ehemann in Newport News, Virginia, bezogen hatten. Ich schnappte die Wörter »grüne Paisley-Tapete« auf. Lautstark gegen die Musik anschreiend, klärte Barbarino David über die Restaurants in Louisville auf. Sue J sagte zu niemand Speziellem: »Herrje, ich fasse es nicht, dass ich hier bin. Ich muss um sechs schon raus.«

Die Zeichen der Zeit waren nicht zu übersehen: Die Rollers konnten noch lange Jahre den Lost Highway des Rock entlangtuckern, aber hier und heute waren sie an den Straßenrand gefahren, um die Tacky Tartan Tarts aussteigen zu lassen …

38

1994

Erster Nr. 1 Hit 1994 (GB) »Mr. Blobby«/Mr. Blobby.
Größte Rollers-Hits (GB/USA): keine.

TAGEBUCHEINTRAG vom 1. November 1994: »Ich habe ein paar Leute für das neue Radio-1-Magazin ›Soundbite‹ interviewt. Mein Beitrag heißt ›Können Teenie-Stars erwachsen werden?‹, und meine heutigen Gesprächspartner waren ein Typ von East 17 und – genau! – Les McKeown. Ich habe ihn vor ein paar Tagen angerufen und gefragt, ob er da mitmachen würde, und heute tauchte er im Studio der Produktionsfirma in schwarzen Boots, schwarzer Motorradjacke (passé!) und mit gefärbtem (da bin ich mir sicher) schwarzem Haar auf. Es war das erste Mal seit siebzehn Jahren, dass ich ihm gegenüberstand. Er sah nicht übel aus – er geht stramm auf die Vierzig zu und ist nicht mehr der Jüngste, aber er hat sich gut gehalten. Er hat mich ein bisschen deprimiert, denn er erzählte, dass er sich ernsthaft bemüht, seine Karriere in Schwung zu bringen, die Promoter aber immer nur wollen, dass er Roller-Songs singt, während er seine eigene Musik machen möchte. ›Ich will ihnen einfach zeigen, was ich draufhabe‹, sagte er. Armer Kerl.«

Überflüssig zu betonen, dass sowohl die Achtziger als auch

die Neunziger nicht freundlich mit McKeown und den anderen Bay City Rollers umgegangen sind. Das Album, das sie in New Jersey aufgenommen hatten, war praktisch eine Totgeburt – ich habe es noch nicht mal in irgendeinem Plattenladen gesehen –, und die Rollers nahmen danach nie wieder für ein Majorlabel auf. Allerdings lösten sie sich nicht auf. Während der Achtziger spielten sie an Universitäten und in kleinen Clubs in England und den USA, und Eric übernahm den Gesang, als Duncan Faure ausschied. Eric versuchte erfolglos, eine weitere Band, die Eric Faulkner Initiative, auf die Beine zu stellen, scheiterte aber daran, dass Veranstalter ihn beharrlich als den ›ehemaligen Bay City Roller‹ ankündigten.

Derweil unternahm Leslie diverse Anstrengungen, wieder ins Rampenlicht zu treten, und veröffentlichte sogar eine Techno-Version von »Bye Bye Baby« unter dem Namen LRM. Nach einer Zeit als Lkw-Fahrer in Deutschland söhnte er sich in gewisser Weise mit seiner musikalischen Vergangenheit wieder aus und begann, mit einer Backing-Band alte Rollers-Nummern zu singen. Als er versuchte, den alten Bandnamen zu benutzen, wurde das anfangs von seinen ehemaligen Kollegen unterbunden, die sich schließlich darauf einigten, dass sie den Namen ›Bay City Rollers‹ behielten, während McKeown unter dem sperrigen Namen ›Les McKeown's Legendary Bay City Rollers‹ touren durfte.

Ihr ehemaliger Manager Tam saß Anfang der Achtziger wegen Notzucht im Gefängnis, und Woody und Duncan hatten angeblich Ärger wegen Schulden in Südafrika.

Das wäre für jede Band ein ziemlich imposanter Katalog an Missgeschicken gewesen. Wahrscheinlich war das auch der Grund, warum McKeown so rasch bereit war, sich von mir für Radio 1 interviewen zu lassen.

Yep, ich hatte es schließlich doch noch ins Musikgeschäft geschafft. Ich war 1982 nach London gezogen und hatte 1985 angefangen, für den *Melody Maker* zu schreiben, was mir auf Umwegen einen Job als Musikkritikerin beim *Guardian* einbrachte. Zu meiner Überraschung hatte ich plötzlich einen gewissen Einfluss und bekam Drohbriefe und ein wenig Fanpost. Ich fand sogar einen Freund. Einen Engländer. Mit Akzent und allem Drum und Dran. Im Grunde machte ich mich für ein Mädchen aus Millburn nicht schlecht.

Angespornt von einer blassen Erinnerung an das, was Leslie mir einst bedeutet hatte, gab ich mir am Morgen des Interviews besondere Mühe mit dem Anziehen. Ich trug einen schwarzen Hosenanzug, der meinen Mittdreißiger-Arsch überraschend gut überspielte, und mein Haar, das aus dem strengen Schnitt der Rollers-Ära herausgewachsen war, fiel in lockeren Wellen herab. Ich sah ziemlich gut aus, auch wenn ich mich selber lobe. Eingedenk des Betty-Boop-Shirts und der Cord-Schlaghosen, die ich bei unserer letzten Begegnung getragen hatte, hatte sich mein Geschmack in Bekleidungsfragen seit meinen Teenagertagen doch verbessert.

Kurz bevor ich das Haus verließ, hörte ich noch mal kurz in *Rollin'*, das erste Rollers-Album, rein. Meine Originalplatte war in New York zurückgeblieben, aber ich hatte eine Japan-Import-CD, die mir ein Bekannter zum Spaß geschenkt hatte. Ich hatte sie überhaupt nicht ausgepackt, aber eine passendere Gelegenheit würde wohl nicht mehr kommen. Ich fand sie aus irgendeinem Grund direkt neben dem Debüt von Oasis, *Definitely Maybe*, eingeordnet und stellte mir kurz vor, was für ein Gesicht die Gallagher-Brüder machen würden, wenn sie wüssten, in welcher Nachbarschaft sie sich befanden.

Während sie sich ihrem Shang-a-lang-Sound ergaben, summte ich mit. Die Musik widerstand der verbesserten Soundqualität der Compact Disc und schepperte dünn aus den Boxen.

Ich war also ziemlich selbstsicher, als ich ihn eine Stunde später erwartete. Ich war vorher noch nie auch nur ansatzweise so etwas wie selbstsicher gewesen, wenn es um die Rollers ging. Meine Begegnungen mit ihnen waren immer von dem Druck bestimmt gewesen, sie beeindrucken und ihnen etwas bedeuten zu wollen. Während der Roller-Jahre war ich ständig auf der Hut gewesen und so gehemmt wegen meines – meiner Meinung nach – unattraktiven Äußeren und meiner wenig liebenswerten Persönlichkeit, dass ich mich nie entspannen konnte. Ich hatte nie das Gefühl, dem zu entsprechen, was sie von einem Mädchen erwarteten – auch wenn ich nie genau wusste, *was* sie eigentlich erwarteten. Ich stellte mir einfach vor, dass ich es unmöglich sein könnte, und selbst die drei Begegnungen mit meinem Roller änderten nichts an diesem Minderwertigkeitskomplex.

Aber nun, viele Jahre später, blickte ich auf all das mit nachsichtiger Zärtlichkeit zurück. Ich hatte mir ein eigenes Leben geschaffen, und die Rollers waren nicht länger Teil davon. Ich wollte nur sehen, was aus Leslie geworden war. Ich weiß nicht, was ich erwartet hatte, als er schließlich kam. Liebe? Lust? Dass die fast erloschene Glut einer schmerzvollen Teenagerliebe neu entflammen würde?

Nichts von all dem, wie sich herausstellte. Als er hereinkam, rührend pünktlich, sein Schritt ein schwacher Abglanz des stolzen Gockelganges, den er als Junge gehabt hatte, war ich nur ... interessiert. Interessiert und neugierig zu erfahren, wie sich das Blatt so vollständig hatte wenden können, wie es hatte geschehen können, dass ich bei dieser kurzen Begegnung am längeren Hebel saß. Denn so war es ganz offensichtlich. Schon als wir uns die Hände gaben, schaute er mich fragend an, wo er sich hinsetzen sollte, wann er reden und was er sagen sollte.

»Da rein, bitte«, wies ich ihn an und staunte, wie kalt mich seine Anwesenheit ließ. Nachdem er sich vor das Mikrofon gesetzt hatte, wollte er unbedingt kooperativ sein. Er beschwerte sich nicht, wenn wir ein paar Aufnahmen wiederholen mussten, und beantwortete ein und dieselbe Frage beim dritten Mal genauso enthusiastisch wie beim ersten Mal. Sein Wunsch, es mir recht zu machen, rührte mich fast zu Tränen.

»Sollen wir erst aussteuern?«, fragte er wegen des Soundpegels, aber eigentlich wollte er mir damit zu verstehen geben: »Ich hab so was früher jeden Tag gemacht.« Nach dem Interview, das um die Frage kreiste, ob es für ein ehemaliges Teenidol möglich war, als Erwachsener ein Star zu werden (er hielt das für ungeheuer schwierig und brachte sein Mitgefühl für East 17 zum Ausdruck, die junge Boygroup, die ebenfalls in meinem Beitrag vorkam), blieb er noch auf einen Kaffee. Er klagte darüber, es sei schwieriger, als er gedacht hatte, seine Karriere wieder zu beleben. Er arbeitete zum damaligen Zeitpunkt hinter den Kulissen beim deutschen Fernsehen, eine Arbeit, die ihm nicht besonders viel Spaß machte, aber dabei half, »seine krankhafte Songschreibesucht zu finanzieren«. Mit achtzehn war er zu den Rollers gestoßen, mit zweiundzwanzig ausgeschieden und jetzt fast neununddreißig (12. November – ich wusste es immer noch). Sein Ruhm hatte ganze vier Jahre gewährt, die Anonymität danach war viermal so lang gewesen.

Er sah genau wie früher aus, nur älter. Ich hatte eine Glatze oder erste Gebrechen erwartet, aber er hatte sich gut gehalten. Ich vermute, ich war ganz und gar nicht mehr die Alte, denn er schien mich nicht wieder zu erkennen. Mir fiel ein Stein vom Herzen. Er erzählte mir, er sei mit einer Japanerin, einem ehemaligen Fan, verheiratet (er hatte einen Fan geheiratet! Ein letzter Rest von Eifersucht flackerte auf) und habe einen zehnjährigen Sohn namens Jube.

»Joo-bee?«, fragte ich unverschämt. »Ich wette, das war eine Idee Ihrer Frau.«

Er grinste, unsicher, wie unhöflich er selbst reagieren durfte. Schließlich stand er auf und erklärte, er müsste nach Hause. »Vielen Dank«, sagte er. Er lächelte sein dünnlippiges Lächeln, das mir immer durch und durch gegangen war. Wir gaben uns die Hand, und ich brachte ihn noch raus. Armer Kerl, dachte ich, ich muss Emma anrufen und ihr davon erzählen. Aber ich kam nicht dazu, und als es mir ein paar Tage später wieder einfiel, war der Moment vorbei.

39

1999

Erster Nr. 1 Hit 1999 (GB): »Heartbeat/Tragedy«/Steps.
Größte Rollers-Hits (GB/USA): keine.

IM INTERNET findet man 839 Einträge unter ›Bay City Rollers‹. Unter ihnen Kjunkuties Bay City Rollers Ring Page und Gerd Büskins Homepage, Letztere mit dem Bild eines bebrillten Kerls, bei dem es sich wohl um Gerd handelt, neben dem alten Roller-Logo. Er behauptet, seine Seite sei bereits über 60 000 Mal besucht worden, und sein Gästebuch ist voller sentimentaler Anekdoten von Frauen meines Alters. Viele von ihnen berichten, dass ihre eigenen Kinder heute die Teen-Idol-Phase durchleben, wobei die Backstreet Boys wohl allgemein als die beliebteste Band gelten.

Also gibt es noch Menschen, denen etwas an ihnen liegt. Die Rollers und ihre Ära wecken sogar noch genug sentimentale Gefühle, um einige amerikanische Fans jedes Jahr im August ein Rollerfest veranstalten zu lassen – dieses Jahr fand es in Philadelphia statt. Offenbar ist es immer lange im Voraus ausverkauft. Ich habe damit nichts am Hut (ganz ehrlich), aber wenn ich zufällig in der Nähe wäre, würde ich hingehen. Die Gelegenheit, noch einmal siebzehn zu sein, wäre zu unwiderstehlich.

Die Tacky Tartan Tarts sind jetzt Ende dreißig, und einige von uns haben sich aus den Augen verloren. Niemand weiß, was aus Sue P wurde, nachdem sie nach Virginia gezogen ist, und Lauren lebt angeblich heute in Kanada – nach den Rollers entwickelte sie ein Faible für Eishockeyspieler, aber eigentlich wissen wir nichts Genaues.

Cathy arbeitet in einem Tonstudio in Los Angeles, Emma ist immer noch in New York und hat eine gute Stellung bei einer Plattenfirma, und Sue J, das bodenständigste Mitglied der Tarts, wohnt immer noch im selben Haus in New Jersey. Kim ist Hausfrau in Queens, und Barbarino verblüffte uns alle, indem er einen Job als Manager eines recht erfolgreichen Sängers an Land zog. Komischerweise hat keiner von uns Kinder bekommen. Wenigstens müssen wir so nie durchmachen, was unsere Eltern durchgemacht haben.

Die Rollers haben in den späten Neunzigern ihre Höhen und Tiefen erlebt. Bislang hat das Seventies-Revival, das Gruppen wie Abba oder Hot Chocolate zu neuer Popularität verhalf, ihre Karriere nicht wieder beleben können, aber sie verdienen ihr Geld immer noch auf Oldie-Festivals. Alan, der 1999 einundfünfzig wurde, hatte vor ein paar Jahren einen Herzinfarkt und danach schrecklicherweise einen Schlaganfall, der ihn halbseitig lähmte, auch wenn er sich anschließend so weit erholte, dass er wieder touren kann. Sein Bruder Derek wurde im September 1998 in Edinburgh unter dem Verdacht der ›Unzucht mit Minderjährigen‹ festgenommen. Leslie ist nach einem längeren Aufenthalt in Deutschland wieder in England und – Rollerflash! – hat seine Differenzen mit den übrigen Bandmitgliedern beigelegt, die wieder gemeinsame Aufnahmen machen und ein Comeback planen.

Von McKeown habe ich nach dem Radio-1-Interview nur noch einmal gehört: Während einer seiner juristischen Auseinandersetzungen mit den anderen Rollers rief er mich an und fragte, ob ich bereit sei, eine eidesstattliche Erklärung zu unterschreiben, die bestätigte, dass er ›allgemein als das wichtigste Bandmitglied galt‹. So weit war es also schon gekommen. Gott sei Dank legten sie diesen Streit ohne mich bei. Die Ironie des Ganzen war mir nicht entgangen: Wenn ich vor all diesen Jahren gewusst hätte, dass mein honigsüßer Liebesgott eines Tages ausgerechnet *mich* bitten würde, seine Popularität zu bezeugen!

Pat McGlynn und Ian Mitchell tauchten zuletzt als Ehrengäste auf dem Rollerfest 1997 in Las Vegas auf, und Duncan Faure lebt in Südafrika und hat eine Band namens The Bluebottles.

Tam Paton ist heute Immobilienmakler in Edinburgh und wirkte jüngst in einer Dokumentation über die Rollers entsetzlich abgehärmt, was einigen rachsüchtigen Tarts möglicherweise Anlass zur Schadenfreude sein wird. Die Beziehungen zwischen Paton und seinen früheren Schützlingen sind gespannt – die Rollers behaupten, sie hätten ihre Gewinnanteile aus rund 120 Millionen verkauften Platten nie zu sehen bekommen. Paton weist jede Schuld von sich. Für ihren Comeback-Versuch hatte er nur Hohn und Spott: Als Eric die Rollers von 1999 als eine ›Band von reifen Männern, nicht von kleinen Jungs‹ beschrieb, konterte er schlagfertig: »Eine Rentnerband ... ihr solltet mal erwachsen werden. Ich glaube, die Bay City Rollers sind passé. Für alle Zeiten.«

Heute glaube ich, genügend Distanz gewonnen zu haben, um über sie lachen zu können. Zumindest rede ich mir das ein. Aber erst vor kurzem stand ich abends beim Kochen in der Küche und hatte im Hintergrund das Radio laufen, als ich plötzlich einen blechernen Gitarrenakkord hörte, gefolgt von einem extrem dünnen Stimmchen, das piepste: »If you hate me after what I say ... ah-ahhhh ... can't put it off any more ... just gotta tell her anyway ...«

»Der Wahnsinn, das ist ›Bye Bye Baby‹!«, keuchte ich. »Das spielen sie sonst nie im Radio!« Mein Freund kam in die Küche und legte mir nachsichtig den Arm um die Schulter. Ich wand mich aus seinem Griff, um das Radio lauter zu stellen, und stieß ihn – zur Musik mit den Armen rudernd – von mir.

»Darf ich diesen Moment nicht mit dir teilen?«, fragte er, um einer Geisteskranken nicht zu widersprechen. »Nein«, erwiderte ich mit dem schmerzhaften Wissen aus zwei Jahrzehnten unverbrüchlicher Rollerstreue, »du würdest es nicht verstehen.«

EPILOG

FALLS IHR EUCH FRAGT, ob ich ›meinen‹ Roller noch einmal wieder sah, nachdem sie 1981 aus Maplewood verschwunden waren … das habe ich.

Die News-Redakteurin des *Melody Maker* war mit einigen aus der Band befreundet und lud sie eines Nachmittags Ende der Achtziger auf einen Drink ein. »Warum kommst du nicht mit?«, fragte sie mich.

Von Neugier überwältigt – schließlich war es mindestens sieben Jahre her, dass ich einen von ihnen gesehen hatte – ging ich mit. Als wir in den Pub kamen, war mein Roller bereits da und trank mit Ian Mitchell ein Bier. Ich setzte mich ihm gegenüber an den Tisch, um ihn mir genau anzusehen, und was ich sah, löste erst einen wehmütigen Schmerz und dann Verblüffung aus, dass ich je so vernarrt gewesen war. Er war überraschend durchschnittlich – ein hagerer, unauffälliger Typ um die dreißig, dessen Haare schon dünn wurden. Ich glaube nicht, dass ich ihn auf der Straße erkannt hätte.

Zuerst war seinerseits keinerlei Anzeichen eines Wiedererkennens zu entdecken. Doch nach einer Weile blickte er mich nachdenklich an und fragte schließlich: »Kennen wir uns nicht von irgendwo?«

»Nein«, erwiderte ich.

»Bist du dir sicher?«, hakte er nach.

»Absolut sicher«, sagte ich.

Für die Erlaubnis des Abdrucks von Songtexten bedanken wir uns bei:

Complete Music:
»You're a Woman« (Faulkner/Wood); »Rock'n'Roller« (Faulkner/Wood); »Sweet Virginia« (Bay City Rollers); »Dance, Dance, Dance« (Bay City Rollers); »Don't Stop the Music« (Faulkner/Wood); »Eagles Fly« (Faulkner/Wood); »Strangers in the Wind« (Faulkner/Wood); »If You were My Woman« (Faulkner/Wood).

EMI Music Publishing Ltd:
»Saturday Night« (Martin/Coulter).

Saturday Music/Four Seasons Music/Windswept Music:
»Bye Bye Baby« (Gaudio/Crew).

Charisma Music Publishing Company Ltd:
»It's a Game« (Christopher Adams).

J. Albert & Son (UK) Music Publishing Ltd:
»Yesterday's Hero« (Vanda/ Young).